Karine Lalacette

Girlfriend

Mike Gayle

Girlfriend

ROMAN

Traduit de l'anglais
par William Olivier Desmond

Albin Michel

Titre original :
MY LEGENDARY GIRLFRIEND

Traduction française :

22, rue Huyghens, 75014 Paris
www.albin-michel.fr
ISBN 2-226-15077-3

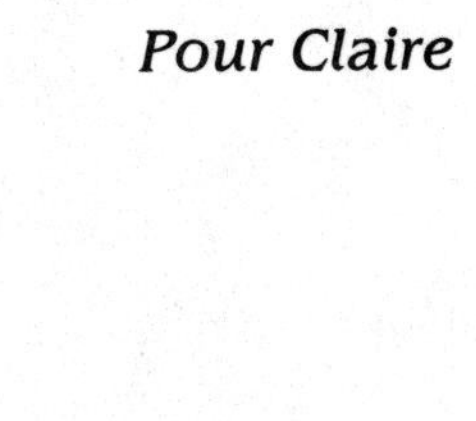

Pour Claire

S'il vous plaît, monsieur, j'en voudrais un peu plus.

Charles Dickens, *Oliver Twist.*

Parfois tu obtiens ce que tu veux,
Parfois tu obtiens ce dont tu as besoin,
Parfois tu obtiens ce que tu obtiens.

Ma mère, *Perles de sagesse.*

VENDREDI

18.05

« Monsieur Kelly ? Quelle est votre équipe de foot préférée ? »

Tout en longeant le terrain de foot, un ballon sous chaque bras, j'étudiais Martin Acker, quatorze ans, avec autant de soin que la question qu'il venait de me poser. Dernier de mes élèves à quitter le terrain, je tenais pour certain qu'il n'avait traîné que pour pouvoir me poser cette question précise, et cela parce que, entre autres choses, non seulement il était sincèrement curieux de savoir à quel club de foot je faisais allégeance, mais il n'avait aucun ami et m'avait choisi comme compagnon pour ne pas parcourir seul le long chemin qui nous séparait du vestiaire. Il était enduit des pieds à la tête, littéralement, de la boue qui recouvrait le terrain de foot du lycée Wood Green. Ce qui n'était pas un mince exploit pour un garçon qui n'avait pas touché le ballon de l'après-midi. Question football, il ne faisait aucun doute à mes yeux que Martin était le plus mauvais joueur que j'aie jamais vu sur un terrain. Il le savait, il savait que je le savais, et je n'avais cependant pas le cœur de le virer de l'équipe, car il compensait sa maladresse par un enthousiasme débordant. Ce qui était un grand encouragement pour moi et prouvait que, pour certains, l'inanité d'une activité n'était pas, à elle seule, une raison pour laisser tomber.

Cata ambulante en tant que joueur de foot, Martin était en revanche une encyclopédie vivante de ce sport – alors que, de mon côté, j'étais incapable d'y jouer, incapable de l'enseigner, incapable même de feindre de l'intérêt pour ce qui était à mes yeux la plus barbante des distractions. À cause du manque de profs de gym et de mon désir d'impressionner mes supérieurs, j'avais obtenu la redoutable responsabilité d'entraîner l'équipe B des troisièmes. Et, de fait, le directeur, M. Tucker, avait été très impressionné lorsque je m'étais porté volontaire, bien que mes motivations, pour dire la vérité, n'aient guère été altruistes : c'était ou le foot, ou le club de théâtre du lycée. La seule idée de perdre deux soirées par semaine à aider, voire à encourager, des gamins à massacrer *My Fair Lady*, la pièce choisie ce trimestre-là, rendait le choix du football moins déprimant, quoique de très peu. J'étais prof de lettres, fait pour lire des livres, vider des tasses de thé sucré et donner aux jeunes gens le goût du sarcasme en tant que forme supérieure d'esprit. Pas pour courir en short derrière un ballon par les soirées frisquettes de l'automne.

Je me tournai vers Martin au moment où il levait les yeux vers moi pour voir si je n'avais pas oublié sa question.

« Manchester United, dis-je à tout hasard.

– Oh, m'sieur, tout le monde est pour Man U !

– Vraiment ?

– Oui, m'sieur.

– Et toi, tu es supporter de quelle équipe ?

– Wimbledon, m'sieur.

– Et pourquoi Wimbledon ?

– Je ne sais pas, m'sieur. »

Fin du dialogue. Nous poursuivîmes notre chemin en silence, sans même réussir à déranger les nombreuses mouettes urbaines qui picoraient je ne sais quoi dans la boue. J'avais l'impression que Martin aurait aimé poursuivre cette passionnante conversation mais qu'aucune question ne lui venait à l'esprit.

Les coéquipiers du garçon poussaient de tels cris que je savais que la plus grande pagaille régnait dans le vestiaire avant même de l'avoir atteint. Et, en effet, c'était le chaos là-dedans. Kevin Rossiter faisait le cochon pendu, accroché à un tuyau d'eau chaude qui traversait la salle ; Colin Christie frappait les fesses nues de James Lee à coups de serviette ; et Julie Whitcomb, apparemment inconsciente de ce qui se passait autour d'elle, était rencognée dans un angle, plongée dans *Les Hauts de Hurlevent*, l'un des textes que j'avais au programme, cette année.

« Est-ce que vous avez l'intention de vous changer ? » lui demandai-je, sardonique.

Julie retira son nez et sa collection de taches de rousseur de son livre et me regarda, les yeux plissés. Son expression de stupéfaction montrait qu'elle n'avait pas compris ma question.

« Nous sommes dans le vestiaire, Julie, expliquai-je, assez perplexe. Le *vestiaire des garçons*, pour être précis. Comme vous n'êtes pas un garçon et que vous ne vous changez pas, puis-je vous suggérer de déguerpir ?

– Je voudrais bien, monsieur Kelly, mais je peux pas. Vous comprenez, j'attends mon copain. »

J'étais intrigué. « Et comment s'appelle ce copain ?

– Clive O'Rourke, m'sieur. »

Je hochai la tête. Je ne voyais pas du tout qui était ce Clive O'Rourke.

« Il est en troisième ?

– Non, m'sieur, en première.

– Mais, voyons, Julie, dis-je en faisant de mon mieux pour

lui apprendre la mauvaise nouvelle gentiment, les premières n'avaient pas football aujourd'hui.

– Ah bon ? Pourtant, Clive m'a dit de venir le retrouver après l'entraînement et de ne pas bouger jusqu'à ce qu'il arrive. »

Elle laissa tomber *Les Hauts de Hurlevent* dans son sac à dos et reprit sa veste. Elle fonctionnait au ralenti, à croire que l'activité de ses neurones l'épuisait, comme un ordinateur chargé de gérer trop de programmes à la fois.

« Depuis combien de temps sortez-vous avec Clive, Julie ? » fis-je d'un ton léger.

Elle examina attentivement les semelles usées de ses Nike décrépites avant de répondre. « Depuis tout à l'heure au déjeuner, m'sieur, avoua-t-elle doucement. Je lui ai demandé si on pouvait sortir ensemble pendant qu'il faisait la queue à la cantine. Il a pris une pizza, des haricots et des chips. »

Devant cet exemple d'une dévotion qui allait jusqu'à se souvenir de détails aussi insignifiants concernant son bien-aimé, je me sentis sincèrement ému. Je jetai un bref coup d'œil à ma montre. Six heures et quart. Trois heures que les cours étaient terminés.

« J'ai bien peur que vous ayez été victime d'une mauvaise plaisanterie, Julie. » Je détachai bien les mots, au cas où elle n'aurait pas encore pigé. « Quelque chose me dit que Clive ne va pas venir. »

Elle leva brièvement les yeux vers moi avant de retourner à la contemplation de ses tennis. Il était manifeste qu'elle souffrait bien plus de chagrin d'amour que d'humiliation ; elle plissait les yeux, essayant de retenir ses larmes, et pinçait les lèvres pour tenter de ravaler les sanglots qu'elle sentait monter en elle. Finalement, elle s'offrit le luxe d'un soupir soigneusement contrôlé, se leva et prit son sac.

« Ça va aller ? » demandai-je, alors qu'il était évident que rien ne pouvait aller pour elle, à ce moment-là.

Tandis que des larmes grossissaient dans ses yeux, elle me répondit : « Oui, m'sieur, ça va aller. »

Je la suivis des yeux jusqu'à la porte du vestiaire. Lorsqu'elle l'atteignit, son chagrin était devenu audible. Certains de mes collègues n'y auraient plus pensé, mais pas moi. Son image persista un certain temps dans ma tête car, au cours des brefs instants que nous avions partagés, j'avais compris que Julie Whitcombe était plus proche de ce que j'étais moi-même que tous les gens que je connaissais. Elle était des nôtres, elle faisait partie du club de ceux qui interprètent tous leurs échecs, qu'ils soient mineurs ou majeurs, comme le résultat d'une vendetta personnelle du Destin. Jamais elle n'oublierait le nom de Clive O'Rourke, il resterait gravé dans sa cervelle tout comme le nom de mon ex-copine était gravé dans la mienne. Et, à un moment ou un autre de l'avenir, vraisemblablement le jour où elle aurait terminé son périple dans les méandres du système éducatif et décroché son diplôme, elle prendrait conscience qu'une vie passée à se languir pour les Clive O'Rourke et consorts l'avait rendue amère et suffisamment tordue pour entrer dans le corps enseignant.

L'éructation d'un jeune garçon, à savoir l'émission d'un bruit qu'on pourrait transcrire approximativement ainsi : *hhhhhhoooooaaaaaahhhhhh* ! ! ! m'apprit que Kevin Rossiter venait de changer d'activité adrénalisante pour courir à toute vitesse dans le vestiaire, entièrement nu, si l'on ne comptait pas le caleçon qu'il avait enfilé sur sa tête. Pourquoi un pareil numéro ? Voilà qui m'échappait complètement, mais je n'avais pas l'énergie de lui demander d'arrêter à la veille du week-end ; si bien que, poussant un soupir d'impuissance, je me glissai discrètement dans le minuscule bureau des profs d'éducation physique et refermai la porte derrière moi.

Après une fouille désordonnée de mon sac, je finis par retrouver mes clopes, légèrement écrasées sous le poids des cahiers de mes troisièmes. En fait, il ne m'en restait qu'une. J'additionnai de tête toutes celles que j'avais allumées : quatre en allant au lycée, deux dans la salle des profs avant le début des cours, trois pendant la récré du matin, dix pendant la pause du déjeuner. Je ne savais pas ce qui était le plus déprimant : le fait d'avoir réussi – moi qui, au cours des trois dernières années, étais passé du statut de fumeur-pour-faire-comme-tout-le-monde à celui de fumeur-contre-tout-le-monde – à fumer assez de cigarettes pour coller un cancer du poumon à un éléphant, ou d'avoir mis autant de temps à en prendre conscience.

La nicotine commença à produire son effet et je me détendis, bien décidé à camper dans mon refuge, minuscule mais bien conçu, jusqu'à la disparition de mon dernier nain de jardin. Au bout d'une demi-heure, les cris et les hurlements avaient peu à peu laissé place à un brouhaha paisible, puis au silence – béni soit-il. J'entrouvris la porte, faisant barrage de mon corps à la fumée, et glissai un coup d'œil dans l'entrebâillement pour m'assurer que la voie était libre. Pas de pot. Martin Acker était toujours là. Habillé de pied en cap, il ne lui manquait que son pantalon, qu'il avait du mal à enfiler parce qu'il était déjà chaussé.

« Acker ! »

Le gamin sursauta et parcourut nerveusement tout le vestiaire des yeux avant de repérer l'origine de cette interpellation.

« Vous avez bien un domicile où vous devez rentrer, n'est-ce pas ?

– Oui, m'sieur, répondit-il d'un ton abattu.

– Eh bien, allez-y, mon garçon ! »

En quelques secondes, il se déchaussa, boucla la ceinture de son pantalon, remit ses chaussures, prit ses affaires et fila du vestiaire non sans me crier : « Bon week-end, m'sieur ! » en franchissant la porte.

Située sur le chemin du métro, la boutique de la marchande de journaux était tenue par une Asiatique solitaire et obèse qui s'efforçait de servir trois clients à la fois tout en surveillant du coin de l'œil deux lycéens, lesquels lorgnaient un exemplaire de *Razzle*, que quelqu'un de beaucoup plus grand qu'eux avait judicieusement laissé sur le présentoir du milieu. Lorsque ce fut mon tour, la femme repéra mon paquet de Marlboro light sans quitter les gamins des yeux et le posa devant moi. C'est à ce stade de la transaction que je me trouvai piégé : tout ce que le fond de mes poches avait à proposer en guise de monnaie, c'était des emballages de confiserie (des Twix), du papier d'argent, restes d'un paquet de Polo, et les débris duveteux habituels qui y stagnent. Protestant bruyamment, la commerçante remit les cigarettes à leur place et entreprit de servir une demi-livre de bonbons au client suivant avant même que j'aie eu le temps de m'excuser. Tout en passant devant les garçons, à présent fascinés et jubilants devant l'exemplaire de *Razzle* ouvert sur quelque page affriolante, je me reprochai de ne pas avoir profité de la pause-déjeuner pour rendre visite au distributeur automatique de High Street. Fumer comme un malade dans la salle des profs m'avait paru important sur le moment, mais, à présent, sans clopes et sans le sou, je regrettais de toute mon âme de ne pas être davantage adepte de la modération.

Alors que je sortais dans l'humidité et le froid de cette soirée woodgreenienne lugubrement éclairée par un lampadaire à moitié en rideau qui clignotait comme dans une boîte disco, trois femmes arrivant sur ma droite attirèrent mon attention par la manière spectaculaire dont elles se pétrifièrent sur place, l'une d'elles laissant même échapper un petit cri, lorsqu'elles me virent. Il me fallut quelques secondes, mais je finis par comprendre pour quelle raison elles étaient tellement impressionnées : ce n'était pas des *femmes*, mais des *filles*. Des filles à qui j'enseignais la littérature anglaise.

« Sonya Pritchard, Emma Anderson, Pulavi Khan ! Venez ici tout de suite ! » ordonnai-je.

En dépit de ce que leur intimait leur instinct, à savoir quelque chose du genre *Cassons-nous en vitesse !* ou encore *Pas de panique, c'est le prof qui pue tout le temps la clope*, elles obéirent, même si ce fut avec la plus grande répugnance. Le temps d'arriver jusqu'à moi en traînant les pieds, elles affichaient la mine la plus déconfite pouvant exprimer, visuellement, qu'elles protestaient devant le traitement auquel je les soumettais.

C'est Pulavi qui ouvrit le feu au nom de la défense : « Mais on faisait rien, m'sieur.

– C'est vrai, m'sieur, on faisait rien », répéta Sonya, soutenant son amie.

Emma garda le silence, sans doute avec l'espoir que je ne remarquerais pas de quelle manière sournoise elle cachait ses mains derrière son dos.

« Tournez-vous, s'il vous plaît, Emma », demandai-je d'un ton sévère.

Elle refusa.

« Vous ne pouvez rien nous faire, m'sieur, gémit pitoyablement Sonya. Nous ne sommes pas sous votre juridiction à l'extérieur de l'école. »

Je relevai l'usage de *juridiction*. Normalement, j'aurais dû être impressionné en entendant l'une de mes élèves employer un mot comportant plus de deux syllabes, mais ce terme revenait constamment dans des séries policières comme *Baywatch Night* – où elle l'avait très certainement pêché. *Sous votre autorité*, expression que les détectives de télé, les journaux à scandale et les ados boycottaient, lui aurait en revanche valu ma plus profonde admiration.

« Très bien, dis-je, simulant l'ennui le plus absolu. Mais je ne voudrais pas être à votre place lundi matin.

– C'est pas juste, m'sieur, gémit Pulavi, non sans raison.

– Bienvenue dans la réalité, mesdemoiselles, dis-je avec réprobation, me balançant d'un air suffisant sur mes talons. La vie n'est pas juste. Elle ne l'a jamais été, et elle ne le sera jamais ». Je me tournai vers Emma. « Bon. Allez-vous me montrer ce que vous cachez dans votre dos ? »

À contrecœur, elle me tendit ses mains : trois cigarettes étaient prises entre ses doigts, leurs extrémités rougeoyant avec impudeur.

J'émis quelques grognements de réprobation, répliques exactes de ceux dont ma mère m'accablait depuis environ vingt-cinq ans. Cela faisait une semaine que je n'arrêtais pas de me glisser dans la peau de personnages symbolisant l'autorité : ma mère, les profs de la série *Grange Hill*, Margaret Thatcher – dans une vaine tentative pour empêcher mes élèves de flanquer le souk dans la classe.

« Vous savez que vous n'avez pas le droit de fumer, n'est-ce pas ?

– Oui, monsieur Kelly, répondirent-elles d'une seule voix, boudeuses.

– Vous savez que ces saletés peuvent vous tuer, n'est-ce pas ?

– Oui, monsieur Kelly.

– Eh bien, éteignez-les tout de suite, s'il vous plaît. »

Emma laissa tomber les cigarettes – des Benson & Hedges, rien de moins – sur le trottoir et les écrasa sous son talon.

« Je vais fermer les yeux pour cette fois, dis-je, contemplant tristement la chaussure d'Emma. Mais que je ne vous y reprenne pas.

– Oui, monsieur Kelly », répondirent-elles en chœur.

Je ramassai mon sac et commençai à m'éloigner, me prenant un instant pour John Wayne réglant tout seul son compte à une bande d'affreux de ce côté-ci de la Tamise, mais à peine avais-je fait deux pas que je me tournai et capitulai :

« Heu, les filles... Vous n'auriez pas une clope en rab, par hasard ? »

Tout mon bon travail partit, c'est le cas de le dire, en fumée. J'avais mis d'un côté de la balance la rigueur qu'exigeaient mes fonctions et, de l'autre, mon désir d'un shoot de nicotine ; vainqueur, l'herbe à Nicot. En tant que fumeuses, mes élèves comprirent mon dilemme – lorsqu'elles purent s'arrêter de rire. Pulavi plongea la main dans son sac en simili-croco et m'offrit l'une de ses Benson & Hedges.

« Vous fumez des Benson & Hedges ? demandai-je bien inutilement en tirant une cigarette du paquet.

– Ouais, depuis que j'ai douze ans », répondit-elle, le visage caché par son sac à main. Elle cherchait son briquet. « Et vous, m'sieur, qu'est-ce que vous fumez ?

– Sans doute des Woodbines, lança Sonya, moqueuse.

– Non, des Marlboro light » J'avais essayé de prendre un ton sévère.

Pulavi finit par trouver son briquet et me donna du feu. Emma ne put résister à l'envie de mettre son grain de sel : « J'en ai fumé une, une fois. J'avais l'impression de tirer sur de l'air. Vous devriez fumer de vraies cigarettes, m'sieur. Y a que les pédés qui fument des Marlboro. »

Elles éclatèrent à nouveau de rire, noyant toute possibilité de réplique. Je les remerciai et tentai de m'éloigner, mais elles m'affirmèrent qu'elles allaient dans la même direction que moi. Bras dessus, bras dessous, elles se mirent donc à m'escorter. J'avais l'impression de promener trois caniches.

« Nous allons du côté de West End, m'sieur, dit une Emma débordante d'énergie.

– Ouais, on va faire la fête, ajouta Pulavi avec un sourire tellement provocant qu'il aurait fait rougir un charretier.

– On va à l'Hippodrome, m'sieur. Ça vous dirait pas de venir avec nous ? »

Leur question m'obligea à envisager la chose, non pas de sortir avec elles, évidemment – impensable ! –, mais l'idée de sortir, en général. Je ne connaissais personne à Londres, je n'avais rien de prévu pour le week-end et je me demandais encore ce qui m'avait pris, lorsque quelques-uns des plus jeunes enseignants du bahut m'avaient demandé si je voulais aller prendre un verre avec eux après les cours et que j'avais répondu que je n'étais pas libre.

« Vous n'avez aucune chance d'entrer dans cette boîte », leur dis-je, secouant la tête d'un air grave en partie à leur intention, mais surtout parce que je pensais au lamentable week-end qui m'attendait.

« Vous blaguez, m'sieur ? protesta Sonya. On y va toutes les semaines.

– Vous trouvez pas qu'on a l'air d'avoir dix-huit ans ? » voulut savoir Emma.

Pour la première fois depuis le début de cette conversation, je me souvins de ce qui m'avait tellement inquiété pendant les premiers instants de notre rencontre. Je savais qu'elles n'avaient que quatorze ans, mais les gamines que j'avais en remorque présentaient un physique fort en avance sur leur état civil officiel. Emma maintenait sa poitrine incontestablement surdéveloppée dans une simple bande de tissu nouée dans le dos, tout juste assez large pour la contenir sans qu'elle soit accusée d'attentat à la pudeur, et une minijupe argentée assortie. Sonya avait choisi un top vert pâle en velours découvrant son nombril et une jupe en satin ultracourte qui remontait d'un ou deux centimètres à chacun de ses mouvements et exhibait plus de cuisse qu'il n'était nécessaire. Quant à Pulavi, elle avait jeté son dévolu sur un short à impression léopard et un haut orange si transparent que seul un aveugle n'aurait pas vu qu'elle portait un wonderbra. J'étais littéralement terrorisé.

Je les remerciai de nouveau pour la cigarette et inventai sur-le-champ une petite amie que j'étais impatient de retrouver à la maison. C'était exactement le genre de situations dans lesquelles le Destin aimait à me plonger, sans doute pour me faire comprendre que les choses pouvaient devenir encore bien pires qu'elles ne l'étaient, avant, peut-être, de devenir meilleures. Les filles se mirent à pouffer et ce qui me restait de confiance en moi fut réduit à néant en quelques secondes.

Une fois dans la station de métro de Wood Green, je cherchai ma carte de transport dans ma poche revolver. Elle n'y était pas. Pas plus que dans mes autres poches. Ne cédant pas à la panique, je mis rapidement au point le plan B :

1. *Essayer de ne pas penser à ce qu'allait me coûter le remplacement de ma carte de transport annuelle.*
2. *Acheter un aller simple pour Archway.*
3. *Ne pas commencer à m'inquiéter avant sept heures du matin, lundi.*

Il me fallut quelques instants pour me rendre compte que ce plan B ne pouvait pas marcher : je n'avais dans mes poches que des emballages de bonbons en guise de monnaie.

Il se mit à pleuvoir au moment où j'introduisais ma carte de crédit dans le distributeur et composais mon code secret : 1411 (le jour et le mois de l'anniversaire de mon ex). Je vérifiai l'état de mon compte. Dans le rouge de 770 livres. La machine me demanda la somme que je désirais. Je tapai *cinq livres* et croisai les doigts. Il y eut toute une série de cliquetis et, un instant, je fus certain que la machine allait appeler la police, me dénoncer aux autorités *et* avaler ma carte. Mais pas du tout ; elle me donna mon argent et voulut aimablement savoir, comme si j'étais un client estimé, si j'avais besoin d'autres services.

En retournant vers le métro, je passai devant le Burger King de Wood Green High Street. Emma, Sonya et Pulavi s'y trouvaient attablées près de la vitrine et m'adressèrent de grands signes. Je baissai la tête et fis de mon mieux pour donner l'impression que je ne les avais pas vues.

Je pris un aller simple pour Archway et, une fois mon ticket composté, je le plaçai dans la poche du haut de ma veste pour ne pas le perdre. Mes doigts frôlèrent quelque chose : je venais de retrouver ma carte.

Je débarquai juste à temps sur le quai de la ligne de Piccadilly pour voir l'arrière d'un convoi disparaître dans le tunnel. Je jetai un coup d'œil à l'horloge pour savoir dans combien de temps arriverait le suivant. *Encore dix minutes à poireauter.* Lorsqu'il finit par arriver, je m'assis dans le dernier wagon et, pris de je ne sais quelle inspiration, posai le ticket et ma carte de transport sur le siège voisin, pour pouvoir les surveiller. Sur quoi je m'endormis aussitôt.

Le métro s'arrêta brutalement, avec une secousse qui me réveilla d'un rêve des plus gymniques où figurait mon ex. Tout en maudissant en silence le conducteur d'avoir interrompu aussi abruptement mes songes, je levai les yeux à temps pour me rendre compte que j'étais arrivé à King's Cross, où je devais changer de ligne. Je m'emparai précipitamment de mon sac et réussis à me glisser entre les portes qui se refermaient.

La deuxième partie du voyage, sur la Northern Line, fut comme toujours déprimante. Les voitures étaient tellement jonchées d'emballages de hamburgers, de journaux froissés et de paquets de chips vides qu'on avait l'impression de rentrer chez soi dans une poubelle à roulettes. Le seul événement agréable fut l'apparition d'un groupe d'Espagnoles plus ravissantes les unes que les autres, qui montèrent à Euston. Elles bavardèrent à toute vitesse dans leur langue maternelle – commentant probablement la saleté qui régnait sur la Northern Line – jusqu'à Camden, où elles descendirent. Il semblait que telle était la loi sur cette ligne : les personnes séduisantes descendaient à Camden ; les personnes intéressantes, à Kentish Town ; les étudiants et les musiciens, à Tufnell Park ; et il ne restait aux sinistres, aux moches et aux désespérés qu'à s'arrêter à Archway ou à remercier leur bonne étoile de pouvoir se permettre de vivre à High Barnet.

À mi-chemin de l'escalier roulant d'Archway, je tâtai ma poche à la recherche de mon ticket et de ma carte de transport annuelle. Cette dernière, qui m'avait coûté une somme folle, voyageait à présent sur la ligne de Piccadilly et allait se retrouver à Uxbridge. Je fermai les yeux, vaincu. Quand je les rouvris, quelques secondes plus tard, j'étais en haut de l'escalier. Grâce au ciel, il n'y avait personne pour contrôler les tickets aux guichets. Je laissai échapper un soupir de soulagement : *Le pire n'est jamais sûr.*

Une déprimante impression de déjà-vu m'envahit lorsque je poussai la porte de l'immeuble. J'appuyai sur le bouton de la minuterie qui éclairait l'entrée et regardai s'il n'y avait pas du courrier pour moi posé sur le taxiphone. La lumière s'éteignit au moment où je glissai la clef dans la serrure de mon appartement : mon chez-moi depuis cinq jours. Cinq jours qui me paraissaient avoir duré dix ans.

19.20

« Ahhh ! On t'a cambriolé ! »

C'était en général en prononçant ces mots que mon ex, Aggi, se tournait vers moi après avoir constaté dans quel état était ma chambre. Ce gag un peu idiot était devenu notre rituel préféré et nous faisait toujours mourir de rire.

Aggi et moi avions rompu depuis exactement trois ans. Je n'avais pas compté les jours ni les mois, non, mais j'avais gardé le souvenir de cette date pour la bonne raison qu'elle avait choisi le jour de mon vingt-troisième anniversaire pour me larguer. Et, en dépit de tous mes efforts pour l'oublier, cette maudite date restait solidement accrochée à un neurone qui refusait de claquer.

En ce jour fatidique, j'avais été réveillé par le bruit du silence. Il faut rendre justice à Simon et Garfunkel, ils ont vu juste : le silence a son bruit. Quand j'habitais chez mes parents, à partir du moment où il y avait une personne à la maison (et à condition qu'elle ne fût pas dans un état proche du coma), le silence était radicalement *persona non grata*. Chacun vaquait toujours à ses occupations sans aucun égard pour ceux qui dormaient : machine à laver se déclenchant à six heures du matin, bruits de vaisselle, télé du petit déj, *Hé, m'man, t'as pas vu mes tennis ?* hurlé à pleins poumons, éclats de rire occasionnels. À vivre dans un environnement sonore équivalent à celui d'une raffinerie, j'avais rapidement appris à filtrer le bruit de fond de la vie d'une famille appartenant à la classe moyenne inférieure.

Plus tard, une fois mes parents partis pour leurs lieux de travail respectifs (lui aux Services communaux de Nottingham, elle à la maison de retraite de Meadow Hall) et mon petit frère Tom pour son école, la maison pouvait enfin retrouver une paix reposante. Mon cerveau, n'étant plus obligé de filtrer rien de plus menaçant que le gazouillis occasionnel d'un étourneau dans le jardin, me réveillait. Le silence était mon réveil-matin.

Sur ma couette, il y avait une seule et unique enveloppe brune de papier bulle. Chaque fois que j'avais du courrier, mon père le déposait là avant de partir au travail. Je crois qu'il espérait que j'en serais tout excité et poussé à l'action. Mais rien n'arrivait à me galvaniser. À l'époque, je ne recevais pas beaucoup de lettres, pour la simple raison que j'étais un correspondant catastrophique. J'écrivais, pourtant, j'écrivais même beaucoup, mais je ne postais jamais rien. Il y avait en permanence des douzaines de feuilles de papier éparpillées dans ma chambre avec un *Cher Untel* ou *Untel...* à peu près illisible écrit dessus. Rien ne se passant dans ma vie, ou si peu, je n'avais pas grand-chose à dire, à part *Comment ça va ?* ; quant à parler des incidents les plus mineurs et terre à terre de ma vie *(Aujourd'hui, je me suis levé et j'ai mangé des céréales Frosties au petit déj)*, voilà qui m'aurait trop déprimé pour que j'arrive jusqu'au bout de ma phrase.

Je savais parfaitement ce que contenait l'enveloppe brune avant de l'ouvrir, vu que le jour en question était le mercredi sacré, la fête religieuse bimensuelle qui annonçait mon salut : le chèque de l'allocation chômage. Mes parents avaient été désappointés, et pas qu'un peu, lorsque leur fils aîné était revenu se languir, chômeur, dans le nid familial. Quatre années auparavant, ils m'avaient conduit, moi, ma valise, ma chaîne stéréo, mes cassettes et un poster de Betty Blue, à l'université de Manchester avec l'espoir que j'y gagnerais une formation de premier choix et en ramènerais une once ou deux de bon sens, ainsi qu'une idée un peu plus précise de ce que je voulais faire dans la vie. « Peu importe pour nous que tu choisisses tel ou tel métier, du moment que tu l'exerces au mieux de tes capacités », m'avaient-ils déclaré sans prendre la peine de dissimuler leur profonde déception, lorsque je leur avais avoué mon intention de faire des études de lettres et de cinéma. « Pour quoi faire ? » avaient demandé les gardiens à deux corps et une seule tête de mon âme. Ni l'un ni l'autre ne s'étaient montrés très impressionnés par mes explications, qui se réduisaient à peu près à ceci : j'aimais la lecture et le cinéma.

Trois ans plus tard, j'avais achevé mon parcours sur la bande convoyeuse de l'usine éducative et acquis une vision réaliste de mes perspectives dans le monde tel qu'il est : j'étais un puits de science dans deux disciplines qui n'avaient guère d'utilité sans un complément de formation. Mais comme, en réalité, je n'avais obtenu qu'une série de mentions passables et que l'idée de m'embarquer sur une nouvelle bande convoyeuse ne me tentait guère, je rangeai l'option « Complément de formation » dans la boîte étiquetée « Hors de question ». Et je me mis à lire quelques livres de plus, à voir quelques films de plus et à pointer au chômage. Mode de vie que je réussis à maintenir pendant environ un an, jusqu'à ce que la banque me tombe dessus pendant la courte période où j'ai partagé une maison avec d'autres à Hulmes. Dans une attaque en tenaille que n'aurait pas désavouée Rommel, le directeur de l'établissement financier me retira toute possibilité de découvert supplémentaire et m'obligea à signer un document exigeant que je verse vingt livres par semaine sur mon compte, afin que je ramène mon découvert à un niveau « un peu plus raisonnable ». C'est ainsi que, tel le pigeon voyageur, je revins dans le foyer parental de Nottingham, refaisant mon trou dans mon ancienne chambre pour envisager l'Avenir. Mes parents ne ménageaient pas leur peine pour m'aider à me lancer dans une carrière, et ma grand-mère téléphonait avec une régularité assommante pour m'informer des offres d'emplois publiées dans les petites annonces du journal. Inutile de préciser que tous ces efforts étaient peine perdue. Je n'avais aucune envie de faire carrière, j'avais un toit au-dessus de la tête et, me disais-je, tant que je serais aimé d'une femme aussi bonne que ma mère, le fait d'être pauvre ne me gênerait pas beaucoup.

Je dis *pas beaucoup*, car ma condition misérable me valait parfois des accès frénétiques d'amertume. Heureusement, j'appris à exprimer mon impuissance en gagnant autant de points que possible contre Eux. *Eux*, comme dans *Nous et...* Ces actes de micro-guérilla étaient du genre :

- Me faire attribuer indûment une carte d'étudiant.
- Utiliser la carte en question pour payer demi-tarif au cinéma.
- Trafiquer les titres de transport périmés.
- Abîmer les fruits du supermarché du coin.
- Rouler dans une voiture sans assurance ni papiers.
- Vider la bière de parfaits étrangers au pub.

Je faisais n'importe quoi, d'une manière générale, pourvu que mon esprit reste actif et me donne l'impression que je gravais un point de plus sur la grande tablette de la vie. Mais c'est Aggi qui m'a empêché de péter les plombs. Sans elle, j'allais droit à la catastrophe.

Aggi était une fille particulièrement brillante, la plus merveilleuse de toutes les personnes que j'ai eu le plaisir de rencontrer dans ma vie. Quand nous avons commencé à sortir ensemble, je pris l'habitude de la raccompagner à pied chez elle et, pendant que nous nous bécotions et nous tripotions avec des « au revoir » qui n'en finissaient pas sur le seuil de sa porte, j'essayais de me concentrer totalement sur l'Instant, m'efforçant de le capturer vivant – son odeur, le goût de sa bouche, la sensation de son corps se pressant contre le mien –, comme pour le photographier et le conserver éternellement. Ça n'a jamais marché. Au bout de quelques minutes à fouler le pavé mouillé de West Bridgford sous le crachin, les gouttelettes s'accumulant dans mes cheveux, l'entrejambe douloureux, tout s'était évanoui. J'étais incapable de recréer l'Instant.

Nous nous étions rencontrés dans la boutique d'une association caritative pendant des vacances d'été. Aggi avait alors dix-huit ans. Elle venait juste de passer son diplôme de fin d'études secondaires et moi de terminer ma première année de fac. J'allais alors une ou deux fois par semaine dans un magasin de l'Oxfam où elle travaillait, attiré par la qualité et le rapide renouvellement de ce qu'on y trouvait. Ce jour-là, j'avais patiemment attendu l'ouverture des portes à partir de 9 h 25, mais, comme il restait encore cinq minutes à patienter, je m'étais mis, pour me distraire, à appuyer mon nez contre la vitre et à faire des grimaces pour mon seul et unique amusement. Aggi en avait remarqué une en particulier (mon interprétation d'une gargouille au comble de la détresse mentale) et avait déverrouillé les portes avec deux minutes d'avance. Elle riait. Nous étions seuls, mis à part une vieille dame qui, au fond de la boutique, écoutait *Desert Island Discs* tout en triant des vêtements. Aggi portait une robe à manches courtes verte ornée de petites fleurs jaunes et des chaussures de base-ball en toile bleu ciel. L'effet général était un peu cucul, pour tout dire, mais sur elle, le résultat était merveilleux. Je me postai devant un présentoir contenant quelques vieux albums de Barry Manilow et fis semblant de les étudier, car l'endroit était idéal pour jeter autant de coups d'œil que je voulais vers cette fille incroyablement belle.

J'étais sûr qu'elle allait finir par sentir que je surveillais ses moindres gestes, car, au bout d'un moment, je renonçai à faire semblant de m'intéresser aux plus grands succès de Barry Manilow pour me contenter de la couver des yeux. Souriant, j'approchai du comptoir en tenant l'unique achat que j'avais l'intention de faire, un miroir Elvis, un de ces modèles qu'on ne trouve que dans les foires et qu'on n'obtient qu'à condition de se montrer adroit avec une carabine à air comprimé, des fléchettes ou des anneaux. Grâce à Aggi, j'avais court-circuité cette formalité. Elvis m'appartenait.

« LE ROI DU ROCK AND ROLL. »

Tels furent les premiers mots qu'elle me dit. Je revins tous les jours cette semaine-là et, au cours des mois suivants et au bout de nombreuses conversations, nous avons appris à bien nous connaître.

MOI : Salut ! Comment tu t'appelles ?
ELLE : Agnes Elizabeth Peters. Mais pour toi, ce sera Aggi.

MOI : Comment ça se fait que tu bosses ici ?

ELLE : Ma mère y travaille de temps en temps. Je m'ennuie, à rester à la maison, alors je viens donner un coup de main. C'est ma manière de contribuer à améliorer la condition humaine (rires). Sans compter que ça fait bien sur un CV.

MOI : Sinon, qu'est-ce que tu fais ?

ELLE : Je vais entrer en sciences sociales à l'université de Salford.

MOI : Pourquoi ?

ELLE : (L'air légèrement gêné.) Parce que je me soucie davantage des gens que de l'argent. Je trouve que ce n'est pas bien qu'il y ait encore des sans-abri à notre époque. Tu peux me traiter de vieux jeu, mais je suis socialiste.

MOI : Crois-tu en l'amour platonique ?

ELLE : Non. L'amour platonique, c'est le temps écoulé entre le moment où on se rencontre et celui où on s'embrasse pour la première fois. N'applaudis pas, ce n'est pas de moi.

MOI : Crois-tu qu'Elvis soit vraiment mort ?

ELLE : (Rire.) Oui. Mais son souvenir vit dans le cœur de tous ceux qui savent rester jeunes, courageux et libres.

MOI : Quel est ton film préféré ?

ELLE : Je vais peut-être te paraître un peu prétentieuse, mais je pense que le cinéma est loin d'être aussi expressif que le roman. Cela dit, je dois avouer avoir un faible pour Audrey Hepburn dans *Breakfast at Tiffany's*.

MOI : Quelle est la chose la plus bizarre que tu aies jamais pensée ?

ELLE : S'il existait un nombre infini de mondes parallèles contenant toutes les décisions que j'aurais pu prendre, que serait devenue ma vie si j'avais accepté la demande en mariage d'Asim Ali, quand nous avions six ans ?

MOI : À quand remonte la dernière fois où tu as pleuré ?

ELLE : Probablement à l'année où j'avais six ans, lorsque j'ai refusé la proposition d'Ali. Non, je ne sais pas. Je m'abandonne rarement à de grands débordements d'émotion.

MOI : Est-ce que tu m'aimes ?

ELLE : Je t'aime tellement que lorsque je pense à ce que j'éprouve pour toi, mon cerveau est incapable d'arriver ne serait-ce qu'à un début de compréhension. C'est exactement comme pour l'infini. Je ne le comprends pas, mais telles sont les limites de mon amour.

Entre la première et la dernière question, environ cinq mois s'étaient écoulés. Nous avons commencé à sortir ensemble entre *Crois-tu en l'amour platonique ?* et *Crois-tu qu'Elvis soit vraiment mort ?*, le sujet de conversation sur lequel s'ouvrit notre véritable premier rendez-vous dans la salle brillamment éclairée du Royal Oak, bondée et aussi romantique qu'un PV sur un pare-brise. J'ai longtemps tenté, tout au fond de moi, de me persuader que j'avais toujours su que ça ne marcherait pas entre nous. Rien ne pouvait être aussi parfait, sauf pour une première de télé. Ce qui fit tout basculer pour moi, la seule et unique chose qui me rendit si confiant, fut notre premier baiser. Il balaya sur-le-champ toutes mes peurs et mes incertitudes.

À l'issue de notre premier rendez-vous, je ne savais pas trop où nous en étions en termes de relation fille-garçon. Certes, nous nous étions de temps en temps tenu la main et nous avions beaucoup flirté en paroles, mais nous ne nous étions pas embrassés, pas comme il faut. À la fin de la soirée, j'avais déposé un simple baiser sur sa joue gauche, comme je l'aurais fait à ma grand-mère, et j'étais retourné chez moi avec la promesse que nous nous reverrions. J'avais passé toute la semaine qui précédait ce deuxième rendez-vous dans les limbes de la torture mentale. Qu'est-ce qui était arrivé au juste ? Bon, d'accord, on était sortis ensemble, mais n'étais-je pas le seul à penser qu'il s'agissait d'un vrai rendez-vous ? N'avait-elle pas considéré qu'elle avait passé la soirée avec un type sympa, sans plus ? N'avais-je pas consacré tout mon temps, ces sept derniers jours, à rêver à elle, alors que de son côté c'était tout juste si elle devait se souvenir de mon nom ? Je voulais une réponse. Il me fallait une réponse. J'avais même composé son numéro, un jour, pour en avoir le cœur net, mais le courage m'avait manqué et j'avais reposé le téléphone. Je ne voyais pas comment lui demander ce que je voulais savoir, même si au fond la question était simple : est-ce que je suis ton petit copain ?

« Est-ce que je suis ton petit copain ? », voilà le genre de question qu'on peut poser à neuf ans. Je n'avais pas le goût des relations compliquées. Je connaissais la règle du jeu : je devais jouer au mec cool, détendu, peinard, détaché. Au début, « on se verrait » – ce qui signifiait qu'elle continuerait à « voir » d'autres gens. Ensuite (peut-être), « on sortirait ensemble » – ce qui signifiait qu'elle ne « verrait » pas d'autres gens, même si elle pouvait en avoir encore envie. Et finalement, « nous serions ensemble » (à partir de quoi, elle ne voudrait voir personne d'autre parce qu'elle serait heureuse avec moi).

Lorsqu'arriva enfin le jour de notre deuxième rendez-vous, je la retrouvai comme prévu devant un magasin de disques, Selectadisc. À ce stade, l'idée, qui venait d'elle, était d'aller se balader dans le parc de l'hôtel de ville et de donner à manger aux pigeons. Il en alla autrement. La première chose qu'elle fit après m'avoir vu fut de se jeter sur moi, de me serrer très fort dans ses bras et de m'embrasser avec une telle ferveur que j'en eus les jambes en coton. Jamais je n'avais ressenti une telle passion. C'est alors que vint le meilleur moment : c'est *elle* qui me regarda droit dans les yeux pour me demander si elle était ma copine. Et je lui répondis : « Oui, tu es ma copine d'enfer. »

La fin de tout ce que nous avions, de tout ce que nous étions, de tout ce que j'avais espéré que nous serions, arriva aussi sur les ailes d'un baiser, un baiser que je me suis surpris à revivre encore deux ou trois fois par jour des années plus tard. C'était mon anniversaire, et je n'étais de retour à Nottingham que depuis deux semaines, alors qu'Aggi y avait passé tout l'été, depuis la fin de ses examens, pour travailler comme serveuse dans un restaurant. Nous avions pris rendez-vous devant la boutique « Talons Express » du centre commercial Broad Marsh. Aggi était arrivée avant moi, ce qui aurait dû déclencher toutes les sonneries d'alarme : elle était le plus souvent à l'heure, mais jamais en avance. Elle avait les mains vides, mais la signification de ce détail ne m'apparut que beaucoup plus tard.

Nous avons passé un après-midi sensationnel – peut-être même un peu trop – à fêter mon vingt-troisième anniversaire. Nous allions d'une boutique à l'autre en faisant semblant d'être un jeune couple marié depuis peu, désireux de meubler son nid d'amour. Notre conversation et nos réparties humoristiques me faisaient me sentir vivant, vraiment vivant. Il importait peu que je n'aie ni travail, ni avenir, ni argent ; je me sentais en paix avec le monde. J'étais heureux.

Puis je me retrouvai assis à côté d'Aggi, dans la Fiat Uno de sa mère, tandis que nous traversions le centre pour rentrer. Nous étions encore à dix minutes de la maison de ses parents, lorsqu'elle alla se garer dans Rilstone Road, une voie sans issue près de Crestfield Park, et coupa le moteur. Elle détacha sa ceinture de sécurité, se tourna vers moi et m'embrassa. Impossible de s'y tromper : c'était un baiser d'adieu.

Un baiser qui disait : « Ça ne marche pas. »

Un baiser qui disait : « Ça me fait encore plus mal qu'à toi. »

Je ne pus penser qu'une chose : « C'est notre dernier baiser. »

Elle me dit qu'elle éprouvait depuis longtemps le sentiment que je lui demandais davantage que ce qu'elle pouvait me donner.

Elle me dit qu'il me fallait quelqu'un qui pourrait me garantir d'être avec moi pour toujours.

Elle me dit que, même si elle m'aimait toujours, elle pensait que cela ne suffisait plus.

Elle me dit qu'elle avait vingt et un ans et moi vingt-trois, que nous aurions dû vivre pleinement notre vie, mais qu'au lieu de cela nous faisions du surplace.

Elle me dit qu'elle avait depuis longtemps le sentiment que nous n'allions nulle part.

Je ne dis rien.

À 17 h 15, j'étais un jeune homme parfaitement heureux à qui tout souriait. À 17 h 28, ma vie était terminée. Il n'avait fallu que treize minutes pour réduire à néant trois ans d'amour.

Je descendis de voiture, claquai la portière et me rendis au distributeur de billets le plus proche, où je pris cinquante livres. Puis je me rendis au Royal Oak. Là, alors que je ne tenais absolument pas l'alcool, je commandai trois doubles Jack Daniels, un Malibu et un Coke (juste par curiosité) ; puis un double gin-tonic, car c'était le premier verre que j'avais offert à Aggi.

Je sortis du Royal Oak et décidai soudain de héler un taxi : il me ramena dans le centre, où je continuai à boire, même si je vomis par deux fois. Je finis vers minuit dans une boîte, le Toots, en compagnie d'un groupe de gens que je connaissais vaguement. Après, c'est le brouillard, mais je me rappelle tout de même avoir piqué au moins trois bières à des inconnus. Plusieurs semaines plus tard, alors que j'abîmais des pêches au Tesco's, une grosse Irlandaise mal lunée me tomba dessus et me donna quelques détails sur le reste de la soirée. Elle prétendait s'être trouvée au Toots ce soir-là, et que j'avais dansé avec elle, « la chemise déboutonnée jusqu'au nombril », sur la musique d'Abba, *Dancing Queen*. D'après sa version des faits, elle m'avait découvert une demi-heure plus tard dans l'une des cabines des toilettes dames, recroquevillé à côté du siège et pleurant à fendre l'âme. Ma bonne Samaritaine, inquiète à l'idée que son refus de m'embrasser, un peu plus tôt, ne fût à l'origine de ce débordement, m'avait mis dans un taxi, non sans que j'aie auparavant vomi sur son chemisier. Je lui avais aussi dit que je l'aimais.

19.45

Quand on habite tout seul quelque part, tout reste dans l'état où on l'a laissé : c'est un fait déprimant qui a de quoi vous ratatiner l'âme. Lorsque j'avais quitté l'appartement, le vendredi matin, il ressemblait à Dresde après le passage des bombardiers de la RAF. Des valises étaient ouvertes n'importe où, leur contenu répandu sur le sol. Des cartons pleins de cochonneries diverses occupaient presque l'espace restant. Des sous-vêtements sales gisaient, abandonnés dans les endroits les plus incongrus : sur le rebord de la fenêtre, au-dessus de la penderie, sous le téléphone. Sans parler de la vaisselle crade, qui croissait et multipliait. Douze heures plus tard, les choses étaient exactement dans le même état. L'air sentait peut-être un peu plus le renfermé, la poussière était peut-être un peu plus épaisse sur la télé, mais, dans l'ensemble, rien n'avait changé. Alors que, lorsque j'habitais chez mes parents, à Nottingham, il me suffisait de quitter ma chambre pendant à peine une heure, parfois, pour que quelque chose s'y soit passé. En général, le linge sale avait disparu du plancher, subtilisé par ma mère. De temps en temps, j'étais victime d'un acte de chapardage de mon petit frère ; même ma grand-mère, une fois, s'y était mise et avait joué les détectives. Après avoir vu une émission de télé consacrée au problème des jeunes et de la drogue, Gran avait été persuadée que mes grasses matinées et mon manque général de motivation étaient dus à la drogue. À la recherche de pièces à conviction, elle avait entrepris une fouille systématique de ma piaule ; mais ce qu'elle avait trouvé de plus approchant, en manière de crack, c'était une petite boîte jaune et bleu contenant un peu de poudre, sur laquelle était écrit *Myoxil*. Elle avait quand même tenu à aller chez le pharmacien pour vérifier qu'il s'agissait bien d'un produit pour traiter le pied d'athlète.

Après avoir jeté mon sac sur le canapé, j'envisageai un instant de ranger l'appart. Le genre d'idée, comme repasser mes chemises, aller au lavomatic et écrire aux copains que je n'avais pas revus depuis la fac, que j'avais tendance à avoir lorsque je n'avais rien de mieux à faire. Celle-là resta néanmoins lettre morte, car je repérai dans l'un des cartons un roman que j'avais laissé tomber en cours de route un mois auparavant ; le moment était aussi bien choisi qu'un autre pour en achever la lecture. J'étais sur le point de déployer le canapé-lit, essayant de me persuader que j'allais m'y allonger et lire, et non m'y allonger et dormir, lorsque je me rendis compte que j'avais faim. Dans la cuisine, il n'y avait rien que ma mère (ou tout nutritionniste sérieux) aurait qualifié d'aliment à proprement parler, si bien que j'allumai une cigarette prise dans le paquet réservé aux urgences pour atténuer mes crampes d'estomac et allai contempler l'intérieur du frigo à tout hasard.

Jaunissant dans un coin de la cuisine, ce frigo gargouillait de manière menaçante comme s'il souffrait d'une indigestion permanente ; il devait bien avoir, à vue de nez, dix ans de plus que moi, comme à peu près tout le reste du mobilier de l'appartement. La cuisinière, les penderies, le canapé-lit, la moquette, tout avait subi les outrages du temps au point que ces objets étaient à peu près inutilisables (la moquette exceptée) si on en ignorait le mode d'emploi. Par exemple, pour brancher l'une des résistances de la cuisinière, il fallait manipuler le bouton deux fois ; pour ouvrir la porte de la penderie, il était conseillé d'appuyer de l'autre main sur l'angle supérieur droit du battant. Si j'avais vu tout ce qui ne fonctionnait pas le jour où j'avais loué cet appartement, je ne l aurais pas pris ; mais, à ce moment-là, trouver un toit m'avait paru une telle priorité que l'idée de jeter un coup d'œil à la cuisinière et aux penderies ne m'avait pas effleuré. Ce que mon propriétaire, F. Jamal (tel était du moins le nom que j'inscrivais sur mes chèques), avait parfaitement compris. Son manque de goût en matière d'architecture d'intérieur était tel que je le soupçonnais d'avoir décroché son diplôme de proprio chez les racketteurs de la mafia. Toutes les surfaces planes de l'appart avaient été peintes d'une même émulsion blanchâtre bas de gamme, un bon demi-siècle auparavant, si bien que le temps écoulé et les innombrables fumeurs qui s'étaient succédé entre ces murs en avaient fait un sinistre brun orangé pâlichon. Les seuls meubles étaient le canapé-lit recouvert d'un tissu rappelant le velours et piqueté ici et là de brûlures de cigarette, une table basse recouverte de carreaux sur laquelle était posée la télé ; et deux petites penderies en Formica le long du mur faisant face à la fenêtre. Dans une tentative tout à fait vaine pour égayer l'endroit, j'avais scotché ma photo préférée d'Aggi au-dessus du canapé-lit et collé un poster d'Audrey Hepburn dans la salle de bains.

J'avais passé deux semaines pleines à chercher un logement. Ce fut la deuxième période la plus déprimante de ma vie. J'avais été obligé de prendre à quatre reprises le bus du National Express Nottingham-Londres de 7 h 05 du matin, afin de parcourir les quartiers les plus pourris de la capitale.

Ce qui me donna largement le temps de découvrir les deux règles de base de celui qui cherche à se loger à Londres :

1. Ne pas faire confiance à un proprio tant qu'il respire encore.
2. Les seuls bons proprios sont les proprios morts.

Parmi tous ceux que je visitai, le seul appartement que je pouvais m'offrir dans un quartier sans dealers de drogue était le n° 3, au 64, Cumbria Avenue.

Alias : Luxueux studio avec kitchenette et salle de bains/ douche.

Alias : Studio merdique au premier étage d'un immeuble édouardien décrépi dans le quartier pourri d'Archway.

À vrai dire, M. F. Jamal n'avait pas fait passer de petite annonce dans *Loot* ou dans toute autre publication gratuite. Il n'en avait même pas eu besoin. Il existait une sorte de téléphone arabe parmi les branchés des strates inférieures et dans la chaîne des nécessiteux option logement, si bien que ses nombreux apparts changeaient de main le temps de le dire, dès que l'un d'eux était disponible. Je fus mis au courant de l'existence du légendaire M. Jamal non pas parce que j'étais particulièrement branché, mais grâce à Tammy, la petite amie de mon copain Simon, à qui je m'étais plaint de ne rien trouver. J'avais visité auparavant neuf logements – tout-confort-toilettes-sur-le-palier-cinq-minutes-du-métro – dont le pire se trouvait à Kentish Town. Le propriétaire était arrivé avec une demi-heure de retard, si bien que je m'étais retrouvé avec cinq autres personnes lorgnant l'appartement qu'il m'avait promis en priorité. L'endroit n'avait rien d'extraordinaire : 1 pièce-cuisine, toilettes à partager avec d'autres locataires. Et tout ça pour nous entendre dire que l'occupant actuel avait changé d'avis : il restait, mais il pouvait mettre un lit supplémentaire – quelqu'un était-il intéressé ? À ce stade, j'avais déjà battu en retraite, mais trois de mes compagnons d'infortune étaient si désespérément à la recherche d'un toit qu'ils écoutèrent cette proposition jusqu'au bout. Tammy donna donc à Simon le numéro de téléphone de M. F. Jamal. Un seul coup de fil, et je signais mon bail. J'avais eu un instant l'idée de la remercier pour son tuyau, mais comme Tammy et moi ne pouvions nous souffrir, je m'en étais abstenu, partant du principe que son aide était une manœuvre perverse pour marquer un point contre moi.

J'ouvris la porte du frigo afin d'inspecter l'intérieur. La lumière ne s'alluma pas. Sans doute en allait-il ainsi depuis qu'Apollo-II avait atterri sur la lune. Je repérai néanmoins les articles qui s'y trouvaient abandonnés : marmelade, margarine, ketchup, une boîte de haricots ouverte depuis cinq jours et un oignon. Ainsi qu'un pot d'olives qui me fit retrouver le sourire.

Allongé sur le canapé du séjour, je grignotai une olive tout en essayant, de l'index, d'écrire mon nom sur un coussin ; mais tous les mouvements descendants allaient dans le sens de la trame du tissu, si bien qu'il en manquait la moitié. Le temps passa. Je mangeai une autre olive et contemplai le plafond. Du temps passa encore. Nouvelle olive. Je voulus m'intéresser à mon livre. Ce qui n'empêcha pas le temps de passer. Je pris une énième olive et laissai la saumure me couler sur le menton et jusque dans le cou. À ce stade, je décidai qu'il fallait entrer en action. Je passai en revue toutes les choses qu'il me fallait impérativement faire et choisis celle qui me parut la moins pénible : rédiger une lettre pleurnicharde à la banque. J'arrachai donc une page à un carnet de papier brouillon, pris un marker Berol vert chipé au bahut et écrivis :

Cher conseiller aux étudiants,

Venant d'être titularisé comme professeur, je suis maintenant prêt, à l'âge de vingt-cinq ans (bientôt vingt-six), à prendre pleinement ma place parmi la population active de la société. J'ai un poste qui m'oblige à habiter Londres, où les prix des loyers sont si ridiculement élevés que je me demande parfois pourquoi je me donne autant de peine. C'est pour cette raison que je vous prie de bien vouloir consentir une petite rallonge à mon découvert déjà entièrement utilisé. Sinon, je risque de tomber d'inanition devant toute une classe de troisième.

Bien à vous,

William Kelly.

Je partis d'un petit rire. J'étais sur le point d'ajouter en post-scriptum que je n'avais pas oublié qu'il m'avait envoyé paître le jour où j'avais eu le plus besoin de lui, lorsque je remarquai la lumière rouge du répondeur qui clignotait.

Je considère que le répondeur est, après le baladeur, l'une des vraies grandes inventions de l'homme. Il vous permet de vous tenir au courant des derniers événements de votre vie sociale et de filtrer les appels. Fabuleux. Ma tendresse pour ce bijou de la technologie date d'un message qu'Aggi avait laissé sur le répondeur de ma tante Susan, lorsque je lui avais gardé sa maison de Primrose Hill pendant les vacances d'été. J'étais alors en deuxième année de fac et tante Susan vivait à Londres, où elle dirigeait la rubrique beauté de *Woman's Realm* ou de je ne sais quel autre magazine d'une autre revue féminine du genre à proposer des modèles de tricot.

Je dois dire que tante Susan est tellement différente de ma mère qu'on a du mal à admettre qu'elles ont été conçues dans le même sein. De douze ans plus jeune que ma génitrice, presque une génération, elle a beaucoup plus de choses en commun avec moi. Elle déteste travailler, a été l'une des premières à s'abonner au câble et adore la troisième saison de *La Vipère noire*. Elle racontait alors qu'elle ne s'était pas mariée parce que cela l'aurait obligée à devenir adulte. N'empêche que l'été qui suivit celui où j'avais gardé sa maison, elle se fit mettre en cloque, donna naissance à ma cousine Georgia, abandonna le journalisme et retourna à Nottingham. Bref, à l'époque du message, elle était en vacances avec celui qui allait devenir mon oncle Bill, et elle m'avait donné pour unique consigne de faire tout ce que je voulais dans sa maison, pourvu que la police ne vienne pas y mettre son nez. Fort heureusement pour elle, je m'étais contenté de regarder des cassettes vidéo, de me nourrir de sandwichs et de promener son chien Seabohm – activités qui ne risquaient pas d'attirer l'attention des représentants de la loi du coin. J'étais justement allé promener le chien le jour en question, et c'était en rentrant à la maison que j'avais trouvé ce message d'Aggi :

> *Tu n'es pas là ! Vraiment, c'est pas juste ! Je voulais simplement te dire que j'ai rêvé de toi cette nuit. On était au milieu d'un champ et on entendait la musique de* Singing in the rain *en fond sonore. On était allongés sur le dos, et on regardait la lune. Il faut que tu saches que je n'arrêterai jamais de t'aimer. Jamais, je te le promets.*

Je ne sais combien de fois je l'ai écouté. J'aurais voulu le conserver, mais il était pris en sandwich entre l'appel d'une attachée de presse invitant tante Susan au lancement d'une nouvelle gamme de vernis à ongles et un autre de ma mère voulant savoir si je mangeais « comme il faut ». Lorsque ma tante entendit le message d'Aggi, elle déclara, je m'en souviens très bien, « Mais c'est la femme idéale, ça ! » De retour à Nottingham, je voulus savoir ce qui avait poussé Aggi à me téléphoner, mais elle refusa d'en parler. C'était comme ça qu'elle fonctionnait.

Je fis défiler cette nouvelle fournée de messages :

Vénus appelle Mars. Répondez, Mars ! Pourquoi les hommes cherchent toujours l'affrontement ? Pouvez pas discuter un peu ? Salut, Will, c'est Alice. Si tu connais la réponse à cette énigme éternelle, ou si tu veux simplement bavarder avec ta meilleure amie dans le vaste monde, appelle-moi tout de suite !

Hé, salut. C'est Kate Freemans (la voix s'étrangle). J'habitais dans votre appartement avant (elle commence à pleurer). Je me demandais si du courrier ne serait pas arrivé à mon nom (elle essaie d'arrêter de pleurer, ce qui la fait renifler bruyamment). Ma boîte d'intérim a envoyé mon dernier chèque à la mauvaise adresse. Je rappellerai plus tard (elle se remet à pleurer). Merci.

Écoute, j'ai quelque chose de très important à te dire. Rappelle-moi dès que possible. C'est urgent. Très urgent... Oh, au fait, c'est Simon.

Will ? Martina. Je me demande pourquoi je prends la peine de te laisser ce message. Ton répondeur doit être en rade, c'est la troisième fois, cette semaine. En supposant que tu l'aies arrangé, bonjour pour la première fois depuis samedi soir ! Hé, rappelle-moi, s'il te plaît. Il faut qu'on parle tous les deux. Salut.

Hello. C'est encore Kate Freemans. J'appelle juste pour vous dire que je suis désolée pour mon premier message. Oubliez-le, d'accord ? Je suis vraiment désolée.

Mes premières pensées allèrent à la fille qui habitait ici avant moi. Écouter les messages d'une inconnue sur mon répondeur avait quelque chose de bizarre, surtout quand cette inconnue se mettait à pleurer. Comme elle ne m'avait pas laissé son numéro, je ne pouvais rien faire de plus que me demander pourquoi parler à mon répondeur l'avait fait fondre en larmes. Ensuite, je pensai à Martina, alors que je n'en avais aucune envie. Il était hors de question que je la rappelle, car, au moins en ce qui me concernait, cette dingue était du modèle *Séduction fatale* et je n'avais aucune intention de jouer les Michael Douglas ou les Glenn Close dans ses petits délires sordides. Je consultai ma montre. Il était trop tard pour appeler Simon, qui ne pouvait être qu'en scène avec son groupe au Royal Oak – à l'heure qu'il était. De toute façon, son message était tellement typique de lui et de son goût pour l'outrance et le mélo qu'il ne réussit pas à soulever la moindre curiosité en moi. Si bien que, par élimination, Alice se trouva la seule que je décidai de rappeler au motif que son message était le seul qui me faisait me sentir mieux.

20.47

J'avais rencontré Alice pour la première fois le jour de mes seize ans. Je me trouvais au Royal Oak en pleine discussion sur les mérites comparés des feuilletons télé anglais et australiens (ces derniers étant nettement moins raffinés que les premiers) avec deux séduisantes groupies de Simon ; elles avaient quatorze ans et le suivaient depuis la création de son premier groupe, Reverb, parce qu'elles s'étaient mis dans la tête qu'il était beau gosse et passionnant. Alors que je m'escrimais à leur prouver que je constituais en tout point un choix bien supérieur, je sentis que je perdais tout intérêt à la conversation. Tandis que mon corps continuait à bafouiller et patauger, le truc important qui prend toutes les décisions concentrait l'intégralité de son attention sur une fille qui avait tout de l'étudiante française de mes rêves – une chevelure sombre rougie au henné, un sourire à damner un saint et une peau admirablement bronzée. Elle se tenait seule à l'autre bout du bar et observait la façon dont Reverb massacrait *Ever Falling in Love* des Buzzocks. Mon cerveau alerta mon corps de ce que je venais de découvrir et l'un et l'autre présentèrent leurs excuses aux deux groupies envoûtées.

Baratiner les filles n'a jamais été mon fort. Certains types ont ce petit quelque chose qui les empêche, dans cette situation, d'avoir l'air de parfaits crétins. Simon, par exemple, possédait ce talent comme personne. Mais moi, non. En temps normal, je me serais résigné à mon sort, me contentant de la reluquer au lieu de laisser libre cours à mes désirs. Mais pas cette fois. En une demi-heure, je devins convaincu que cette fille était la personne que j'avais cherchée toute ma vie et qu'il n'était pas question d'abandonner avant d'avoir essayé.

Je m'approchai d'elle à la fin du morceau, prenant prétexte de l'interprétation de Reverb pour amorcer la conversation. Elle me répondit qu'ils étaient vraiment nuls, mais qu'elle trouvait le chanteur très mignon – j'en restai sans voix, anéanti. Et, comme par hasard, la guitare à la main, Simon traversa la salle et se présenta. « Comment s'appelle ta copine ? » demanda-t-il d'un air faussement indifférent. Je répondis que je l'ignorais ; sur quoi elle sourit, lui tendit la main et dit : « Alice. Alice Chabrol. » Et la question fut réglée. Je ne fus pas juste marginalisé, mais complètement ignoré. Bon, d'accord, j'eus droit à une compensation : une bise d'anniversaire, deux secondes et deux dixièmes de perfection quand ses lèvres rouges effleurèrent ma joue avec la délicatesse d'une aile d'ange.

Simon et Alice sortirent ensemble pendant deux semaines en tout et pour tout, le temps qu'elle retrouve ses esprits et se rende compte que ce zigoto était incapable de s'intéresser à quelqu'un d'autre qu'à lui-même. « Je n'aurais pas cru que c'était possible, m'avoua-t-elle autour d'un café, le jour où elle le largua. La seule chose qu'il sait dire, c'est *moi, moi, moi*. » Alice et moi, cependant, nous sommes devenus bons amis. Au cours des années suivantes, je tombai amoureux d'elle à plusieurs reprises sans jamais éprouver le besoin de le lui dire. À quoi cela m'aurait-il servi ? Elle ne paraissait absolument pas souhaiter autre chose, de ma part, que de l'amitié. Aurais-je perçu la moindre raison d'espérer que je me serais lancé, mais devant son manque d'intérêt, et n'ayant pas oublié qu'elle m'avait préféré Simon, j'y renonçai, cultivant ainsi la théorie suivante :

PREMIÈRE LOI DE KELLY EN MATIÈRE DE RELATIONS :

Aucune femme trouvant Simon séduisant ne peut s'intéresser à moi.

Comme pour m'en donner la preuve, lorsqu'elle alla à l'université d'Oxford, Alice tomba amoureuse de Bruce (clone parfait de Simon, s'il en fut), un diplômé en maths qui ressemblait de manière frappante au Steve McQueen de *La Grande Évasion*. Outre sa maîtrise totale de tous les domaines permettant d'en mettre plein la vue aux autres mâles, son trait de caractère le plus irritant était sa capacité à me donner l'impression d'être un eunuque – sans même le faire exprès. Ce type n'était pas un homme, mais l'hypermec incarné, dégoulinant de virilité par tous ses pores. Il faisait de la muscu trois fois par semaine. Il savait ce qu'était un collecteur d'échappement. Il possédait un autographe de Bruce Lee. Pour tout dire, Sean Connery lui-même se serait senti vaguement efféminé à côté de ce type.

Par chance, mon complexe d'infériorité arrêta de croître et embellir quand je pus considérer Bruce comme le petit copain de ma meilleure amie et non plus comme un mètre quatre-vingt-dix de concentré macho, et Alice comme ma meilleure amie et non plus comme la femme que je désirais le plus voir toute nue. Je m'adaptai si bien à mon nouveau rôle que mes anciens béguins – qui, à l'époque, m'avaient semblé plus essentiels que la vie elle-même – me paraissaient à présent des tocades enfantines datant d'un autre âge. Je n'aimais toujours pas Bruce, mais plus pour des raisons personnelles. Lorsqu'on a une amie du calibre d'Alice, on finit par comprendre qu'aucun porteur de pénis ne sera jamais digne d'elle.

Après qu'Alice eut décroché un poste de responsable du marketing à British Telecom, elle alla s'installer avec lui à Bristol pour y mener le genre d'existence où l'on fréquente les restaurants chics, où l'on va faire ses courses sur Bond Street et où l'on passe à l'improviste un week-end à Prague. J'eus beau essayer à plusieurs reprises, je ne parvins jamais à me sentir jaloux d'elle. Même si elle gagnait en une heure l'équivalent de deux semaines de mon salaire, elle était restée elle-même : bonne, patiente, pleine de compréhension. En règle générale, je n'ai que mépris pour les gens qui réussissent, surtout quand ils appartiennent à ma génération, mais j'étais incapable de lui en vouloir. Non seulement la réussite lui allait bien, mais elle paraissait faite pour elle.

« Oui ? dit Alice.

– C'est moi.

– Will ! Comment ça va ? Et ton boulot ? » Elle paraissait sincèrement intéressée.

« Oh, c'est merdique. En gros, c'est ce à quoi je m'attendais, mais en pire. » Je sentis un bâillement monter de très loin en moi. Je tentai de le contenir en serrant les dents. « Bien pire.

– Je ne te crois pas ! Moi qui pensais que ta devise était : *Imaginez le pire et multipliez par dix* !

– De toute évidence, même un type comme moi ne pouvait pas imaginer que les choses puissent atteindre ce stade », répondis-je. Je me fis la réflexion que, depuis Aggi, ma spécialité philosophique était de toujours voir le côté noir des choses : la bouteille à moitié vide, et qu'est-ce que j'ai fait au bon Dieu pour mériter ça ?

« C'est affreux, repris-je, remarquant à cet instant que la photo d'Aggi était tombée. Le cauchemar absolu. Pas question de baisser la garde une seconde, de se décontracter – ils seraient capables de m'écorcher vif. Surtout, ne montrer aucune faiblesse. Ces morveux, ça repère la faiblesse à dix kilomètres. Au moindre signe, ils deviennent déchaînés. Une vraie meute de hyènes se jetant sur une antilope blessée. Sarah, une prof débutante comme moi, a fondu en larmes devant sa classe jeudi dernier. » Je recollai l'adhésif qui tenait la photo d'Aggi. « Je lui donne pas une semaine pour qu'elle se cherche un autre boulot. »

Alice se mit à rire.

« C'est pas drôle, tu sais.

– Non, bien sûr, c'est pas drôle. »

Et, de fait, je ne trouvais pas ça amusant du tout, car j'avais vécu moi-même quelques expériences amères au cours de la semaine passée. Le lundi, trois garçons avaient quitté mon cours ; le mercredi, en retournant à la salle des profs, j'avais découvert que l'un de ces petits morpions m'avait craché un énorme glaviot verdâtre dans le dos ; et jeudi, j'avais oublié mes manuels d'anglais à l'appartement.

« Je suis sûre que tu exagères », me dit Alice d'un ton qui rappelait le geste de consolation d'une main posée sur l'épaule.

Mais j'étais inconsolable. Malheureux. Et j'en avais ras-le-bol. Ce qu'Alice ne comprendrait jamais. Elle, elle avait une « carrière », là où moi, j'avais un « boulot ». Telle était la différence. Les « carrières » sont autant de défis personnels, là où les « boulots » sont une question de survie. D'accord, la voie qu'elle avait choisie pouvait être stressante par moments, mais elle poursuivait des buts réalistes et disposait des considérables ressources d'une multinationale. En tant qu'enseignant, j'avais des objectifs d'une ambition ridicule, zéro ressource et droit à des inspections, sans parler des demeurés qui trouvaient que cracher dans le dos du prof était un gag digne des Monty Python.

« Comment tu fais, toi ? » J'avais formulé à voix haute la question qui me taraudait.

« Comment je fais quoi ?

– Tu sais bien, répondis-je, cherchant mes mots. Dans ton boulot... comment tu arrives à t'en sortir ?

– L'expérience, Will, l'expérience, me dit-elle avec chaleur. Je ne voudrais pas avoir l'air de te faire un cours, mais tu sais, en cherchant à obtenir tout de suite des résultats, tu te mets beaucoup trop la pression, c'est tout. Cela fait quatre ans que je travaille, mais toi, c'est ton premier emploi. »

Il faut bien le dire, Alice se montrait plutôt vache en me balançant ça. Elle n'ignorait pas que j'avais travaillé tout un été au Royal Oak. Je savais ce que c'était que de bosser dur : j'avais changé les tonneaux de bière, remonté ces énormes cochonneries de la cave et fait des journées de douze heures. Je le lui rappelai.

« Pas tout l'été, observa Alice. Tu y es resté quatre semaines et tu t'es fait virer parce que tu arrivais toujours en retard, si j'ai bonne mémoire. »

Elle avait bonne mémoire, hélas ! non seulement sur l'historique de mon emploi, mais sur mon comportement au travail. Je voulais que tout soit parfait tout de suite, parce que la seule idée qu'il fallait du temps et de la patience pour apprendre à contrôler ces animaux sauvages me rendait malade.

Pendant notre conversation, j'avais remarqué que quelque chose n'allait pas dans la photo d'Aggi. Ce n'est que lorsque Alice me raconta comment une personne que nous connaissions s'était fait prendre à voler à l'étalage que je compris qu'elle penchait légèrement d'un côté. J'essayai de la remettre droite, mais ne réussis qu'à la froisser. C'était la photo d'elle que je préférais, prise avant qu'elle ne se fasse un chignon ; ses longues boucles auburn, dont la masse retombait parfois devant ses traits délicats, étaient simplement retenus en arrière par un ruban, ce qui mettait en valeur ses magnifiques yeux verts, ses lèvres pulpeuses et son petit nez. Elle s'appuyait au mur extérieur de la bibliothèque, à la fac, et lisait *Quand la beauté fait mal*. La perfection.

Mes pieds se mirent à me démanger. Je retirai une chaussette et entrepris de me tripoter les orteils.

« Tu crois que tu vas tenir ? demanda Alice. Je te trouve particulièrement pessimiste. »

Je lui répondis que je n'en savais rien et lui expliquai ce qui était au cœur de mon problème : enseigner sous la tutelle d'un prof, pendant les stages, n'avait rien à voir avec ce que je faisais maintenant. C'était « pour de vrai ». La réussite des élèves à leurs examens dépendait de moi. Les conséquences de ma nullité en tant que prof me terrifiaient tant elles étaient démesurées.

« Imagine un instant que trente gamins ratent leur examen d'anglais à cause de moi... Trente gamins qui ne pourront décrocher qu'un boulot de merde ou pas de boulot du tout et qui se retrouveront avalés par la spirale de la misère. Cinq ans plus tard, la moitié d'entre eux aura des enfants et vivra aux dépens de la Sécurité sociale. Multiplie ça par deux ou trois années d'enseignement de plus et, le temps de le dire, je me retrouverai responsable d'une augmentation significative du chômage au Royaume-Uni. Plus que n'importe quel gouvernement, conservateur ou travailliste, depuis la guerre.

– Tu exagères tout, Will. Il faut que tu regardes les choses en face. Tu es un adulte. Les adultes ont des responsabilités.

– Tu sais très bien ce que je veux dire, répondis-je tout en retirant ma deuxième chaussette pour frotter mon deuxième jeu d'orteils. Ces gosses n'apprendront rien si je ne le leur enseigne pas. Et si j'étais vraiment nul, comme prof ? »

Je me rendais compte qu'Alice avait du mal à adopter mon point de vue. Trop fatigué pour poursuivre ma démonstration, je changeai de sujet. Au cours de la demi-heure suivante (j'avais remis mes chaussettes, mais enlevé mon pantalon pour me blottir sous la couette), Alice me raconta qu'elle avait quitté son bureau de Peterborough depuis un mois pour crécher dans un Novotel du centre ville afin de mieux superviser un projet. Je n'avais dormi à l'hôtel qu'une seule fois dans ma vie, lorsque Aggi et moi avions récupéré quatorze bons de réduction dans le *Daily Telegraph*, ce qui nous avait permis de passer une nuit à demi-tarif au Holiday Hill de Nottingham. On avait raflé les shampoings, les charlottes et même la minuscule bouilloire avant de vider les lieux le lendemain. Une super-aventure. J'étais sur le point de lui faire remarquer que ça devait être génial de vivre à l'hôtel aux frais de la princesse, lorsqu'il me vint à l'esprit qu'elle voyait peut-être les choses un peu différemment.

« Et Bruce ? » demandai-je, me rappelant les fois où Aggi m'avait vraiment manqué, lorsqu'elle était partie passer deux semaines de vacances en Autriche avec sa mère, ou quand elle était restée à l'hôpital le jour de mon vingt et unième anniversaire parce qu'elle s'était fait arracher une dent de sagesse. Les deux fois, j'avais cru en mourir. « Est-ce que tu ne lui manques pas ?

– Oui, je lui manque, répondit-elle tristement. Ou du moins, je pense que je lui manque. En fait, c'était pour te parler de ça que je t'ai appelé et laissé un message. Je crois qu'il se sent menacé par le fait que les choses vont si bien pour moi au boulot, en ce moment. Il s'est jeté dans son travail comme s'il avait quelque chose à me prouver..., que c'est lui qui gagne le plus d'argent, par exemple... comme si c'était important pour moi ! Il travaille très tard pratiquement tous les soirs, même les week-ends. Lorsque j'en aurai fini avec ce projet, je demanderai mon transfert dans un service où l'activité est moins frénétique. Peut-être qu'alors il ne se sentira plus autant en compétition et qu'on pourra simplement être heureux. »

J'eus l'impression qu'Alice demeura mal à l'aise pendant tout le reste de la conversation, et je regrettai d'avoir évoqué l'absence de Bruce. Dissimulant sa tristesse en rapportant des commérages d'un ton faussement joyeux, elle me parla de la salle de gym qu'elle fréquentait, de sa collègue Tina qui avait une liaison avec leur supérieur hiérarchique, et de leur projet, à Bruce et elle, d'aller à New York à Noël.

Avant de raccrocher, elle aborda le sujet de mon anniversaire :

« Je sais que tu as horreur des anniversaires, Will...

– Et des cocktails de crevettes Walkers...

– Mais je...

– Et des gouvernements totalitaires...

– ... tenais vraiment...

– Et des nombrils qui ressortent...

– ... à faire quelque chose...

– Et des films d'Alfred Hitchcock.

– ... de spécial... »

J'étais à court de choses haïssables.

« J'espère que tu ne m'en voudras pas, Will. »

Je protestai mollement et lui répondis que non. Elle refusa de s'expliquer davantage sur ce qu'elle entendait par « quelque chose de spécial », me dit au revoir et promit de m'appeler pour mon anniversaire. En raccrochant, je rendis grâce à celui, quel qu'il fût, qui avait pris la peine d'introduire cet ange dans mon existence.

22.01

Heure de pointe, vendredi soir. Employés de bureau, terrassiers, techniciens de surface et architectes, tous se débarrassaient de la puanteur fétide du travail. Ils avaient enfin la permission d'oublier qu'ils étaient employés de bureau, terrassiers, techniciens de surface ou architectes ou tout ce que l'on voudra, et de se rappeler, peut-être pour la première fois en cinq jours, qu'ils étaient avant tout et essentiellement des êtres humains.

Toute la semaine, j'avais été professeur. Alors à présent, je n'avais plus qu'un désir : être un être humain.

J'aurais dû me trouver en compagnie des employés de bureau, des terrassiers, des techniciens de surface et des architectes.

J'aurais dû m'éclater, moi aussi.

J'aurais dû faire des blagues sur mon patron.

J'aurais dû en être à ma sixième bouteille de Molson Dry.

J'aurais dû être en train de danser quelque part.

J'aurais dû être dehors.

Mais je ne faisais rien de tout ça...

Tandis que tous les habitants du monde occidental étaient en goguette et s'amusaient, j'étais chez moi à me morfondre. Voilà évidemment ce qui expliquait qu'aucun des amis de deuxième catégorie de mon minable carnet d'adresses, des gens que je ne contactais jamais, sauf quand je touchais le fond du désespoir, n'était chez lui. Sur mes six coups de fil, j'eus droit à une réponse négative et à deux invitations à m'adresser à un répondeur ; quant au reste, je tombai sur la tonalité « occupé ». Je refusai l'option « messages », pour la bonne raison qu'il n'était pas question que je laisse entendre à qui que ce soit, et encore moins à des amis que je voyais rarement, que j'étais chez moi un vendredi soir et recherchais désespérément leur compagnie, alors qu'ils entamaient leur week-end sur les chapeaux de roue.

Je consultai ma montre avec l'espoir naïf qu'elle ne fût pas à l'heure. Pour en avoir le cœur net, j'appelai même l'horloge parlante :

Au troisième top, il sera exactement vingt-deux heures et cinquante secondes.

Pas tellement différent de ce qu'indiquait ma tocante.

En de tels moments, quand la solitude paraissait être mon unique amie, le seul endroit où me réfugier et me cacher du monde, c'était sous la couette. Le moment était venu de déplier le canapé-lit.

Ce meuble, déjà diabolique en tant que canapé, ne valait pas tellement mieux en tant que lit ; le fait que ces deux noms étaient accolés à l'aide d'un trait d'union ne suffisait pas à rendre l'objet qu'ils décrivaient plus confortable que des pavés recouverts de nylon. Je jetai au sol les deux coussins du siège, révélant une vue déprimante : le dessous du lit. Il me fallait à chaque fois déployer des efforts dont je ne m'imaginais pas capable pour ouvrir ce maudit canapé. Je pris une profonde inspiration et tirai. Le mécanisme se mit lentement en mouvement, rechignant, grinçant.

Sans enlever ni mes chaussettes ni ma chemise, je récupérai la couette sur le plancher et m'allongeai en essayant d'oublier le froid et pour quelle raison j'étais venu me réfugier ici. Le besoin d'entendre une voix humaine autre que la mienne commença alors à prendre des proportions démesurées.

Je branchai la radio sur ma stéréo avec l'espoir de tomber sur l'émission *Barbara White Show* ; je l'avais écoutée toute la semaine sur Central FM. Barbara White était l'animatrice déjantée d'un programme basé sur les coups de téléphone que passaient cinglés, paumés, givrés et cas totalement désespérés pour parler de leurs problèmes. Barbara, aussi qualifiée pour conseiller les gens que je l'étais pour enseigner, écoutait, émettait les petits bruits qu'il fallait quand il le fallait pour exprimer sa sympathie et balançait des réponses tellement banales qu'il fallait les entendre pour le croire. Qu'elle fût américaine était probablement la seule raison qui lui permettait de s'en tirer en donnant des conseils aussi ridiculement évidents.

Barbara répondait à Peter, un type de Newcastle-under-Lyme, qui venait juste de terminer le lycée et s'apprêtait à poursuivre des études d'ingénieur à l'université locale. Il n'en était pas moins malheureux. Sa petite amie, qu'il connaissait depuis sept mois, devait aller à l'université d'Aberdeen et il redoutait les conséquences que ces contraintes géographiques pourraient avoir sur leur relation.

À écouter cette pitoyable histoire, je ne tardais pas à me dire que Peter faisait preuve d'une extrême naïveté. Il connaissait sa petite amie depuis moins de temps qu'il n'en faut pour faire un bébé et il lui demandait un engagement définitif. À son âge, j'aurais sauté de joie à l'idée d'entrer célibataire à la fac, de pouvoir faire ce que je voulais, quand je voulais, en compagnie d'individus ayant le même état d'esprit que moi et s'imaginant, eux aussi, qu'ils venaient d'inventer le sexe, l'alcool et les nuits blanches ; des gens désireux de faire la fête, une fête à tout casser, jusqu'à plus soif – et de recommencer le lendemain. Peter était sûr d'avoir devant lui trois années bien plus excitantes que les dix suivantes pour moi.

J'étais tellement obnubilé par les reproches que j'adressais mentalement à ce Peter que je manquai une bonne partie des conseils de Barbara. Je l'entendis simplement demander : « Est-ce que vous aimez cette fille ? » À quoi il répondit qu'il ne savait pas – il pensait que oui, mais il y avait des chances pour qu'il en soit sûr lorsqu'il serait trop tard. Au moment où l'animatrice annonçait une page de publicité, le téléphone sonna.

Je savais que ça ne pouvait pas être Simon, dont la prestation ne finissait pas avant onze heures ; ni mes parents, car l'heure était trop tardive ; ni Alice, avec qui je venais de parler longuement. Sinon, personne d'autre n'avait mon numéro. Ah si, Martina. Il y avait toutes les chances que ce soit Martina, car telle était ma vie : abondance de ce dont je n'avais aucune envie, carence des choses que mon cœur désirait le plus. J'espérais de toutes mes forces que ce ne soit pas Martina, car, pas plus que je ne me sentais d'humeur à supporter ses jérémiades sur ce que sa vie avait d'horrible, je n'avais envie de la larguer à ce moment-là. Pas tout de suite, en tout cas.

DRING !

Pourvu que ce ne soit pas Martina.

DRING !

Pourvu que ce ne soit pas Martina.

DRING !

Pourvu que...

DRING !

Pourvu que, pourvu que, pourvu que...

DRING !

Pourvu que ce ne soit pas Martina !

Je décrochai.

« Allô ? » Je retins mon souffle et attendis les premières inflexions de la voix calme et cependant désagréable de Martina.

« Allô », fit, à l'autre bout du fil, une voix féminine qui n'était manifestement pas celle de Martina. Il s'en dégageait un enthousiasme d'écolière qui aurait été revigorant pour tout autre que moi. *Qui que soit cette personne*, me dis-je, *elle va sans aucun doute être déçue.*

« Qu'est-ce que je peux faire pour vous ? demandai-je poliment.

– Je suis désolée de vous appeler aussi tard, mais je me suis dit que si vous étiez un tant soit peu comme moi, vous préféreriez être dérangé tard le soir que tôt le matin. Ma mère me téléphone des fois à sept heures du matin rien que pour me dire que j'ai une lettre de la banque. Sauf que je suis déjà en route pour mon travail, à cette heure-là, mais si jamais quelqu'un m'appelait tôt un jour de congé, je serais furax ! »

Elle divaguait, mais plus elle divaguait, plus je la trouvais adorable.

« Je me demandais si vous ne pourriez pas m'aider, oui, reprit-elle. C'est moi qui occupais votre appartement il y a encore une semaine... » Elle marqua un temps d'arrêt comme si elle préparait la chute d'une bonne blague. Je reconnus tout d'un coup sa voix. La Nana-en-Larmes du répondeur. « Je me demandais... vous n'avez pas reçu de lettre pour moi ? J'attends un chèque. J'ai fait un peu de secrétariat pour une boîte d'intérim et ils ont envoyé le chèque à mon ancienne adresse, alors que je leur ai dit un million de fois que je partais pour Brighton.

– Hummmm », dis-je, avec l'impression de manifester de la sympathie.

Il y eut un long silence.

J'étais sur le point de lui proposer un nouveau « Hummmm » pour remplir ce vide, lorsqu'elle reprit la parole : « Eh bien... est-ce que j'ai du courrier ? »

Au lieu de répondre, j'analysai sa voix. Une voix tout à fait agréable. Du genre qui me mettait à l'aise peut-être avec un petit quelque chose de recherché, mais rien de prétentieux. Décidément, cette fille méritait qu'on s'intéresse à elle, en particulier à cause de ses pleurs sur le répondeur. J'avais envie de l'interroger là-dessus, mais je ne savais pas comment m'y prendre.

« Excusez-moi, dis-je.

– Est-ce que j'ai du courrier ? répéta-t-elle. Je suis désolée de vous téléphoner aussi tard, mais ce chèque est important. J'en ai besoin pour payer mon loyer. »

Je finis par me réveiller. « Oh, désolé. Non, vous n'avez pas de courrier. Il y a une énorme pile de lettres dans l'entrée, mais personne n'y a touché de toute la semaine. Elles sont adressées à des gens qui habitaient ici il y a des siècles, j'en ai peur. Je les ai regardées, mais aucune n'était pour cet appartement.

– Vraiment ? dit-elle, déçue.

– Vraiment. Dites, comment vous vous appelez ? » demandai-je, ajoutant rapidement, pour ne pas avoir l'air de vouloir la draguer : « Pour que je puisse revérifier, si vous voulez.

– Katie. Ou Kate, plutôt (elle rit). Non, Kate Freemans, pas Kate Plutôt ! »

Elle rit.

« Bon. J'en ai pour une seconde. Je descends vérifier.

– Oh, merci, dit-elle avec gratitude. C'est très gentil de votre part de prendre cette peine. »

Je posai le téléphone sur le lit et courus jusque dans l'entrée en caleçon, chaussettes et chemise. Je raflai le courrier en souffrance, remontai l'escalier quatre à quatre et claquai la porte derrière moi.

« Il y en a tout un tas pour M. G. Peckham, dis-je, hors d'haleine, en manipulant les lettres. Pas mal qui viennent des Alcooliques Anonymes. » Du baratin bas de gamme, mais je n'avais pas tellement le choix, si je voulais la garder en ligne. « Deux lettres pour un certain K. D. Sharpe, avec des timbres de Nouvelle-Zélande, et le reste, rien que des trucs publicitaires nuls. Désolé, mais il n'y a rien pour Kate Freemans.

– Eh bien, merci d'avoir vérifié, dit-elle, stoïque.

– Elle arrivera peut-être demain, répondis-je d'un ton optimiste qui ne me ressemblait pas du tout. La poste est plutôt merdique, dans le secteur. C'est mon anniversaire, dimanche, et je n'ai pas encore reçu une seule carte. S'il n'en arrive pas demain, je n'en aurai aucune avant la bonne date.

– Je suis sûre que vous allez en recevoir. » À son ton, on aurait dit que sa déception d'être sans le sou s'était évaporée. « Quel âge avez-vous ?

– Vous tenez vraiment à le savoir ? » Je sus que c'était une question stupide à l'instant même où je la prononçai. Elle n'allait pas dire non, mais son *oui* n'en serait pas sincère pour autant. Qu'est-ce qu'elle pouvait en avoir à faire, de mon âge ?

« Bien sûr, répondit-elle sans hésiter, avec tant de

confiance et de bonne humeur que je fus totalement convaincu de sa sincérité. Ne me dites rien. Laissez-moi deviner. Trente et un ?

– Non.

– Plus vieux ou plus jeune ?

– Plus jeune.

– Vingt-neuf ?

– Pas tout à fait.

– Vingt-six ?

– Du premier coup... ou presque. Mais bien vu. Comment avez-vous deviné ? C'est au ton de ma voix que j'ai l'air d'avoir vingt-six ans ? »

Question stupide numéro deux, bien entendu. D'où sortaient toutes ces âneries, j'aurais été bien en peine de l'expliquer. Je venais peut-être d'être bombardé relais entre la Terre et la planète Stupide.

« Je ne sais pas, admit-elle. Pourquoi, quel ton on a à vingt-six ans ?

– Pour être tout à fait précis, je n'aurai vingt-six ans que dimanche prochain, mais les vingt-six ans ont un ton de voix très proche du mien. La variété masculine, dont j'estime être un honorable représentant, a tendance à geindre devant les cheveux qui s'éclaircissent, le corps qui s'empâte, la vie qui fout le camp, le travail, la vie amoureuse (ou son absence), tout en évoquant en permanence une sorte d'âge d'or, en général celui où on était à l'université. C'est fichtrement monotone, mais tout de même réconfortant. »

Elle se mit à rire. La main sur le cœur, un doigt suspendu au-dessus du bouton « autodestruction » des comparaisons foireuses, j'aurais cependant juré que son rire était l'image même de l'été, que je sentais le soleil sur ma nuque, que j'entendais les oiseaux chanter dans les arbres, sous un ciel sans nuages. En vrac en une seule livraison.

« Et vous ? repris-je. Quel âge avez-vous ? »

Elle ne répondit pas.

« Très bien. Vingt et un ? Vingt-deux ?

– Eh non.

– Plus, ou moins ?

– Qu'en pensez-vous ?

– Moins.

– Bien vu.

– Vingt ans ?

– Heu, non.

– Dix-neuf ?

– Ouais. Mais j'aurai vingt ans en novembre. »

Il y eut un long silence.

Le long silence se prolongea.

Le long silence se prolongea tellement que si l'un de nous deux ne balançait pas rapidement quelque chose, il ne nous resterait plus qu'à nous dire au revoir. Pris de panique, je proférai la première chose qui me vînt à l'esprit :

« Ahhhhh. »

Nouveau long silence.

« Qu'est-ce que ça veut dire, "Ahhhhh" ? » voulut savoir Kate, m'imitant à la perfection.

Pas la moindre idée ne me venait à l'esprit ; ma réserve de répliques drôles était épuisée. Effrayant. « Oh, rien de spécial. C'est simplement que j'ai connu une Kate, à l'école. C'était elle qui courait le plus vite de toute la classe. Elle était stupéfiante. Je n'ai jamais vu une fille courir aussi vite. Je me suis souvent demandé si elle était allée jusqu'aux jeux Olympiques ou un truc comme ça. Vous n'êtes pas cette Kate, par hasard ?

– Malheureusement pas, Mr Spaceman.

– Mr Spaceman ?

– Je ne connais pas votre prénom.

– C'est vrai, ça, vous ne le connaissez pas. » J'envisageai un instant de m'en inventer un, juste pour m'amuser, mais ce que je sentais de pureté et d'honnêteté dans sa voix m'empêcha de sombrer dans le ridicule. « Les prénoms ne veulent rien dire. Ce ne sont que des étiquettes. Car enfin, comment peut-on savoir comment on doit appeler un enfant, tant qu'il n'a pas eu la possibilité de faire ses preuves ? »

J'avais parfaitement conscience du côté pompeux de cette réflexion, pour la bonne raison que c'était exactement ce que je m'étais dit lorsque j'avais entendu Simon la faire à une fille, un soir de bringue. Je ne l'employais que parce que je désirais désespérément obtenir les mêmes résultats fantastiques que lui (il avait cartonné).

« Vous n'aimez pas votre prénom ?

– Oh, il me convient, répondis-je d'un ton nonchalant. Mais ce n'est pas celui que je me serais choisi. »

Elle rit, ce qui n'était pas exactement la réaction que j'avais espérée. Je lui demandai ce qu'elle trouvait là d'amusant, et elle épilogua sur les garçons qui sont tous les mêmes, avant de me demander le prénom que j'aurais choisi, si j'en avais eu la possibilité ; pas de chance, j'avais oublié celui que Simon avait proposé.

« Je... je ne sais pas », répondis-je nerveusement. Je coinçai le combiné entre l'oreille et l'épaule pour avoir les mains libres, et déchirai en mille morceaux la lettre que j'avais écrite à la banque.

« Je crois que je vais vous appeler James », dit-elle d'un ton badin.

James ? Intrigué, je dressai mentalement la liste de tous les James cool que je connaissais : James Bond (plus décontracté que vraiment cool), James Brown (version soul music) et James Hunt (version coureur automobile casse-cou). Mais, en dépit de cette liste et du fait qu'il y avait seulement un risque sur un million que ce soit le cas, je ne pouvais m'empêcher de penser qu'elle avait un James différent à l'esprit : James Baker, pour être précis, un gringalet, mon cadet d'un an à l'école, qui avait en permanence des croûtes autour des lèvres.

« Et pourquoi James ? demandai-je, sur la défensive.

– Aucune idée. Je vous vois bien en James. Mais si les noms sont sans importance, pourquoi m'avoir demandé le mien ? »

Au lieu de lui faire remarquer que j'avais simplement voulu vérifier qu'elle n'avait pas de courrier, je répondis : « Parce que je voulais savoir à quel point vos parents s'étaient trompés.

– Et à quel point ? demanda-t-elle, sur ses gardes.

– Juste complètement. À côté de la plaque. Je dirais trois sur dix, pour l'effort. »

Le grossier personnage qui sommeille en moi venait de se réveiller. J'aimerais faire croire que cet odieux trait de caractère faisait partie de ma technique de séduction, mais ce serait mentir. C'était de la pure connerie, variante bête et méchante. Comme si ma bouche s'emballait, enivrée de son pouvoir. Ce truc-là m'arrivait à chaque fois que j'étais confronté à de l'authentique gentillesse, comme si je testais scientifiquement les limites de tolérance de mon sujet d'expérience. Histoire de voir jusqu'où on peut aller.

« Essayez-vous de me vexer ? » Elle paraissait plus interloquée que blessée.

« Non, je suis désolé. Pardonnez-moi, c'était stupide de ma part. C'est simplement... simplement que je viens de vivre des moments un peu difficiles.

– Qu'est-ce qui vous est arrivé ? »

Elle avait posé cette question avec une réelle sollicitude ; j'essayai de détourner la conversation, mais en vain.

« C'est ma copine. Elle m'a largué.

– Oh, je suis désolée pour vous. Je comprends ce que vous ressentez. C'est toujours terrible ces moments-là. J'ai honte, tout d'un coup. Votre copine vous laisse tomber, et moi, je viens gémir à cause d'un malheureux chèque !

– Oh, ne vous inquiétez pas, dis-je d'un ton joyeux, oubliant un instant mon chagrin. Ce n'est pas comme si cela venait d'arriver.

– Quand est-ce que ça s'est passé ?

– Il y a trois ans. »

Et je lui racontai toute l'histoire. Pendant les silences dont mon récit était ponctué, Kate émettait des petits grognements pour m'encourager, qui me faisaient me sentir encore plus mal. J'étais là, en train de faire perdre son temps à une fille captivante, une fille à la voix de velours qui était peut-être même canon, en lui racontant ce que m'avait fait mon ex, au lieu de la draguer dans les règles, comme l'aurait fait tout homme sensé.

Quand j'eus terminé, soit environ une heure plus tard, elle me dit que je ne devais pas me laisser abattre et m'avoua qu'elle-même se remettait tout juste d'une rupture récente.

« C'est à cause de ça que j'ai pleuré sur votre répondeur – au fait, merci de ne pas m'en avoir parlé. Téléphoner à l'appartement m'a rappelé que je l'avais habité, ce qui m'a rappelé que j'y avais vécu avec mon copain, ce qui m'a rappelé qu'il m'avait larguée. »

Je crus un instant qu'elle allait se mettre à pleurer, mais elle embraya aussitôt sur sa propre histoire. On se serait cru dans un micro-groupe d'aide mutuelle destiné à cette strate minoritaire mais bruyante de la société, les Largués Anonymes. Son ancien mec (qu'elle refusait de désigner autrement que par « mon ex » ou, de temps en temps, « cet ignoble salopard » l'avait laissée tomber trois semaines auparavant, brusquement, sans le moindre signe annonciateur. Cela faisait six mois qu'ils filaient le parfait amour.

« J'ai perdu les pédales pendant un moment, vraiment perdu les pédales. Je restais prostrée sur mon lit à regarder le plafond. J'ai même débranché le téléphone juste au cas où il essaierait de me rappeler. Je ne mangeais pas, parce que j'étais sûre de vomir après. Je n'ai vu personne, pas même mes copines, pendant presque deux semaines. Je ne bougeais pas de chez moi, je n'arrêtais pas de regarder la télé et de bouffer des Hobnobs (elle rit). Au fait... » J'entendis un bruit de cellophane froissée, puis les craquements d'un biscuit que des dents grignotaient avec délicatesse. Elle eut un petit ronronnement de satisfaction et reprit : « Ça va mieux. Et puis, un jour, je me suis réveillée, c'est tout. Je me suis dit que j'avais le choix entre passer ma vie à pleurer sur mon sort, ou me remettre en selle. Et je me suis remise en selle. »

J'étais épaté par tant de confiance en soi. Elle était parvenue à accomplir la seule chose dont j'étais incapable : redémarrer. Mais, plus j'y pensais, moins j'étais impressionné. Jamais elle n'avait aimé son ex-copain comme moi j'aimais Aggi ; sinon, elle aurait été aussi anéantie par le chagrin que moi. Nos deux cas n'étaient pas donc comparables.

Kate poursuivit : « Je n'ai jamais compris pourquoi les gens tiennent tellement à vous dire des choses du genre : *Un de perdu, dix de retrouvés.* C'est pourtant ce que ma mère m'a sorti, lorsque je me suis fait larguer par celui qu'elle considérait jusqu'alors comme mon mec. J'étais là, à pleurer comme une madeleine, et tout ce qu'elle avait à me proposer en guise de consolation, c'était un dicton idiot ! Elle s'en serait bien gardée, si cet ignoble salopard était mort dans des circonstances horribles, un accident de voiture, par exemple. Jamais elle ne m'aurait dit : T'en fais pas, Kate, ce n'est pas les garçons qui manquent, et en plus, ils ont l'avantage d'être en vie, eux. »

Bien vu.

Alors que je ne savais pas quoi répondre, elle me demanda abruptement : « Entre le chagrin et rien, qu'est-ce que vous choisiriez, vous ? »

Je reconnus tout de suite la citation. Uniquement parce qu'avec Aggi, Simon et sa copine de l'époque, Gemma Walker (durée : trois semaines, deux jours), nous avions passé un samedi après-midi, quatre ans auparavant, à regarder *Breathless*, la version américaine d'*À bout de souffle* de Godard. C'était dans le cadre d'une recherche pour un mémoire sur les adaptations hollywoodiennes de films empruntés à d'autres langues que l'anglais. J'avais choisi ce thème parce que cela signifiait que j'allais aussi visionner *Les Sept Mercenaires*, même s'il y avait un inconvénient : il faudrait que je me tape *Les Sept Samouraïs*, film que je trouvais, pour dire les choses carrément, aussi assommant qu'un documentaire sur la pêche à la morue par temps de brouillard. Dans une des scènes, la petite amie de Richard Gere, admirablement incarnée par Valérie Kaprisky, lit à haute voix un passage dans un livre qu'elle lâche pour embrasser son amant. Simon et moi avions passé cinq minutes à revoir la scène image par image pour trouver quel était ce livre, la citation nous ayant impressionnés l'un et l'autre.

« C'est dans *Les Palmiers sauvages* ! » m'exclamai-je, excité, comme si Kate allait me donner dix points dans un jeu télévisé – et le bonus, par-dessus le marché : « de William Faulkner.

– Ah bon ? Je ne savais pas. C'est cet ignoble salopard qui m'a écrit ça dans une lettre.

– Oh, fis-je, pris au dépourvu.

– Eh bien, quelle serait votre réponse ? »

Je lui dis que ce serait rien. Elle ne me crut pas. C'était pourtant vrai. Si ç'avait été à recommencer, je ne serais pas sorti avec Aggi. J'aurais tout de suite quitté le magasin de l'Oxfam, ce jour-là, trop content de renoncer au miroir Elvis et plein de gratitude à l'idée que ma santé mentale et ma dignité resteraient intactes au cours des prochaines années.

« Mais, protesta Kate, et les bons moments ? Vous avez sûrement eu de bons moments, non ?

– C'est vrai, nous en avons eu. » En esprit, je parcourus le catalogue de ceux que nous avions connus, Aggi et moi. « Mais en fin de compte, qu'est-ce qu'il me reste ? Rien que des souvenirs. J'ai vingt-six ans et je vis constamment dans le passé. Je suis séparé d'Aggi depuis trois ans, soit plus de temps que nous avons passé ensemble, et je n'arrive toujours pas à surmonter ça. Ne rien avoir vécu, comparé à cette situation, ce serait le bonheur. »

Kate commençait à en avoir assez. Je le sentais. J'avais envie de lui raconter ma vie par le menu, de lui dire tout ce qui m'étouffait. Cependant, j'étais convaincu que je lui cassais les pieds.

« Je ne vous casse pas un peu les pieds ? demandai-je en essayant de prendre un ton détaché.

– Mais non, pas du tout. Pourquoi ?

– J'avais peur de commencer à vous ennuyer. C'est terrifiant que vous soyez obligée de m'écouter ressasser mes histoires. Il m'arrive d'être tellement barbant que j'arrête de m'écouter moi-même. »

Elle éclata de rire. Toujours le grand soleil d'été.

« Parlez-moi un peu de vous, Kate, repris-je en allumant

une cigarette. Racontez-moi quelque chose sur vous que je ne sache pas.

– Quoi, par exemple ?

– Je ne sais pas. Ce que vous voudrez.

– Je ne vois pas ce que je pourrais vous dire... » Je tirai longuement sur ma cigarette pendant qu'elle hésitait. « OK, j'ai une idée. Posez-moi trois questions dont vous aimeriez connaître la réponse, et je vous en poserai trois ensuite. »

J'acceptai. Je me creusai frénétiquement la tête, essayant de trouver des questions qui, tout en la laissant perplexe, seraient sexy et d'un humour ravageur.

« Où habitez-vous, à présent ?

– Bonne question », dit Kate. Je cherchai ne fût-ce qu'une trace d'ironie dans sa voix. Il n'y en avait pas. « Réglons la question géographique. »

Kate habitait à Brighton dans un appartement qu'elle partageait avec sa meilleure amie, Paula. Cette dernière était sortie avec ses collègues de travail, ce qui me plaisait au plus haut point : j'aimais l'idée que nous étions seuls, tous les deux, parlant comme des conspirateurs dans la nuit. Kate s'était réfugiée là-bas parce qu'elle était sans le sou. Elle avait abandonné l'université au bout d'une année (option « Situation des minorités en Europe de l'Est », ce qui valait aux étudiants d'être surnommés les Euromanichels).

« Pourquoi avoir laissé tomber ?

– Parce que, de toute façon, on m'aurait mise à la porte, avoua Kate avec un soupir. Je n'allais pratiquement jamais aux cours. J'étais amoureuse. Il me paraissait plus important de rester avec mon mec que de m'initier à l'histoire des frontières, qui créent de nouvelles minorités à chaque fois qu'elles changent. Ou même que d'avoir une vie sociale. Lui, il était toujours obligé de partir ici ou là, et il me manquait tellement, dans ces moments-là... » Sa voix se mit à trembler. Elle prit une profonde inspiration et son ton changea, comme si elle avait délibérément décidé de ne plus repenser à lui : « C'est fini, tout ça.

– Londres ne vous manque pas ? Au fait, c'est ma deuxième question officielle. »

Elle éclata de nouveau de rire. « Pas du tout. C'est hors de prix, c'est crade, c'est pollué et on y est constamment agressé. Et puis, Londres me rappelle trop mon ex. J'aime bien Brighton. L'appartement n'est qu'à cinq minutes de la mer. J'adore la mer. »

Je me creusai longtemps la tête pour trouver ma troisième question. J'envisageai de demander des trucs rigolos, ou au contraire des choses poignantes, mais il n'y en avait qu'une chose que je désirais savoir, que j'avais un besoin presque viscéral de savoir : comment était son copain. Sujet qui était pourtant clairement tabou depuis quelques minutes.

« Il était comment, votre ex ?

– Rien de spécial, répliqua-t-elle sans hésiter. Rien qu'un type ordinaire qui pensait qu'il était tout l'univers pour moi... à juste titre. Mais, entre le chagrin et rien, moi je choisis le chagrin. »

Elle refusa d'en dire davantage.

« Je n'ai pas oublié que vous avez dit *trois questions*, repris-je, presque avec timidité, mais j'aimerais vous en poser une quatrième.

– Dites toujours.

– Allez-vous me rappeler bientôt ?

– Je ne sais pas. On verra bien. »

23.45

Une fois le téléphone raccroché, j'essayai de chasser Kate de mon esprit. Impossible. Elle ne voulait pas déguerpir. Si bien que je repassai dans ma tête les réponses que j'avais données à ses trois questions :

ELLE : C'était qui, votre première copine ?
MOI : Une fille qui s'appelait Vicki Hollingsworth. J'étais tout juste adolescent. Ça n'a pas marché. Trop de complications.

ELLE : Quelle est la pire de vos habitudes ?
MOI : Me préparer d'infects sandwichs aux nouilles... fumer... mentir... Penser à mon ex... Vous avez le choix.

ELLE : Pourquoi avez-vous envie que je vous rappelle ?
MOI : Parce que.

ELLE : Parce que quoi ?
MOI : Parce que.

Je pensai un instant me remettre à écouter l'émission de Barbara White, mais le fait de m'être levé de bonne heure pour aller travailler – une torture, pour un organisme qui préférait survivre grâce aux allocations chômage – commençait à faire sentir ses conséquences. Il me fallait environ une heure, de porte à porte, pour me rendre au lycée. Ce qui n'aurait pas été dramatique si j'avais pu arriver tranquillement à la même heure que les élèves, mais M. Tucker tenait à ce que le personnel soit là dès huit heures et quart. Si bien que, sauf à devoir supporter quotidiennement les reproches acerbes de ce barbu pitoyable au visage couvert de verrues, je devais quitter l'appartement à sept heures et quart, ce qui m'obligeait à me lever au plus tard une demi-heure avant ! Sept heures moins le quart ! L'horreur. J'avais essayé toutes sortes de méthodes pour raccourcir mon temps de préparation-pour-aller-au-lycée, et donc prolonger mon sommeil : j'arrêtais de me brosser les dents, faisant gicler directement la pâte dentifrice dans ma bouche ; je me douchais le soir, et non plus le matin ; je mettais des chaussures de sport, au cas où je serais obligé de piquer un sprint. Cependant, en dépit de tous ces efforts, il n'était guère de matin où je ne partais pas sans laisser un bol de céréales à moitié plein dans l'évier, m'étranglant sur un bout de pain tout en courant sur Holloway Road.

Je me remis au lit après avoir enlevé et jeté chemise et chaussettes n'importe comment sur le plancher, à côté de mon pantalon. Ces vêtements, mes vêtements pour-aller-en-classe, étaient totalement étrangers à mon véritable moi. J'avais réussi à éviter (pendant presque dix ans, c'est-à-dire jusqu'au jour où je m'étais inscrit en formation pédagogique) les rayons hommes des grands magasins. Il y avait quelque chose, dans les boutiques de vêtements pour homme de High Street, que je détestais encore plus que le fascisme, les proprios et les voitures qui se garent devant chez moi. La combinaison de vendeurs-stagiaires plus ou moins demeurés dans un décor effrayant de prétention et d'une clientèle tout aussi affligeante – ados venant dépenser leur allocation-fringues, étudiants en ingénierie, filles dépourvues de goût conseillant leur copain sur le choix d'un pull – tout ça, c'était trop pour moi. Tous mes vêtements étaient d'occasion et venaient de magasins de diverses associations caritatives. J'avais deux placards pleins de ce que Simon et moi appelions des « fringues de maccabs », le genre de choses dont se débarrassent les veuves éplorées et les divorcées rancunières. Ma garde-robe m'avait coûté, tout compris, moins de cinquante livres, mais ce n'était pas là l'important ; ce qui comptait, c'était que cela renforçait mon sentiment de ne pas être comme les autres. Le style que je recherchais était un croisement de celui de Clint Eastwood dans *Magnum Force* et de Richard Rowntree dans *Shaft*. J'admets volontiers que j'étais encore un peu loin du compte, mais assez près tout de même pour me sentir différent du troupeau. Pour mon malheur, le conformisme est indispensable dans l'enseignement, et même moi, je m'étais rendu compte que je devais procéder à des révisions déchirantes en matière de tenue vestimentaire, si je voulais jamais obtenir un travail.

Le pantalon venait de chez Burton. Un falzar noir à revers. D'où j'étais, dans mon lit, je remarquai que le fond devenait brillant. La chemise (une Top Man : beurk !) était l'une des cinq que j'avais achetées, toutes trop petites d'une taille. Au moment de payer, le jeunot à la caisse m'avait demandé si j'étais sûr d'avoir pris la bonne taille. J'avais répondu que oui, parce que ce morveux boutonneux avait dix-sept ans et que, étant diplômé en littérature anglaise et études cinématographiques, j'étais forcément plus au fait des arcanes de cette question que lui.

Je sortis un bras du lit pour éteindre. Les lampadaires de

Friar Avenue (la rue qui longe les jardins, derrière les immeubles) projetaient une lueur fantomatique sur les rideaux et des ombres mouvantes dans la pièce. À peine avais-je reposé la tête que je me redressai pour ramasser mes vêtements épars sur le plancher et les placer sous ma nuque. Parmi les objets que j'avais oublié d'emporter, il y avait un oreiller et, comme je ne savais pas très bien dans quel genre de magasin on en trouvait (une oreillerie ?), je faisais sans. Je me dis que je le demanderais à Kate, si jamais elle me rappelait.

Kate est vraiment une fille qui m'intéresse, pensai-je, espérant rêver d'elle. *J'ai l'impression qu'on pourrait bien se marrer ensemble. Elle paraît différente des autres filles. Elle n'est pas comme...*

Le téléphone sonna.

« Salut, Will, c'est moi », dit une voix que je ne reconnus que trop bien. Martina. Elle paraissait plutôt de bonne humeur.

« J'espère que tu ne m'en veux pas de le téléphoner si tard. C'est simplement que... eh bien... tu ne m'as pas appelée de la semaine. Pourtant, je t'ai laissé plusieurs messages. Je me suis dit qu'il y avait peut-être un problème avec ta ligne, mais j'ai fait vérifier au service des dérangements. »

Le moment était venu de réfléchir, et vite :

a) amnésie ?

b) le travail ?

c) panne de répondeur ?

d) la vérité ?

e) tout ça à la fois ?

« Je ne savais pas que tu avais essayé de m'appeler, dis-je en m'efforçant d'adopter le ton de la plus complète surprise. J'ai des problèmes avec mon répondeur. Je suis vraiment désolé.

– Ça ne fait rien, ça ne fait rien, répondit-elle, coupant court à mes excuses, ce n'est pas ta faute. Tu as dû être bien trop occupé à te faire de nouveaux copains, tu n'as pas eu le temps de m'appeler avant le week-end. Ça doit être excitant ! Plus que de me téléphoner. »

Martina avait pris l'habitude de me parler de cette façon – c'est-à-dire en se rabaissant, sans doute pour pouvoir me placer plus haut dans son estime – dès l'instant où je l'avais embrassée. Misérable tentative de manipulation des personnes pathétiquement affamées de reconnaissance (moi y compris), pour que l'objet de leur affection leur dise quelque chose de gentil. Mais Martina n'espérait pas qu'on la détrompe : j'étais certain, vu le sérieux avec lequel elle parlait, qu'elle était de ces gens qui sont d'une sincérité absolue et ne disent jamais rien dont ils ne soient entièrement convaincus.

J'ignorai ses courbettes et ses salamalecs. « Alors, quoi de neuf ?

– Oooh, rien de spécial », répondit-elle avec un soupir. Son *Oooh* évoquait une chouette asthmatique. « Je n'ai toujours pas trouvé de travail. J'ai laissé mes coordonnées à des boîtes qui pourraient avoir bientôt besoin de prof. Mais, pour ce qui est d'un contrat définitif, j'ai bien peur qu'il n'y ait rien avant la Noël. »

Je devais l'admettre à contrecœur : elle paraissait sincèrement triste, perdue et seule.

« Comment ça se passe avec tes parents, à la maison ?

– C'est affreux, Will. J'ai vraiment horreur de ça. Je voudrais tellement être à Londres avec toi ! Ça ne serait pas génial ? Je pourrais me trouver un appartement à côté du tien, je te ferais la cuisine et on pourrait regarder cette série télé dont tu me parles toujours.

– *La Vipère noire*, dis-je.

– Oui, *La Vipère noire*... Ce serait mon rêve devenu réalité, Will. Vraiment, mon rêve devenu réalité. »

Ce n'était pas une phrase en l'air, du genre : « Qu'est-ce que ce serait sympa, si... » Elle était sérieuse. Elle avait dû se jouer cette scène des milliers de fois dans sa tête, tandis qu'elle remplissait des questionnaires d'embauche dans sa chambre. Je le savais d'autant mieux que j'avais passé nombre de mes heures libres à imaginer des scénarios du même genre – avec Aggi comme protagoniste.

« Ça ne va pas durer éternellement », dis-je pour la rassurer. Depuis le lit, je me tordis le cou pour essayer d'entrevoir le ciel nocturne entre les rideaux qui ne fermaient pas complètement. « Tu vas bien finir par trouver un job. Tu as d'excellentes références. Tu as...

– Tu me manques, Will », m'interrompit-elle.

Pas le temps de réfléchir. Son ton exigeait une réaction immédiate. C'était le moment ou jamais. Je pouvais lui briser le cœur sans prononcer un seul mot, ou l'envoyer au septième ciel. Je disposais de ce pouvoir, un pouvoir exorbitant, mais je n'en voulais pas. Pour rien au monde. Parce que, métaphoriquement parlant, j'allais devoir procéder au massacre d'un bébé phoque me regardant, tout mignon, de ses grands yeux éplorés.

« Toi aussi tu me manques, Martina », murmurai-je tout doucement, sans doute avec l'espoir que ni elle ni ma conscience n'allaient m'entendre.

Elle poussa un profond soupir de soulagement.

Ça ne pouvait pas continuer et, bien entendu, je le savais. Je venais de commettre une nouvelle super-gaffe. Elle ne voulait pas de ma pitié ; c'était mon affection qu'elle désirait. Et je n'en avais aucune à lui donner. Je devais lui dire la vérité.

« Martina ? » Cette fois-ci, le ton de ma voix dut me trahir, car elle ne répondit pas. Je la sentais se tendre à l'autre bout du fil, je la sentais se préparer à recevoir le coup, je la sentais qui attendait la fin du monde. J'avais vu le chien de la famille, Beveridge, faire la même chose quand il comprenait que j'allais le virer. Il refusait de venir lorsque je l'appelais, se contentant de savourer ses derniers instants peinards.

Qu'est-ce que j'allais lui dire ?

Je suis désolé, Martina, mais ça ne marche tout simplement pas entre nous.

Trop dur.

Ce n'est pas de ta faute, Martina, c'est moi. Tout est de ma faute.

Pas assez dur. Elle allait croire que j'étais dans mes mauvais jours, c'est tout.

Je ne sais pas comment te dire ça, Martina, mais je ne vais pas y aller par quatre chemins : ça ne marche pas entre nous.

Droit au but. Ferme, mais correct. Bien dosé.

« Martina, commençai-je, je ne sais pas comment te dire ça...

– Ne dis rien, Will. Je sais exactement ce que tu veux me dire, parce que je ressens la même chose pour toi.

– Quoi ? m'exclamai-je.

– Oui, exactement la même chose. » Je ne savais plus où j'en étais. « Je sais bien que nous sommes ensemble que depuis la semaine dernière, mais est-ce que le temps compte ? Moi aussi je t'aime, Will. »

Ce n'était pas le vocabulaire qui me manquait, je le savais parfaitement ; néanmoins, pas un mot, pas une phrase ne monta à mes lèvres pour prendre ma défense. J'étais littéralement sans voix et je me rendais compte que, pour elle, le temps que je mettais à réagir était la meilleure preuve que je partageais ses sentiments, que j'étais trop submergé par l'émotion pour pouvoir la traduire en mots. Je n'arrivais pas à comprendre comment elle pouvait me dire qu'elle m'aimait, alors que nous n'avions eu que la plus brève des brèves rencontres, une semaine auparavant.

« Écoute, Martina... » Je n'allai pas plus loin. En dépit de la bouffée de colère qui était montée en moi, je me sentais incapable de lui dire la vérité. « Il est tard, Martina. Je suis fatigué. Je viens de vivre une semaine très dure. J'aimerais dormir, à présent. On se parlera demain, d'accord ?

– Rêve de moi, susurra-t-elle.

– Ouais, entendu. Puisque tu me le demandes. » Je secouai la tête en reposant le téléphone.

Un sale coup. Un sale coup de la pire espèce. Très mauvaise idée, cette Martina, encore plus mauvaise maintenant qu'elle avait pris corps dans la réalité. C'était le diable en porte-jarretelles, cette fille. Comment avais-je pu me fourrer dans une histoire pareille ?

Nikki et Cathy, deux filles qui avaient suivi la même formation pédagogique que moi, étaient des amies proches de Martina. Un soir, pendant la deuxième semaine de cette année de formation, elles m'avaient rapporté les commentaires flatteurs que Martina avait tenus me concernant, commentaires qui ne signifiaient qu'une chose : elle était amoureuse de moi. Et j'avais été flatté, sur le coup, car elle était loin d'être laide ; grande, blonde, elle avait une manière si élégante de se tenir et de bouger qu'elle donnait presque l'impression de flotter. Ce soir-là, j'avais échangé quelques mots avec elle, mais, même alors, il m'avait paru évident que si je l'intéressais, nous n'avions rien en commun.

Je ne lui avais pas reparlé jusqu'au week-end qui avait précédé mon départ pour Londres. Je venais alors d'avoir avec Alice une discussion sur le thème : il est destructeur de chercher l'Amour avec un grand A dans les années 90. Alice m'avait laissé entendre que ce n'était pas pour des raisons démographiques que je ne le trouvais pas, mais plutôt parce que j'étais bien trop coincé. J'avais dû reconnaître qu'elle n'avait pas tort. Tandis que, tout autour de moi, tout le monde se livrait sans retenue à des rencontres d'un soir, à des acrobaties pour les multiplier par deux et à des numéros scandaleux à trois dans un lit, j'étais tellement occupé à chercher l'Unique – ou la deuxième Unique, après Aggi – que je n'avais pas le temps de faire comme les autres. Je voyais bien où Alice voulait en venir. J'aurais pu tout aussi bien me balader avec autour du cou une pancarte : « CHERCHE ÉPOUSE. » C'était après une remplaçante d'Aggi garantie à vie que je courais, et rien d'autre ne pouvait me convenir.

C'était donc sur Martina que c'était tombé. Elle avait été mon expérience. J'avais fait mon petit Frankenstein et créé ce monstre. Mais ma seule et unique tentative de liaison passagère, je la payais au prix fort. Il avait suffi d'un coup de téléphone. À l'arrière du taxi, après avoir passé le début de la soirée au restaurant (*Los Locos* – Les Cinglés – je vous demande un peu !), alors que je glissais une main frémissante sous son chemisier, elle m'avait clairement fait comprendre que c'était une relation sérieuse qu'elle voulait. J'avais marmonné quelque chose du genre « Oh, ouais, moi aussi », après quoi elle m'avait englouti sous une avalanche de longs baisers passionnés. Et à présent, juste à cause de ça, c'était les regrets qui menaçaient de m'engloutir, et ils n'auraient pas beaucoup de mal à y arriver. Dans mes bons jours, je me sentais déjà coupable pour des choses auxquelles la plupart des gens ne faisaient même pas attention – ne rien donner à un sans-abri, par exemple, ne pas acheter un timbre de la Croix-Rouge, tuer une mite prise dans les rideaux. La culpabilité était un élément fondamental de mon existence. Et maintenant, à cause de Martina, je me sentais d'une culpabilité abyssale pour des choses dont je n'étais absolument pas responsable. Hiroshima ? Ma faute. Le naufrage du *Titanic* ? Ma faute aussi. Han Solo coincé dans de la carbonite dans *L'Empire contre-attaque* ? Je vous jure que c'est moi, princesse Leia.

Déjà, ma mauvaise conscience me suggérait de continuer à sortir avec Martina en guise de pénitence. Après tout, les catholiques l'ont bien compris : on efface toute culpabilité en renvoyant la souffrance de la culpabilité sur soi-même, vu qu'en fin de compte, avoir affaire à sa propre angoisse est bien plus facile qu'avoir affaire aux souffrances que l'on a provoquées. Très beau, en théorie, mais cela ne réglait rien. La situation ne ferait qu'empirer. Mon problème, c'était qu'il fallait que je me débarrasse d'elle, mais je n'en avais pas le courage. Je n'avais jamais largué une fille de ma vie. Bon, d'accord, je m'étais conduit d'une manière telle qu'elles n'avaient pas eu d'autre choix que de me laisser tomber, mais c'était un geste que je n'avais jamais commis moi-même. J'étais incapable de dire à quelqu'un que je ne l'aimais pas comme lui m'aimait. Grâce à Aggi, j'avais parfois l'impression d'être la seule personne au monde à pouvoir dire en toute sincérité : « Ça va me faire plus de mal qu'à toi. »

00.50

Martina ou, plus précisément, des pensées tournant autour de Martina me tenaient éveillé, courant dans ma tête comme si mon crâne était un circuit miniature de Formule 1. Elles finirent cependant par ralentir et converger vers un point : Aggi. Combien de temps s'était-elle demandé, comme je le faisais à ce moment-là au sujet de Martina, quelle serait la meilleure manière de rompre avec moi en douceur ? Elle savait forcément que, quelle que soit la façon dont elle s'y prendrait, je serais complètement démoli.

Un bon mois plus tard, alors que je commençais tout juste à prendre conscience qu'elle n'était plus là (chose aussi facile à réaliser que de faire remarcher un paraplégique), il m'était venu à l'esprit qu'elle avait peut-être passé des semaines, voire des mois, à essayer de me dire ce qu'elle ressentait, et que, dans mon aveuglement, je n'avais rien remarqué. Cela m'avait fait mal de me dire que j'étais resté si longtemps dans l'illusion qu'elle éprouvait pour moi ce que j'éprouvais pour elle, et qu'à présent je ne savais plus que croire. Je n'avais pas posé les questions que j'aurais dû poser à l'époque et, le temps de me sentir prêt à les aborder sans m'effondrer, elle avait coupé tout contact.

Peut-être l'avait-elle décidé le matin même, ou lorsque je l'avais retrouvée devant le « Talons Express », ou au café, ou lorsqu'elle était sortie du parking, ou pendant qu'elle roulait dans Rilstone Road, ou quand elle s'était penchée vers moi pour m'embrasser et me dire que...

Ça suffit. Je fermai les yeux avec force, espérant que le sommeil n'allait pas tarder. *J'ai assez réfléchi pour le moment.* À ce train-là, je n'allais jamais dormir. Par l'interstice entre les rideaux, le ciel nocturne paraissait s'éclaircir, et je me demandai si je ne m'étais pas endormi sans m'en rendre compte. Je consultai ma montre. Non, la nuit était encore très loin d'être finie. Je me rallongeai et me mis à contempler les plaques du plafond avec l'espoir de m'endormir d'ennui. Mais j'avais du mal à les distinguer ; sans mes lunettes, le monde se réduisait à un vaste brouillard. Voilà une chose dont je me réjouirais toujours.

C'est à douze ans que je me suis rendu compte que les autres, apparemment, voyaient le monde avec netteté. Cela faisait alors au moins deux ans que ma vue se détériorait. Douze ans : un sixième de ma vie ou bien, si je ne compte que la période pendant laquelle j'ai pu parler et penser un peu, au moins un cinquième. Non pas que j'aie eu une révélation, non, pas de chemin de Damas, mais une prise de conscience insidieuse, progressive. Je croyais simplement que les choses étaient comme ça.

Ma première paire de lunettes était un machin hideux, qui me fit protester et piquer ma crise, lorsque j'appris que cette horreur allait, de manière imminente, entrer dans ma vie. Un seul regard dans le miroir de l'opticien, et j'éclatai en sanglots. Il n'existait que deux personnages pouvant servir de modèle quand on était binoclard à cette époque et à l'âge que j'avais : Brains, de *Thunderbirds*, ou Joe 90. Et encore, on devait laisser croire qu'on était intelligent.

Mes petits camarades, sans même avoir besoin de provocation, trouvèrent amusant de s'en prendre à moi et à mes lunettes à la moindre occasion. Même Sandra Law, qui en portait pourtant une paire à monture rose, se sentit autorisée à se joindre à eux. Je dus supporter leur harcèlement pendant plus d'une semaine, c'est-à-dire jusqu'à ce que, grâce au ciel, ils aient trouvé quelqu'un d'autre à torturer : le petit frère de Craig Harrisson. Celui-ci avait montré son zizi à des filles dans la ravine qui longeait l'arrière du lycée. On racontait que c'était elles qui l'avaient provoqué en lui demandant de le faire, mais ce n'était pas une excuse. Ce garçon n'avait aucun amour-propre.

Simon, pendant cette épouvantable semaine, était resté à mes côtés. Non pour défendre mon honneur, ce qui n'aurait fait que retourner contre lui les sévices de nos petits camarades, mais comme ça, au moins, il y avait pour jouer avec moi quelqu'un dont je savais qu'il ne me traiterait jamais de Billy-quat'zyeux ou de serpent à lunettes. C'est pendant la récré d'après le déjeuner, alors que nous jouions à Galactic Head, notre vision personnelle des futurs voyages spatiaux, qu'il me vint à l'esprit d'utiliser les lunettes dans ce jeu.

Je scotchai une pointe bic à l'une des branches et mes lunettes devinrent sur-le-champ un communicateur intergalactique. C'est ainsi que je lançai la mode la plus ravageuse qui ait jamais submergé les cours de récré depuis des années, plus que les cartes à échanger du *Retour du Jedi* et les duffle-coats transformés en cape de Batman en attachant le capuchon autour de son cou. L'après-midi, le succès de mes lunettes avait fait le tour de l'école. Dès la fin de la semaine, on m'apportait des lunettes de soleil pour que je les transforme. Cet engouement, et par la même occasion ma popularité, en prirent cependant un coup lorsque Gareth Evans, dit « Stiggy », me donna les lunettes à double foyer de son père pour que je les modifie. M. Evans expliqua plus tard au directeur qu'il n'était « fichtrement pas étonnant » que son fils, qui avait une vision parfaite, ait trébuché et cassé ses lunettes en jouant à chat perché avec Arthur Tapp.

Un an plus tard, mes verres subirent le même sort pendant une sortie avec les scouts dans les collines du Derbyshire. Nous dormions à cinq par tente et, avant l'extinction des feux, Craig Butler (il dormait au milieu) avait réussi à nous convaincre qu'un homme allait venir nous couper les parties avec un couteau à beurre bien aiguisé. Il nous mit tous à cran, et ce ne fut que grâce à la contraction permanente de mes muscles fessiers que j'empêchai mes intestins d'exploser. Je dormais juste à côté de la fermeture à glissière de la tente et il n'était pas question pour moi d'enlever mes lunettes. À mon réveil, le lendemain, elles avaient disparu. Je n'eus pas à chercher bien loin pour les retrouver : elles gisaient sur le sol, après avoir été écrasées par les fesses tremblotantes du gros Nigel.

Notre chef scout, un homme que nous appelions M. George, me suggéra de scotcher la branche cassée. De toute évidence, ce M. George n'avait jamais été ado, sinon il aurait compris à quel point son idée était stupide. De l'adhésif, c'était bon quand j'étais morveux et que je jouais à Galactic Head, mais après, rien au monde n'aurait pu me convaincre de porter des lunettes rafistolées de cette manière. Je décidai donc que mon amour-propre souffrirait beaucoup moins si je ne voyais rien du tout. Je passai ainsi tout le reste du week-end, à savoir tout le samedi et l'essentiel du dimanche, à me faire remettre sur le bon chemin. De retour chez moi, ma mère m'envoya directement chez l'opticien choisir une autre paire. Mais comment faire ? Autant me demander de me choisir un autre nez. Au bout de trois heures passées dans le magasin, et après avoir essayé la collection complète des lunettes pour enfant, je me décidai pour une paire de couleur noire. Je les ramenai à la maison mais, après les avoir montrées à tout le monde, j'eus l'impression que cette nouvelle paire était encore plus exécrable que la précédente.

Ce week-end sans lunettes m'avait cependant appris quelque chose : ce que je voyais, privé de verres, était tout à fait séduisant. Rien n'était nettement défini. Les couleurs se confondaient. J'avais l'impression d'être plongé en permanence dans le genre de mise au point floue que l'on réserve aux héroïnes qui s'évanouissent : plus de contours brutaux et agressifs, finies les taches et les marques qui gâchaient tout. La vie réelle paraissait très loin.

Dans cette humeur intro-rétrospective, perdu dans la contemplation du plafond, je repensai au jour lointain où la Vie réelle et ma Vie étaient entrées en collision. Je venais tout juste d'achever un excellent portrait de ma mère. Je lui avais fait un visage rouge et souriant, et des cheveux bleus ; mais surtout, je lui avais attribué un cou. J'avais remarqué que les gamins de mon âge qui manifestaient plus de talent pour les arts que pour le bac à sable avaient exécuté des portraits de leur maman (commandes expresses pour la fête des mères) sans cou. Certaines avaient de grosses têtes rondes, d'autres avaient même des cheveux, mais pas une seule n'avait de cou. J'en donnai donc un à la mienne. Un cou long et mince. Et vert. J'en étais très fier.

Après la séance de peinture, on nous obligeait à faire la sieste. Les lits étaient alignés contre le mur du fond. Je courais en général jusqu'à celui qui était situé près de la porte, afin de sentir le courant d'air ; comme ça, je pouvais faire semblant de croire que j'étais en mer, sur un bateau. Ce jour-là, je me précipitai vers un lit en face de la grande baie vitrée qui s'ouvrait de ce côté-là de la salle. Elle donnait sur les arbres voisins de la cour de récréation. Je n'avais pas sommeil, mais j'aimais bien m'allonger. J'aurais pu courir, sauter et jouer vingt-quatre heures sur vingt-quatre, mais je perdais à chaque fois cette bataille parce que la sieste me donnait l'occasion de penser. À cette époque, j'avais rarement le temps de vraiment penser, tant j'étais occupé à jouer. Je vivais dans un présent permanent, un MAINTENANT écrit en grandes lettres majuscules. L'avenir ne me concernait pas.

Je fermai très fort les yeux et attendis de voir apparaître, comme toujours, les choses rouges et orange flottantes. Elles étaient magnifiques, mais je ne pouvais jamais les observer directement : elles disparaissaient alors, et ne réapparaissaient que lorsque mon regard cessait de les chercher. Au bout d'environ cinq minutes, je me mis à penser à ma maman. Elle m'avait déposé à la crèche, comme elle le faisait tous les jours depuis le mois de septembre. Cet arrangement me convenait à merveille. Je n'avais aucun problème à me retrouver avec des adultes étrangers et une bande de mioches que je ne connaissais pas. Si mes parents avaient voulu me donner de l'avance en matière de talents relationnels, ils n'auraient eu qu'à me le demander, et je leur aurais dit que je m'entendais avec tout le monde.

Ma mère m'avait embrassé avant de partir, le matin même, mais, tandis que je faisais la sieste par cet après-midi venteux, je commençai à me demander où elle était. Je ne saurais dire pourquoi, mais je me mis soudain à douter qu'elle fût réelle. Il m'était arrivé à plusieurs reprises de rêver de choses qui me donnaient une telle impression de réalité que j'aurais juré qu'elles s'étaient réellement produites. Une fois, j'avais rêvé que je volais et, même encore aujourd'hui, je me souviens de l'aspect qu'avait la ville vue du ciel et de la sensation du vent dans mes cheveux et sur ma peau. À mon réveil, cependant, je ne pouvais pas voler.

Plongé dans ces pensées, j'en arrivai à la conclusion que ma mère n'était rien de plus qu'un rêve très agréable. Je me souvenais de la douceur de la joue que j'avais embrassée le matin, de celle du Kleenex avec lequel elle avait essuyé le rouge à lèvres qu'elle avait laissé sur la mienne. Je me souvenais aussi de son odeur, chaude comme l'été, contrastant avec le temps morne qu'il faisait en réalité. Oui, je me souvenais de tout ça, tout comme je me souvenais d'avoir pu voler. C'est alors que je me persuadai que ma maman n'existait pas, qu'elle, mon père, ma chambre, mes jouets – que tout ce que j'aimais n'existait pas. Rien n'existait que moi et ce que je pouvais voir.

J'ouvris les yeux, regardai par la fenêtre, vis les branches que le vent agitait et me mis à pleurer. Doucement, très doucement, pour ne pas attirer l'attention. Mes yeux se remplirent de larmes brûlantes, qui bientôt coururent le long de mes joues et tombèrent sur la main sur laquelle ma tête était appuyée. Au bout de quelques minutes, c'était le Niagara. Je me sentais triste et vide. J'étais orphelin. La maîtresse, Mme Greene, une femme délicieuse qui sentait le savon Pears, me prit dans ses bras et me caressa la tête, mais j'étais inconsolable. « Ma maman n'est pas là ! Ma maman n'est pas là ! » criai-je à travers mes larmes. Mais ce n'était pas ce que je voulais dire. Ce que je voulais dire, c'était « Ma maman n'est pas réelle ! » À la fin, je pleurais tellement fort que Mme Greene dut téléphoner à ma mère à son travail. Lorsqu'elle lui eut expliqué ce qui se passait, elle mit le combiné dans mes mains tendues pour que je puisse lui parler. Dès que j'entendis sa voix, mes larmes s'arrêtèrent. Tout allait bien.

01.05

Je suis dans mon appart, sauf que ce n'est pas mon appart. Celui-ci est mieux, sans être vraiment extraordinaire - disons qu'il reste dans les limites du réalisme. Disons également que je suis toujours à Londres, et toujours professeur de lettres, même si j'ignore pourquoi il faut le préciser. L'appart est rangé, le robinet d'eau froide de l'évier fonctionne correctement. Mes disques et mes CD sont rangés par ordre alphabétique et j'ai une télé numérique à écran plat dernier modèle avec le câble.

Bon. Je suis dans la cuisine, où je cisèle du persil avant d'en parsemer un plat que je remets dans le four pour le laisser dorer pendant une vingtaine de minutes - en tout cas, c'est ce que me dit de faire mon livre de cuisine. En fond sonore, on entend Elvis - enregistré au Madison Square Garden –, *ça convient parfaitement à mon humeur ce soir : triomphant, joyeux, prêt à enchanter ses fans. On frappe à la porte. Je chasse les brins de persil restés collés sur mes doigts et enfile ma veste, que j'avais posée sur le dossier d'une chaise. En passant dans l'entrée, je jette un coup d'œil dans le miroir. J'ai belle allure. Je porte un costume bleu marine de chez Paul Smith. Il a l'air d'avoir coûté cher, mais pas jusqu'à l'obscénité ; il est chic, branché. Non, gommez « branché ». Il est trop* classique pour cela. Mais où dois-je aller ? À un enterrement ? Non. Ma tenue est trop décontractée et n'a pu être achetée qu'au cours d'une virée shopping à New York. Voyons. Une chemise à carreaux Calvin Klein et un pantalon de chez Bloomingdales. Non, non, non, non, non. Ce n'est tout simplement pas moi, ça. Seuls les mannequins qui posent dans GQ portent ce genre de trucs. Ça y est, j'y suis. Une chemise blanche, un Levi's qui n'est plus tout neuf et... je ne porte pas de chaussettes. Astucieux, elle aimait bien mes pieds.

J'ouvre la porte. Aggi est là.

Pendant un millionième de seconde, nous ne bougeons ni l'un ni l'autre, nous restons pétrifiés dans le temps et l'espace, mais nos yeux sont plus éloquents que tous les discours. Je suis submergé par une sensation proche du malaise, qui ne dure pas très longtemps, car elle est bientôt balayée par l'euphorie. Je la prends dans mes bras et la serre contre moi. Ses larmes coulent dans mon cou, chaudes. Je renverse la tête tout en continuant de la serrer et regarde intensément ces grands yeux superbes, méchants, d'un vert profond, qui m'ont tellement manqué.

« William, William, sanglote-t-elle. Je suis désolée. Je suis tellement désolée... »

Sans prononcer un mot, je l'étreins encore plus fort, au point qu'elle s'évanouit presque, mais elle ne résiste pas ; en fait, elle désire que je la broie entre mes bras, car mon étreinte est une façon de déclarer haut et fort ce qu'elle veut avant tout entendre : « Je te pardonne. »

Puis je desserre l'étau autour de sa taille fine et, tandis qu'elle prend ma main, elle regarde encore plus profondément dans mon âme.

« J'ai cru que je pourrais vivre sans toi, dit-elle en

essayant désespérément de retenir ses larmes. Mais je ne peux pas. J'ai essayé, et je n'y arrive pas, Will. Si tu savais comme j'ai été malheureuse... Je me disais que tu ne me pardonnerais jamais. Ces trois dernières années sans toi ont été horribles. J'ai l'impression de revenir de l'enfer. »

Non. Vraiment trop mélo. Du Barbara Cartland, là où il faudrait de l'Emily Brontë. OK, on reprend à « ces trois dernières années... ».

« Dès que j'ai mis un terme à notre liaison, j'ai compris que je venais de commettre la plus grande erreur de ma vie. » Elle s'arrête, les yeux débordant de larmes, la lèvre tremblante. La pause n'est pas destinée à produire un effet dramatique, mais à demander pardon. « Je ne t'en voudrais pas si tu me disais que tu me hais, à présent. Je n'ai aucun droit d'être ici. J'ai perdu ce droit dès l'instant où j'ai étouffé notre amour. Mais est-ce que nous ne pourrions pas... ? Est-ce qu'un jour, il ne serait pas possible... ? »

Elle remarque que je reste silencieux. Ses larmes coulent, abondantes. « Tu ne me dis rien ? s'écrie-t-elle. Tu me détestes, n'est-ce pas ? N'est-ce pas que tu me détestes ? »

Je lui jette le même regard que Nicolas Cage à Laura Dern dans Sailor et Lula : intense, profond et sans ambiguïté, comme pour dire : « Tu es à moi et je suis à toi – pour toujours. »

Elle dit qu'elle m'est reconnaissante de l'avoir invitée à dîner. Qu'elle ne pensait pas que je voudrais la revoir. Et je lui réponds quelque chose comme : « Et pourquoi pas ? » Sur quoi elle baisse les yeux et examine la manière dont elle est habillée, comme si elle se rendait compte seulement maintenant à quel point elle s'est laissée aller. Même si j'ai horreur de le reconnaître, elle n'est plus ce qu'elle était avant. Elle le sait. Et elle sait que je le sais. On pourrait presque croire qu'elle a choisi les pires frusques de sa garde-robe pour comprendre où elle en était. Tandis que, pour la rassurer, je lui dis qu'elle est ravissante, je prends un Kleenex dans la boîte modèle pour homme, sur la table basse, et tamponne délicatement ses larmes. À un moment donné, ma main effleure involontairement sa joue et elle me sourit avec douceur.

Nous passons dans le salon. Je lui propose de s'asseoir à côté de moi sur le canapé. J'ai l'impression qu'elle désire se rapprocher et, en effet, elle se déplace petit à petit vers moi. À l'instant précis où je commence à sentir la chaleur de son souffle contre ma peau, le rayonnement tiède de son corps, les effluves de son parfum – Chanel nº 5 –, je m'échappe en prétextant que je dois m'occuper de la cuisine.

Bon, d'accord, sautons les passages barbants et arrivons-en au moment où nous passons à table. Sur les assiettes (de chez Habitat) il y a des lasagnes aux champignons sauvages et aux poivrons jaunes, ainsi qu'un choix de légumes. Pas simplement les éternels petits pois-carottes, mais les trucs exotiques qu'on trouve dans les épiceries fines présentés dans des barquettes sous cellophane. Elle me dit que je n'aurais pas dû me donner tant de mal, car elle n'est plus végétarienne, je lui réponds que c'est uniquement pour moi que j'ai pris cette peine, que je n'ai pas mangé de viande depuis environ trois ans.

Je lui sers un verre de vin rouge en lui expliquant que cette alliance de cépages accompagnera merveilleusement le dîner. Je suis tenté de laisser déborder son verre, à titre symbolique, mais j'y renonce. Elle me remercie machinalement, au moment où le liquide approche du bord. Je me sers moi-même, nos regards se croisent, et elle est sur le point de porter le verre à ses lèvres lors-

qu'elle dit : « Mais qu'est-ce que je fais ? » Devant le verre, elle annonce triomphalement : « À nous ! À l'amour qui peut tout conquérir ! »

Nous trinquons.

Nous sommes de nouveau dans le salon, sur le canapé. Deux lampes éclairent la pièce, créant une atmosphère « détendue ». Pas de musique d'ambiance, même si j'ai un instant pensé à mettre quelque chose d'apaisant, genre Tori Amos ou Kate Bush. J'allume une cigarette, non pas parce que j'en ai envie, mais parce que je tiens à ce qu'elle sache que je me suis remis à fumer. Les choses ont changé. J'ai changé. Je suis bien l'homme dont elle est tombée amoureuse, tout en étant cependant différent.

Elle me raconte combien sa vie a été lugubre sans moi. Qu'elle a renoncé à devenir travailleuse sociale pour entrer comme employée de bureau dans une boîte de comptabilité. Ce qui lui rappelle que sa vie a perdu tout sens depuis qu'elle m'a largué – et elle éclate en sanglots, disant qu'elle se sent perdue. Elle m'avoue même qu'en dépit de ses efforts, elle n'a pu nouer de nouvelles relations avec personne, absolument personne... Bon, d'accord, il y a eu un type, mais elle n'a pas couché avec lui... D'accord... deux ou trois : Paul, Graham, Gordon, mais aucun d'eux ne l'a comprise comme moi ; Gordon, en particulier, avec ses cheveux carotte, et Paul, qui l'a emmenée voir Chris Rea deux fois alors qu'elle ne voulait pas. Je ne lui raconte pas comment j'ai malmené le cœur de deux ou trois filles, mais elle le comprend – Aggi a vu quelque chose danser dans mon regard. Ce qu'elle voit aussi, c'est que tout ça a été terminé dès l'instant où elle m'a dit que ça l'était pour elle. Peut-être même avant.

Le téléphone sonne. Je l'ignore. Aggi fait mine de vouloir aller décrocher, mais je lève la main pour signifier que peu importe qui appelle, elle est bien plus importante. Le répondeur s'enclenche, et une voix raffinée, assez proche de celle d'Audrey Hepburn, dit : « Salut, Will ! C'est Abi. J'avais juste envie de bavarder un peu, mais tu n'es pas chez toi. Qu'est-ce que je vais bien pouvoir faire ? Bon... As-tu quelque chose de prévu jeudi prochain ? J'ai deux billets de théâtre. Pour Peines d'amour perdues. Un spectacle merveilleux. Dis-moi que tu viendras. Nous dînerons ensuite chez moi, comme l'autre fois. Rappelle-moi vite, s'il te plaît ! Salut ! »

Aggi et moi gardons le silence. Elle prend ma main et la place entre les siennes, qui sont petites et délicates, juste assez longues pour jouer du piano et faire courir ses doigts dans mes cheveux. Grâce au ciel, elle a arrêté de se ronger les ongles. Le vin coule à flots et nous bavardons, rions, flirtons avidement jusqu'à ce qu'arrive le Moment. Je le vois se profiler, même à dix mille kilomètres. Une fois de plus, elle s'approche de moi et je sens la chaleur de sa poitrine se pressant contre mon corps. Elle a les yeux fermés, le visage tourné vers moi, ses lèvres pâles et frémissantes se tendent à la perfection et je me prépare à revivre tous nos anciens baisers, et... rien. Rien ne se produit.

01.17

Le téléphone sonna, me privant du plaisir malsain de me vautrer dans les fantasmes déprimants de mon imagination. Je me demandai qui pouvait bien m'appeler à cette heure, mais, au bout de deux ou trois secondes, je décidai d'arrêter de me poser la question, considérant que c'était à la fois inutile et idiot. Ces deux raisons ne m'avaient jamais empêché de m'interroger de cette façon, mais je laissai tomber ces arguties et allai décrocher.

« Allô ?

– Ce n'est que moi. »

Martina.

Je consultai ma montre pour tenter d'estimer le degré de mauvaise humeur que je devais manifester. À une heure aussi tardive de la nuit, la plupart des gens normaux sont a) sortis, b) profondément endormis, c) en train de faire l'amour. N'étant pas normal, je ne me livrais à aucune de ces activités, mais je n'allais tout de même pas gaspiller cette occasion en or de perdre mon sang-froid, de larguer Martina et de combler le vide béant d'ennui qui s'ouvrait devant moi. C'était de toute évidence un véritable cadeau du ciel – peut-être avais-je fait quelque chose de bien ce jour-là.

« Voyons, Martina ! Il est trois heures du matin. Qu'est-ce

qui te prend de me téléphoner à une heure pareille ? Tu es folle ! J'ai cru que c'était ma mère qui m'appelait pour m'annoncer que ma grand-mère était morte. Comment peux-tu être aussi cruelle ? »

Je ne sais pas comment j'avais pu arriver à sortir tout ça sans rire. J'étais en particulier très content du « trois heures du matin », l'exagération ayant toujours fait partie de mes armes favorites.

Elle en fut tellement sidérée qu'elle ne comprit absolument rien à ce que je lui avais dit.

« Je... je..., bafouilla-t-elle pour sa défense.

– Tu quoi, Martina ? » Je cherchai si ma conscience n'était pas dans les parages. Elle restait invisible. « Il est trois heures du matin. Écoute, il faut arrêter ça. D'accord, nous avons passé un merveilleux moment samedi dernier. Je ne l'oublierai jamais. » Je me demandai où était planquée ma conscience tout de même ; elle avait dû se noyer dans l'une des nombreuses mares débordantes d'auto-apitoiement qui constellaient mon paysage intérieur. C'était le genre d'attitude méchante, dure, égocentrique et totalement égoïste qu'aurait adoptée Simon. Il m'avait fallu tout ce temps pour être débarrassé de mes dernières traces de culpabilité – j'étais Sean Connery incarnant James Bond. Je pouvais les séduire toutes et les abandonner sans scrupules parce que, enfin, je me contrefichais de tout le monde, sauf de moi. Secoué, mais pas ébranlé ! Je continuai, m'apprêtant à donner l'estocade finale : « J'ai quelque chose à te dire, Martina. Ce n'est pas ta faute, c'est moi...

– J'ai du retard, me coupa-t-elle.

– Il est près de quatre heures du matin ! explosai-je, sans vraiment faire attention à ce qu'elle venait de dire. Bien sûr qu'il est tard ! Londres n'est pas dans un autre fuseau horaire, que je sache, Martina ! Quand il est quatre heures et demie à Nottingham, il est aussi quatre heures et demie à Londres ! Je ne vis pas en Australie ! »

Elle émettait des petits bruits confus et retenus. Ma tentative de la submerger sous des sarcasmes mordants tombait à plat dans les oreilles d'une sourde.

Elle poussa un soupir à fendre l'âme. « J'ai du retard, Will. *Du retard,* tu comprends ? »

Je n'avais pas la moindre idée de ce qu'elle voulait dire. Au bout de quelques instants de silence, je finis par conclure qu'elle venait de péter les quelques rares plombs qui lui restaient, ou qu'elle faisait un sort au pot de deux litres de crème glacée de sa mère.

« Je vois bien que tu es en retard, Martina, j'ai une montre ! La grande aiguille est sur douze et la petite sur cinq. Tu n'as pas besoin de m'expliquer que tu es en retard !

– Will... je suis en...

– Nom d'un chien, si tu me dis encore une fois que tu es en retard...

– Enceinte. »

Je faillis en cracher mes poumons. C'était, littéralement, la dernière des choses à laquelle je m'attendais. Les événements du week-end précédent avaient été consignés, à peine terminés, dans les annales de l'histoire ancienne. Et voilà qu'on me mettait la main au colback pour que je prenne la responsabilité d'une chose qui, d'un point de vue psychologique, s'était produite des dizaines d'années auparavant. L'intérêt principal des liaisons d'un soir, en principe, réside précisément là : elles ne durent qu'un soir. Elles ne sont pas autorisées à venir faire irruption sept jours plus tard pour vous dire...

« Enceinte ?

– Oui, murmura-t-elle.

– Mais comment ? » râlai-je.

Elle se lança dans une phrase qui, si je l'avais laissée finir, m'aurait sans doute donné le même genre d'explications de manuels que celles que j'avais reçues, à l'âge de treize ans, de M. Marshall, notre prof de biologie.

« Arrête, Martina. Arrête. » Chaque pore de ma peau exsudait de grosses gouttes de sueur, au point que mes mains en devinrent toutes poisseuses. Je laissai échapper le téléphone, qui heurta le bois du lit avant d'atterrir sur le plancher. Je me mis en position assise et le regardai, écoutant attentivement les pépiements qui en montaient sans pouvoir les comprendre.

Je le ramassai. « Tu as du retard ? »

Après avoir été bousculée comme elle l'avait été, elle ne sut pas comment réagir : « Heu... oui... j'ai du retard.

– Oui, mais combien de retard ? aboyai-je. Plus de retard que j'en avais quand je suis passé te prendre samedi dernier ? Plus de retard que la moyenne des trains en Angleterre ? » Je devenais hystérique. « Ou si tu préfères, est-ce que je dois commencer à chercher une bonne école secondaire pour notre enfant ?

– J'aurais dû avoir mes règles... (je frissonnai, réaction involontaire remontant à ma jeunesse et inextricablement liée au seul fait de prononcer *ce* mot) lundi. Je n'ai jamais eu plus d'un jour de retard de toute ma vie. »

Je croisai les doigts avec l'espoir qu'il s'agissait d'un de ces caprices biologiques de la nature qui vous valent un entrefilet dans le Livre des records, plutôt que de la conséquence d'un œuf fertilisé.

« C'est pas juste. C'est pas juste. C'est pas juste. C'est pas juste. C'est pas juste. C'est pas juste. C'est pas juste... » J'aurais continué ainsi pendant cinq minutes, si Martina n'était pas intervenue.

« Ça va, Will ? demanda-t-elle avec douceur. Écoute, je ne

veux pas que tu t'inquiètes. Tout va s'arranger. Je ne veux surtout pas que tu t'inquiètes. »

J'essayai de trouver quelque chose d'intelligent à répondre mais, sous mon crâne, il n'y avait plus que du fromage blanc. En dépit de tous ses manquements, Martina s'était montrée d'un calme souverain, digne, presque royale dans sa manière de réagir. J'en étais à ma deuxième enfance alors qu'elle devenait la reine mère en personne. Inébranlable. Je compris que je venais de vivre le genre de chose qui sépare l'homme de l'enfant. Pourtant, il ne faisait aucun doute que j'en étais encore au stade prépubère.

« Ne t'inquiète pas, Will, répéta-t-elle. Ne t'inquiète pas. »

Je revins en esprit à l'Événement, sans le voir, cette fois-ci, avec les yeux du plus grand fan de l'athlète sexuel le plus spectaculaire de tous les temps. Non, ce coup-ci, je revins dessus comme l'un de ces experts en catastrophe qui passent au crible les débris d'un avion qui s'est écrasé pour trouver les indices lui permettant de comprendre ce qui est allé de travers.

Certes, nous avions utilisé un préservatif, mais je dois reconnaître que je l'avais manipulé avec, peut-être, une certaine précipitation. Je m'étais plus ou moins laissé emporter par l'excitation : après tout, une liaison d'un soir était une nouveauté pour moi. Sans compter que, pour je ne sais quelle raison, l'idée de faire ça sur le canapé pendant que ses parents dormaient au premier m'avait mis dans un tel état que j'avais cru que j'allais m'évanouir. Il fallait donc admettre qu'il existait une infime possibilité pour que j'aie déchiré l'emballage du préservatif d'un geste qui n'avait peut-être pas toute la délicatesse voulue. Cependant, le truc m'avait paru normal, lorsque je l'avais enroulé dans son linceul en Kleenex avant de tirer la chasse d'eau – et ce, après l'Événement. D'accord, je ne lui avais pas fait passer le genre de test qui lui avait valu son autorisation de vente, mais il n'avait pas fui. Ou du moins, il ne me semblait pas avoir fui...

Une partie de moi (celle-là même qui aurait préféré se faire trancher la tête que reconnaître la possibilité d'avoir merdé) se demanda si elle ne mentait pas. Après tout, le roman préféré de Martina était *Jude l'Obscur*, de Thomas Hardy. Et alors qu'elle se voyait plus probablement sous les traits éthérés de Sue Brideshead, elle était peut-être plus proche d'Arabella Donn piégeant le héros à l'aide d'une fausse grossesse. Une super-théorie, si toutefois elle avait tenu un tant soit peu la route. Mentir n'était pas du tout le style de Martina. Elle n'aurait pas fait de vagues, même pour éviter de se noyer. Elle disait la vérité. Elle était enceinte. J'étais le père. Et il était des plus probable que ce fût par ma faute.

« Tu es sûre ? demandai-je. Je veux dire... tu le sais avec certitude ?

– Non, je n'en suis pas sûre, murmura-t-elle.

– Il y a de l'espoir, alors.

– Peut-être.

– Tu n'as pas fait de test de grossesse, si je comprends bien ?

– Non. »

Je n'arrivais pas à y croire. « Mais pourquoi ? Qu'est-ce qui ne tourne pas rond chez toi, Martina ? Tu es folle, ma parole ! Tu es folle, pas vrai ? »

Elle luttait pour retenir ses larmes, mais sa voix la trahissait : « Je... je ne sais pas, Will. J'ai peur. J'ai peur du résultat. Je ne trouverai jamais d'emploi si je suis enceinte. Je serai coincée ici avec papa-maman, au milieu des couches, à regarder des programmes sur le jardinage le restant de ma vie. J'ai essayé de te téléphoner toute la semaine pour te le dire, Will... » Sa voix se brisa : « Je ne peux pas faire face à ça toute seule. »

Je me rallongeai sur le lit, le téléphone à la main, et contemplai le plafond. Il ne restait plus rien de ma récente réincarnation en James Bond, à présent. On m'avait retiré mon permis de tuer. Ça faisait du bien de réintégrer le royaume familier des regrets et de reprendre position sur mon tas de cendres préféré. Martina s'était fait un sang d'encre pendant toute la semaine et j'avais été trop occupé à m'apitoyer sur mon sort pour y prendre garde. J'étais vraiment le pire des salauds. Il était impossible de se sentir plus méprisable.

Je fis de mon mieux pour la consoler mais, au fond de moi, je savais que quelque chose se préparait. Je choisis soigneusement mes mots, refusant de reconnaître ma responsabilité, au cas où, un jour (et dans pas longtemps), elle me les renverrait en pleine figure. Si bien que je ne déclarai rien d'imprudent du genre : « Je serai à tes côtés », ou : « Voyons comment va évoluer notre relation », ou encore : « Je t'apporterai mon soutien, quoi que tu décides. » J'évitai de mentionner l'avenir, me contentant d'ouvrir mon catalogue de platitudes et de l'en bombarder de très haut en choisissant les plus stupides. Elle parut réconfortée. Il faut dire que je n'avais jamais été aussi gentil avec elle depuis l'instant où je lui avais promis de la rappeler, après l'avoir embrassée sur le perron de sa maison, tard dans la nuit de ce week-end fatal.

On eut encore quelques échanges sur des sujets sans aucun rapport avec la situation : les programmes de télé ; ce qu'elle allait faire le lendemain matin ; pourquoi l'enseignement attire autant de cinglés ; puis on s'apprêta à se dire au revoir. Elle promit d'acheter un test de grossesse dès l'ouverture de la pharmacie et je lui demandai de me téléphoner dès qu'elle en saurait un peu plus. Avant de raccrocher, elle redevint l'ancienne Martina et ne put s'empêcher de dire : « Quoi qu'il arrive, cela ne change rien à ce que j'éprouve pour toi, Will. » Sur quoi je répondis : « Oui, moi non plus », et raccrochai.

02.19

J'étais d'une certaine manière à la fois horrifié et ravi par la performance de mon sperme. Tout en étant on ne peut plus sincèrement dans le déni, il m'était tout à fait possible de savourer cet accès de vanité : l'un de ces petits bonshommes avait rempli sa destinée. Je m'imaginais les spermatozoïdes comme autant de versions miniatures de moi-même – un peu trop enrobés, paresseux, mal adaptés. Difficile de ne pas éclater de rire devant la représentation mentale que je m'en faisais : tout un bataillon remontant les trompes de Fallope de Martina et s'arrêtant pour savoir s'il était temps de faire une pause cigarette. Tous, sauf un seul, plus sérieux que les autres, avaient voté oui. « J'ai arrêté la semaine dernière, disait-il. Plus de clopes. Plus d'alcool. Je me sens tellement en forme que je crois que je vais continuer. »

C'était marrant. Mais pas si marrant que ça. Cet unique têtard de l'amour consciencieux, si désireux de libérer son potentiel vital, était sur le point d'entraîner ma chute sans que je puisse y faire quoi que ce soit. C'était l'un de ces moments classiques où l'on aimerait plus que tout pouvoir revenir en arrière. Pourtant, même si je m'étais arrangé pour remonter dans le temps jusqu'au moment précis où je baissais la fermeture éclair de la robe de Martina, pas même les fantômes des Noëls passés, présents et à venir[1] n'auraient pu m'arrêter. La passion a quelque chose de déprimant. Dans un film français, un personnage déclare : « Je résiste aux tentations afin de me sentir libre. » D'accord, il s'agit d'un film français, et on ne peut donc pas prendre cela entièrement au sérieux, mais n'empêche : la justesse de cette remarque n'en est pas moins retentissante. Parfois, l'effort pour résister peut être aussi passionné que la pulsion qui vous fait succomber.

L'ouverture et la fermeture d'une porte, chez un voisin, m'arrachèrent à mes réflexions. Je me levai et regardai par la fenêtre. Le chien du voisin, un labrador noir, aboya dans ma direction. Je me retournai et, tout en me grattant le ventre, j'essayai de déterminer comment je me sentais. Je ne savais pas très bien. Je consultai mon réveil. Il était tard. Je n'étais pas spécialement épuisé, mais affamé. Mon estomac réclamait une nourriture précise : de la crème glacée. Je me dis que j'étais peut-êt e pris d'une envie alimentaire par sympathie, tout comme certains hommes éprouvent fantasmatiquement les douleurs de l'accouchement. Toujours est-il que c'était de la crème glacée que je voulais, et tout de suite.

Ce fut l'un des rares moments où je trouve qu'habiter en ville présente certains avantages. Nottingham n'a rien qui ressemble, de près ou de loin, aux boutiques ouvertes vingt-quatre heures sur vingt-quatre, ce qui est une honte, car les 7-Eleven (je vous demande un peu : appeler sept-onze un magasin ouvert sans interruption, sept jours sur sept, bien pensé !) sont une excellente idée, une idée qui doit même faire partie des dix plus brillantes jamais inventées par les

1. Allusion aux *Contes de Noël* de C. Dickens.

hommes – pas autant que le baladeur et le répondeur, tout de même, mais pas très loin derrière.

Fouillant dans les vêtements qui me servaient d'oreiller, je récupérai mon pantalon et me mis à la recherche d'un chandail quelconque. Le seul que je trouvai en état de me protéger du risque d'hypothermie était un pull-over à grosses torsades que m'avait tricoté ma grand-mère, il y avait bien longtemps. C'était durant la période de sa frénésie pour tout ce qui était en laine : poupées pour les gamines des voisins, bob pour mon père, et des pantalons pour Tom qui, même à l'âge de dix ans, avait eu le bon sens de comprendre qu'un pantalon de laine était le genre d'erreur vestimentaire qui risquait de le poursuivre quasiment jusqu'à la fin de ses jours. En dépit du froid, je ne pris pas la peine d'enfiler de chaussettes – impossible de retrouver une paire de ces cochonneries. Je glissai mes pieds nus dans mes grosses chaussures de cuir à lacets, ignorant les protestations de ma mère, que je croyais encore entendre : « Pas étonnant que tes chaussures soient dans un tel état, vu la manière dont tu les traites ! » Puis je sortis.

Le silence qui régnait sur Archway, aux petites heures du matin, était merveilleux. Si on arrivait à oublier la rumeur lointaine de la circulation et les rares apparitions d'un bus ou d'un taxi, on avait le Londres Nord le plus silencieux qui fût. La fraîcheur de l'air nocturne me donnait encore plus l'impression d'être seul, car personne ne serait sorti par un temps pareil à moins d'être fou ou d'avoir un besoin urgent de crème glacée. J'avais si froid aux chevilles qu'on aurait dit que des glaçons frottaient dessus. La porte refermée dans mon dos, je vis la vapeur de ma première expiration à l'extérieur s'évanouir vers le ciel avant que je ne m'élance dans la nuit.

Les rues étaient vides. La plupart des fêtards qui s'étaient attardés au pub irlandais, un peu plus haut sur la rue, devaient déjà ronfler depuis une heure ou deux. La baraque de chips sise du même côté que mon appartement, sur Holloway Road, était fermée, mais celle située un peu plus bas, après la blanchisserie, était encore ouverte ; en fait, il s'agissait plutôt de restauration rapide : « Mr. Bill Fast Food ». Ce qu'ils avaient de plus proche en matière de chips, c'était des frites qui, cinq minutes avant la commande, s'empilaient dans des sacs en compagnie de milliers d'autres morceaux de pommes de terre surgelées d'aspect sinistre.

Marchant d'un pas vif, j'atteignis le haut de la rue en huit minutes, treize secondes, améliorant mon record personnel. Un couple se tenait pelotonné dans l'entrée de l'académie de billard, près du carrefour avec Junction Road ; l'homme avait la trentaine ou un peu plus, mais il est de notoriété publique que je suis incapable de dire l'âge des gens dès qu'ils ont dépassé huit ans. J'avais ainsi cru que l'une des copines de Simon avait quinze ans, alors qu'elle en avait en réalité vingt-cinq. J'ai passé des semaines à me féliciter de m'être abstenu de lui demander comment ça marchait pour elle en classe ou, en moins subtil, de parler devant elle de détournement de mineurs.

Il se mit à pleuvoir lorsque je m'engageai dans Junction Road et passai devant l'Athena Kebab, de l'autre côté de la station de métro. Il ne s'y trouvait aucun client, mais un des hommes occupés à couper des choux, derrière le comptoir, me jeta un regard menaçant. Cette scène me parut si ridicule (sans que je sache pourquoi) que j'éclatai de rire comme un dément.

Mr. 7-Eleven ne leva pas le nez de sa revue à mon entrée, mais j'eus l'impression, néanmoins, qu'il m'avait vu. À une époque, Simon avait travaillé derrière le comptoir d'un garage ouvert vingt-quatre heures sur vingt-quatre, du côté de Jarvis Road. Il expliquait qu'il s'était découvert, quand il était de service de nuit, une aptitude tout à fait mystérieuse à prédire la marque et la couleur de la prochaine voiture à s'arrêter pour faire le plein. Pure forfanterie de sa part, le genre de truc sur lequel il écrirait un jour une chanson, néanmoins je me disais qu'il est sans doute possible de découvrir toutes sortes de choses bizarres sur soi, quand on passe tant de temps seul, alors que le reste des hommes dort.

Dans le présentoir à journaux trônaient déjà les premières éditions du *Sun* et du *Mirror*, mais je me rendis directement au congélateur. En l'ouvrant, j'eus droit à une bouffée d'air pseudo-arctique. Les odeurs des produits passés par là s'y attardaient comme autant de spectres, et je détectai un fantôme de petits pois ainsi que l'ectoplasme d'un gâteau au chocolat qui avait été éventré. Ça fichait les boules.

Le choix était limité : framboise, chocolat, vanille ou tutti frutti. Ce dernier parfum me fit de l'œil mais, comme je l'avais soupçonné, il contenait du melon. Or j'éprouve pour le melon les mêmes sentiments que pour les filles qui me disent qu'elles m'aimeront toujours, juste avant de me larguer. Une boîte de glace au chocolat sans nom, dans un coin du congélo, fit de son mieux pour attirer mon attention, mais elle eut beau s'escrimer, elle ne réussit pas à me séduire et je me trouvai contraint de me rabattre sur un baquet de Wall's Soft Scoop à la vanille. Avec la vanille, on sait toujours où on va. Sa réputation, comme celle de Mère Térésa, est sans taches ; chose fort utile, car en ce moment particulier où je flirtais avec la cata, je ne pouvais m'offrir le luxe d'être déçu – encore moins que jamais.

Au retour, l'homme dans la boutique de kebabs garda son regard d'acier pour lui ; il avait arrêté le massacre des choux pour se lancer dans une conversation animée avec son collègue. Le couple qui s'étreignait dans un coin de porte était parti, remplacé par un vieil homme dont la tignasse en paillasson, peut-être brune à l'origine, dépassait d'un couvre-chef en laine vert citron. La poche de son manteau était déchirée et, même dans cette lumière, on voyait que le vêtement était couvert de taches. Plus je m'approchais, plus j'avais l'impression de sentir les odeurs qui émanaient de lui.

Il va me demander de l'argent.

Au plus fort de ma conscience politique (pendant les cinq premières minutes de ma première semaine à l'université), je m'étais promis de toujours donner quelque chose aux sans-abri que je rencontrerais, ne fût-ce quelques pence. Mais ces derniers temps – c'est-à-dire depuis le jour où Aggi m'avait quitté, pour être exact –, en dépit de ma promesse et d'un sentiment aigu de culpabilité, je ne me sentais plus obligé de me montrer charitable vis-à-vis des personnes dans le besoin. Il ne s'agissait pas tant d'un changement dans mes conceptions politiques que de la prise de conscience que je n'en avais rien à foutre.

Je croisai un regard tout aussi avenant que celui du type aux kebabs, mais le vieil homme ne me dit pas un mot. Je passai le reste de mon chemin à me demander pourquoi, alors qu'il avait de manière évidente besoin d'argent. Tout cela m'amena jusqu'à ma porte, puis jusqu'à mon appartement et dans mon lit. L'objet de ma quête, intact, commença à fondre doucement sur la télé.

SAMEDI

11.06

Réveillé en sursaut, je restai volontairement sans bouger pendant ce qui me parut être un long moment, essayant de retrouver la sensation particulière de l'instant où l'on émerge du sommeil. Je fermai les yeux, plissant fortement les paupières par intermittence pour faire disparaître toute trace de la lumière du jour, mais pas moyen de me rendormir. Je fis donc semblant d'être incapable du moindre mouvement et, après une période de grande concentration, même le plus infime devint un acte exigeant de gros efforts.

Toutes fraîches sorties de mon presse-citron, des pensées dégoulinèrent de mes neurones, réclamant que je m'intéresse à elles. Je renvoyai l'ensemble des questions qui concernaient ma prochaine paternité tout au fond de mon cerveau. *Je vais t'envelopper tout ça bien serré,* pensai-je en ralentissant ma respiration, *et mettre dessus l'étiquette « ne pas ouvrir ». Jamais. Il y a certaines choses auxquelles il vaut mieux ne jamais penser.* Aucun des sujets de réflexion qui restaient, visages familiers, ceux-là, ne se détachait du lot ; ce qui était d'autant plus agréable que les matins, en particulier les samedis matin, ne doivent jamais être envahis par les sujets de réflexion.

Mon réveil, le lendemain du jour où Aggi m'avait largué, un samedi matin aussi, avait été une épreuve terrible, rendue plus terrible encore par le goût horrible que j'avais dans la bouche et l'odeur de vomi sur mon oreiller. J'avais rêvé qu'Aggi avait traversé un océan tropical à la nage pour venir s'allonger sur la plage d'une île style publicité Bounty. Je me souvenais très bien de la chaleur du soleil sur mon dos et ma nuque, du sable collant à mes pieds, de la sensation rafraîchissante du vent sur ma peau mouillée. Tout cela semblait tellement réel... Puis, soudain, je m'étais réveillé. Le rêve n'avait gardé son intensité que pendant le laps de temps qui sépare le sommeil profond de l'éveil complet mais, durant ce bref moment, je pense avoir vécu quelque chose de similaire à ce que décrivent les gens, quand ils racontent avoir atteint des sommets. Et puis, badaboum ! La bombe bourrée de clous avait explosé. Aggi était partie. Elle ne voulait plus de moi. C'était fini. Au cours des semaines suivantes, mes premiers instants de réveil avaient respecté la même procédure : submergé par un sentiment d'extase, je dégringolais soudain dans le vide déprimant de la réalité. Peu à peu, le temps qu'il me fallait pour reprendre à chaque fois conscience qu'Aggi était partie devint plus court, jusqu'au jour où je me réveillai en pleurs. Jour où, sans doute, l'information avait fini par atteindre mon cœur.

J'enfonçais le visage dans mon oreiller de fortune. C'était trop tard. Mon cerveau tournait à plein régime. Le samedi avait commencé.

Faut que je fasse le ménage de l'appart.
Faut que je téléphone à Untel et Unetelle.
Faut que je corrige les copies de mes élèves.
Faut que je mette de l'ordre dans ma vie.

Je roulai sur le dos. Ouvrant l'œil gauche, je regardai l'heure. J'avais réglé mon réveil sur 13 heures, avec l'espoir de passer l'essentiel du week-end à dormir. Le cadran numérique, toutefois, confirmait de ses clignotements autoritaires que j'avais été trop optimiste.

Une violente pulsation douloureuse me martelait le crâne à la hauteur du front, comme si les roues arrière d'un camion allaient et venaient à l'intérieur de ma tête. La sévérité et la soudaineté de cette attaque migraineuse m'inquiétèrent. J'avais très rarement mal à la tête et il ne me fallut pas une demi-heure pour me croire atteint d'une tumeur au cerveau, maladie que j'avais choisie dans une liste qui comportait aussi le béribéri, l'encéphalite et la fièvre de Lhassa. Rien d'autre ne pouvait expliquer ces élancements dans mes tempes. La mort par tumeur cérébrale est, il faut bien le dire, une manière peu satisfaisante de trépasser. Alors que les personnages principaux des feuilletons tendent à disparaître dans des accidents de voiture ou sous les balles de tireurs fous, on se débarrasse toujours des comparses mineurs grâce à quelque maladie mystérieuse qui s'avère être – surprise, surprise ! – une tumeur au cerveau. Une boule à zéro et une allusion à la chimiothérapie plus tard, et ils disparaissent pour toujours. C'était exactement pour cette raison que cette mort terrible allait m'emporter. J'allais être évacué de l'existence par le biais de l'équivalent médical d'une fusée de détresse.

M'efforçant d'endurer la douleur en reportant mon attention sur l'état de la pièce, il me vint à l'esprit qu'un peu de souffrance ferait peut-être de moi quelqu'un de mieux. Ce qui n'aurait pas été bien difficile, vu que, grâce à Martina, je débordais plus que jamais de mépris pour moi-même. Il m'arrivait parfois de me dire que j'étais né pour souffrir. Pour la deuxième fois en vingt-quatre heures, j'envisageai la solution du catholicisme. J'avais toujours pensé que je ferais un très bon catholique. J'aime beaucoup l'Italie et trouve l'odeur de l'encens raisonnablement apaisante. Si je m'étais converti (de quoi, je l'ignore), j'aurais pu me retrouver en compagnie des plus illustres : Jeanne d'Arc, saint François d'Assise... William d'Archway, saint patron des logements de merde.

Heureusement pour moi, pour ma tête douloureuse et le pape, ma mère avait mis des cachets de paracétamol dans l'un des cartons qui traînaient dans la pièce. Pas assez motivé pour téléphoner à Nottingham et lui demander si elle se souvenait dans lequel se trouvaient les médicaments, je finis par découvrir ce que je cherchais, non sans avoir dû vider le contenu des quatre cartons sur le plancher. De gré ou de force, j'allais devoir ranger, à présent.

Je contemplai avec nostalgie le petit flacon en verre brun transparent. Le nom apposé par le pharmacien sur l'étiquette, Anthony H. Kelly, était celui de mon père. Le médecin lui avait prescrit ce médicament lorsqu'il avait eu la grippe, deux ans auparavant, la dernière fois qu'il avait été malade, et la première fois en vingt-cinq ans, m'avait-il dit, qu'il prenait un jour d'arrêt maladie. La fiole était quasiment pleine. Typique de papa, ça, qui aimait souffrir autant que moi.

Je mis deux cachets dans ma bouche et courus jusqu'à l'évier. L'eau qui commença à sortir du robinet était marron, comme elle l'avait été toute la semaine. Je la laissai couler, tandis que les deux cachets se collaient à ma langue comme des aimants, mais cela ne changea rien. Maudissant M. F. Jamal, et me maudissant moi-même pour ne pas lui avoir signalé le fait dès mon installation, je parvins à me convaincre que de l'eau marron n'était pas nocive mais, en fin de compte, je n'eus pas le courage de mes convictions. J'étais presque sur le point de vomir lorsque je parvins à avaler les cachets à l'aide de ma salive crayeuse et d'un tube digestif de fer. Je gardai le goût de leur lente traversée de limace dans un désert de talc, le long de mon œsophage et jusqu'à mon estomac, longtemps après qu'ils m'eurent soulagé de mon mal de tête.

Tant qu'à être dans la cuisine, autant en profiter pour me préparer mon petit déjeuner. Aujourd'hui, décidai-je, pas de Honey Nut Loop. J'élevai à la place une mini-colline de Sugar Puffs dans le seul bol propre restant du placard. Assis sur le canapé-lit, adossé au montant, les jambes sous la couette, je me préparais à me régaler lorsque je constatai que j'avais oublié et le lait, et la cuillère. Trop affamé pour attendre davantage, j'enfournai une poignée de Sugar Puffs pour répondre à l'urgence ; eux aussi se collèrent à ma langue comme des aimants, mais comme ils étaient sucrés et réconfortants, ils me firent tout de suite me sentir beaucoup mieux.

Il n'y avait pas une seule cuillère propre dans le tiroir, la seule solution était donc d'en laver une sous l'eau marron du robinet. Même si passer les couverts sous l'eau ne revenait pas à la boire, mes soupçons n'en persistaient pas moins, ce que je compensai en utilisant trois giclées supplémentaires de liquide à vaisselle, comme si le Fairy Liquid était du napalm à bactéries.

J'ouvris le frigo pour y chercher le lait. Pas de lait. Comment, pas de lait ? Et puis, tout me revint. J'avais balancé tout ce qui en restait la veille, après avoir inondé mes Honey Nut Loop de son flot rance. Il avait tourné, il n'y avait plus rien à faire. Cela m'avait tellement démoralisé que j'avais tout jeté à la poubelle (bol y compris) avant d'aller prendre mon petit déjeuner chez la marchande de journaux italienne, en haut de la rue (temps d'attente approximatif pour une barre de Mars et un paquet de Skips : quatre minutes). Voilà que j'allais à nouveau être frustré.

Tout à fait conscient que cette journée faisait de son mieux pour me torturer en me bombardant, avec la régularité du supplice de la goutte d'eau, de catastrophes minuscules, certes, mais parfaitement constituées, je plaçai deux tranches de pain surgelé dans le grille-pain. Je surveillai la fente de l'appareil jusqu'à ce que la résistance commence à devenir rouge, un autre mini-désastre s'étant produit dans la semaine lorsque, venant chercher mon pain grillé au bout de deux minutes, j'avais trouvé – sonnez, fifres et trompettes ! – mes deux tranches encore parfaitement surgelées. J'avais oublié de brancher l'appareil.

Ce qui me laissait le temps d'examiner le problème et d'envisager la suite des opérations. Impossible de manger tout un bol de céréales sans lait, ma production de salive n'était pas à la hauteur du défi. L'autre solution consistait à foncer jusqu'à la boutique pour en acheter, mais je me dis que si j'avais assez d'énergie pour « foncer » jusque-là (j'en doutais fortement), autant m'offrir quelque chose de plus exotique que des Sugar Puffs pour mon petit déj. C'est du coin de l'œil que je repérai la solution à mon problème. J'ouvris le pot de crème glacée dont j'avais eu une telle envie la nuit précédente. C'était devenu un opulent magma jaunâtre et écumeux, que je versai néanmoins dans le bol de céréales. Tout à fait satisfait de mon ingéniosité, je faillis me démettre le bras en voulant me donner une tape dans le dos.

Vingt minutes plus tard, j'avais avalé environ un tiers de cette décoction et je commençais à me sentir nauséeux. Allongé sur le lit, j'attendais que le contenu de mon estomac arrête ses gargouillis lorsque j'entendis le facteur se bagarrer en bas avec la fente de la boîte à lettres. Je fus pris d'excitation. En ce qui concernait les cartes d'anniversaire qui ne seraient pas des cartes-d'anniversaire-en-retard, c'était le jour J.

Pensant qu'il était encore trop tôt pour que les autres locataires soient debout, je me glissai sur le palier et jusqu'au rez-de-chaussée en T-shirt et boxer-short. J'avais seulement pris la peine d'enfiler mes chaussures, l'aspect du tapis, dans l'entrée, m'inspirant des doutes fondés. Je découvris sur le paillasson un monticule de lettres, dont la plupart avaient été impitoyablement froissées : plusieurs encore adressées à M. Peckham et émanant des Alcooliques Anonymes (lui ne l'était donc plus tout à fait), un paquet de bons de réduction de cinquante pence pour la pizzeria du quartier, une carte postale pour le type de l'appart 4 (Emma et Daren passaient des super-vacances en Gambie) et tout un tas de trucs que je ne pris même pas la peine d'examiner de près. Après avoir parcouru la pile par deux fois, je finis par repérer quatre enveloppes à mon nom, puis une cinquième portant le numéro de mon appartement mais adressée à une certaine K. Freemans. Trop paresseux pour placer le reste du courrier sur le taxiphone, sa place habituelle, j'édifiai maladroitement une pile sous la fente de la porte, m'assis sur les marches et ouvris mes cartes d'anniversaire :

PREMIÈRE CARTE :
Description : Bouquet de fleurs peint.
Message : Bon anniversaire, mon grand. Avec tout mon amour, Maman.

DEUXIÈME CARTE :
Description : Un dessin humoristique représentant une vache regardant passer une voiture.
Message : Bon anniversaire, mon chéri, Mamie.

TROISIÈME CARTE :

Description : Photo de Kevin Keegan datant d'environ 1977, avec une crinière luxuriante et le maillot de Liverpool (numéro 7).
Message : Joyeux anniversaire ! Tendresse et bises, A.

QUATRIÈME CARTE :

Description : *Le Baiser*, de Gustav Klimt.
Message : Je te souhaite un merveilleux anniversaire. Je pense à toi chaque seconde de chaque heure, à toi pour toujours, Martina.

Je disposai les cartes sur le tapis, devant moi, les regardai et évaluai la situation.

Demain, je vais avoir vingt-six ans. Pour la première fois, je suis plus proche de trente ans que de vingt ; je passe officiellement dans la catégorie des pré-trentenaires, sans compter que je vais peut-être être père. Je ne suis plus jeune, il n'y a plus rien à y faire, et comme si ça ne suffisait pas, voilà à quoi je suis réduit : quatre cartes. Deux de ma famille. Une d'une fille dont je voudrais me débarrasser. Et un con de footballeur des années 70 envoyé par Alice !

J'examinai de nouveau la carte d'Alice, me sentant envahi, de la tête aux pieds, d'une immense déception. Impossible que ce soit ça qu'elle ait voulu dire, lorsqu'elle avait parlé de « quelque chose de spécial ». Je pouvais lui faire confiance. Il y avait donc un truc qui clochait.

Le facteur.

J'avais toujours nourri la plus profonde méfiance vis-à-vis du service postal britannique, et cela depuis le jour où il m'avait retourné la lettre que j'avais adressée à Noel Edmonds, quand j'avais huit ans, sous le prétexte ridicule qu'elle n'avait pas de timbre. J'en tirai la conclusion parfaitement logique que mon facteur avait soit perdu, soit oublié, soit volé le cadeau d'Alice. Peu importait : j'allais le récupérer.

À cinq maisons de là, un homme de haute taille, filiforme, d'un peu plus de trente ans, enfournait des lettres dans la fente postale d'une autre porte. Sa seule vue me mit dans une colère frôlant la frénésie, une colère qui me fit voir rouge et perdre tout sang-froid. Il me suffit de lui crier un « Hé là ! » furieux pour attirer son attention, tandis que je courais vers lui.

« Où vous l'avez mis ? » demandai-je, adoptant le style direct et laconique des flics de télé qui emploient des méthodes peu orthodoxes, mais obtiennent toujours des résultats.

Le facteur me regarda arriver, nerveux. « Où j'ai mis quoi ?

– Mon foutu cadeau. »

J'eus l'impression qu'il avait envie de partir en courant, mais que la terreur le clouait sur place. « Votre quoi ?

– C'est mon anniversaire demain. Où est mon cadeau ? »

Il parut perplexe. Puis il eut l'air soulagé, tandis qu'il se mettait à regarder partout autour de lui, sans doute à la recherche de la caméra cachée. Il n'en trouva aucune et reprit son expression terrorisée. « Heu... bon anniversaire.

– J'ai pas besoin de vos souhaits. C'est mon cadeau que je veux. »

Mon regard se porta sur son sac de courrier. Il le suivit et passa un bras protecteur devant.

« C'est illégal. Vous n'avez pas le droit de fouiller dans le courrier. Je vais appeler la police.

– Pas si c'est moi qui l'appelle en premier. »

J'étais sur le point de me jeter sur le sac lorsqu'une mob rouge, blanc et bleu de Pizzaman Pizza vint s'arrêter près de nous. Son moteur pétaradait avec toute la force brute d'un sèche-cheveux Braun.

« Voilà une tenue de saison », lança le livreur de pizzas avec un coup d'œil en direction de mon boxer-short.

Je suivis son regard, puis me tournai vers le facteur, la mine déconfite. Comme si je me réveillais d'une crise de somnambulisme, ce que ma folie temporaire avait de ridicule me sauta aux yeux. « Écoutez, dis-je au facteur, je suis désolé. Simplement, une de mes amies devait m'envoyer quelque chose par la poste. Quand j'ai vu que vous n'aviez rien apporté, j'en ai tiré une conclusion malheureuse. Désolé. »

Une crise de fou rire paroxystique se mit à secouer le facteur. « Si vous vous voyiez, mec ! dit-il en secouant la tête. Vous manquez d'exercice. Quelques séances en salle de gym ne vous feraient pas de mal.

– Ah, oui, très drôle. »

Il essuya une larme au coin de son œil.

« Donnez-moi votre nom et je vais vérifier, si vous voulez.

– William Kelly.

– Appartement 3, 64 Cumbria Avenue ? » demanda le livreur de pizzas.

On se tourna vers lui, le facteur et moi.

« Je me suis arrêté pour demander l'adresse. Les numéros des maisons ne sont pas toujours très visibles dans le coin. » Il descendit de sa mob et me tendit sa feuille de route. « Signez ici, s'il vous plaît. »

Je m'exécutai.

Il ouvrit le coffre à l'arrière de la mob et me donna un grand carton à pizza.

« Bon appétit, mon vieux, me lança-t-il en remontant sur son engin, mort de rire. Je regrette vraiment pas le déplacement ! »

Le facteur et moi nous regardâmes, interloqués.

« Allez-y, ouvrez », me dit-il avec un geste vers le carton.

J'étais sur le point de le faire, lorsqu'une camionnette de livraison postale vint s'arrêter près de nous.

« Hé, Tone, tout va bien ? demanda le chauffeur d'un ton soupçonneux. C'est pas tous les jours que je te vois en train de discuter avec un type en boxer-short tenant une pizza à la main à... » Il consulta sa montre. « Onze heures cinquante-cinq du matin.

– Non, tout va bien, répondit le facteur. Je te raconterai ça tout à l'heure, au dépôt. Ce jeune homme vient de vivre un moment désagréable, c'est tout. Ça arrive à tout le monde. »

Espérant me rattraper, je m'approchai de la camionnette et tendis la main au chauffeur. « Will Kelly, dis-je. Désolé pour tout ce chambard.

– Will Kelly, appartement 3, 64 Cumbria Avenue ? »

Même si la situation commençait à devenir habituelle, le facteur et moi échangeâmes un regard de stupéfaction.

« Un paquet pour vous », dit l'homme.

Il me tendit une petite boîte à chaussures scellée par de l'adhésif brun, salua son collègue et repartit.

Alors que nous étions plongés dans un soudain silence, du genre *Et maintenant, qu'est-ce qu'on fait ?* une camionnette Interflora vint prendre la place laissée vacante par la précédente. Le conducteur ne prit pas la peine de descendre quand il vit ce que j'avais dans les mains.

« Will Kelly, appartement 3, 64 Cumbria Avenue ?

– Oui, dis-je, méfiant.

– C'est bien ce que je pensais. » Il me tendit sa feuille de route pour que je la signe. « J'ai ça pour vous. » J'échangeai la planchette contre un bouquet de lis, et il partit.

« Je crois que je peux y aller, à présent », observa le facteur.

Tenant mes cadeaux en équilibre sur mon avant-bras gauche, je lui tendis la main droite. « Je ne sais pas comment...

– Pas de problème, dit-il en me serrant la main. Ça va faire une sacrée histoire à raconter aux copains, ce soir au pub. » Il fit demi-tour et reprit son chemin. « Et je vous souhaite encore plein d'autres cadeaux dans la journée, mec ! »

12.13

Alice s'était surpassée.

Elle avait transformé le rituel barbant de l'anniversaire en une fête du bonheur, un hymne à la joie, un moment dont on se souviendra toute sa vie.

LA PIZZA

Avec supplément fromage, ananas, champignons, poivrons, anchois et petits pois. Telle était la recette de notre pizza, la Pizza des Largués. Nous l'avions inventée avec Alice lorsque j'étais allé lui rendre visite à Londres quinze jours après ma rupture avec Aggi. Je n'avais pas voulu venir, prétextant que je me laissais pousser la barbe et que j'avais décidé d'éviter tout contact humain jusqu'à nouvel ordre. Mais elle avait insisté, allant jusqu'à me menacer, si je ne me présentais pas à sa porte, de venir à Nottingham en voiture et de m'emmener de force (étrange hésitation de ma part, si l'on songe que j'avais fini par passer deux semaines à dormir sur un futon, dans ce qui était son séjour et celui de Bruce, avant de regagner à contrecœur mon domicile).

Le premier jour, elle m'avait demandé ce que j'aimerais manger, et je lui avais répondu rien, parce que j'étais trop malheureux (Bruce avait eu la bonne idée de sortir ce soir-là, pour que je puisse être aussi pitoyable que j'en avais envie). Elle m'avait harcelé jusqu'à ce que je finisse par dire : « Une pizza. » Elle avait parcouru les Pages Jaunes jusqu'à la liste des pizzerias qui livraient à domicile et était tombée sur cette annonce :

> *Luigi's, la maison de la pizza !* Essayez la spéciale Luigi : deux pizzas géantes avec six garnitures différentes au choix, pain à l'ail et deux boissons non alcoolisées, £7.99. Pour un retard excédant trente minutes : GRATUIT !

Nous avions appelé sur le téléphone à haut-parleur d'Alice.

« Une spéciale Luigi, s'il vous plaît, avait demandé Alice.

– Avec quelles garnitures ? » La voix était aussi peu italienne que clairement adolescente.

Alice s'était tournée vers moi, ses sourcils froncés en point d'interrogation.

Nous avions fait chacun nos suggestions, mais j'avais ouvert le feu en tant qu'invité :

« Un supplément fromage.

– Ananas.

– Poivrons. Mais pas verts.

– Champignons.

– Anchois.

– Petits pois », avait conclu Alice, grandiose.

J'avais ri pour la première fois depuis ce qui me semblait être des années (deux semaines, en fait). Pendant ce bref instant, Aggi n'avait plus existé.

Le petit jeunot de chez Luigi avait commencé par dire que

nous ne pouvions commander qu'à partir d'une sélection de garnitures. Alice lui avait rétorqué que ce n'était pas ce qu'ils disaient dans leur publicité et que, s'ils refusaient d'honorer notre commande, elle les attaquerait en justice pour publicité mensongère, car non seulement elle était avocate, mais en plus elle était d'une humeur de chien.

Quarante et une minutes plus tard (on avait lancé le chronomètre qu'Alice utilisait pour son jogging, le téléphone à peine raccroché), notre pizza gratuite était arrivée.

Installés sur le canapé, une portion de pizza dans une main, un coke dans l'autre, nous nous étions tournés l'un vers l'autre, comme si la situation exigeait qu'on fasse quelque déclaration historique.

Alice avait brandi son coke. « Puisse la mozarella de nos pizzas respectives rester pour toujours mêlée l'une à l'autre. »

J'avais descendu une grande rasade de coke avant de lever mon gobelet, car je venais subitement d'être pris d'une soif terrible. Ma gorgée avalée, j'avais enfin pu parler :

« Exactement. »

Lorsque, de la pizza, il ne resta plus que des croûtes et quelques petits pois ayant échappé à l'emprise collante du fromage, j'ouvris la boîte à chaussures.

LA BOÎTE À CHAUSSURES

Elle contenait une épaisse enveloppe matelassée et vingt paquets de Marlboro light achetés en duty free. Tout mon sang me monta au cerveau, à l'idée d'être à la tête d'un tel stock de cigarettes. Alice menait la vie la plus saine qui soit.

Elle faisait régulièrement du jogging, n'avait pas mangé de viande depuis l'âge de dix-sept ans et connaissait même son taux de cholestérol (il était idéal). Non seulement elle ne fumait pas, mais elle était l'une des passionarias anti-tabac les plus véhémentes que j'aie jamais rencontrées. Cependant, son amour pour moi était tel qu'elle avait été capable de m'offrir quatre cents cigarettes, juste pour me faire plaisir ! Ce geste charitable la propulsait bien au-delà du statut de meilleure amie. Elle en avait repoussé les limites à des distances insoupçonnables.

Je disposai les paquets de cigarettes sur le rebord de la fenêtre, de façon à pouvoir les admirer de partout dans le séjour, puis ouvris l'enveloppe rembourrée. J'étais dans un tel état d'excitation que je m'attendais presque à la trouver bourrée de billets de cinq livres, avec un mot me disant que c'était l'argent qu'ils avaient mis de côté pour les pauvres, elle et Bruce, mais que, comme ils n'en connaissaient pas, ils me le donnaient. Malheureusement, à la place de billets, je trouvai la photo en couleur d'un âne, un lot de feuilles de papier agrafées et une lettre qui disait :

Cher William Kelly,

Vous voici à présent le sponsor de l'âne Sandy.

Âgé de douze ans, Sandy a été découvert par la SPA dans une grange, en juillet dernier, souffrant de malnutrition, très négligé et ayant perdu un œil. Récupéré, il a été placé dans le Sanctuaire ânier du Sud Devon, où il a été soigné et nourri et a retrouvé la santé.

Sandy va maintenant beaucoup mieux, et est en état de couler des jours paisibles dans les prairies du Sanctuaire.

Grâce à votre patronage, nous serons en mesure de

continuer à pourvoir à ses besoins pendant une période de douze mois.

Veuillez trouver ci-joints les documents attestant votre participation à notre programme et le certificat spécial. En tant que sponsor estimé, votre nom figurera pendant un an sur une plaque apposée sur la stalle de Sandy.

Merci de votre soutien.

Carol A. Flint,
Directrice du Sanctuaire ânier du Sud Devon.

Je n'arrivais pas à croire que, quelque part dans le Sud Devon, il y avait un âne portant mon nom. Je scotchai la photo de Sandy sur la porte de mon placard et l'examinai en détail. Alors que les ânes sont censés figurer parmi les plus malheureux des animaux, Alice avait réussi à en trouver un qui paraissait heureux. Son bon œil brillait presque – évidemment, il pouvait s'agir du reflet du flash, lorsque la photo avait été prise. Sa bouche arborait une expression qui avait tout d'un sourire madré. Son pelage brun clair, bien lustré, semblait en bon état et, d'après ce que laissait voir la photo, il paraissait avoir largement la place de s'ébattre. Sandy était fantastique. Mieux que les clopes. C'était peut-être un âne borgne, mais c'était mon âne borgne à moi, et c'était tout ce qui comptait. J'étudiai les documents et découvris qu'il aimait particulièrement les carottes. Comme j'étais à présent responsable du bien-être de Sandy, je décidai que désormais, son anniversaire tomberait le même jour que le mien. Je pris mentalement note de lui envoyer pour cinq livres de carottes et un cadeau d'anniversaire à retardement, idée qui se traduisit par un rêve éveillé auquel je me laissai aller :

Je rends visite à Sandy pour la première fois. Il est dans un enclos en compagnie de ses copains asinesques. Dès qu'il me voit, il se dirige vers moi en trottinant. Quand il arrive à la hauteur de la barrière, je me baisse pour prendre son cadeau d'anniversaire, des carottes que j'ai apportées dans un sac ; je me rends alors compte qu'une petite fille se tient à côté de moi. Je lui donne une carotte et la soulève pour qu'elle puisse l'offrir à Sandy. Je me tourne vers son visage souriant et elle me dit : « Merci, papa. »

Je secouai violemment la tête, espérant que, par quelque miracle, cette image allait tomber par mon oreille et disparaître dans le recoin le plus sombre, sous le canapé. Une fois le paysage éclairci, je pris une profonde inspiration et examinai les fleurs.

DIX LIS BLANCS

Les lis étaient parfaits. Mais pas autant que le message sur la carte qui les accompagnait :

Cher Will,

Dix ans de jérémiades, de sarcasmes, d'humour de chiottes, de cynisme et de misanthropie. Aux dix ans suivants !

Avec toute ma tendresse,

Alice.

Je connaissais Simon depuis bien plus longtemps que tous mes autres amis et cependant il n'arrivait pas à se souvenir de la date de mon anniversaire. Seule Alice pouvait faire un coup pareil : les fleurs, l'âne, la pizza et les clopes, rien que des choses qui, elle le savait, me feraient immensément plaisir, livrées chez moi à quelques minutes d'intervalle. Je me demandai ce que j'avais bien pu faire pour mériter quelqu'un comme elle et, au bout de quelques minutes de réflexion, je parvins à la conclusion suivante : absolument rien. Elle était dans ma vie sans raison particulière. Certaines bonnes choses peuvent arriver à certaines personnes, lorsqu'elles ne sont pas entièrement mauvaises.

Je disposai les fleurs dans le seul récipient de l'appartement qui pouvait vaguement donner l'impression d'être un vase, la bouilloire électrique. Puis je me mis au lit avec le téléphone pour avoir mes aises tandis que j'appellerais Alice pour la remercier. Je composai le numéro mais tombai sur le répondeur et je laissai donc un message dans lequel je lui demandais de me rappeler illico, parce qu'elle était merveilleuse.

Je regardai tour à tour les clopes, les fleurs et la photo de l'âne, et essayai d'imaginer mon existence sans Alice. Sans elle, j'aurais été un clochard radoteur et barbu qui lancerait des injures aux jeunes femmes et aux enfants tout en essayant de mendier assez d'argent pour se payer sa prochaine bouteille. Le fait qu'elle soit toujours disponible pour m'écouter changeait tout, en particulier en période de crise ; lorsque Aggi m'avait largué, j'avais perdu toute confiance en moi, une vraie implosion. C'était Alice qui m'avait reconstruit, brique à brique, jusqu'à ce que j'aie retrouvé ma lamentable et sarcastique personnalité d'avant. De tous les travaux de réparation auxquels elle s'était livrée sur mon psychisme blessé, martyrisé et ensanglanté, une chose en particulier m'avait aidé plus que tout, une chose que personne d'autre n'avait pu faire : m'amener à prendre conscience qu'il y avait une vie après Aggi.

Elle m'avait envoyé une lettre.

Missive arrivée le lendemain du jour où je lui avais dit qu'Aggi venait de rompre unilatéralement. Dans une enveloppe bleu ciel que mon père avait posée au pied de mon lit pendant que je faisais semblant de dormir, afin qu'il ne me demande pas comment j'allais, parce que je ne voulais pas qu'il voie son grand fils de vingt-trois ans pleurer comme un bébé, ni lui répondre que je n'avais qu'une envie : mourir.

Je pris la lettre, qui était rangée dans un compartiment de mon porte-documents. C'était l'un de mes biens les plus précieux. Je la relisais à chaque fois que je me réveillais en me sentant comme de la merde sans même savoir pourquoi.

Le papier commençait à s'user le long des plis. Je l'aplatis avec délicatesse et la relus attentivement, une fois de plus, même si j'en connaissais chaque mot aussi bien qu'Alice elle-même. Sa lettre reflétait fidèlement sa façon de parler, son rythme. C'était presque comme si elle avait été présente.

Will,

Vers la fin du film de Capra, La vie est belle, *il y a un moment où toutes les familles apportent de l'argent pour sauver de la faillite l'entreprise Bailey Building and Loan, et ça me fait à chaque fois craquer. Il me semble que c'est son frère qui dit : « À George Bailey, l'homme le plus riche de la ville. » J'entends cette réplique et je fonds en larmes. Je te raconte ça, parce que, d'une certaine manière, c'est un peu ce que je ressens pour toi. Tu es l'homme le plus riche de la ville. Je pourrais dire encore beaucoup de choses, mais je m'en abstiendrai, ça te donnerait la grosse tête.*

Alice.

PS : J'ai toujours pensé qu'Aggi était une petite garce imbue d'elle-même qui n'appréciait pas la chance qu'elle avait : elle vient de prouver que j'avais raison.

Ce post-scriptum avait le don de m'amuser. Jusqu'alors, Alice s'était montrée d'une courtoisie convaincante en présence d'Aggi ; j'avais même cru qu'elles étaient sur le point de devenir amies. Bizarrement, je n'avais jamais pu savoir ce qu'Aggi pensait réellement d'Alice, car elle changeait toujours de sujet de conversation quand je voulais lui parler d'elle. J'avais fait semblant de comprendre le message et n'avais plus insisté, me disant que ce devait être encore un « truc de bonnes femmes ».

Mes pensées tournaient toutes autour d'Alice. Alice, toujours Alice – et il me vint soudain à l'esprit que je vivais probablement le plus bel anniversaire que l'on puisse rêver.

C'est alors que le téléphone sonna.

13.33

Simon et moi étions copains depuis toujours : d'avant même l'école primaire. Le premier jour, en maternelle, il avait essayé de chiper un paquet de Snaps aromatisés à la tomate dans mes affaires pendant que j'étais captivé par le jeu *(Stingray)* auquel je jouais avec Stephen Fowler dans une cuvette d'eau. Quelque chose, peut-être mon sixième sens, me fit lever la tête à l'instant précis où ses doigts prédateurs s'insinuaient dans la boîte contenant mon goûter. Animé de l'esprit vengeur de Troy Tempest soi-même, j'avais traversé la salle en courant, récupéré mon bien et lui avais donné un coup de poing sur la bouche. Mme Greene n'avait pas vu d'un bon œil que je me fasse justice, mais il n'y eut pas d'autre incident. De ce jour, Simon et moi étions devenus amis – il était mon meilleur ami, et vice versa.

Vingt et quelques années plus tard, la grande passion de Simon, plus que les femmes, la vie ou les Snaps à la tomate, était la musique et son groupe Left Bank (Rive Gauche), où il tenait la première guitare. La musique était toute sa vie. Il m'a dit un jour que, s'il se trouvait obligé de choisir entre les femmes et la musique, il préférerait se les couper lui-même avec un bic jetable que de renoncer à la guitare. D'après lui, ce n'était qu'une question de temps avant que son groupe ne « casse la baraque », selon sa propre expression. J'avais été stupéfait et honteux pour lui, lorsqu'il m'avait déclaré ça, car non seulement il l'avait fait sur un ton horriblement sérieux, mais il avait aussi réussi à dire « casser la baraque » sans le moindre clin d'œil ironique.

J'avais passé ma jeunesse à regarder la télé, à lire et aller au cinéma : Simon, lui, avait passé la sienne, au moins à partir du jour où il avait vu Duran Duran dans l'émission *Top Of The Pops*, plus tartiné de maquillage que Max Factor lui-même, à étudier et à imiter les personnalités les plus excentriques du rock and roll. Au cours de sa dernière année de lycée, il prit l'habitude de se promener avec un écouteur dans l'oreille (même pas relié au transistor de poche auquel il était à l'origine destiné), car c'était ce qui se rapprochait le plus de l'aide auditive que Morrissey, son dieu, arborait à cette époque. À onze ans, il avait découvert le reggae et, pratiquement du jour au lendemain, il se mit à commencer toutes ses phrases par « Et moi et moi ». Au bout d'une semaine, tous les représentants de l'autorité (en particulier le prof principal de la classe) étaient des « Babylone ». Il se rendait compte que les autres le trouvaient bizarre, mais il avait aussi clairement conscience que ces mêmes personnes, et en particulier les filles, le trouvaient cool dans le genre « tombé d'une autre planète ». Tout cela faisait partie de son grand projet. Un jour, un magazine de musique lui demanderait de parler de l'époque où il était écolier ; il marquerait un temps d'arrêt, tirerait une longue bouffée sur sa Silk Cut et répondrait : « Je me suis toujours senti différent des autres. »

Il savait tout ce qu'il y avait à savoir en matière de musique, mais c'est précisément pour cette raison que son groupe ne tenait pas la route. La musique de Left Bank était sans relief, laborieuse, trop scrupuleuse, tout ça parce que Simon était tellement imprégné de l'histoire du rock and roll qu'il lui était impossible de prendre ses distances. Il ne lui suffisait pas d'écrire une bonne chanson, il lui fallait (c'était en fait un véritable besoin) écrire un « classique », afin d'impressionner tous les héros musicaux qui vivaient dans sa tête : avec des paroles qui feraient soulever un sourcil au Dylan d'avant la guitare électrique, avec un air qui rendrait John Lennon jaloux, avec une présence en scène qui renverrait Jimmi Hendrix et le coup de la guitare jouée avec les dents dans les coulisses. Il lui fallait, au minimum, susciter un engouement égal à celui de la Beatlemania. Mon avis était que la Left-Bankmania ne deviendrait jamais un terme que le public, et encore moins l'*Oxford English Dictionary*, comprendraient ou accueilleraient. Left Bank était un nom affreux, évoquant des images de béret, de jazz des années 50, de cigarettes sans filtre, de poésie beatnik et de pseudo-intellos ivrognes parlant de Sartre sans jamais en avoir lu une ligne (ce qui était le cas de Simon. Cela dit, moi qui l'avais lu, je n'étais pas plus malin pour autant). Ce nom grotesque, qu'ils traînaient comme un boulet, était une invention de Tammy, la copine de Simon et la Yoko Ono putative du groupe. Plus jeune que lui de trois ans, elle n'était absolument pas son genre. Alors qu'il avait toujours prétendu être un amateur de « beaux culs », elle était maigre comme un clou et aussi fessue qu'un moustique.

Nous nous étions détestés pratiquement sur-le-champ, Tammy et moi, mais nous gardions les formes, parce que nous avions Simon en commun. Si nous étions, lui et moi, très ouverts dans nos conversations comme dans les critiques que nous pouvions nous adresser mutuellement, il était implicitement convenu que nous devions nous abstenir de tout commentaire sur nos copines respectives. Même après que j'eus été largué par Aggi, il comprit qu'il ne pouvait pas se permettre la moindre remarque ; si jamais il s'était joint à moi dans la litanie de mes reproches, j'aurais été obligé de le battre à mort ou de mourir moi-même en essayant.

Lorsque Simon était passé chez moi, le lendemain du jour où Aggi avait plié bagage, il n'avait aucune idée de ce qui s'était passé. L'aurait-il su qu'il n'aurait de toute façon pas pu faire grand-chose, sinon me prêter son album préféré de Leonard Cohen. Pour savoir consoler, il faut savoir écouter, et Simon aimait bien plus parler qu'écouter ; ses talents de cuisinier auraient pu servir à quelque chose, mais il lui manquait un élément essentiel : une poitrine contre laquelle se blottir. J'aurais souhaité la présence d'Alice, mais elle était à Bristol. Lorsque Simon m'avait demandé où se trouvait Aggi, je lui avais répondu par un mensonge, disant qu'elle était allée voir sa cousine à Wolverhampton. De toute façon, il finirait par savoir la vérité. Je préférais simplement ne pas être là lorsqu'il l'apprendrait.

En partant, après m'avoir emprunté le dernier CD que j'avais acheté *(Elvis - That's the Way It Is)*, il m'avait demandé, juste pour me remonter le moral, ce qu'Aggi m'avait offert pour mon anniversaire. À ce moment-là seulement je m'étais rappelé ce qui m'avait mis tellement mal à l'aise lorsque je l'avais retrouvée devant le Talons Express : elle ne m'avait pas apporté de cadeau. Comme le petit garçon qui bouche un trou dans la digue avec son doigt, j'essayai de toutes mes forces de retenir mes larmes, mais la pression qu'elles exerçaient montait, irrépressible. Finalement, incapable de tenir davantage, j'avais laissé échapper les grognements et les couinements les plus bestiaux, les plus douloureux et les plus aigus qui soient ; et, avant même que j'aie le temps de penser au spectacle que je donnais, je pleurais comme un bébé. De la morve gargouillait bruyamment quelque part entre mon nez et ma gorge, et j'ouvrais et fermais la bouche comme un poisson, m'efforçant de former une phrase : « *Sniff-gargouillis-gargouillis*-elle m'aaaaaa-*sniff-sniff-gargouillis-gargouillis*-larguéééééé ! » Simon avait regardé autour de lui, à la recherche de quelque chose, n'importe quoi, qui puisse m'aider à surmonter ma crise d'angoisse. Ne trouvant rien, il avait pris une profonde inspiration, placé une main ferme sur mon épaule et dit : « Ça va aller, vieux. » La morve me coulant sur le menton, plié en deux par les sanglots, j'avais hoché la tête et réussi à lui répondre que oui, ça finirait par aller mieux, qu'on devrait sortir prendre un verre ensemble le prochain week-end. Ce qui ne se produisit pas, une répétition imprévue s'étant présentée. Quand finalement je le revis, plusieurs semaines plus tard, je pensai bien un instant le remercier de son soutien, mais je n'avais en fait qu'une envie : oublier l'incident.

« Tu as raté un grand moment », me dit un Simon triomphant au téléphone. Il faisait allusion au concert qu'il avait donné la veille. « Les choses s'annoncent bien pour nous. »

En effet. Quelques jours auparavant, Left Bank avait eu droit à une excellente critique de son dernier concert à Londres dans la revue semi-professionnelle *Melody Maker*. Simon avait tiré un agrandissement de l'article sur la photocopieuse de son père et m'en avait envoyé un exemplaire, soulignant au feutre bleu des phrases comme « carburant au kérosène », « l'antidote parfait à la condition post-moderne », et, ma préférée, une remarque décrivant les chansons de Left Bank comme « conçues ergonomiquement pour ceux qui aiment que leur musique cadre parfaitement avec le vingtième siècle finissant ». Pis encore : Left Bank avait signé pour enregistrer un disque. Ils étaient sous contrat depuis un an chez Ikon, une filiale d'EMI. Avec leur première avance, Simon avait pu s'offrir une nouvelle guitare et remplir une vraie fiche de paye. C'est tout juste si l'agence pour l'emploi où il était inscrit n'avait pas sablé le champagne en apprenant la bonne nouvelle.

« Il n'y a tout de même pas de quoi faire vaciller le monde sur ses bases, si ? dis-je, incrédule. Allez, qu'est-ce qu'il y a de si important ? »

Simon eut une petite toux embarrassée. « Écoute, laisse tomber. Je plaide la folie temporaire. C'est tout. Oublie ça. »

Ce que je fis, car c'était exactement ce qu'il ne voulait pas. S'il avait envie de jouer à ce genre de petit jeu, le moins que je puisse faire était de l'embêter en feignant l'indifférence.

« Alors, comment ça se présente ? » demandai-je, sans avoir vraiment envie de connaître la réponse. Je n'étais pas d'humeur à m'entretenir avec Simon ou, pour être plus précis, je n'étais pas d'humeur à l'entendre raconter qu'il avait passé une excellente semaine.

« C'est génial, vraiment génial, s'enthousiasma-t-il. Tu te souviens que je préparais une maquette à Londres, depuis deux mois ? Eh bien, je l'ai terminée. Un dernier petit coup de brosse et notre premier single sera prêt à sortir. L'attachée de presse qui s'occupe du groupe me disait pas plus tard que la semaine dernière qu'on ne parlait plus que de nous, dans le milieu. Il est question que le *Guardian* fasse un papier sur nous. Sans déconner.

– Ouais. » J'essayais de mimer la sincérité, mais échouais complètement. Jusqu'à cette histoire de contrat, Simon avait été ma seule source de réconfort, quand je me sentais coupable de ne pas « gagner ma vie ». Lorsque je me languissais au chômage à Manchester, il suffisait que je me dise que, bien que ne faisant rien de constructif, au moins je n'étais pas comme lui, au moins je ne me tuais pas à la tâche en mettant toute mon énergie dans quelque chose d'aussi totalement futile qu'un groupe de rock, et tout de suite, j'allais beaucoup mieux. *Nous avons en horreur que nos amis réussissent*. Trop vrai. C'était frustrant. J'avais plus de talent que Simon ne pouvait jamais rêver en avoir. Simplement, j'ignorais dans quel domaine mon génie pouvait se révéler, et ce n'était pas non plus dans ma récente incarnation en prof de lettres que je le découvrirais.

« Comment ça se passe avec Tammy ? demandai-je.

– Ça baigne. »

Il mentait. Tony, le batteur de Left Bank et l'alcoolique le plus notoire de West Bridgford, m'avait dit, en éclusant son deuxième double whisky au Royal Oak, que depuis deux ou trois semaines, Tammy et lui se bagarraient avec une régularité inquiétante.

« Ah bon, dis-je d'un ton détaché qui ne l'était pas du tout.

– Quoi, ah bon ? fit Simon, piqué au vif.

– Rien de plus que ça, ah bon. »

Pas besoin d'en dire davantage. J'avais réussi mon coup. Je me sentais mieux, à présent qu'il n'était plus aussi faraud, et je le laissai changer de sujet de conversation.

« Et le bahut ? voulut-il savoir. Ça fait bizarre de te poser la question. On a l'impression qu'on y est encore.

– Très bien. » Au concours « Qui a eu la meilleure semaine ? », je n'allais pas le laisser prendre définitivement les devants, tout de même. « Super, le bahut. Les gosses me trouvent cool parce que je porte des Nike. Et Londres n'est pas aussi effrayant qu'on veut bien le dire. Il s'y passe des tas de trucs. Je suis tellement occupé que je n'ai pas été une seule soirée tout seul de la semaine.

– Content pour toi. Si ça marche pour nous, le groupe pourrait venir vers chez toi dans pas longtemps. Je suis allé si souvent à Londres depuis six mois, pour des concerts ou des enregistrements, que je m'y sens comme chez moi. » Il hésita avant de lancer : « Et ton appart, il est comment ?

– Oh, ça va ». Je me demandai où il voulait en venir. Il resta étrangement silencieux. Peut-être avait-il envie que je le remercie une fois de plus pour m'avoir aidé à me loger. Bon.

« N'oublie pas de dire merci pour moi à Tammy, pour m'avoir trouvé cet appart. C'était gentil de sa part, pour une fois.

– Ouais, c'est vrai », dit-il, pensant à autre chose. Au bout de quelques instants de silence, il reprit : « George Michael a signé son premier contrat avec Innervision dans un café de Holloway Road, juste à côté de chez toi. J'ai toujours rêvé d'aller y faire un tour, pour voir s'il ne resterait pas quelque chose des bonnes vibrations de l'époque, mais je n'ai jamais trouvé le temps. » Il se tut un moment, de plus en plus embarrassé, avant de rouvrir le feu par une diversion sous la forme d'une question destinée à reprendre le point qu'il avait perdu, lors de ma salve précédente : « Alors, t'as quelqu'un de nouveau dans ta vie ? »

Qu'il y ait eu quelqu'un de nouveau ou pas dans ma vie, j'aurais de toute façon inventé sur-le-champ la femme idéale. Cependant, les hasards du destin me permettaient de travestir un peu la vérité au lieu de carrément mentir, et j'en profitai sans hésitation : « Oui, je suis sortie avec une fille. Elle s'appelle Martina. Une nana super. On s'est rencontrés au Bar Rumba, dans le West End. C'est un peu à cause d'elle que je suis crevé. On s'est vus tous les soirs, cette semaine. D'ailleurs, elle ne devrait pas tarder à arriver. »

Je ne connaissais l'existence du Bar Rumba que parce que Aggi avait une fois parlé d'aller à Londres rien que pour faire un tour dans cette boîte. Je n'en avais eu aucune envie, sur quoi elle avait dit qu'elle irait toute seule, à quoi j'avais répondu très bien, sur quoi elle avait dit aussi très bien – mais finalement elle n'y était pas allée.

« C'est une bonne nouvelle, commenta Simon. Ça fait plaisir de te voir de nouveau heureux.

– Pourquoi ?

– Eh bien, parce que... »

Allusion à Aggi.

« Ah, tu penses à Aggi ?

– Ouais, mais je préférais ne pas parler d'elle, bredouilla-t-il. Je sais que c'est encore un sujet sensible pour toi.

– Sensible ? Pas du tout. Bon débarras, si tu veux savoir ce que j'en pense.

– Allons, Will, tu vas pas me dire que tu es sérieux ? protesta Simon.

– Oh si, on ne peut plus sérieux. Elle avait besoin de tout contrôler, une vraie manie. Non, c'est une chance qu'elle se soit tirée, vieux. Martina, c'est exactement la fille qu'il me faut. Sympa, réaliste et très belle. »

Je poursuivis dans la même veine, mettant Aggi au-dessous de tout et chantant les louanges de Martina, si bien qu'au bout d'un moment je commençai à croire moi-même que c'était la vérité. Il y avait tout de même trois ans que nous nous étions séparés, Aggi et moi – une éternité, pour un type normal de vingt-six ans. Elle se réduisait à des souvenirs et aurait tout aussi bien pu être un pur produit de mon imagination, en fin de compte. Martina, par ailleurs, était réelle. Et non seulement elle était réelle et belle, mais, surtout, elle n'exigeait pas que je fasse quoi que ce soit pour lui faire plaisir, parce qu'elle m'aimait comme j'étais.

Plus je parlais, plus je me disais que si j'arrivais à convaincre Simon – qui m'avait entendu gémir je ne sais combien de fois qu'Aggi me manquait –, peut-être que j'arriverais aussi à m'en persuader. Ma victoire serait alors définitive et je pourrais chasser Aggi de ma tête et de mon cœur une bonne fois pour toutes.

« Je n'ai jamais aimé Aggi. »

La phrase coupa court notre conversation. Elle paraissait tellement bizarre que je la répétai :

« Je n'ai jamais aimé Aggi. Je m'imaginais juste que je l'aimais. En fin de compte, je crois que je m'étais simplement habitué à elle. C'était super de l'avoir dans les parages, et c'est vrai que ç'a été le monde à l'envers pour moi lorsqu'elle est partie et que j'ai quitté la fac, au moins pendant un moment. Mais c'est fini. Les trois années que nous avons passées ensemble ne signifient plus rien pour moi. Plus rien du tout.

– Plus rien ? » s'étonna Simon. À son ton, il était clair qu'il n'en croyait pas un mot.

« Plus rien du tout. »

C'était agréable de mentir.

Simon prit sa casquette de conseillère matrimoniale, et je me demandai si lui aussi écoutait le *Barbara White Show*. « Tu es sûr que tu ne dis pas ça parce que tu as finalement compris qu'il fallait que tu règles la question une fois pour toutes ? »

Je détestais la manière qu'il avait de cataloguer une situation en deux secondes. À l'en croire, il était la seule personne au monde à qui il était permis d'être insondable. Il faut dire qu'il tenait de la musique tout ce qu'il avait appris. C'était sa plus grande faiblesse. Il n'avait toujours pas compris qu'on ne pouvait pas réduire systématiquement la vie à une chansonnette de trois minutes et demie.

« Non, dis-je, n'étant plus à un mensonge près. Pas du tout. D'accord, elle avait ses bons côtés, je te l'accorde, et on a passé quelques bons moments ensemble. » Je jetai un coup d'œil à sa photo, sur le mur, et envisageai de la déchirer, histoire de faire une démonstration de ma force de caractère. « Et c'est vrai, j'ai été très mal, lorsque nous avons rompu, mais tu ne dois pas oublier que je suis allé jusqu'à me mettre en deuil lorsque j'ai appris qu'il n'y aurait pas de troisième saison de *La Vipère noire.* » Je me dégonflai et, au lieu de déchirer la photo, je pris un marker, noircis une de ses dents et lui dessinai des moustaches, des lunettes et des sourcils buissonnants. « Aggi et moi, nous n'avions pas les mêmes priorités, et ça, depuis le début. Elle voulait sortir, vivre toutes sortes d'expériences, et moi je voulais rester à la maison et regarder ces mêmes expériences à la télé. On était voués à l'échec dès le départ. Nous n'avions rien en commun. »

Je me votai des félicitations.

La réaction de Simon fut modeste : « Eh bien, je suis content que tu sois passé par-dessus.

– Par-dessus qui ? » plaisantai-je.

Le rire de Simon me parut forcé, comme s'il essayait de me remonter le moral.

« Écoute, je suis content que tu m'aies raconté tout ça.

– Ouais », dis-je, m'attendrissant non seulement sur Simon, mais à l'idée que je pouvais supporter de vivre sans Aggi. « Ça m'a enlevé le poids que j'avais sur le cœur, et ça fait du bien. Tu sais comment c'est, quand on garde tout à l'intérieur. Plutôt malsain.

– C'est vrai, plutôt malsain », admit-il.

Il fit une pause théâtrale. Plus théâtrale que toute la troupe d'une pièce de Harold Pinter. Son sens de l'effet dramatique était aussi une conséquence de son personnage de rocker. Pour lui, les événements de la vie se produisaient avant tout pour être mis en chansons. Il était constamment à la recherche d'une « Expérience » à diluer en une structure coupletrefrain-couplet. J'avais la conviction que c'était pour cette raison qu'il avait tant de petites amies et qu'il se comportait comme un mufle avec toutes. On ne pouvait pas espérer écrire des chansons à la chaîne quand tout baignait et qu'on avait une personnalité charmante.

« J'ai quelque chose à te dire, reprit-il, quand il estima que le silence avait assez duré. C'est pour ça que je t'ai appelé, hier soir. »

Je me demandais si, une fois de plus, il ne trompait pas Tammy. Ce qui ne m'aurait pas surpris, d'ailleurs ça n'aurait pas été la première fois. À ma connaissance, il n'était sorti avec personne ces temps-ci, trop occupé qu'il était à travailler sur son chef-d'œuvre, à Londres, pour avoir le loisir de draguer.

« Désolé, mon vieux, continua-t-il, toujours aussi théâtral. Je ne sais pas comment te dire ça, alors je vais y aller carrément. Il y a eu quelque chose entre Aggi et moi.

– Quoi ? »

J'avais très bien entendu ce qu'il avait dit et je ne l'avais compris que trop clairement, mais il me fallait l'entendre à nouveau, ne serait-ce que pour me torturer juste un peu plus qu'il n'était nécessaire.

« Il y a eu quelque chose entre Aggi et moi. »

Sa voix s'étranglait, comme s'il avait eu besoin d'un peu d'eau et de se racler la gorge.

« De quel genre de *quelque chose* tu veux parler ? » Je m'étais exprimé d'une voix sans émotion – c'est du moins ainsi que je m'en souviens.

« Le genre de *quelque chose* qui ne t'aurait pas fait très plaisir, à l'époque. »

Bizarrement, mes émotions paraissaient être aux abonnés absents. Mon cerveau était prêt à faire son petit numéro mais, côté adrénaline, rien ne se passait. Mon souhait était peut-être exaucé. J'en avais peut-être vraiment fini avec elle. J'eus un coup d'œil pour sa photo graffitée et souris faiblement.

« Ce n'est pas mes oignons, dis-je. Aggi peut faire ce qu'elle veut avec qui elle veut, ça la regarde. Je pensais simplement... (cette fois, ce fut à mon tour de pratiquer la pause théâtrale : ce que je pensais, je n'en avais pas la moindre idée) je pensais simplement que tu aurais peut-être pu faire preuve d'un peu plus de délicatesse. Je sais bien que cela fait trois ans que nous avons rompu, mais je trouve tout de même que tu pousses le bouchon un peu loin. Tu es mon pote, en principe. Qu'est-ce que tu vas faire, la prochaine fois ? Sauter dans ma tombe avant moi ? Et qu'est-ce que tu vas dire ? Désolé, Will, j'savais pas que tu voulais t'en servir ?

– C'est du passé, répondit-il, refusant de réagir à mes sarcasmes. C'est terminé depuis longtemps. J'ai simplement voulu t'en parler parce que ça me pesait sur la conscience depuis quelque temps. Simple question d'honnêteté. On est copains depuis trop longtemps pour qu'une fille puisse se mettre entre nous.

– Tu aurais pu y penser avant de commencer à... » Je ne pus me résoudre à le dire. Donner un nom à la chose n'aurait fait que la rendre trop réelle, plus que ce que j'aurais pu supporter.

« Je suis désolé, Will, dit-il doucement. Vraiment désolé.

– Laisse tomber les excuses. » J'éjectai une cassette des Left Bank (une de leurs premières maquettes) du lecteur et la jetai par terre. « Je te l'ai dit, c'est terminé avec elle. Je veux simplement que tu me dises à quand ça remonte.

– Un certain temps. » Sa voix était à peine audible.

Mon cerveau tournait à plein régime, mais toujours pas la moindre émotion.

« Et ça veut dire quoi exactement, un certain temps ?

– C'était... » Il jubilait, ce salaud. « C'était pendant que tu sortais encore avec elle. »

Mes émotions firent un retour en force brutal – fini leur petit voyage organisé. La douleur fut à la fois physique et psychologique, à croire qu'un poing, aussi énorme qu'invisible, m'avait expédié de l'autre côté de la pièce comme dans *Poltergeist*, le film d'horreur produit par Spielberg. J'avais la nausée, les jambes en coton, et j'étais sur le point de m'évanouir. Je n'arrivais pas à comprendre pourquoi il me racontait ça, après tout ce temps. L'ignorance n'est pas seulement la félicité, c'est les piliers qui empêchent la raison de s'effondrer.

Simon, pendant ce temps, attendait ma réaction. Je ne savais que dire. Il avait raison, *je devais* réagir, balancer quelque chose qui allait l'écraser, quelque chose qui le ferait se sentir aussi mal que moi, l'expédier dans les abîmes de la culpabilité, si profond et loin qu'il ne retrouverait pas le chemin du retour. Je pris une profonde inspiration et reposai le téléphone.

14.38

Lorsque Simon m'avait donné la copie de l'enregistrement que je tenais à la main, il m'avait décrit sa maquette comme un des grands moments de l'histoire du rock, ajoutant que ce document unique vaudrait un jour une petite fortune. Je dégageai un espace entre mes vêtements épars, la vaisselle sale et les cahiers, posai la cassette sur le sol et cherchai fiévreusement autour de moi un instrument contondant quelconque. Je découvris dans la cuisine un couteau à pain et une poêle qui contenait un reste de nouilles datant du jeudi et soudé à la surface non adhésive. J'eus alors un sourire dément à la Jack Nicholson dans *Vol au-dessus d'un nid de coucou.*

La « petite fortune » de Simon calée au pied du lit, je brandis la poêle et l'abattis sur la cassette. Je recommençai, recommençai, jusqu'à ce qu'elle soit réduite en mille morceaux. Vers le vingtième coup, manche et récipient se faussèrent compagnie, stade auquel je me retrouvai à genoux, haletant comme un soufflet de forge. Quelqu'un, selon toute vraisemblance le type qui habitait en dessous et dont le plafond était mon plancher, frappa bruyamment à la porte. Je l'ignorai et, faisant une boule de la bande magnétique, je la réduisis en confettis à l'aide du couteau à pain. Il y aurait eu de quoi fêter trois mariages avec. Cette procédure laborieuse me prit une bonne dizaine de minutes, parce que, ma crise de folie temporaire toujours au paroxysme, j'avais décidé que pas un seul morceau de la bande ne devrait mesurer plus d'un centimètre. Je m'étais donc forcé à tous les recouper. Cette tâche terminée, je rassemblai les débris, les glissai dans une enveloppe (celle-là même que j'avais subtilisée dans la réserve de papeterie du lycée, dans le but d'envoyer ma lettre de supplication à la banque), puis, utilisant le marker avec lequel j'avais graffité la photo d'Aggi, je griffonnai l'adresse de Simon dessus, la fermai avec de l'adhésif et y collai un timbre courrier de première classe.

Je m'habillai et enfilai mon lourd manteau gris en cachemire (acheté dans une vente de charité de l'église méthodiste de Beeston pour 2,20 livres au lieu de 5, après marchandage), bien que n'ayant aucune idée du temps qu'il faisait dehors. Dans ma tête, c'était le pire des hivers sibériens qu'on ait vus de mémoire d'homme, et dans mon cœur régnait une nuit pluvieuse de Géorgie, bref, un temps à lourd manteau gris. Je ramassai l'enveloppe restée sur le sol, glissai le plan des rues de Londres dans une poche et sortis de l'appartement.

J'avais besoin de marcher. Je débordais trop de colère pour rester assis à regarder la télé, seule autre activité à laquelle j'aurais pu me livrer si l'on exclut prendre le train pour Nottingham, emprunter la voiture de mon père et laisser des marques de pneus sur la poitrine de Simon. Peu porté à la violence en temps normal, je n'en revenais pas d'être assailli de pensées aussi meurtrières. Écrabouiller la cassette m'avait un peu calmé, mais il me fallait quelque chose de plus, quelque chose qui lui fasse vraiment mal, qui le fasse implorer ma clémence. Simon était considérablement plus costaud que moi, mais je me sentais invincible, j'étais Jackie Chan lui-même dans un de ses films de karaté, au moment de la grande bagarre finale. J'étais prêt à lui défoncer le visage.

Je voulais savoir *quand* c'était arrivé.
Je voulais savoir *comment* c'était arrivé.
Je voulais savoir *pourquoi* c'était arrivé.
Je voulais *tout* savoir.
Mais, plus que tout, je voulais qu'Aggi revienne.

L'information que m'avait donnée Simon présentait au moins un avantage : je savais à présent qu'il était inutile de faire semblant de croire que je n'éprouvais plus rien pour elle. Il était absurde de continuer à l'aimer. J'avais pesé le pour et le contre un million de fois, aboutissant toujours à la même conclusion : j'avais besoin d'elle. Elle ne me faisait aucun bien, elle ne voulait pas de moi dans sa vie, mais j'étais impuissant devant mes sentiments. Je l'aimais. Je ne pouvais pas me mentir, même si je regrettais sincèrement de ne pas avoir la force d'y arriver. Je ne pouvais pas l'oublier. Le passage du temps, si c'était possible, l'avait rendue plus importante pour moi que jamais. J'étais incapable de la remplacer par une autre femme sans constamment faire la comparaison et voir tout ce qui manquait à la nouvelle. J'étais incapable d'avancer comme de faire renaître le passé. J'étais prisonnier des limbes de la « larguitude », avec pour seule compagnie le souvenir des jours heureux.

Regardant autour de moi pour la première fois, je me rendis compte que mes pieds m'avaient conduit jusque chez la marchande de journaux italienne, en haut de Holloway Road. Je glissai l'enveloppe dans la boîte à lettres, à l'extérieur, décidai de ne pas entrer dans la boutique pour m'acheter du chocolat et continuai mon chemin. Aussi mesquine qu'elle ait été, ma mission était accomplie, mais je n'avais pas envie de rentrer. C'était pour cette raison que j'avais pris le plan avec moi.

Et Simon qui s'imagine que le seul intérêt d'Archway, c'est le café où ce connard de George Michael aurait signé un contrat pour un disque, m'étais-je dit au moment où j'avais quitté l'appartement. *Eh bien, la tombe de Marx n'est pas loin d'ici. Le moment n'est pas mal choisi pour lui rendre visite.*

Le plan ouvert et le doigt sur Archway Road, je traversai aux feux, à hauteur du métro, et gagnai Highgate Road par le chemin le plus court. À la hauteur de l'hôpital Whittington, une ambulance s'arrêta non loin de moi, ce qui me plongea dans un rêve éveillé, que je prolongeai avec complaisance :

Simon a contracté une maladie du sang rare. Je suis la seule personne au monde qui possède le type de sang pouvant le sauver. « Will, tu es le seul qui puisse me sauver la vie, murmure-t-il d'une voix faible, agrippant ma main.

– Tu aurais dû y penser avant de sauter ma petite amie. »

Cinq minutes et une pause-clope plus tard, je consultai de nouveau le plan. Ce n'était plus très loin. De l'autre côté de la rue s'élevait une ancienne église qui figurait sur le plan, mais que l'on avait transformée en appartements pour yuppies ; l'entrée de Highgate Park était à une centaine de mètres. Mis à part une femme d'âge moyen avec des Wellington vertes aux pieds qui promenait son yorkshire terrier, le parc était vide. Au moment où je longeais l'étang, au milieu des ondulations du paysage, je me retrouvai pris dans un essaim de moucherons et en avalai une bonne poignée.

En temps normal, je me serais insurgé contre les nuisances du règne animal, mais même ces bestioles ne purent me désarçonner. J'étais en mission, et la tombe de Karl Marx était mon saint Graal. Une fois là-bas, tout deviendrait limpide.

J'arrivai au portail, de l'autre côté du parc, et tournai à gauche pour entrer dans le cimetière de Highgate. Une petite guérite blanche, au début des allées, portait une pancarte qui précisait que le ticket d'entrée coûtait 50 pence.

Dans quel monde vit-on, où on ne peut même pas rendre visite à la tombe des penseurs de gauche sans devoir payer pour avoir ce privilège ?

J'acquittai cette taxe exorbitante auprès de la vieille femme qui avait élu résidence dans la cahute et qui était de bien meilleure humeur que moi. Elle me demanda si j'avais besoin d'indications, à quoi je répondis que non, de peur qu'elle ne veuille me fourguer un plan des lieux.

Le cimetière était paisible et presque aussi silencieux qu'Archway la nuit précédente, si ce n'est qu'on arrivait à entendre un camion passer, de temps en temps, en faisant un effort – ce qui était inutile, donc. Aussi ridicule que puisse paraître la réflexion, je me dis que je me trouvais incontestablement dans un cimetière. J'étais entouré de tombes. Marx était en compagnie d'un tas de gens dont le décès s'étalait sur plus de deux siècles. Le passage du temps avait rendu beaucoup de pierres tombales à la nature ; couvertes de lierre et rongées par l'érosion, elles faisaient maintenant partie intégrante du paysage. Les plus récentes, en revanche, avaient un aspect incongru et déprimant, comme autant de marque-pages en marbre brillant plantés dans le sol. Je pris mentalement note de demander à ma mère de me faire incinérer. Si je lui laissais prendre seule les dispositions funéraires me concernant, elle m'offrirait une pierre tombale dans le marbre le plus brillant que l'on puisse acheter, juste pour me mettre dans l'embarras pour l'éternité.

À force d'errer au hasard dans les allées, de m'arrêter ici et là pour lire une épitaphe, je finis par découvrir la tombe, ou plutôt le tombeau, que je cherchais. Il n'y avait pas moyen de se tromper : un énorme bronze, représentant la tête d'un homme barbu, dominait la pierre tombale de couleur claire. Même sans avoir jamais vu d'images de Marx, j'aurais su que c'était lui. Il avait exactement la tête que devait avoir le père du socialisme moderne : une expression un peu triste, l'air un peu fatigué de la vie, et des traits quelque part entre ceux du Père Noël et de Charlton Heston, mais avec tout de même un petit pétillement dans l'œil, comme s'il avait constamment été sur le point de trouver le sens de la vie. Sur le tombeau, figurait cette inscription en lettres d'or :

*« Les philosophes n'ont fait qu'*interpréter *le monde de différentes manières, ce qui importe, c'est le* transformer. »

Comme on pouvait s'y attendre, le lieu était devenu une Mecque pour tous les marxistes du monde, de même que la tombe de Jim Morrison, à Paris, était devenue un deuxième foyer pour tous les poètes ratés. Des roses artificielles et des bouts de papier portant des messages étaient disposés à la base du monument de marbre. Je m'intéressai à l'un d'eux, sur lequel on pouvait lire :

« Merci, de la part de ceux d'entre nous qui luttent encore pour la liberté partout dans le monde. »

Il n'était pas signé.

J'étudiai une fois de plus l'inscription en lettres d'or et me sentis honteux. Marx avait essayé de changer le monde pour en faire un lieu plus accueillant. Il voulait que les travailleurs étudient la philosophie le matin et aillent à la pêche à la ligne l'après-midi ; il voulait mettre fin à la tyrannie en se fondant sur l'idée que tous les hommes étaient égaux. Tout ce que je voulais, moi, c'était que ma copine revienne. Je poursuivais un but purement égoïste, ne pouvant bénéficier qu'à moi-même. Et alors même que cette vertueuse pensée me traversait la tête, je sentis mes épaules se hausser automatiquement comme pour dire : « Et alors ? » Je me demandai si tous les hommes étaient comme moi. Donnez une noble cause à défendre à un homme, et il luttera au péril de sa vie pour ce en quoi il croit ; mais arrangez-vous pour que la femme qu'il aime le quitte, et les grands principes qui l'animaient jusqu'alors risquent de perdre beaucoup de leur importance.

Je me tenais tellement immobile, si profondément plongé dans mes pensées, qu'un rouge-gorge quitta la branche du chêne qui abritait la tête de Karl Marx et vint se poser à mes pieds. Il se mit aussitôt à tirer sur une brindille qui faisait deux fois la longueur de son corps. Il se bagarra avec elle pendant plus de cinq minutes, la détermination se lisant dans le dessin sec et aigu de sa petite tête au bec pointu. Finalement, il renonça et alla se poser sur la branche d'un bouleau argenté, un peu plus loin, pour se reposer. Ce rouge-gorge, c'était moi. Oui, moi. Et Aggi était la brindille. Ces cinq minutes que l'oiseau avait passées à tirer dessus, eh bien, c'était les trois ans que j'avais passés à essayer de la faire revenir. Comme Dieu et les McDo, Aggi était partout.

15.00

Je décidai qu'il était temps de partir lorsque d'énormes gouttes tombant du ciel par milliers m'eurent trempé en quelques secondes. De petits filets d'eau commencèrent à dégouliner le long de mon cou et jusque dans ma chemise. Je remontai le col de mon manteau et y enfonçai la tête le plus possible ; mais la protection était insuffisante ; de plus, mes lunettes embuées m'empêchaient de voir quoi que ce soit. Enfin, comble de l'horreur, je percevais depuis quelques minutes, montant du vêtement, une odeur de vieux de plus en plus insistante. Il m'avait coûté tellement peu que je n'avais pas pris la peine de le donner à nettoyer, et je payais maintenant ma radinerie, tandis que l'essence de son propriétaire précédent venait me hanter ; c'était une odeur douceâtre de moisi, genre pipi de chat mélangé au contenu de sa litière.

J'étais mouillé, j'avais froid et j'empestais comme le clodo de ma virée nocturne au 7-Eleven. Plus que tout, c'était le temps qui me déprimait. Une balade sous la pluie aurait pu être sympa, si j'avais eu quelqu'un à mon bras. J'aurais pataugé gaiement dans les flaques, bondi sur les lampadaires et chanté une ou deux chansons, mais j'étais seul. Me noyer sans témoins sous une averse torrentielle n'avait strictement rien de romantique. Gene Kelly aurait été moins bêtement content de lui, s'il avait appris une heure auparavant que son meilleur copain avait couché avec la femme de sa vie.

Le temps d'atteindre la maison, je me sentais plus déprimé que jamais. Ayant oublié jusqu'aux éléments qui se déchaînaient contre moi, je restai planté devant le portail du jardin, ne sachant trop quoi faire. On n'était que samedi après-midi, il me restait donc encore quelque chose comme trente-six heures à tuer jusqu'au lundi. Même si je dormais le plus possible, cela me laissait beaucoup de temps, beaucoup trop, pour imaginer Aggi et Simon ensemble, faisant l'amour, échangeant des regards complices et riant comme des conspirateurs. Une fois la porte refermée derrière moi, je me retrouverais seul avec mes pensées. Le hall d'entrée était poussiéreux et sinistre. M. F. Jamal m'avait affirmé que les parties communes étaient entretenues tous les vendredis, j'aperçus néanmoins un bout de papier argenté (il avait enveloppé un paquet de Polo) qui était tombé de ma poche la veille au matin et qui traînait toujours sur le tapis. Je secouai tristement la tête. Je tendis l'oreille tout en montant l'escalier, cherchant des indices de vie dans les autres appartements – rien que des gens vivant seuls, comme moi –, des gens avec qui je pourrais parler. L'immeuble était silencieux. Mort. Lorsque j'arrivai devant ma porte, j'enfonçai la main dans la poche détrempée de mon manteau pour y prendre mes clefs, et la ressortis avec les objets suivants :

Deux Rolo écrasés (mais toujours dans leur emballage).
Deux tickets de bus.
Des miettes de tarte Bakewell.

J'éparpillai les miettes sur le tapis usé jusqu'à la corde. Un an auparavant, j'avais commis l'erreur de glisser une tarte

Bakewell dans ma poche pendant une minute, et depuis j'en retirais des miettes par milliers – une version post-moderne du coup du poisson et des pains, sans doute.

Je parcourus l'appartement des yeux. Rien n'avait changé. R-I-E-N. Je ne sais trop à quoi je m'étais attendu (à trouver le robinet réparé ? à un miracle ? à découvrir un message d'Aggi ?), mais je désirais désespérément que quelque chose ait changé, n'importe quoi. Au lieu de cela, le temps s'était arrêté, pétrifié, et avait attendu mon retour.

Histoire de m'occuper un peu les neurones, j'essayai de me rappeler quel était le dernier être humain vivant auquel j'avais parlé, en ne tenant compte que des gens avec lesquels j'aurais aimé aller prendre un verre. J'avais quitté Nottingham et la maison de ma mère le dimanche précédent. Ma mère et mon frère étaient donc les deux derniers êtres humains avec qui j'avais parlé. J'avais beau beaucoup les aimer, je n'étais pas sûr que ce soient des personnes avec lesquelles je serais allé boire un verre. Il y avait eu auparavant Martina, le samedi soir, mais, étant donné que j'essayais d'évacuer le souvenir de cette rencontre, elle ne répondait pas aux conditions. Remontant encore un peu dans le temps, je me souvins que j'avais été boire un coup vite fait avec Simon au Royal Oak, le vendredi soir ; or cet individu n'existant plus pour moi officiellement, il ne comptait pas non plus.

Je tirai la poignée du signal d'alarme de ce train de pensées particulièrement déprimant et reportai mon attention sur le téléphone. Aucun message sur le répondeur. D'autant que j'avais oublié de le brancher. Après avoir composé le 1471, le numéro qui vous dit quelle est la dernière personne à vous avoir appelé, je regrettai cette initiative. À 14 h 42 précises, Martina avait tenté de me joindre. Elle devait être enceinte. J'appelai chez ses parents, mais elle était sortie.

Ils me demandèrent si je voulais laisser un message, je répondis que non. Repoussant un empilement de vêtements et de livres, je m'installai confortablement sur la moquette, allongé sur le ventre, foudroyant le téléphone du regard dans l'espoir de le faire sonner.

Pendant un temps, Aggi et moi avions eu l'illusion d'être télépathes, parce que nous avions essayé, une fois, de nous téléphoner exactement au même instant. L'idée de nos deux impulsions électriques fonçant simultanément l'une vers l'autre par le canal d'une fibre optique nous avait tellement impressionnés que nous avions passé des après-midi entiers à essayer, le plus sérieusement du monde, de nous envoyer des messages mentaux. Ça n'avait jamais marché.

Mes clefs me rentrant dans un endroit sensible, je vidai les poches de mon jean sur le plancher. Au bout de deux minutes d'intense concentration, le téléphone n'avait toujours pas sonné. Je me dis que c'était peut-être parce que j'étais trop vague, espérant un coup de fil de n'importe qui (sauf de Simon).

Les minutes continuèrent à s'écouler. Rien. Le chien de la maison voisine, pour quelque raison connue de lui seul, se mit à hurler comme un loup, mais, à part cet incident mineur, la vie continua à passer au large. D'autres minutes s'écoulèrent, tout aussi vides. J'envisageai de rappeler Martina, et peut-être de laisser un message du genre : « Dites-lui que tout va très bien se passer », un truc pour lui redonner le moral si elle avait peur ou se sentait seule, quelque chose qui sous-entendrait que je ne la laissais pas tomber tout en restant dans de prudentes limites. Ç'aurait été mal, de ma part, de lui donner le moindre espoir, alors qu'il n'y en avait aucun. Si elle s'imaginait qu'elle avait rencontré le grand amour lors d'une relation sexuelle avinée sept jours auparavant, son esprit dérangé risquait de transformer un message de solidarité en proposition de mariage.

J'avais acheté le téléphone que je tenais à la main pendant ma dernière année à l'université. Le modèle était disponible en trois couleurs : gris, crème ou blanc, et j'avais choisi le gris en me disant que la crasse s'y verrait moins que sur les autres (même si l'aspect douteux du micro, à force d'être bombardé de postillons qui se desséchaient dessus, témoignait du fait que la plupart des objets finissent par se salir si on ne les nettoie pas). Tout le monde, dans la maison que je partageais avec d'autres étudiants, avait voulu le récupérer, mais j'avais pu le ramener avec moi après les examens, l'ayant remporté au cours de la loterie qui avait précédé notre débandade. Tony (dont je n'ai plus entendu parler une seule fois depuis) avait gagné le grille-pain, Sharon (dont je n'ai plus entendu parler une seule fois depuis) l'antenne de télé intérieure, et Harpreet (dont je n'ai plus entendu parler une seule fois depuis que j'ai quitté Manchester) la bouilloire électrique. Je tenais beaucoup à conserver le téléphone ; le nombre d'heures que j'avais passées à parler à Aggi par son intermédiaire devait représenter plusieurs mois. Certaines de nos meilleures conversations avaient eu lieu alors que j'étais pendu à cet appareil, comme celle au cours de laquelle elle m'avait dit que j'étais le genre d'homme qu'elle aurait envie d'épouser un jour. Oui, ce téléphone m'avait donné bien des joies.

Il sonna.

« Allô ?

– Allô ! »

C'était Kate.

« Salut, Kate. Comment va ?

– Très bien. J'espère que je ne vous dérange pas.

– Non, non, pas du tout, répondis-je, soulagé que ce ne soit pas Simon, qui aurait cherché à se faire pardonner.

– Vous êtes sûr que je ne vous dérange pas ? Vous avez décroché très vite. Vous étiez assis dessus, ma parole ! Vous attendez un appel ?

– Non, je passais simplement à côté. Je viens juste de rentrer. J'ai été au cimetière de Highgate avec des amis pour voir la tombe de Karl Marx. Très cool. Ça vaut le coup, vraiment. »

Je regrettai d'avoir qualifié de cool la tombe de Marx. Ce n'était pas tout à fait le mot qui convenait.

« Dire que j'ai habité cet appartement pendant plus d'un an et que je n'ai jamais pris la peine d'aller la voir... C'est une honte. Je n'irai probablement jamais, maintenant.

– Peut-être que je vous y amènerai un jour », répondis-je, ne plaisantant qu'à moitié.

Elle rit.

J'en fis autant, mais seulement parce que je me demandais si je n'exagérais pas en pensant que ce rire était aguicheur.

« Vous devriez faire attention à ce que vous dites, répondit-elle d'un ton mélancolique. Je serais capable de vous prendre au mot. »

Me trouvant à court de répliques amusantes, je changeai de sujet : « Alors, qu'est-ce que vous avez fait de beau, aujourd'hui ?

– Pas grand-chose. J'ai regardé les émissions de télé pour les gosses ce matin, et après je suis allée en ville. J'ai réussi à obtenir une prolongation de mon découvert et je me suis acheté une paire de chaussures de sport et une jupe. Je ne devrais pas dépenser tout mon fric de cette façon, mais ça m'a remonté le moral.

– J'ai l'impression que votre lettre est arrivée aujourd'hui, dis-je, jetant un coup d'œil vers le haut de la télé. En tout cas, il y a une lettre pour vous.

– Super ! Quelle bonne nouvelle ! Oh, quelle heure est-il ? Trois heures et quart ? La dernière levée a eu lieu. Enfin, je l'aurai certainement mardi prochain. C'est mieux que si elle n'était pas arrivée du tout. »

Elle paraissait contente.

« Vous voulez bavarder encore un peu ? demanda-t-elle.

– Volontiers. Combien de fois je vous ai suppliée de me rappeler, hier !

– De quoi vous avez envie de parler ?

– De n'importe quoi. Tout ce que vous voudrez. »

En réalité, j'avais un sujet de conversation sous le coude, si rien ne lui venait à l'esprit. Une question qui m'avait trotté dans la tête pendant que je revenais du cimetière. J'aurais aimé lui demander si, à son avis, il arrivait aux personnes les plus belles du monde (Cindy Crawford, Mel Gibson et consorts) de se faire larguer. Je fus cependant soulagé lorsqu'elle me dit qu'elle-même avait une question, parce que j'étais sûr que la mienne se terminerait une fois de plus par des considérations sur Aggi.

« C'est plus ou moins en rapport avec votre visite de cet après-midi. Quelle idée vous vous faites de la mort ?

– Je suis contre. »

On éclata de rire ensemble.

« Vous savez bien ce que je veux dire. Comment vous la voyez ?

– Je pense que, quand on est mort, on est mort, fis-je bêtement. C'est la vie qui est comme ça, alors on a intérêt à en profiter le plus possible tant qu'on l'a. Cela dit, je crois que je serais plus ou moins déçu, si ce que j'ai vécu au cours des vingt-six dernières années, c'était tout ce que la vie a à offrir.

– Très bien, autre chose : comment vous aimeriez mourir ? » Elle m'avait posé la question comme une serveuse, au restaurant, m'aurait demandé si je préférais mon steak saignant ou bien cuit.

« Cette conversation commence à devenir un peu bizarre, non ?

– Bizarre ? Vous devriez entendre les trucs qu'on se raconte, Paula et moi, sur le coup de cinq heures du matin, quand on en est à notre huitième triple vodka ! La question est : êtes-vous un homme, oui ou non ?

– Plus que vous, en tout cas.

– J'espère bien !

– Ça, vous ne le saurez jamais », répliquai-je, me demandant si ces passes d'arme constituaient un flirt en bonne et due forme ou si nous ne faisions que plaisanter.

« Sérieusement, comment aimeriez-vous claquer ?

– Je ne sais pas, dis-je, soulagé que nous revenions sur ce sujet. Je vais avoir besoin d'un peu de temps pour y réfléchir. En attendant, dites-moi comment vous, vous aimeriez mourir.

– Ah, enfin ! s'écria-t-elle en riant. Nous en avons discuté je ne sais combien de fois, Paula et moi, pendant nos soirées philosophiques. Ma réponse est prête. Et vous, vous l'êtes ?

– Jamais été aussi prêt. »

15.20

PREMIÈRE PARTIE D'UNE CONVERSATION SUR LA MORT : CE QU'ELLE EN PENSE

« Je sais, cela va paraître morbide. Très morbide, même. Et ça l'est, je crois. Qu'est-ce que vous allez penser de moi ? Vous me connaissez à peine, et j'imagine que vous n'en pensez pas grand-chose. De moi. Eh bien, je suis comme ça. De temps en temps, j'aime bien imaginer mon enterrement. Ça peut paraître bizarre, mais c'est comme ça. Les gens ne pensent pas beaucoup à la mort, à notre époque, pas vrai ? Ils donnent l'impression de passer toute leur vie à l'éviter. Les retraités, d'un autre côté, y pensent tout le temps. Ils sont sans aucun doute dans le vrai. Je suppose que ça tient à ce qu'ils sont plus près de la fin que nous. Ils ont un peu d'argent de côté à la Caisse d'épargne pour être certains d'avoir un enterrement correct, dans un cercueil correct, et de quoi offrir une petite collation ensuite. Voilà comment tout le monde devrait faire. Bien entendu, il y a aussi la conception des Égyptiens de l'Antiquité. Ils passaient toute leur vie à penser à la mort et, quand ils pliaient bagage, ce n'était pas une métaphore : ils prenaient avec eux de bons vêtements, de la nourriture, toutes sortes de choses, y compris des esclaves, sans même parler de leurs tombeaux, qui étaient les plus vastes du monde. Les Égyptiens, les personnes âgées et moi savons quelles sont les véritables priorités.

La première chose à déterminer est comment je vais mourir. J'ai envisagé la noyade et l'accident d'avion, entre autres, mais en ce moment je pourrais mourir n'importe comment, pourvu que ce soit pour quelqu'un que j'aimerais.

OK, vous voulez que je vous explique ? C'est très simple. J'éprouve un désir désespéré de mourir pour quelqu'un que j'aime. C'est tout. Peu importe dans quelles circonstances. L'important est que quand je mourrai, la personne dont j'ai sauvé la vie continue à vivre grâce à moi. C'est ça qui compte. Vous vous doutez déjà, j'en suis certaine, que j'ai construit tout un scénario autour de cette idée !

J'ai presque vingt ans. Je n'ai pas encore fait grand-chose de ma vie, à part des études. J'ai décroché quelques bonnes notes, puis j'ai quitté la fac sans la terminer et, euh... c'est à peu près tout. Pas mal égocentrique, non ?

J'ai piqué l'idée dans un film en noir et blanc que j'ai vu le samedi après-midi avant de quitter l'appartement.

Voici la situation. Trois personnages, un petit jeunot, un aristocrate français et une jeune fille ravissante qui est follement amoureuse de l'aristo. Ce qui n'empêche pas Petit Jeunot de tomber amoureux de Jolie Fille. Au cours d'un voyage en France, Aristo se fait arrêter par les enfants de la Révolution, qui l'enferment à la Bastille. Petit Jeunot va en France et réussit à rendre visite à Aristo embastillé. C'est là qu'intervient le morceau de bravoure : Petit Jeunot assomme Aristo, se fait passer pour lui et se fait guillotiner à sa place. Vous pigez ? Petit Jeunot aime tellement Jolie Fille qu'il est prêt à sacrifier sa vie pour qu'elle puisse être heureuse avec un autre !

Ce film m'a laissée en état de choc. Je ne l'ai vu qu'une

fois. Je ne connais même pas son titre. Enfin, je l'ai su, mais je l'ai oublié. Se faire larguer a de ces effets sur la mémoire ! Oh, peu importe son titre, il m'a émue. Vraiment émue. Parce que, enfin, qu'est-ce que ça veut dire ? Est-ce de l'amour ou de l'obsession ? Est-ce qu'un homme pourrait faire ça pour moi ? Je pose beaucoup de questions. Je m'excuse. Je crois que Dirk Bogarde jouait dedans.

Où on en était, au fait ? Ah, oui, mon enterrement.

Que toutes les personnes que j'aimerais voir assister à mon enterrement ne puissent pas être invitées à cause de mon imprévoyance, voilà une idée qui m'a toujours beaucoup tarabustée. Aucun de mes amis ne connaît tous mes autres amis. Ma copine Lizzie connaît la plupart de ceux avec qui j'ai fait ma scolarité et qui étaient mes amis, mais pas des gens comme Pete, ou Jimmy, ou Karen, ni les quelques potes que je me suis faits à l'université ; elle ne connaît pas non plus ceux dont j'ai fait la connaissance à Cardiff, l'été dernier, comme Mme Grosset ou les types qui venaient au pub, le mardi soir. Une ou deux fois, j'ai établi une liste que j'ai envoyée par la poste à Lizzie, avec pour instruction formelle de ne l'ouvrir qu'après ma mort. Lizzie est une bonne copine, mais je suis sûre qu'elle a ouvert l'enveloppe. Vous l'auriez fait, n'est-ce pas ? Aucune importance, de toute façon, car je révise cette liste de temps en temps, quand certaines personnes commencent un peu trop à me gonfler. Je peux vous y ajouter, si vous voulez.

Vous allez penser, avec toutes ces histoires d'enterrement, que je suis vraiment vaniteuse, mais c'est une faiblesse dont nous sommes tous coupables. Je tiens simplement à m'assurer que ma disparition sera suivie d'un deuil mémorable. Je ne veux pas que les gens philosophent sur mon sort. Je souhaite qu'ils aient du chagrin pendant une période, disons, correcte. C'est bon pour l'âme, voyez-vous. »

15.42

DEUXIÈME PARTIE D'UNE CONVERSATION SUR LA MORT :
MA CONCEPTION DES CHOSES

« Ça ne va certainement pas vous réconforter, mais vous savez, vous n'êtes pas plus bizarre que moi. Je comprends ce que vous voulez dire, quand vous parlez de mourir pour quelqu'un d'autre. Quand on pense rétrospectivement à sa vie, on aimerait qu'elle ait eu un sens. J'ai un ami, ou plutôt, j'avais un ami, qui risque, par quelque tour étrange du destin, de devenir célèbre. Et je suis prêt à parier que s'il atteint son but, c'est-à-dire la fortune et la célébrité, sa vie aura un sens pour lui. Mais il se trompe. La seule façon de donner un sens à sa vie est de la sacrifier. C'est bien malheureux, parce que si on donne vie, on n'est plus là pour apprécier pleinement la splendeur de son geste. Tel est le principal défaut de ce qui est l'acte désintéressé par excellence : on ne peut pas revenir saluer, une fois le rideau tombé. Jamais.

C'est à cinq ans que j'ai rencontré la mort pour la première fois. Mes parents m'avaient offert un coffret d'outils de jardin pour enfant comprenant une pelle, un râteau et un petit arrosoir. Maman m'avait aussi acheté des bottes Wellington rouges pour aller avec, et mon père m'avait laissé choisir un paquet de graines de carottes dans l'énorme présentoir à semences de la jardinerie du coin. À l'époque, j'étais fan de carottes. Je croyais que si j'arrivais à en faire pousser, j'attirerais Bugs Bunny dans mon jardin. J'espérais voir mes carottes disparaître dans le sol, et comme ça, j'aurais su que Bugs Bunny existait vraiment. Alors, j'aurais regardé dans le trou laissé par les carottes et il aurait levé les yeux vers moi en faisant vibrer ses moustaches et il m'aurait dit : « Alors ça boume, Doc ? »

C'était l'été et il faisait une chaleur écrasante lorsque j'ai décidé de faire mes plantations. Mon père n'avait tenu aucun compte du mode d'emploi sur le paquet, qui conseillait de planter entre mars et fin mai, car il voulait avant tout me faire plaisir. En une demi-heure, j'avais creusé mes sillons, planté et arrosé mes graines. Ce travail terminé, j'ai continué à retourner, pour le plaisir, un autre carré de terre à quelque distance des carottes. De temps en temps, je trouvais un ver. Le premier m'a fait un peu sursauter. Parce qu'il n'avait pas d'yeux, je crois. Mais après, je me suis mis à recueillir tous ceux sur lesquels je tombais, en me servant du bout de ma pelle pour les placer dans mon petit seau jaune. Du coup, j'ai décidé de voir combien j'arriverais à en attraper dans l'après-midi. Je me suis promis, si j'en avais suffisamment, le soir venu, de me constituer un élevage de vers comme celui que j'avais vu dans un exemplaire de l'*Encyclopaedia Britannica* que nous avions reçu en cadeau en nous inscrivant à un club du livre.

Vers une heure, ma mère m'a appelé pour que je vienne déjeuner. J'étais soulagé de pouvoir enfin me reposer, car je commençais à être un peu étourdi par la chaleur. À l'intérieur, la maison était fraîche. Sur la table, il y avait un sandwich au jambon, laitue et tomate et un verre de Ribena. J'ai mangé, j'ai bu, et je me suis senti mieux. Tellement bien, même, que je me suis endormi sur le canapé du séjour.

Pour me réveiller deux bonnes heures plus tard. C'était l'heure des programmes pour enfants à la télé. J'ai regardé mes dessins animés préférés, jusqu'au moment où ma mère m'a demandé d'aller ranger le bazar que j'avais laissé dans le jardin. C'est à ce moment-là que j'ai repensé à mes lombrics. J'ai examiné le seau et, alors que je m'attendais à voir se tortiller toute une masse gluante de vers ne pensant qu'à se venger, je n'ai trouvé que des vers très raides, très gris, très secs, très morts. Pourquoi ne bougeaient-ils plus ? Pourquoi avaient-ils arrêté d'être des vers ? Telles étaient les questions que je me posais. J'ai fini par comprendre que ça n'avait pas été très bon pour eux de rester quelques heures exposés au soleil. Je me suis donc précipité dans la cuisine, où j'ai rempli une cruche en plastique d'eau chaude que j'ai ensuite versée dans mon seau. Je m'attendais à ce que les vers reprennent vie aussitôt, mais non. Ils flottaient à la surface de l'eau, se balançant doucement, tandis que la vapeur montait vers mon visage.

J'ai demandé à ma mère pourquoi les vers étaient morts, et elle m'a donné la réponse technique que j'avais soupçonnée : ils avaient perdu leur eau, ils s'étaient déshydratés. Ce qui ne répondait pas réellement à ma question. Pour quelle raison étaient-ils morts ? La véritable réponse, la réponse que je devinais plus ou moins à l'époque, était la suivante : les vers meurent parce que tout finit par mourir. C'est la vie.

Le seul avantage qu'il y aurait pour moi à mourir, si je devais claquer bientôt, ce serait qu'Aggi puisse se rendre compte qu'en réalité nous étions faits l'un pour l'autre. Bien entendu, qu'elle en prenne conscience lorsque j'aurai passé l'arme à gauche, ça veut dire que la chose n'a aucun sens ; mais au moins, un tort immense serait ainsi réparé.

Et maintenant, l'enterrement : j'ai fait bien plus que préparer la liste des invités. Tout d'abord, je veux vingt-deux pleureuses habillées de noir autour de ma tombe. Des femmes que j'aurais draguées à différents moments de ma triste existence mais qui auraient ignoré mes avances pour finir par comprendre, maintenant que j'étais mort, que j'étais en fait l'homme idéal.

Ma mère pousserait des sanglots déchirants ; je ne peux pas l'imaginer autrement que suicidaire. Je crois qu'elle tient désespérément à mourir avant mon frère Tom et moi, et j'ai tendance à penser que ce serait peut-être mieux ainsi. Mes parents sont des adeptes du statu quo ; ils aiment bien que les choses restent comme ils les ont trouvées, ce qui ne les a pas empêchés de divorcer l'an dernier.

Je trouve déjà dur d'avoir vécu vingt-six ans, alors l'idée de devoir affronter une éternité de mort me remplit d'effroi. J'ai à peine le courage de me tirer hors du lit, ces jours-ci. Je n'ai pas toujours été comme ça. Je n'étais pas du tout comme ça.

Écoutez, je me sens un peu fatigué, à présent. Merci d'avoir appelé. Vous êtes certainement quelqu'un avec qui il est intéressant de parler, mais il faut que j'y aille. Et non, ce n'est pas parce que je veux être un solitaire mélancolique, même si n'importe quelle forme de mysticisme, y compris celle si rebattue du solitaire mélancolique, pourrait m'être utile. C'est simplement que je vous ai balancé toutes ces histoires bizarres sans prendre de gants. J'ai besoin de m'arrêter et de faire le tri. Vous voyez, j'ai découvert aujourd'hui que la seule fille que j'aie jamais aimée m'avait trompé avec mon meilleur copain et je vous dis pas le choc ! Je vous rappellerai bientôt. Promis. »

16.41

Mon cou me faisait un mal de chien.

J'avais plusieurs fois changé de position au cours de notre conversation et au moment où j'avais raccroché, j'étais à moitié sur le lit, à moitié par terre, mon cou soutenant plus de poids qu'il n'était conçu pour le faire. Se retrouver aussi soudainement propulsé dans la vie réelle avait quelque chose d'un peu déstabilisant. Une rafale de vent envoya une gifle pluvieuse contre ma fenêtre, comme si j'avais besoin qu'on me rappelle qu'il n'était pas question que je me sente heureux. Je repris le téléphone, pour voir si Kate n'était pas encore en ligne. Quand un correspondant n'a pas raccroché, il arrive qu'on reste connecté. Lorsque j'avais découvert cela, je m'étais amusé à faire tout le temps le coup à Aggi. Elle était toujours la première à raccrocher, en général pour reprendre aussitôt l'appareil et appeler quelqu'un d'autre. Mais j'étais encore là. Lorsqu'elle avait découvert mon stratagème, elle m'avait obligé à raccrocher systématiquement le premier. Avec le recul, je me dis que c'était évidemment pour pouvoir téléphoner à Simon.

Je réfléchis à la conversation que je venais d'avoir avec Kate. Je ne lui avais pas dit toute la vérité ; en particulier, je ne lui avais pas parlé de mes fantasmes sur le décès précoce d'Aggi. Pendant je ne sais combien de temps, la seule chose qui m'ait permis de supporter son absence a été de faire semblant de la croire morte. Je répandais ses cendres autour de notre chêne de Crestfield Park et, quand j'allais lui rendre visite, je déposais quelques marguerites au pied de l'arbre et lui racontais comment allait la vie. C'était super de la croire morte, parce qu'au moins, j'arrêtais de me ronger les sangs. Je savais toujours où elle se trouvait, et ce qu'elle faisait ; elle écoutait attentivement et ne discutait jamais.

Ses funérailles avaient été merveilleuses. Allongée dans son cercueil, au crématorium, elle avait les traits pâles, fragiles, le corps raide et cireux – tout le contraire de ce qu'elle était vivante. Nombre de ses ex-petits copains assistaient à la cérémonie, mais si tous arboraient des mines de circonstance et des visages fermés, j'étais le seul à pleurer ostensiblement, parce que c'était ce qu'elle aurait aimé. Comme l'avait dit Kate, la dernière chose dont on ait envie à son enterrement, ce sont des gens réservés : plus il y a de larmes et de grincements de dents, mieux c'est.

Mme Peters avait pleuré, elle aussi. Elle était l'une des rares personnes qui comprenaient les souffrances que j'endurais. Nous ne nous étions pas parlé au crématorium, mais nous nous étions rencontrés par hasard deux semaines plus tard ; elle m'avait alors révélé qu'elle avait toujours eu un faible pour moi et dit certaines choses, notamment qu'Aggi avait sans doute dû perdre la raison quand elle avait voulu me quitter. Elle avait promis de lui glisser quelques mots en ma faveur, lorsqu'elle serait de retour chez elle, comme si elle n'arrivait pas à intégrer l'idée que sa fille unique était morte.

Aggi, dans ce fantasme, était morte de mort naturelle. J'avoue avoir envisagé un meurtre, mais cela ne me ressemblait pas trop, ou du moins, ça n'avait pas duré. « Si je ne peux pas t'avoir, alors personne ne t'aura ! » Il aurait été amusant de voir la terreur se peindre sur son visage pendant que j'aurais proféré ces paroles terribles tout en glissant des cartouches dans un fusil de chasse. Oui, j'aurais lu de la terreur dans ses magnifiques yeux verts, lorsqu'elle aurait pris conscience, au bout de tant d'années, que j'avais plus de cran qu'elle ne l'avait cru et que, malheureusement, ma réincarnation en Schwarzenegger serait le dernier spectacle qu'elle allait voir. Mais je ne m'imaginais pas lui tirant dessus (ça faisait trop boucherie) ni la poignardant (mode d'assassinat qu'exige pourtant la passion), parce que ça faisait encore plus boucherie ; et si j'avais utilisé un instrument contondant, j'aurais esquinté ce visage que j'aimais tellement. Non, elle était morte de mort naturelle, atteinte d'une affection pour laquelle la médecine n'avait pas encore trouvé de nom. Il n'existait aucun antidote, aucun médicament efficace. Je lui aurais proposé l'un de mes organes si cela avait pu la sauver, mais hélas ! c'était inutile. Au bout d'une semaine de souffrances (si, quand même !), je lui avais fait mes adieux et elle était tombée dans le coma. Un mois plus tard, Mme Peters et moi avions demandé qu'on arrête de la maintenir artificiellement en vie.

J'étais effondré : l'amour de ma vie emporté dans la fleur de l'âge par une maladie mystérieuse ! Je passais mes journées et mes nuits à pleurer, secoué de sanglots incontrôlables. Mon père me disait des choses comme « Ça va aller, fiston, ça va aller » et me conseillait de ménager mes forces. Tom ne savait pas quoi me dire, mais m'adressait un petit sourire de solidarité lorsque nos regards se croisaient. Des trois, Maman était la plus proche. Elle s'était montrée très compréhensive, me disant que dès que je voudrais parler, elle serait là et m'écouterait. Alice avait téléphoné pour me dire que même si elle n'avait jamais beaucoup aimé Aggi, sa disparition l'attristait ; je lui avais répondu que j'allais m'en sortir et que ça m'avait fait du bien d'entendre sa voix. J'avais appelé l'agence pour l'emploi pour les prévenir qu'ils ne devaient pas compter me voir pendant au moins quinze jours ; et miracle, ces quasi-nazis s'étaient montrés tout à fait humains : ils ne m'avaient pas demandé d'amener le corps pour preuve de ce que j'avançais, comme je les aurais crus capables de le faire.

Je me frottai le cou. Il me faisait encore mal. Dans cette position, le bras levé, une bouffée venue de mes aisselles fit se hérisser mes poils de nez. L'odeur de la sueur scolaire est unique. La seule chose qui en approche, et seulement de loin, c'est celle du lait qui a tourné et de l'herbe coupée. Je ne m'étais pas douché depuis deux jours et je me promenais donc avec, collées à ma peau, plus de trente heures de sueur scolaire, plus trois heures de sa cousine germaine encore plus malodorante, la sueur de gymnase. Heureusement, de tous les équipements de l'appartement, la douche était le seul qui avait été modifié depuis la Deuxième Guerre mondiale. L'eau jaillissait de la poire comme d'un minicanon à eau de la police. Je restai dessous pendant une demi-heure, enfermé derrière le rideau de plastique brillant, perdu dans un univers de cascades fumantes, de propreté et de savon.

Ensuite, les pieds nus sur le lino froid, je me frottai avec la serviette verte – la seule du logis, vu que j'avais oublié d'en emporter d'autres. À chaque fois que je me lavais, je la suspendais sur la porte du placard, priant avec ferveur qu'elle ait le temps de sécher avant ma douche suivante. Un soir, elle était aussi mouillée que si je l'avais prise dans la douche avec moi.

Je m'habillai sans me presser, remettant mon jean mais enfilant une chemise propre, de couleur bleu foncé. En la fermant, ma main crut sentir un bouton en train de se former sur mon menton. J'avais envie de tout laisser tomber. Je ne savais même pas ce qu'il y avait de plus déprimant : le fait qu'à vingt-six ans, j'avais encore des boutons, ou le fait de regretter de ne pas être à la maison pour pouvoir les cacher sous le fond de teint de ma mère. Impossible de dire à quel stade il en était (rougeur minime, pustuleux/crémeux, cratère ensanglanté), car j'avais cassé mon miroir Elvis au début de la semaine. C'était le seul de l'appart, comme la serviette, et j'avais trouvé le moyen de marcher dessus. Sept ans de malheur, m'étais-je dit. Je les avais ajoutés aux trois que je venais de vivre, histoire de faire un compte rond.

Le téléphone sonna.

Je le regardai d'un air idiot, encore perdu dans mes ruminations sur mes boutons et le miroir cassé, comme si je me demandais d'où venait ce bruit. Une fois mes neurones en branle, je fis une prière silencieuse. Sans savoir pourquoi, j'espérais que c'était Kate. C'était moi qui avais mis un terme à notre conversation et, de plus, elle m'avait donné son numéro pour que je puisse la rappeler quand je voulais. Mais cela ne m'empêchait pas de souhaiter que ce soit elle.

« Salut, Will, c'est moi. »

Comme un enfant gâté qui, comme l'aurait dit mon père, « aurait eu besoin d'une bonne paire de claques », j'avais été anormalement exaspéré de ne pas avoir trouvé Martina chez elle, quand je l'avais appelée. C'est par pur dépit que je fis semblant de ne pas la reconnaître :

« Qui est-ce ?

– Tu ne me reconnais pas, Will ? C'est moi, Martina.

– Oh, désolé. Je n'étais pas bien sûr. Ta voix est différente, au téléphone.

– Vraiment ? dit-elle, sincèrement étonnée. Je voulais juste savoir si tu avais reçu ma carte. »

J'essayai de deviner, à son ton, si elle était ou non enceinte. Je ne décelai aucun signe de stress, mais pas de signe de soulagement non plus. Qui plus est, elle me posait une question oiseuse sur une stupide carte d'anniversaire, alors qu'elle savait fort bien que j'étais impatient d'apprendre si, oui ou non, j'avais fertilisé un de ses œufs et allais passer les trente prochaines années de ma vie à le regretter amèrement. Il n'était évidemment pas question que je le lui demande. Jamais de la vie. Elle voulait jouer à ce petit jeu ? Très bien. Si elle avait vu combien j'étais impitoyable au Monopoly, elle y aurait peut-être réfléchi à deux fois.

Je revins à la carte postale et envisageai un instant d'en nier l'existence, car la question que me posait en réalité Martina était la suivante : l'avais-je bien lue, avais-je pleinement compris les implications du message qu'elle contenait ? Elle s'assurait, en somme, que toute retraite par le chemin *Ambiguïté* était coupée une bonne fois pour toutes.

« Oui, je l'ai eue.

– Cela faisait longtemps que je rêvais d'envoyer ce Klimt à quelqu'un, mais pas à n'importe qui... » Je me la représentai, ses longs cheveux blonds lui retombant sur le visage. Je l'avais observée en cours : elle se cachait derrière sa chevelure, comme si elle avait voulu se rendre invisible. C'était l'une de ses quelques attitudes touchantes. « À quelqu'un comme toi, Will. Je trouve que c'est un tableau magnifique, non ? On y sent tellement de passion. J'en ai une reproduction encadrée. Je passe des heures à la regarder. »

Tandis qu'elle continuait à chanter les louanges de Klimt et de plusieurs autres peintres classiques, je me demandais si je n'avais pas été trop dur avec elle. Elle était gentille et n'avait que de bonnes intentions, après tout. Ce ne serait pas entièrement de sa faute, si elle était enceinte. Elle était sans aucun doute séduisante et surtout, elle avait une très haute opinion de moi – incroyablement haute, même, surtout après tout ce que j'avais fait pour la convaincre que cette opinion n'était pas fondée.

« Martina... »

Je n'avais jamais prononcé son nom de cette manière, ou alors la tendresse et la douceur que j'y avais mises étaient le résultat de ma concupiscence. À ses oreilles, cette manière de dire son nom était un prélude au paradis. Disposer d'un tel pouvoir me mettait mal à l'aise ; je me sentais comme un dieu, ou du moins une divinité mineure ; il me suffisait de lui susurrer quelques petits mots tendres pour que ses rêves les plus fous se réalisent.

« Comment aimerais-tu mourir, Martina ? lui demandai-je finalement.

– Que... qu'est-ce que tu veux dire ? » Manifestement, je l'avais prise au dépourvu. Ce n'était pas du tout ce à quoi elle s'attendait.

« Exactement ce que j'ai dit, répondis-je avec douceur. Si l'on tient compte du fait que nous allons tous mourir un jour ou l'autre, comment aimerais-tu que les choses se passent pour toi, quand le moment arrivera ?

– Je n'ai aucune idée de la façon de répondre à ce genre de question. Je... je n'aime pas penser à... à ça.

– Eh bien, penses-y, à présent. » Disparue, ma gentillesse ; évaporée, ma sympathie. Je trouvais qu'elle me cassait les pieds, mais, une seconde plus tard, j'étais submergé par la culpabilité.

« Je suis désolé. Je ne parlais pas sérieusement.

– Non, c'est moi qui suis désolée, dit-elle avec amertume.

Je vois bien que je t'ennuie. Je vais essayer d'y réfléchir tout de suite. Voyons. » Elle émit de petits bruits qui montraient qu'elle cogitait. « J'aimerais partir dans mon sommeil, dit-elle lorsqu'elle se fut reprise. Je ne veux pas savoir quand ça arrivera. J'ai une grand-tante qui est morte pendant qu'elle dormait, et elle paraissait paisible, comme si elle faisait un somme agréable. »

Je ne savais plus quoi lui dire. Je dois avouer aussi, à ma grande honte, que je me fichais éperdument de sa réponse. Martina n'était ni Kate, ni Aggi. Jamais ça n'allait marcher, nous deux. C'était exclu.

« Le test ? demandai-je d'un ton ferme.

– Négatif, murmura-t-elle. Je ne suis pas enceinte. Je voulais te le dire. Je ne savais pas comment, c'est tout. Je suis désolée de t'en avoir parlé. Je sais que tu es en colère. Je t'en prie, ne m'en veux pas, Will. Je ne cherchais pas à te bouleverser. Simplement, je ne savais pas... » Elle se mit à pleurer. « Oh, Will, j'avais tellement peur ! J'étais terrifiée, vraiment. Si seulement tu étais là. »

Je me levai et regardai par la fenêtre. Il pleuvait. Le chien des voisins s'abritait sous le bouleau argenté, au fond du jardin.

J'étais déçu. Oui, vous avez bien lu, déçu. Je n'allais pas être père. Je n'allais pas devoir chercher un prénom exotique classe moyenne pour notre enfant. Il n'y aurait pas d'entretiens parentaux. Mes parents ne deviendraient pas grands-parents. Ma grand-mère n'aurait pas à ajouter un grandiose « arrière » à son titre actuel. Alice ne deviendrait pas marraine. Après m'être tant creusé la tête, les choses allaient demeurer comme elles étaient. Je m'étais fait à l'idée d'avoir une petite fille. Martina n'aurait émis aucune objection au choix de Lucy comme prénom. À cinq ans, elle serait entrée dans la même école que moi et, avec un peu de chance, elle aurait eu Mme Greene ou une femme aussi délicieuse comme maîtresse.

C'est trop triste...

« J'ai quelque chose à te demander, Will, murmura Martina, rompant le silence. Je sais que tu as dû être très occupé, cette semaine, à sortir à Londres avec tes nouveaux copains et tout ça, mais je me demandais... » Sa voix se fit menue, un mélange attendrissant de timidité et d'humilité. « Je me demandais si je ne pourrais pas venir te voir, le week-end prochain. Tu me manques tellement. Je n'ai pas bougé de la maison de toute la semaine parce que je n'avais personne avec qui sortir. Toutes mes copines ont déménagé, et je te jure que je vais devenir folle, si je dois encore passer tout un vendredi soir à regarder des émissions de jardinage avec mes parents. Si tu ne veux pas, je ne viendrai pas. Je sais que nous n'en sommes qu'au tout début de notre relation et qu'avec ce truc qui nous a fichu la frousse, les choses n'ont pas été faciles, mais... »

Ce *mais* resta suspendu en l'air pendant un temps d'une longueur peu raisonnable. Je n'aurais su dire si elle avait eu l'intention d'achever sa phrase ou si elle avait fait exprès de laisser son *mais* en suspens. Elle n'était pas assez cynique, estimai-je, pour tenter ce genre de manipulation. Je me sentis sincèrement ému. Cette nana manifestait un manque de dignité affligeant, que seul un maître en la matière comme moi pouvait apprécier pleinement.

Je lui dis que je ne savais pas du tout ce que j'allais faire le prochain week-end et que j'avais beaucoup de travail devant moi, avec une pile de copies à corriger. Je me rendis compte aussitôt que cette dernière remarque manifestait un manque de tact évident vis-à-vis de quelqu'un qui venait d'être titularisé mais n'avait pu trouver de poste. J'ajoutai que le mieux était que je lui téléphone pendant la semaine et qu'on verrait alors où on en était.

Elle parut se contenter de cette réponse et n'en reparla pas. Avant de raccrocher, je lui promis à nouveau de l'appeler dans la semaine. Elle eut un petit soupir retenu, plus pour elle-même qu'autre chose, mais qui me faisait clairement savoir qu'elle aurait préféré que je lui dise oui tout de suite. C'était l'occasion ou jamais de provoquer une dispute qui aurait pu mettre un terme à tout ça, je lui demandai donc si quelque chose n'allait pas. Elle hésita un instant avant de me répondre par un « non » prudent, sur le mode le plus joyeux qu'elle put trouver, lequel était en fait exceptionnellement joyeux. Je lui dis au revoir et reposai le téléphone.

16.57

Martina m'avait déprimé.

J'aurais sincèrement voulu la rendre heureuse. Oui, sincèrement. Mais si pour la rendre heureuse, je devais rester à ses côtés jusqu'à ce que la mort nous sépare, je ne pouvais rien faire pour elle. Bien inutilement, je me mis à regretter d'être sorti avec elle. Ah, si seulement rien n'était arrivé ! J'aurais alors pu être au moins son ami et l'aider à s'en sortir ; lui parler au téléphone pendant des heures ; lui dire tout de suite que, bien sûr, elle pouvait venir chez moi ; vider avec elle plein de bouteilles de vin et lui montrer ma piètre imitation de Sean Connery. Mais, étant donné les circonstances, rien de tout cela ne pourrait jamais arriver. Elle ne se satisferait jamais d'une relégation au statut de « bons copains ».

La faim me poussa à aller explorer la cuisine, mais, après une fouille frénétique des placards, je trouvai en tout et pour tout des nouilles cuisinées en boîte et un paquet de riz brun qui n'avait pas été entamé. Je me rabattis sur une cigarette et deux tranches de pain que je glissai dans le grille-pain avant d'aller aux toilettes.

Alors que j'avais le falzar sur les chevilles et que se faisaient sentir les signes précurseurs du premier coulage de bronze de la journée, le visage en larmes de Martina s'illumina soudain dans ma tête et y resta fiché comme persiste parfois une image rétinienne. *C'est la tête qu'elle va avoir lorsque je vais la balancer par-dessus bord. En larmes. Comme si j'avais tué le yorkshire terrier de sa mère à mains nues et qu'elle figurait en deuxième place sur la liste. Comment n'a-t-elle pas encore pigé ? Pourquoi m'oblige-t-elle à faire tout ce cinéma ? Pourquoi n'a-t-elle pas un peu plus de dignité ?*

Un peu plus de dignité, Martina. Drape-toi d'un peu plus de dignité, sinon tu vas finir comme moi.

Deux jours après avoir été viré par Aggi, j'étais encore dans le déni le plus complet. L'après-midi du deuxième jour, je m'étais retrouvé dans l'une des ailes du supermarché – celle des boissons et spiritueux – à la recherche du moyen le plus économique d'engourdir la souffrance, vu qu'il me restait encore une semaine avant de toucher ma prochaine allocation-chômage. D'un point de vue traditionnel – amant rejeté cherchant à prendre un bref alcoongé –, j'aurais dû choisir de la vodka ou du whisky, mais l'idée de m'arsouiller aux alcools forts manquait du romantisme du vin bon marché et rappelait un peu trop le désespoir véritable des clodos et des alcooliques bourreaux d'épouse. J'avais toujours la ressource de me raconter qu'une cuite au gros rouge n'était qu'une faiblesse passagère, et c'était donc sur du vin que je m'étais rabattu ; deux bouteilles de Lambrusco vendues sous l'enseigne du supermarché Safeway. À peine avais-je franchi les caisses que je dévissais le bouchon de la première et prenais une longue rasade. Le temps d'arriver chez moi en bus, plus de la moitié de la bouteille avait disparu.

Après avoir regagné ma piaule d'un pas incertain, j'avais

pris la boîte à chaussures qui contenait toutes les lettres que m'avait envoyées Aggi et je les avais renversées par terre. Puis je m'étais mis à les étudier minutieusement entre deux gorgées de vin. Il y en avait en tout quatre-vingt-dix-sept. Ce fut la première fois que je les lus toutes d'un seul coup. Commençant par la première (une feuille au lignage à peine visible et perforée) et terminant par la dernière (une unique feuille de papier vert, qu'elle m'avait envoyée trois semaines auparavant), je reconstruisis une histoire de notre relation différente de celle que j'avais en tête. Ces lettres étaient un rappel, non contaminé par les événements récents, de ce qu'avaient été réellement nos rapports. Si les thèmes variaient, au bout d'une année, ils tournaient tous autour de la même chose : à quel point elle m'aimait. Je me rappelais m'être dit que la fille qui avait écrit ces lettres m'adorait et que c'était cette fille, et non celle qui m'avait largué, que j'aimais si profondément. Celle qui m'avait largué n'était qu'une usurpatrice.

Les heures avaient défilé pendant que je les remettais dans l'ordre chronologique, même celles qui n'étaient pas datées. Je fus capable – ce qui me surprit moi-même – de retrouver quand elle les avait écrites grâce aux détails qu'elle mentionnait. Par exemple, deux de ses lettres étaient signées « Avec amour, Mary Jane ». À l'époque (mars, environ deux ans et demi auparavant), j'avais été pris de passion pour les BD de *Spiderman*, et Mary Jane est la petite amie de l'homme-araignée. Ce genre de choses et de multiples autres détails tout aussi minuscules avaient ravivé en moi tellement de souvenirs en Technicolor que j'avais l'impression que ces lettres dataient de la veille. La dernière relue, j'avais terminé la deuxième bouteille de vin, tandis que des flots de larmes coulaient le long de mes joues. Je sortis prendre l'air et marcher un peu, pour me retrouver en fin de compte sur le perron d'Aggi.

Mme Peters m'avait ouvert et fait entrer dans la pièce de devant, celle réservée aux visiteurs de marque, puis offert du thé. Aggi n'était pas là, mais elle serait rentrée dans une demi-heure, car elle était simplement allée faire un tour à la bibliothèque, au bas de la rue. Sa mère bavarda avec moi (ou plutôt me bombarda de son bavardage) pendant chaque seconde de cette demi-heure atroce, interminable ; je lui répondais par monosyllabes approximatifs, le Lambrusco ayant eu un effet dévastateur sur mon aptitude à formuler des phrases cohérentes. Elle me demanda si Aggi m'avait invité pour leur repas de Noël, ce qui me fit comprendre que sa fille avait eu peur de lui annoncer qu'elle m'avait largué. Mme Peters avait une excellente opinion de moi, et moi d'elle, et je dus résister de toutes mes forces pour ne pas accepter cette invitation sur-le-champ.

Un bruit de serrure signala le retour d'Aggi et, ce qui me parut être l'instant suivant, nous nous retrouvions face à face. Elle était aussi ravissante que toujours. Elle portait un jean, une chemise à carreaux et un gilet en velours lie-de-vin qui m'avait appartenu autrefois. Le choc fut tel, quand elle me vit, qu'elle faillit en laisser tomber ses bouquins. Mme Peters se glissa hors de la pièce, devinant que nous avions eu une querelle d'amoureux et que nous allions nous rabibocher. « Une autre tasse de thé, mon garçon ? » m'avait-elle demandé. Je lui avais répondu que non.

« Tu es ivre, me lança une Aggi agressive. Je le sens d'ici. Comment as-tu osé venir chez moi dans cet état ? »

Je lui fis signe de s'asseoir d'un geste des plus incertains, et cela la rendit encore plus furieuse. Je restai sans rien dire pendant plusieurs secondes. Le plancher tanguait à tel point que je cherchai des yeux, désespéré, quelque chose d'immobile à quoi me raccrocher.

« Tu es ravissante, dis-je d'une voix empâtée, agrippant un des bras du canapé, mais au moins je serai à jeun demain matin. » Je trouvai cette répartie tellement drôle, sur le moment, que j'en tombai à la renverse sur le canapé.

Elle s'avança jusqu'à me dominer de toute sa taille. Je baissai les yeux pour éviter son regard, honteux qu'elle me voie dans cet état. Elle me demanda de m'en aller et voulut me prendre par le bras. Le moutard boudeur qui sommeille dans tout ivrogne mélancolique piqua sa crise et lui dit qu'elle n'avait plus le droit de me toucher. Je crois que je lui fis peur, parce qu'elle s'assit dans le fauteuil, juste en face de moi, en s'efforçant de retenir ses larmes.

« Qu'est-ce que tu attends de moi, Will ? » demanda-t-elle. C'était à son tour d'éviter de croiser mon regard. Je scrutai son visage, cherchant quelque chose qui aurait indiqué qu'elle m'avait reconnu, moi, l'homme qu'elle avait aimé, et ne trouvai rien. « Qu'est-ce que tu t'imagines ? C'est terminé, et rien de ce que tu pourras me dire n'y changera quelque chose.

– Absolument rien ? » Je cherchais toujours ses yeux.

Je lui dis que j'avais besoin qu'elle réponde à mes questions, besoin de savoir pour quelle raison elle avait arrêté de m'aimer.

Voici exactement ce qu'elle m'a déclaré :

« Ce n'est pas toi, c'est moi. J'ai changé. J'avais cru pouvoir devenir celle que tu voulais que je sois. Pendant un moment, ç'a aussi été ce que je voulais. J'avais envie de ressentir de l'amour comme dans les films, et c'est ce que tu m'as donné. Je t'en serais éternellement reconnaissante. »

C'était absurde. Elle disait toutes ces choses merveilleuses sur moi et néanmoins, le fond de son message se réduisait en gros à « Salut, merci pour tout ».

« Mais qu'est-ce que j'ai fait de mal ?

– Tu ne m'as pas laissée grandir, Will. Je sors avec toi depuis l'âge de dix-neuf ans. Je ne suis plus la même ! Toi, tu es resté le même, tu n'as pas changé. Tu n'as pas grandi avec moi. C'est pour cela que nous sommes différents, à présent. Et maintenant, j'ai envie de respirer. J'étouffais. J'avais l'impression que tu essayais de m'emprisonner. »

Je tentai de lui expliquer que je n'avais jamais voulu une chose pareille. Qu'elle pouvait jouir de toute la liberté qu'elle désirait. Mais c'était trop tard, de son point de vue. Elle voulait prendre un nouveau départ.

Parmi tout ce qu'elle me dit, une remarque me fit particulièrement mal : « Si tu aimes quelqu'un, libère-le. » Je n'arrivais pas à y croire. Non seulement elle foutait ma vie en l'air, mais il fallait que ce soit sur des paroles de Sting.

Pour me montrer plus cruel qu'il n'était strictement nécessaire, je voulus me lancer dans ce que je croyais être une imitation assez fidèle de l'ancien chanteur du groupe Police. Elle ne trouva pas ça drôle. J'avais compris que notre conversation allait être la dernière que nous aurions, si je n'arrivais pas à lui faire voir quelle erreur monstrueuse elle commettait. Il fallait que je fasse quelque chose, n'importe quoi. Aucune idée ne me venait. Pis, je me dégrisais à toute vitesse, alors que j'aurais voulu m'enivrer à nouveau, ne serait-ce que pour avoir un prétexte pour pleurer dans son salon.

Elle se leva comme pour me signifier qu'elle en avait assez. J'en fis autant et me rendis jusqu'à la porte d'entrée, que j'ouvris. Elle me suivit dans le vestibule. Sur le perron, les yeux pleins de larmes, je fis une ultime tentative :

« Qu'est-ce que tu veux, Aggi ? Et pourquoi ce n'est pas moi ? »

Elle m'adressa un regard neutre et referma le battant.

Je tirai la chasse et remontai mon pantalon. Quand je fus de retour dans la cuisine, il y avait un moment que les toasts avaient jailli du grille-pain : ils étaient froids.

J'ai horreur des toasts froids.

17.47

De mon point de vue, si nous n'avions pas rompu au moment où nous l'avions fait, Aggi et moi serions probablement restés ensemble. C'était du moins ce que je voulais croire. En cumulant nos ressources financières, nous aurions peut-être même pu vivre à Londres sur un pied d'égalité avec Alice et Bruce, et occuper un appartement sympa près de Highgate au lieu de cette misérable boîte à chaussures d'Archway. Je n'ai évidemment aucune certitude là-dessus, mais je me complaisais souvent à imaginer que, dans quelque univers parallèle au nôtre, les choses avaient bien tourné.

Cela faisait longtemps que j'avais envie de vivre en couple. À l'âge de treize ans (je me demande même si je n'en avais pas quatorze, en réalité), j'étais complètement envoûté par Vicki Hollingsworth, au point que je me sentais prêt à prendre un engagement définitif. C'est ce que je fis. C'était un mardi, à l'heure du déjeuner, et je la regardais, fasciné, descendre un à un les sandwichs qui constituaient son repas. Une trace de confiture de fraise décorait sa lèvre supérieure et je me rappelle très bien avoir éprouvé un violent désir de la lécher. Au lieu de cela, contrôlant mes pulsions adolescentes, je quittai ma table et traversai la salle pour m'arrêter devant elle. Emma Golden, la meilleure amie de Vicki, venait juste de se lever pour aller jeter les restes de son repas dans l'énorme poubelle placée près de l'entrée, nous laissant seuls. C'est les yeux au sol que je lui adressai la parole. « Vicki, déclara mon moi adolescent, je ne sais pas si tu en as conscience, mais nous sommes faits l'un pour l'autre. »

J'avais entendu ces mêmes mots moins de vingt-quatre heures auparavant dans l'épisode du soir du feuilleton *Crossroads*. Dès l'instant où ils étaient sortis du téléviseur pour entrer dans mon univers, ils m'avaient paru les plus magiques et les plus beaux jamais prononcés. Levant les yeux de mes chaussures, j'étudiai son visage tandis qu'elle réfléchissait à ma proposition. J'avais presque l'impression de voir mes paroles dégringoler de l'une de ses oreilles, passer derrière ses yeux noisette, atteindre l'autre oreille et revenir, tandis qu'elle secouait la tête, le visage sans expression. Au bout d'une minute de ce petit jeu, elle croisa mon regard un bref instant, avant de partir en courant vers l'entrée principale. Mes yeux restèrent fixés sur la chaise où les fesses de cette incarnation de la séduction avaient été posées. Je m'assis à la place d'Emma Golden et posai en douce la main sur le siège que Vicki venait de quitter. Il était encore tiède.

Dans les mille et une représentations de cette scène que j'avais jouées dans ma tête, Vicki était tellement submergée par l'émotion qu'elle me serrait contre cette partie de son anatomie qui deviendrait bientôt sa poitrine et murmurait : « Je t'aime. » J'avais imaginé une adolescence à nager dans le bonheur de savoir avec certitude qu'il y avait quelqu'un que j'aimais et qui m'aimait en retour.

Lorsque, quelques minutes plus tard, Vicki était revenue dans la cantine, j'avais précipitamment fait disparaître la main coupable et m'étais levé. Gary Thompson, un barjot notoire d'un an plus âgé, et malheureusement ce que Vicki avait de plus proche en matière de petit copain, était à ses côtés. Il mesurait facilement trente centimètres de plus que moi, ne souriait jamais et avait de petites marques sur le dos de la main (d'après la rumeur, il se serait lui-même blessé à coups de crayon HB pour s'empoisonner au plomb). Comme Gary continuait à avancer, je reculai d'un pas afin de lui faire place.

« Je vais compter jusqu'à dix, dit-il, mettant l'index de sa main droite sur son pouce gauche.

– D'accord, d'accord », répondit mon moi ado, résistant à l'envie de lui dire qu'il avait de la chance de ne pas porter de moufles.

« Et si à dix t'es encore ici, t'es mort. »

Il n'eut pas besoin de me le répéter.

Je n'adressai plus une fois la parole à Vicki pendant tout le reste de ma scolarité. Lorsque je l'ai revue au Royal Oak, il y a deux ans, je m'attendais encore plus ou moins à voir Gary Thompson sortir de nulle part et me tomber dessus parce que je me trouvais dans le même pub qu'elle. Après un round d'observation et quelques échanges de coups d'œil, elle se décida et vint me parler. J'étais on ne peut plus au chômage, à l'époque, mais je lui racontai que j'étais interne en chirurgie à l'hôpital universitaire d'Edinburgh. Elle fut dûment impressionnée. Quand je lui demandai à mon tour ce qu'elle faisait, elle m'apprit qu'elle était mariée avec Clive, un chauffeur de camion de trente-six ans, et qu'elle avait trois enfants, dont l'un n'était pas de Clive, mais que celui-ci l'ignorait. Je voulus alors savoir si elle avait eu de la vie ce qu'elle en attendait. Elle contempla un instant son gin-tonic, puis leva son verre et me répondit que oui.

Gary Thompson, je te remercie.

Le fait est, néanmoins, que je ne retins pas la leçon. Même après Vicki, tout ce que j'attendais d'une fille était de la stabilité. Mon seul but dans l'existence était de me trouver une compagne qui m'apporterait un tel sentiment de sécurité que je n'aurais plus jamais à m'inquiéter de nouer une relation. Si ça ne marchait jamais avec les filles avec lesquelles je sortais, c'était uniquement de ma faute. Je sous-estimais systématiquement la profondeur de mon sentiment d'insécurité. Cela n'avait rien à voir avec une image peu reluisante que j'aurais eue de moi – je me considérais au contraire comme une bonne affaire –, non, le problème, c'était que je ne leur faisais jamais confiance pour ce qui était de dire la Vérité avec un grand V, car la Vérité ne change jamais, alors que, c'est bien connu, les gens changent, eux. Je savais que tout le monde n'est pas comme ça, que certaines femmes possèdent cette aptitude à la durée, mais je n'avais aucun moyen de savoir lesquelles. Comme la vie serait facile, si les filles portaient une étiquette avec toutes les précisions utiles...

Si Aggi et moi avions encore été ensemble, je lui aurais demandé de m'épouser. Elle aurait bien entendu refusé, car au cours de la dernière année où nous avions été ensemble, elle m'avait dit qu'elle ne croyait plus au mariage. Elle me fit part de sa nouvelle conception des choses alors que nous étions dans la rangée centrale d'un cinéma, au beau milieu de la projection d'une copie restaurée de *Sept ans de réflexion*.

« Will, murmura-t-elle dans mon oreille, le mariage est une idée stupide. Ça ne peut jamais marcher.

– Ça marche déjà.

– Pas avec moi. »

Question réglée. J'aime à penser qu'elle avait dit cela pour nous éviter de dériver accidentellement dans le mariage, comme le font tant de couples après la fac ; mais il s'agissait plus probablement d'une clause libératoire à usage interne, d'un code-barres apposé à notre liaison qui, tout en me donnant l'impression que notre amour s'ouvrait sur l'éternité, avait en fait une finalité opposée et comportait une date de péremption qu'elle seule pouvait déchiffrer.

Une fois diplômé, je ne lui en avais pas moins demandé de m'épouser. La conversation s'était à peu près déroulée comme suit :

MOI : Marions-nous, Aggi, c'est-à-dire... veux-tu m'épouser ?

AGGI : (fermement.) Non.

MOI : Pourquoi pas ?

AGGI : Je n'y tiens pas. C'est trop contraignant.

MOI : Comment le sais-tu ? Tu n'as jamais été mariée.

AGGI : Non, mais j'ai habité pendant un certain temps avec un mec.

MOI : Quoi ? Tu as eu... tu as habité avec...

AGGI : Je n'aurais pas dû te le dire. Je me doutais bien que tu le prendrais mal.

MOI : (En colère.) Que je le prendrais mal ? Comment veux-tu que je ne prenne pas mal de découvrir que ma copine a vécu avec un type ! Qui c'était ? Je le connais ?

AGGI : Non... euh, oui.

MOI : Qui c'est ? Allez, vas-y, dis-le-moi !

AGGI : Martin.

MOI : (Râleur.) Martin ? Martin ! Mais il a les yeux trop rapprochés ! Tu ne peux pas avoir vécu avec un type aussi bigleux, tout de même ! Il est évident qu'il y a une erreur quelque part !

AGGI : Tu es hystérique, Will.

MOI : Pas du tout. Je suis moi. Tu devrais essayer, des fois.

Je connaissais la liste de ses ex, car je m'étais arrangé pour qu'elle m'en parle à notre quatrième rendez-vous. Des sept qu'elle avait énumérés, Martin était celui que j'aimais le moins. Aggi n'avait que dix-sept ans lorsqu'elle l'avait rencontré dans une boîte de nuit de Nottingham. Trois semaines plus tard, elle avait pris une chambre dans la même cité universitaire que lui, pour finir par venir habiter carrément dans sa piaule. Il avait vingt ans et étudiait les sciences politiques. Ce type était une catastrophe ambulante, et une incitation à bouffer du bourgeois. Entre zéro et dix-huit ans, il n'avait connu que les pensionnats ; il y avait collectionné les timbres, fait de l'aviron et joué à Donjons et Dragons. Ayant de trop mauvais résultats pour prétendre à Oxford, il s'était rabattu sur que l'on appelait alors « Polytechnic ». Ayant compris qu'il risquait d'être battu à mort par la bande des trotskystes qui montaient quotidiennement la garde devant le syndicat des étudiants et vendaient le *Militant*, Martin, style chicos, futile, le néant fait homme, décida de se réinventer en fan des Ultimate Smiths. Virés, les pantalons griffés, les pulls en V, les chemises à col boutonné et les coupes de cheveux affligeantes. Virés – au profit du look intégral Morrissey. Il se mit à arborer un stupide toupet à la Morrissey, un stupide manteau long à la Morrissey, de stupides pompes à la Morrissey, mais comment il réussit à dégoter une paire de stupides lunettes à la Morrissey pour loucher encore plus, voilà un mystère que je n'ai jamais éclairci.

J'en connaissais autant sur Martin pour la bonne raison

que, la troisième fois que j'étais allé à Londres en bus à la recherche d'un logement, les dieux du manque de pot m'avaient alloué un siège à côté de cet abruti. Nous nous étions rencontrés une fois au Royal Oak, quatre ans plus tôt ; Aggi avait été obligée de nous présenter parce que, sans que nous le sachions ni elle ni moi, son groupe, The Charming Men, jouait ce soir-là dans notre lieu de rendez-vous habituel. Pendant tout le chemin jusqu'à Londres (cinq heures mortelles !), il ne me parla que d'Aggi et de la manière dont elle avait changé sa vie.

En réalité, ce qui me scandalisait le plus dans le fait qu'Aggi avait vécu en couple avec ce type, était qu'elle n'y attachait aucune importance. Elle avait passé ainsi trois mois avec lui, avant de le larguer pour un autre étudiant rencontré dans un autre night-club et de retourner habiter chez sa mère. Cette histoire me faisait l'effet d'une menace sur tout ce que nous avions. Car, lorsqu'on ne possède rien d'autre que soi, se donner avec autant de désinvolture sept jours par semaine, vingt-quatre heures par jour, ce n'est tout de même pas rien. Si elle n'avait pas hésité à le faire avec Martin le bigleux, pourquoi n'était-elle pas prête à s'y essayer dans la perspective de passer le reste de sa vie avec moi ?

Si au moins j'avais su qu'un jour je partagerais un appartement avec Aggi pour le reste de ma vie, j'aurais pu me détendre un peu. J'aurais été heureux. J'aurais adopté un passe-temps quelconque. J'aurais peut-être même tenté de m'intéresser au football. J'aurais été NORMAL. Mais Aggi n'était plus là, et il n'y avait à peu près aucune chance qu'elle revienne. Elle était celle que je voulais. J'étais fait pour elle.

Elle était ma copine d'enfer, et elle me manquerait aussi longtemps que je vivrais.

Je me levai, ouvris la fenêtre et m'assis sur le rebord, les jambes pendant à l'extérieur. J'allumai une cigarette et laissai échapper un pet discret. Pouffant de rire tout seul, j'inhalai de l'air froid et humide avec la nicotine, ce qui me fit tousser. Cela faisait du bien d'aérer un peu. Je ne m'en étais pas rendu compte, mais l'air de l'appart s'était chargé de miasmes que j'avais presque l'impression de voir s'enfuir. L'extrémité rougeoyante de ma clope était chaude et aguichante. Une longue colonne de cendre tomba sur mon jean. Je la chassai de la main. Au bout d'un moment, je me sentis de nouveau affamé. J'écrasai le mégot, quittai mon perchoir et allai dans la cuisine. J'ouvris la boîte de nouilles, renversai le contenu dans une poêle et réglai la plaque chauffante au maximum. J'étais sur le point d'allumer une autre cigarette lorsque le téléphone sonna.

18.08

« Tout va bien, mon chéri ?

– Pas trop mal, répondis-je. Peux pas me plaindre. Et toi, Gran, ça va ?

– Oui, merci, Will. Et toi ?

– Pas trop mal. Et toi ?

– Super. Et toi ?

– Au poil. Et toi ?

– Génial. »

Non, ma grand-mère n'était pas sénile (ni moi). C'était juste une petite plaisanterie entre nous, même si je n'étais pas sûr que Gran soit très forte en matière d'ironie. En ce qui me concernait, c'était un moyen de diminuer la tension créée par le fait que nous n'avions rien en commun, en dehors de Francesca Kelly – ma mère. Nous pouvions nous parler en tête à tête pendant des heures sans aucun problème, mais au téléphone, l'importance des mots prenait toujours des proportions démesurées. J'aime à croire que nous parlions par clichés parce que c'était beaucoup plus sécurisant, mais si ma grand-mère n'entrait pas réellement dans le jeu, cela signifiait probablement pour elle que j'étais un mauvais petit-fils, doué d'un sens de l'humour merdique.

« Ta mère n'est pas chez elle, dit-elle.

– Elle n'est pas à la maison ?

– Où est-elle ?

– Je ne sais pas, Mamie. Elle a dû sortir faire des courses, un truc comme ça.

– Ah.

– Ah.

– Ah. »

Je changeai de sujet de non-conversation : « Beau temps, n'est-ce pas ?

– Pas particulièrement. Il pleut à verse, ici. D'après Mme Staff – tu sais, ma voisine d'en face –, c'est le mois de septembre le plus froid qu'on ait jamais vu.

– Vraiment ?

– Oui, d'après les annales.

– J'aurais jamais cru.

– Bon anniversaire, mon grand. J'aurais bien attendu demain pour te téléphoner, mais Mme Baxter a réussi à convaincre son mari de m'emmener avec d'autres amis dans le Lake District. J'espère que tu ne m'en voudras pas, mon chéri.

– Bien sûr que non, Mamie, ne t'inquiète pas pour ça. Je te souhaite une agréable journée. Ramène-moi donc un Kendall Mint Cake, d'accord ?

– Oh, un Kendall Mint Cake ! Tu aimes ça ? Je vais t'en ramener un wagon !

– Ouais, ce serait super.

– Bon, il faut que je te quitte, mon chéri. Prends soin de toi et bon anniversaire.

– Merci, Mamie.

– Oh, au fait, avant que j'oublie ! Ta carte va arriver en retard. J'ai essayé d'appeler ta mère pendant toute la journée, hier, pour avoir ton adresse. En fin de compte, j'ai raté la dernière levée. Tu ne l'auras que mardi prochain. C'est pas trop grave, hein ? Mieux vaut tard que jamais.

– Oui, Mamie. Mieux vaut tard que jamais. » Je jetai un coup d'œil à l'autre bout de la pièce. Sa carte était là, posée sur la stéréo. Peut-être devenait-elle sénile, finalement.

En reposant le téléphone, je me demandais ce que j'allais faire du stock de Kendall Mint Cake qu'elle allait me rapporter – c'était couru d'avance. J'en aurais pour la vie. Puis je me rendis compte que mes nouilles brûlaient. Si mon repas se rappela aussi soudainement à moi, c'est que la fumée qui passait sous la porte de la cuisine venait d'atteindre le détecteur de fumée, lequel poussait le hululement le plus aigu que j'aie jamais entendu. Cela faisait cinq jours que j'habitais ici, et la sixième fois qu'il se déclenchait. Il était beaucoup trop sensible, il suffisait que du pain grille un peu trop dans le grille-pain pour que se déclenche cette maudite sirène. Lorsque cela se produisait, tout l'immeuble jouait à un même petit jeu d'endurance : plutôt me faire incinérer vivant que quitter le confort de mon studio merdique et aller couper l'alarme. Les règles de ce jeu étaient simples, quoique passablement cavalières : lancer la guerre des nerfs et voir qui en aurait le premier assez et descendrait au rez-de-chaussée, où se trouvait le boîtier de contrôle. Nous étions six résidents ; je l'avais fait une fois, ceux des deux appartements du rez-de-chaussée deux fois chacun, et le vieux monsieur du dernier étage une fois. L'occupant de l'appartement 4, sur le même palier que moi, et la femme du 6 n'avaient jamais bougé, ce qui dans mon esprit signifiait soit qu'ils étaient sourds, soit qu'ils prenaient très au sérieux les distractions dans le style de la roulette russe.

En dépit du bruit, je devais néanmoins commencer par m'occuper de mon problème : les nouilles en train de cramer. Ouvrant la porte, je m'attendais à tomber sur une scène apocalyptique genre *La Tour infernale*, mais j'eus l'agréable surprise de n'avoir affaire qu'à une épaisse fumée noire qui faillit bien m'étouffer. Les larmes me montant aussitôt aux yeux, je les fermai de toutes mes forces, tendant la main à l'aveuglette vers le bouton de la plaque. Puis, utilisant une serviette à thé *Souvenir de Bournemouth* de ma mère, j'entrepris la délicate manœuvre consistant à sortir la poêle de la cuisine pour aller la poser sur le rebord de la fenêtre, dans le séjour, et refermer le battant dessus. La fumée, n'ayant plus d'issue pour s'échapper, stagna dans l'appartement comme par l'une de ces soirées ridiculement embrumées des films de Sherlock Holmes tournés par Basil Rathbone. Le moment était venu d'aller faire un petit tour.

Au moment où j'arrivai en bas de l'escalier, la femme de l'un des appartements du rez-de-chaussée sortait de chez elle. Elle portait une robe de chambre en tissu éponge et d'énormes pantoufles Garfield, un nuage noir d'irritation grand teint suspendu au-dessus d'elle, l'aspect aussi venimeux qu'une tête de méduse. Obligée de se mettre sur la pointe des pieds (la tête du pauvre Garfield se retrouvant écrabouillée contre le tapis d'aspect douteux), elle essaya d'enfoncer le bouton qui débrancherait l'alarme sur le boîtier de contrôle. Je lui adressai au passage un sourire de voisin, mais elle me fusilla du regard. L'alarme s'arrêta comme j'arrivais à la hauteur du portail du jardin.

Il pleuvait de nouveau. Archway, comme vidé de toutes ses couleurs, présentait un aspect encore plus désolant que d'habitude ; il n'y avait plus que du gris et les taches marron des crottes de chien. J'enfonçai le cou autant que je pus dans mon col de manteau (lequel sentait toujours aussi mauvais) et pris la direction de la marchande de journaux, en haut de la rue.

La boutique était tenue par une Italienne âgée qui, sous ses cheveux blancs, avait une peau rappelant assez celle du poulet grillé. D'après le panneau de la porte, ses fils étaient partie prenante dans son commerce, chose que je n'aurais pu confirmer, ne les ayant jamais vus. Mon problème avec cette femme, problème qui la mettait en bonne place sur ma liste de trucs à exterminer (entre mon gérant de banque et les vêtements pour homme Foster), c'était que son comportement aurait sans doute ravi Mussolini. Chaque fois que je venais dans sa boutique, je la trouvais rattachée au taxiphone qui jouxtait son comptoir. Un vrai cordon ombilical. Sans complexe, elle ignorait ses clients jusqu'à ce que se produise une pause dans sa conversation, laquelle pouvait durer jusqu'à six minutes sans connaître d'interruption. J'avais chronométré, le mardi précédent. Je haïssais cette femme et, carburant encore à l'amertume que m'avait inspirée Simon, je me dis que le moment était particulièrement bien choisi pour lui faire un mauvais coup.

Comme d'habitude, elle se tenait derrière son comptoir et, comme d'habitude, elle parlait très fort au téléphone, répétant toutes les quatre ou cinq secondes le même mot italien, tout en secouant la tête de manière exagérée. Il n'y avait personne d'autre dans la boutique. Juste elle et moi. *Mamie italienne contre prof de lettres, Ding ! Ding ! Ding ! Premier round.* Je ne sais pas ce qui me prit, mais toujours est-il que je piquai deux barres de Yorkie, un paquet de Rolo et un exemplaire de *Cosmopolitan*, fourrant le tout dans la poche de mon manteau. Puis je sortis, sans même faire semblant de ne pas avoir trouvé ce que j'étais venu chercher. Bien qu'elle n'ait pas levé la tête pendant que je regagnais la porte, je ne pus m'empêcher, une fois dehors, de prendre le pas de gymnastique et de courir sans ralentir jusqu'à l'appartement. J'imaginais qu'elle avait arrêté sa conversation au milieu d'une phrase pour appeler ses fils à la rescousse, leur ordonnant de me tuer à coups de poignard, l'honneur de la famille étant en jeu.

Je n'avais pas volé à l'étalage depuis plus de seize ans, depuis le jour où, Simon et moi, nous avions barboté chacun une poignée de pétards chez le marchand de journaux proche de l'école. Nous les avions fourrés dans le devant de notre pantalon, convaincus que si nous étions pris, les policiers ne penseraient jamais à regarder là. C'était agréable de connaître à nouveau ce genre d'excitation brute faite de giclées d'adrénaline. Certes, voler un paquet de Rolo était un exploit bien modeste, mais je n'en étais pas moins ravi. L'important était d'avoir marqué un point contre cette vieille toupie. 1-0 en ma faveur.

De retour à l'appartement, je constatai que la fumée avait réussi à s'échapper. Je jetai un coup d'œil au répondeur (aucun message) et allai examiner les nouilles restées sur le rebord de fenêtre. La poêle ne fumait plus. L'incendie n'avait pas tout consumé, et quelques pâtes survivantes flottaient sur une mer de gadoue couleur rubis. J'y plongeai deux doigts pour me faire une idée de leur goût. Elles étaient froides ; la pluie les avait ramollies non sans diluer la sauce tomate, mais si j'évitais de toucher au magma de nouilles carbonisées en dessous, c'était mangeable. La poêle était par ailleurs fichue, chose d'autant plus malencontreuse qu'elle faisait partie d'un ensemble de trois appartenant à ma mère, à qui je l'avais « emprunté », tout à fait contre son gré. Je dévorai également les Yorkies et les Rolo, après quoi je ne me sentis pas très bien et commençai à pleurer sur mon sort.

Je dus faire des fouilles pour retrouver le téléphone ; je composai le numéro d'Alice et lui laissai un nouveau message pour qu'elle me rappelle dès son retour, même s'il était trois heures du matin : il s'agissait d'une urgence.

Je branchai la télé, geste que j'avais évité de mon mieux toute la semaine. J'avais beau adorer la télé, la seule idée de gaspiller des heures à la regarder me faisait me sentir encore plus triste et désespéré, comme si j'abandonnais la partie sans combattre pour devenir un vrai raté. Ma mère m'avait offert ce poste comme cadeau d'anniversaire (prématuré) au moment où j'étais entré en fac. Elle m'avait dit (c'est une citation) : « Elle sera comme une amie. Une roue de secours, au cas il ne se passerait pas grand-chose. » C'était gentil de sa part, mais après j'avais été terrifié à l'idée que, si je n'y prenais pas garde, viendrait le jour où je considérerais vraiment la télé comme une amie.

De toute façon, il n'y avait rien d'intéressant. Je zappai d'une chaîne à l'autre, avec l'espoir de trouver un programme qui m'accrocherait. Du sport, un truc sur l'histoire de l'art, les informations, des courses de chevaux, une pub de couches-culottes. Complètement dégoûté, je décidai de chercher à m'amuser autrement, mais la laissai en fond sonore pendant que je rédigeais une nouvelle lettre à l'intention de la banque :

Cher monsieur,

Je vous écris pour vous expliquer ma situation financière actuelle. Je viens juste de prendre mon poste de professeur de lettres à Londres. Étant donné les frais engendrés par le déménagement dans la capitale et le fait que ma première paye ne tombera qu'à la fin du mois de septembre, je vous serais très reconnaissant de bien vouloir prolonger mon découvert de 500 livres jusqu'à la fin du mois de novembre.

Bien à vous.

William Kelly.

Après avoir placé un point à la suite du « y » de Kelly (non sans me demander si c'était bien nécessaire), je jetai un coup d'œil à la télé et parcourus la pièce des yeux, cherchant à confirmer ce que je ressentais. Puis je revins à ma lettre. J'avais la réponse. J'étais mort d'ennui. Quand j'étais petit et que je me plaignais à mon père de m'ennuyer, il me disait qu'un jour je comprendrais ce qu'était vraiment s'ennuyer et que, ce jour-là, je regretterais l'ennui de mon enfance. C'est ainsi que, assis au milieu de cet appartement minable, la volonté de faire quelque chose pratiquement annihilée, comme arrachée à mon corps, je pris conscience que j'avais finalement découvert ce qu'était l'ennui – et effectivement, j'avais des regrets. Quand je m'ennuyais, enfant, j'avais la perspective de toute une vie devant moi. Je pouvais encore m'offrir le luxe de gaspiller quelques années, ici ou là, à ne rien faire. Mais à présent, avec mon vingt-sixième anniversaire se profilant nettement à l'horizon, tout le temps que je gaspillerais allait revenir me hanter, comme lors des deux années où j'avais vécu de l'allocation chômage et où j'accusais le coup à chaque fois que j'apprenais qu'un de mes condisciples de la fac avait décroché un boulot de rédacteur à *Empire* et gagnait plus de 30 000 livres par an, ou simplement s'en sortait tout seul.

Je me remis à zapper. Les murs de l'appart étaient nettement plus intéressants que ce qui se passait sur l'écran, et c'était donc sur les murs qu'errait mon regard, s'imprégnant des années de désespoir déposées en strates successives sur le papier peint. Puis il finit par tomber sur la photo défigurée d'Aggi. Je rampai jusque sous ma couette, me débarrassant de mon pantalon et de mes chaussettes au cours de ma progression et je me calai dans le lit. Et je restai longtemps là, sans penser à rien.

18.34

Mon attention fut attirée vers le coin supérieur droit de la pièce, juste au-dessus des rideaux ; attirée par une toile d'araignée qu'un courant d'air régulier, se faufilant avec un sifflement par les interstices d'une fenêtre construite en dépit du bon sens, tentait en vain de déloger. Elle avait un aspect fragile, comme si elle avait une fonction plus décorative qu'utilitaire. L'araignée qui avait construit ce piège de soie allait sûrement connaître la faim, car jamais mouche domestique qui se respecte n'irait se prendre dans une toile aussi mal foutue. À croire que Mère Nature est capable d'engendrer des créatures aussi paresseuses, apathiques et irrésolues que moi.

Le téléphone me tira de ma rêverie, m'empêchant de prolonger ces réflexions philosophiques sur les araignées, leurs toiles et leurs proies. Il sonna trois fois, sinon quatre, le temps que je sorte du lit, tant j'avais du mal à prévoir qui cela pouvait être :

Aggi, à mille contre un.
Alice, à cinq contre un.
Kate, à trois contre un.
Martina, à deux contre un, donc la favorite.

« Salut, c'est moi !

– Salut, répondis-je, honteux malgré moi d'avoir rêvé que ce serait l'outsider. Qu'est-ce que tu fais de beau ?

– Rien de spécial, dit Kate. Et toi ? » Elle avait trouvé mon tutoiement naturel.

Je me souvins de ma promesse de la rappeler, hésitai à me sentir coupable, puis me fis la réflexion qu'elle *désirait* me parler, puisque c'était elle qui avait pris l'initiative de me téléphoner. Je me sentis aussitôt plus relax. J'entendais, au loin, la sirène d'une voiture de police.

« Désolé de ne pas t'avoir rappelée, comme je te l'avais promis. Je me suis endormi.

– J'adore dormir. C'est une sorte de passe-temps pour moi. »

Elle eut un petit rire et je l'imitai, mais, si le sien était joyeux et ensoleillé, le mien était nerveux et moins spontané, car je me demandais si elle dormait nue ou non.

« Qu'est-ce que tu as prévu, pour ce soir ?

– Rien, répondit-elle. Je n'ai pas de fric. De toute façon, je n'ai pas envie de sortir. Je crois que je vais rester à la maison et regarder la télé.

– Bonne idée, commentai-je en hochant bien inutilement la tête.

– Qu'est-ce qui passe ce soir ? »

Je repérai la télécommande, qui s'était réfugiée sous un pantalon. La diode rouge de la télé clignota un instant, puis j'eus devant moi les images d'un feuilleton : *Dad's Army*[1]. Je transmis cette information à Kate et on regarda l'épisode en silence, elle à Brighton, moi à Londres, réunis par le miracle télévisuel. Le soldat Pike était installé sur une énorme pile de meubles, à l'arrière d'un camion garé à proximité d'un poteau téléphonique. Pour autant que je pouvais en

1. « L'armée de Papa ».

juger, une bombe était placée là-haut et son boulot consistait à la désamorcer.

« J'adore *Dad's Army*, dis-je doucement, espérant plus ou moins qu'elle ne m'entendrait pas.

– Ouais, ça me fait toujours rire. »

On continua donc à regarder, dans un silence interrompu de rires occasionnels, le soldat Pike s'empêtrer dans les fils de son poteau et le capitaine Mainwaring s'efforcer de le sortir de cette situation. Ce silence n'avait rien de désagréable. Je me sentais aussi proche d'elle que si elle avait été assise à côté de moi, plongeant la main dans un sachet de rondelles d'oignons frits au fromage pour m'en offrir machinalement, la tête sur mon épaule : la joie simple de faire quelque chose d'aussi banal que de regarder la télé.

« Qu'est-ce qu'il y a d'autre ? » demanda-t-elle au bout d'un moment.

Passant d'une chaîne à l'autre, je tombai sur un documentaire diffusé par la BBC2 ; on y expliquait comment des petits génies volaient des puces d'ordinateur dans les sociétés de la Silicon Valley. Je fus sur-le-champ captivé. Tout excité, je proposai à Kate de changer elle aussi de chaîne, si bien que, dans le quart d'heure suivant, nous avons tout appris sur la façon dont la Mafia était impliquée dans le trafic, représentant des millions de dollars, de ces composants volés. Kate était loin d'être aussi intéressée que moi par ce programme, mais, alors qu'elle serait bien retournée tout de suite suivre les aventures du soldat Pike, elle n'en continua pas moins à regarder la BBC2 pour me faire plaisir. J'en fus touché. Finalement, une fois l'émission sur les microprocesseurs terminée, on passa sur Channel Four, car c'était l'heure des nouvelles sur ITV, et ni elle ni moi ne considérions les informations comme un programme distrayant – or nous ne cherchions qu'à nous distraire. Pendant que passait une pub pour bagnoles, l'idée nous vint de chercher autant de noms ridicules que possible pour une voiture en une minute. Les trois meilleurs furent :

La Nissan Niavec.
La Mercedes Carmen.
La Ford Accorte.

La page de pub terminée, une voix de femme nous annonça un truc comme « Et maintenant, quelque chose de tout à fait différent », avec un accent inspiré des comtés du Sud qu'elle considérait sans doute comme amusant. Un générique que je ne connaissais pas se mit à défiler. C'était celui d'une émission orientée de toute évidence mode/musique/style/jeunesse, vu tous les dessins aux couleurs criardes qui se succédaient à une cadence infernale sur l'écran, bombardant mes iris au même rythme que le martèlement de la basse qui soulignait le thème. Quant au nom de l'émission, je n'y prêtai pas attention car, alors que j'étais sur le point de zapper sur *Noel's House Party*, j'aperçus sur l'écran, du coin de l'œil, quelque chose qui annihila le début de satisfaction que je ressentais.

« Dave Bloomfield ! hurlai-je à la télé.

– Qui ça ? demanda Kate.

– Dave Bloomfield ! Le plus grand branleur de l'univers ! »

Dave Bloomfield, alias le plus grand branleur de l'univers, lui expliquai-je, avait suivi les mêmes cours que moi à la fac. Grand, espagnol par sa mère et un quart iroquois (d'après la rumeur) par son père, il avait des yeux noisette et une tignasse avachie d'un noir de jais qui le faisait ressembler à un bellâtre édouardien. Il avait l'habitude de procéder à une lecture intégrale du *Guardian* (signe précurseur indiscutable du futur branleur), installé dans la cafétaria du département de littérature, tout en sirotant du café noir et en fumant des Camel sans filtre. La population féminine du département (assistantes comprises) buvait la moindre de ses paroles, au point qu'il s'était permis de séduire puis de larguer Annette Francis, la plus somptueuse des créatures, une beauté campant à une telle altitude que, la seule et unique fois où j'eus le courage de lui adresser la parole (pour lui demander l'heure), elle refusa catégoriquement de me répondre. Ah j'allais oublier, pire encore, Dave avait décroché la mention *très bien*. Kate n'avait pas l'air de comprendre pourquoi la vue d'un de mes anciens et brillants condisciples me mettait dans un tel état, simplement parce qu'il présentait une émission de télé. Alors, je lui expliquai d'un ton rageur :

« Il y a des gens à qui tout tombe tout cuit dans le bec. Alors que nous autres, pauvres mortels, devons nous bagarrer pour obtenir la moindre chose, eux sont servis comme sur un plateau. »

J'étais étonné par ce débordement d'amertume, d'autant plus que je n'avais jamais eu envie de devenir présentateur de télévision. Mais voilà, Dave Bloomfield représentait tout ce que je haïssais chez ceux qui réussissaient : il était beau gosse, brillant, plein d'humour et, pis que tout, motivé. Tout ce que je n'étais pas. Dave Bloomfield était l'anti-moi.

C'est ce que j'essayai de faire comprendre à Kate : « Exactement comme il y a de la matière et de l'anti-matière. Si jamais nous nous rencontrons encore, Dave et moi, nous exploserons et cela fera des milliers de morts. »

Elle se mit à rire. « Tu te rabaisses trop. Tu sais bien que tu pourrais faire tout ce que tu veux, à condition de t'y mettre. » Elle marqua une pause, comme si elle réfléchissait. « Qu'est-ce que tu veux, Will ? Qu'est-ce que tu veux réellement faire de ta vie ? »

Je m'allongeai sur le lit et tirai la couette sur mes jambes. Cela faisait tellement longtemps que je n'avais pas réfléchi à cette question, réfléchi de manière sérieuse, que la réponse fut loin d'arriver aussi vite que, me semblait-il, elle aurait dû.

« J'aimerais être metteur en scène de cinéma », répondis-je avec un manque de conviction certain. J'avais honte d'avoir fait si peu pour me pousser dans cette direction. Une fois, j'avais rempli un dossier d'inscription pour préparer le diplôme de production cinématographique, à l'université de Sheffield, mais il se trouvait encore dans le tiroir de mon bureau, chez ma mère.

« Vraiment ? C'est génial ! Alors, pourquoi ne pas te lancer ?

– Ce n'est pas si facile, tu sais. Il faut de l'argent, et des relations. C'est le népotisme qui règne dans l'industrie du film, alors ce n'est pas une mère femme de ménage dans une maison de retraite et un père voué aux tâches obscures dans les services municipaux qui vont m'ouvrir les portes de la Paramount.

– Et l'écriture de scénarios ? avança Kate. C'est un truc qui ne coûte rien et que tu pourrais faire pendant tes loisirs. Un copain de mon frère travaille pour une série – *Coronation Street* – et son père tient une baraque de frites. »

Cela ne m'encouragea pas. « J'ai déjà trop de problèmes avec mon boulot de prof ; il me reste tout juste assez d'énergie pour me plaindre pendant mes loisirs, dis-je en sortant du lit pour aller m'installer sur le tapis. Essaye donc un peu de noter trente poèmes d'ados sur les flocons de neige, et tu verras, tu prieras avec ferveur pour que le réchauffement de la planète empire encore. »

Je me demandai si cette excuse n'avait pas trop l'air d'une excuse.

« Tu te cherches des excuses, on dirait. »

J'ignorai son commentaire : « Et toi ? Qu'est-ce que tu veux faire ? »

Prenant une profonde inspiration, elle m'avoua qu'elle avait toujours rêvé d'être infirmière. C'était l'une des raisons (l'autre étant son ex) qui l'avait poussée à laisser tomber ses études. Elle s'était rendu compte qu'elle perdait son temps, qu'elle avait envie de faire quelque chose pour aider les gens. Dans cinq mois, elle allait commencer à suivre la formation d'infirmière dispensée par l'hôpital de Brighton, raison pour laquelle elle se morfondait actuellement au rayon parfumerie d'un grand magasin. Plus elle parlait, plus j'étais en admiration devant sa détermination à mener une vie utile ; je le lui dis. J'ai l'impression que cela la fit rougir, mais c'est difficile à savoir, par téléphone.

« Est-ce que je peux te poser une question ? finit-elle par me demander.

– Bien sûr, pas de problème.

– Tu ne te froisseras pas ? »

Je me demandai si elle n'avait pas en tête quelque question gênante du genre : « Quand as-tu vu un mec pour la dernière fois ? »

« Je vais te dire. Vu le niveau d'excitation auquel je suis parvenu pendant ce week-end, je trouverais agréable de me sentir froissé.

– De quoi as-tu peur ? »

Je gardai le silence, soulagé de ne pas avoir à lui raconter comment j'avais dérangé un jour Simon et Tammy, nus comme des vers sur la table de la cuisine, sans parler du contenu, en plein dégel, d'un pot de crème glacée Häagen-Dazs.

« Tu penses que j'ai peur de la vie, c'est ça ? Eh bien, non. Pas du tout. Je n'ai pas peur de l'échec, non plus. Après tout, je suis un prof raté et je ne me suis pas encore suicidé pour autant. Voici ce dont j'ai peur : qu'à vingt-six ans, je sois trop vieux pour réaliser mes rêves. C'est difficile de ne pas t'envier. Je sais bien que je vais avoir l'air de radoter, mais au moins toi tu as le potentiel de faire ce que tu as envie de faire.

– Tandis que toi...

– Tandis que moi, je ne l'ai pas. Mon sort est réglé. À moins qu'il ne se produise quelque chose d'inouï, j'en ai jusqu'à la fin de ma vie.

– Et pour quelle raison ne deviendrais-tu pas le prochain Scorcese ? »

Elle n'avait pas saisi le message. « Orson Welles avait écrit, produit et dirigé *Citizen Kane*, et par-dessus le marché joué le rôle principal, à l'âge de vingt-six ans. L'un des plus grands films de l'histoire du cinéma.

– Oublie un peu Orson Welles ! s'exclama Kate. Ce génie de la télé qu'est Tony Warren n'avait que vingt-trois ans quand il a eu l'idée de *Coronation Street* ! » Elle s'arrêta net, se rendant compte que son exemple n'arrangeait pas les choses. « Je suis désolée. Ce n'était pas très malin de ma part. C'est le copain de mon frère qui travaille sur cette série qui m'a raconté ça. C'est dingue, non ?

– On ne va pas entrer dans un débat pour savoir si *Coronation Street* est meilleur que *Citizen Kane* ! Ce n'est pas la question. La question, c'est que j'ai vingt-six ans ! Tout ce que j'ai fait jusqu'ici se réduit à avoir fumé des cigarettes, regardé la télé et gémi sur le fait que mon ex m'avait lâché. Même en m'y mettant maintenant, j'aurais de la chance si je dirigeais une production scolaire de *Joseph and his Technicolor Dream Coat* avant l'âge de trente ans. Il faut voir les choses en face, parfois. »

Kate n'était pas convaincue. « Tu peux faire ce que tu

veux. Si tu as du talent, il brillera de bout en bout. Tu dois croire un peu plus en toi. »

Cette attitude positive était déprimante. Elle employait, de manière étonnante, exactement les termes que j'aurais utilisés à son âge. Elle ne se doutait pas à quel point elle était moi, avec six ans de moins.

« Écoute, Kate, dis-je en adoptant mon ton paternaliste le plus convaincant. Ça m'a pris tout ce temps rien que pour en arriver là où j'en suis. Combien ça va m'en prendre pour arriver ailleurs ? Il y a trois ans, j'aurais pu courir ma chance. J'aurais peut-être pu faire tout ce que je voulais faire. » Ma voix était montée d'un cran, et elle était devenue plus aigre, plus agressive. « C'est trop tard. Il faut avoir la lucidité de se l'avouer. » Dans mon irritation, je donnai un coup de pied dans le pot de crème glacée contenant les restes de mon petit déjeuner. Je le regrettai immédiatement. Un magma écumeux jaunâtre et des flocons d'avoine hypertrophiés se répandirent sur mon manteau, qui se trouvait là où je l'avais jeté, juste à côté. Cette fois-ci, j'étais bon pour le faire nettoyer.

« Il n'est jamais trop tard, dit Kate doucement. Pas tant que tu y crois ».

Ému par la gentillesse de ses paroles, je fus convaincu au fond de mon cœur, pendant quelques secondes extatiques, qu'elle avait raison. Puis mes neurones se remirent en branle. Elle se trompait. En dépit de tous mes efforts pour le détourner, le cours de ma vie était réglé et je ne pouvais strictement rien y faire. J'avais passé toute mon existence à me demander ce que j'allais « être ». À l'âge de cinq ans, chauffeur de camion ; à huit ans, je voulais être rien moins que Noël Edmonds ; pendant mon adolescence, j'avais flirté avec toutes les professions, de psychiatre à chef cuisinier ; puis j'avais décidé, sur le coup de vingt, vingt et un ans, que peut-être, à la rigueur, je ne détesterais pas tourner des films. Et qu'avais-je fait pour me mettre sur le bon chemin ? Je m'étais inscrit au chômage et avais fini par suivre une formation de prof de lettres. Et du fait de cette seule et unique faute, j'allais « être » prof de lettres, même si je devais en crever.

« Merci, c'était gentil de me dire ça. » J'aurais bien voulu m'excuser d'avoir été aussi agressif, mais je ne voyais pas comment l'exprimer avec décontraction. Je changeai donc de sujet : « Quel est ton film préféré ? »

Dans le genre question stupide, il n'y a guère que *Quel genre de musique tu aimes ?* pour faire mieux. Pourtant, je tenais désespérément à le savoir. Kate et moi partagions tellement de choses qui, j'en avais le sentiment, nous liaient tous les deux ! Difficile de croire qu'un fou de cinéma comme moi ne lui ait pas déjà posé la question.

« *Gregory's Girl*, dit-elle d'un ton abattu. Je sais que ce n'est pas aussi génial que les films que tu dois préférer. Ce n'est pas *Taxi Driver, Reservoir Dog* ou *Apocalypse Now*, mais c'est pourtant celui que j'aime le plus. C'est plein de tendresse, c'est... »

J'essayai de contenir mon excitation. « Tu te trompes, Kate. Complètement ! *Gregory's Girl* est mon film préféré. C'est fantastique. Mieux que *Taxi Driver, Reservoir Dogs* ou *Apocalypse Now*. Même mieux que *Citizen Kane* ! »

Le temps cessa d'avoir la moindre signification, tandis que nous nous efforcions d'évoquer les meilleurs moments d'un film plein de meilleurs moments. Ceux qu'elle préférait étaient la scène pendant laquelle Dorothy, objet des désirs de Gregory, est interviewée pour le journal de l'école dans les vestiaires, et celle où on récupère les pingouins perdus.

« Dansons », dis-je.

Elle comprit aussitôt ce que je voulais dire.

Allongé sur le dos, les coudes sur le tapis et les mains en l'air, je commençai à imiter Gregory et Susan dans la scène du parc, vers la fin. Mon oreille n'arrêtait pas de quitter l'écouteur, mais il était évident que Kate jouait le jeu, car je n'avais pas de mal à l'entendre rire aux éclats.

« Et si Paula débarque ? Elle va croire que j'ai définitivement pété les plombs !

– T'en fais pas pour ça, criai-je dans le micro sans cesser de danser, me sentant plus heureux que je ne l'avais été depuis bien longtemps. Laisse-toi emporter. »

19.39

J'étais lancé. Les mots se bousculaient pour sortir de ma bouche. J'avais l'impression, grâce à Kate, que j'aurais pu délirer comme ça jusqu'au lundi matin. Le plus impressionnant, c'était qu'elle n'avait pas l'air de s'ennuyer, confinée dans son appartement de Brighton, à supporter qu'un type qui était un parfait étranger pour elle lui raconte sa vie. Je voulais tout lui dire : que je ne savais pas nager mais que j'étais capable de replier mon pouce jusqu'à ce qu'il touche mon poignet ; et comment, jusqu'au jour où j'étais entré au lycée, je n'avais jamais acheté de sandwichs pré-emballés de ma vie (allez savoir pourquoi !). Je voulais qu'elle sache absolument tout.

« Encore, me dit Kate.

– Quoi ?

– Raconte-moi encore d'autres choses sur toi.

– Euh... eh bien, non. » Je me sentais un peu mal à l'aise. Difficile de dire non à une fille qui me donnait envie de dire oui à tout ce qu'elle suggérait, mais parmi les titres d'articles cités en couverture du *Cosmopolitan* que j'avais piqué, il y en avait un qui s'était mis à clignoter dans ma tête : POURQUOI LES HOMMES ADORENT PARLER D'EUX-MÊMES. Il était temps que ce soit moi qui écoute.

« C'est à toi de me parler de toi, fis-je en souriant (pour

rien). Tu dois en avoir assez d'entendre parler de moi, non ? En plus, ma mère m'a dit qu'il ne fallait jamais parler à des étrangers, et tant que je n'en saurai pas plus sur toi, tu resteras une étrangère.

– C'est tout à fait agréable d'être une étrangère, dit Kate. On peut être qui on veut. Malheureusement, je ne suis que moi. Je suis vendeuse au Boots. Je dois arriver à huit heures du matin, et j'en pars à six heures du soir. Je travaille un samedi sur deux et, dans ce cas-là, j'ai un jour de congé la semaine suivante. C'est tout.

– J'ai travaillé dans un pub pendant deux mois, à trimbaler des tonneaux de bière depuis la cave. Un vrai cauchemar. Si ton boulot ressemble à ça, c'est un truc à perdre son âme.

– Pas vraiment, dit-elle d'un ton joyeux. J'ai un ami qui travaille dans une boîte de comptabilité à Oxford. Il s'appelle Daniel. Lui, par contre, a ce que j'appellerais un boulot à perdre son âme. Il a une obligation de résultat et, du coup, il est constamment sous pression. La semaine dernière, son médecin lui a appris qu'il avait un ulcère à l'estomac lié au stress. Il n'a que vingt-quatre ans. D'accord, il gagne bien sa vie. Mais même une montagne d'argent ne pourrait pas compenser les conneries qu'il doit supporter. Boots, ça ne serait pas si mal, s'il ne fallait pas se lever de si bonne heure. En tout cas, j'ai dit à Daniel, comme je te le dis à toi, que ça ne sert à rien de se stresser pour son travail. Si un boulot te prend trop la tête, quitte-le. Personne ne te met le couteau sous la gorge. » Il y eut un bruit sourd, à l'autre bout du fil, suivi par un claquement violent. La voix de Kate s'évanouit. Je fus pris de panique. Je crus qu'elle avait disparu pour toujours. « Will ? Désolée. Paula vient juste d'arriver. Elle m'a prise par surprise et j'ai laissé tomber le téléphone ! Où en étais-je ? Ah, oui. Pendant un temps, j'ai eu envie d'un travail à cent mille volts. Je ne me souviens pas lequel, exactement. Ou plutôt, c'était par périodes. Je crois que j'ai voulu être à peu près tout, de présentatrice du journal télévisé à juge, puis j'en suis arrivée à la conclusion que ça n'avait pas de sens. Figure-toi que j'ai même rêvé de devenir joueuse de tennis professionnelle !

– Et tu es bonne, au tennis ?

– Non, j'ai horreur de ça, dit-elle d'un ton plaintif. C'était les jupettes qui me plaisaient. »

On éclata de rire ensemble. Je me demandai de quoi elle avait l'air, en jupette de tennis.

Elle enchaîna : « Ma grande ambition, à l'heure actuelle, est de tomber amoureuse, de devenir infirmière et d'avoir des enfants. C'est tout ce que j'attends de la vie. Une fois ces trois choses arrivées, dans cet ordre, j'aurai eu tout ce que je désire. Je suis tout à fait sérieuse. »

Je n'étais pas convaincu. « Comment l'amour et des enfants vont-ils tout régler ? Est-ce que tu n'oublierais pas quelques éléments essentiels, comme le fait que les enfants coûtent cher, que l'amour n'est pas facile à trouver et que les amoureux se déprennent aussi vite qu'ils s'éprennent ?

– Je sais tout ça, bien sûr, répliqua-t-elle, un peu agacée. Mais c'est mon ambition. Je n'ai pas dit que c'était simple, ni même possible. Nous avons tous nos rêves.

– Ouais, tu as raison, dis-je en manière d'excuse.

– Tu crois que j'obtiendrai ce que je désire ? »

Je ne pus m'empêcher de jeter un coup d'œil à la photo d'Aggi, sur le mur, une Aggi barbue, binoclarde, couturée de cicatrices, édentée. Conclusion : même une Aggi défigurée valait mieux que pas d'Aggi du tout.

« Ouais. Les enfants, c'est pas bien compliqué. Ce ne sont pas les donneurs de sperme qui manquent de par le monde, pourvu de n'être pas trop difficile. Quant à la question du boulot, la chose paraît déjà réglée. C'est l'amour, la partie la plus délicate. À mon avis, on ne peut affirmer avoir connu le véritable amour que lorsque les deux partenaires sont morts, car ce n'est qu'à ce moment-là, une fois qu'on a réussi à passer toute sa vie avec l'autre et qu'on n'a plus nulle part où aller ni personne avec qui y aller, que ça devient enfin réel. Tout le reste n'est que poudre aux yeux. Moi aussi, je parle sérieusement. » La porte de palier de l'un de mes voisins claqua violemment, faisant trembler mes vitres. Je rampai jusque dans le lit. « Tout le monde aime quelqu'un, mais il manque à trop de gens le sens de la pérennité, de la durée. L'amour devrait être fatal. On ne devrait jamais s'en remettre. Sinon, ce n'était pas l'amour.

– Vraiment ? demanda Kate d'un ton qui laissait présager qu'elle avait une autre question en réserve. Dans ce cas, qu'en était-il de toi et Aggi ? Est-ce que c'était de l'amour ?

– Oui. Je l'aimais et je continue de l'aimer, en dépit de tous les efforts que je fais pour que ça s'arrête.

– Tu l'aimes peut-être, toi, mais si elle ne t'aime pas, ou plus ? L'amour est-il réellement de l'amour si un seul des deux lui reste fidèle ? Pour moi, comme tu dis, c'est donc un peu de la poudre aux yeux – sans vouloir t'offenser. »

Kate manifestait un côté de sa personnalité qui m'avait échappé jusqu'ici. Elle ne se laissait pas impressionner par mes grandes déclarations et devait déjà avoir compris que cela était aussi bidon que tout le reste chez moi.

« Je ne sais pas, répondis-je, pris de court. J'ai l'impression que tu viens de marquer un sacré point. Ce qui doit signifier que je suis aussi triste que le premier raté venu.

– C'est toi qui as fixé les règles, me taquina-t-elle.

– Exact. » Je commençais à en avoir assez. « Qui vit par l'épée mourra par l'épée. Il y a toujours un retour de bâton. Mon lit est fait, je crois que je vais me coucher.

– Te cacher ? »

On rit une fois de plus ensemble.

« Je vais te dire tout de même un truc. Aggi m'aimait.

– Comment tu le sais ? Elle te l'a dit ?

– Ouais, au moins un million de fois, mais... »

J'avais l'intention de raconter à Kate quelque chose qu'Aggi avait fait et qui prouvait sans le moindre doute ce qu'étaient ses sentiments pour moi, mais les mots ne purent sortir de ma bouche. C'était un souvenir privé, et ni le temps ni l'espace ne lui avaient enlevé quoi que ce soit de ce qu'il signifiait pour moi. Ce qu'Aggi et moi avions fait était ridicule et peut-être même un peu idiot, mais il y avait longtemps que je me l'étais pardonné, au motif qu'il nous est tous permis d'être un peu idiot, de temps en temps, en particulier quand on est amoureux. Et j'imagine qu'il est exact que même les choses les plus ridicules peuvent avoir un caractère plus poignant que tous les sonnets de Shakespeare réunis.

Au moment de l'événement auquel je pense, j'avais vingt et un ans (et donc Aggi vingt), âge idéal pour faire preuve d'un romantisme échevelé. C'était un mardi, pendant les vacances d'été, et nous nous connaissions depuis un an. Aggi était passée chez moi. J'étais encore au lit alors qu'il était deux heures de l'après-midi. Il faisait un temps splendide et le soleil dardait ses rayons à travers les rideaux couleur chocolat de ma chambre ; tout y prenait une nuance vieil or et l'air surchauffé rappelait celui d'une serre. Les bruits qui entraient par la fenêtre ouverte, pépiements d'oiseaux, enfants des voisins jouant à la balle, clochette lointaine d'un marchand de glaces, tout exhalait puissamment la vie. Et moi j'étais dans mon lit, en sueur sous la couette, feuilletant des livres, à la recherche d'inspiration pour ma prochaine dissertation.

Sans doute Tom avait-il dû faire entrer Aggi, car je ne compris qu'elle était là que lorsqu'elle frappa à ma porte – depuis l'intérieur de la chambre. Et sans doute cela faisait-il aussi une éternité qu'elle était entrée, parce qu'elle resta une ou deux minutes sans rien dire et parut un peu gênée, évitant mon regard, quand je levai les yeux de mon livre. Puis elle avait dit : « Allons nous promener dans le parc. » Je fis une toilette sommaire, m'habillai et l'accompagnai jusqu'au parc. Elle ne dit presque rien en chemin, comme si elle repassait quelque chose dans sa tête pour ne pas l'oublier. Une fois dans Crestfield Park, au pied du grand chêne (ce même grand chêne autour duquel je me suis imaginé répandant ses cendres), elle s'assit dans l'herbe fraîchement tondue et tira sur ma manche pour que j'en fasse autant. Voici alors ce qu'elle me dit :

« Je me suis réveillée ce matin en sachant que je t'aimais plus que jamais. Parfois, j'ai peur que ce sentiment perde quelque chose de ce qu'il a en ce moment de merveilleux. Mais j'ai une parade. Captons ce que nous ressentons juste en ce moment même et conservons-le pour toujours. J'ai apporté des ciseaux. On va se couper chacun une mèche de cheveux et on les tressera ensemble. Puis, sur un bout de papier, j'écrirai tout ce que je ressens pour toi et tu feras pareil. On mettra ensuite tout ça dans une de ces petites boîtes en plastique de film qu'on enterrera juste ici. Qu'est-ce que tu en dis ? »

Qu'aurais-je pu dire, je vous le demande ? Sur le moment, son idée ne me parut pas « idiote ». Elle me paraissait au contraire la seule chose intelligente à faire. Il est facile d'avoir l'impression que l'amour au quotidien n'est pas comme l'amour dans les films, car les innombrables comédies romantiques modernes, médiocres et abrutissantes, dont on nous abreuve *(French Kiss, Nuits blanches à Seattle, While You Were Sleeping)* ont réussi à transformer tout ce que l'amour a de merveilleux en fromage blanc. Si les gens, aujourd'hui, prennent autant les choses au pied de la lettre, c'est parce que, à cause de ces films, il ne reste plus guère d'espace pour le symbolisme dans la vie réelle. Ce que nous avons fait, Aggi et moi, était légèrement bizarre, le genre de geste que seuls les personnages principaux d'un drame shakespearien pourraient faire de manière convaincante, mais je n'en ai pas moins aimé ça de bout en bout.

Aggi avait piqué les ciseaux à manche orange de sa mère ; elle les prit dans son sac et se coupa une mèche de cheveux, puis griffonna quelque chose sur un bout de papier qu'elle mit dans la petite boîte. Je me coupai à mon tour une mèche de cheveux, à l'arrière du crâne, écrivis aussi quelque chose sur un bout de papier, tordis les deux mèches ensemble et plaçai le tout dans la boîte avant de l'enfouir dans le sol, avec mes mains nues. Le trou, d'une vingtaine de centimètres, était largement assez grand. Après avoir tassé le sol, nous nous sommes relevés, regardant encore l'emplacement sans rien dire. Nous nous sommes embrassés juste au-dessus avant de revenir chez elle.

J'ignorais ce qu'elle avait écrit, elle ignorait ce que j'avais écrit ; c'était ce qui donnait toute son aura mystique à notre geste. Quand j'y repense, il m'arrive de me dire parfois, ne plaisantant qu'à demi, que nous nous étions livrés à une sorte de rite vaudou et que les messages et les cheveux torsadés étaient ce qui m'empêchait de me détacher d'Aggi ; mais je n'arrivais pas à me prendre vraiment au sérieux.

Au cours des jours suivants, je restai obsédé par ce que

nous avions fait. Il me fallait savoir ce qu'Aggi avait écrit sur moi. Près d'une semaine après notre virée dans le parc, j'y retournai, bien déterminé à récupérer la boîte. Je me sentais ignoble. Je trahissais sa confiance. Mais il le fallait. J'avais besoin de savoir.

Arrivé sur place, je compris tout de suite que quelque chose clochait. On y avait touché. Je grattai le sol, mais la boîte avait disparu. Aggi l'aurait-elle récupérée après avoir changé d'avis ? Avait-elle craint que je fasse ce qu'elle-même avait fait ? Quelqu'un d'autre avait-il récupéré la boîte ? Je n'en avais aucune idée, je n'en ai toujours aucune idée. Encore une de ces questions que je n'ai pu me résoudre à lui poser. Quelque chose en moi soupçonnait qu'Aggi avait eu des regrets et n'aimait pas l'idée de cette double déclaration abandonnée là – car elle aurait pu être la preuve que j'étais aussi important pour elle qu'elle l'était pour moi.

21.47

Nous avons parlé longtemps. Mes lèvres étaient aussi proches du micro qu'il était humainement possible. Une petite flaque d'humidité s'y était même déposée. Je jure que si j'avais pu m'y glisser et remonter ainsi le long de la ligne de téléphone jusque dans l'appartement de Kate, je l'aurais fait. Avec plaisir. Me retrouver avec elle, jouir de la grâce de sa présence aurait fait mon bonheur pour la journée – que dis-je ! pour les dix ans à venir. Un sentiment de déréliction monstrueux, jaillissant de nulle part, menaçait de m'engloutir. *Je crois qu'il est temps de se quitter.*

« Je crois qu'il est temps de se quitter », dis-je.

Kate fut blessée. « Oh, je suis désolée.

– Non, non, c'est moi qui suis désolé, protestai-je, désirant plus que tout qu'elle me croie. Ce n'est absolument pas toi, c'est moi. J'ai adoré chaque instant de notre conversation. Tu es vraiment... » Je ne voyais pas comment finir ma phrase autrement que par un cliché. « Tu es vraiment...

– Je suis vraiment... ?

– Tu es vraiment... » Je parcourus à toute vitesse le catalogue de mes compliments haut de gamme. Grâce à un monde où pullulent les films tartes, les romans tartes, la musique tarte et les programmes de télé encore plus tartes, le tout réduisant les émotions humaines au plus petit dénominateur commun, ils paraissaient tous trop éculés, trop inadéquats, trop tartes, en somme.

« ... spéciale. Je te trouve spéciale. »

Elle se mit à rire.

« Et toi, tu es merveilleux. Je te trouve merveilleux, Will.

– Bonne nuit.

– Dors bien. »

Retour à la réalité. Jamais le téléphone ne m'avait paru aussi solitaire qu'à la fin de cet appel. Tout raide sur sa fourche, alors que tant de vie et d'énergie venait de transiter par lui, il semblait davantage mort qu'assoupi. Je décrochai et composai le numéro de Kate pour être sûr qu'il fonctionnait toujours, mais je raccrochai avant qu'il ait eu le temps de sonner. Je me sentais d'une humeur sinistre, vide, comme si le simple effort de respirer ne valait même plus la peine. Dans ce genre de situation, je me laisse souvent aller à une petite rêverie dans laquelle je m'imagine en poète maudit, et non plus comme une pauvre cloche qui ne sait pas quoi faire de son temps. J'ai écrit à un moment donné quatorze volumes (c'est-à-dire quatorze cahiers) de poèmes plus affligeants les uns que les autres, sous le titre général *À Aggi avec tout mon amour*. Je les ai jetés à la poubelle au cours de la semaine qui a précédé mon déménagement pour Londres, en tant que première étape de ma nouvelle stratégie : « repartir à zéro ». Première étape qui fut la dernière, lorsque j'en vins à comprendre qu'il faudrait aussi me débarrasser de la photo d'Aggi. Fort heureusement, le besoin de jeter quelques vers libres sur la première feuille du volume 15 fut battu au poteau par une urgence imposée par ma vessie.

Avant que l'immeuble ait été transformé en appartements, mon studio avait été manifestement une seule grande pièce dans laquelle M. F. Jamal avait monté une prison en carreaux de plâtre qu'il avait baptisée salle de bains. Elle n'avait donc pas de fenêtre. Pour voir ce que j'y faisais, j'étais obligé d'allumer la lumière, ce qui déclenchait automatiquement une aspiration d'air. Je n'ai aucun goût particulier pour les odeurs fortes et les miasmes, mais ce ventilateur était l'une des causes principales de mon mécontentement quant à l'appart. Il me faisait littéralement grimper aux rideaux. Mon cœur se serrait à chaque fois qu'il se déclenchait. Un élément devait être cassé, à l'intérieur, car, au lieu de ronronner doucement comme un moustique passant au loin, il produisait le vacarme d'un chat de gouttière coincé dans un mixer Moulinex ; pis encore, le maudit engin continuait d'extraire l'air (et d'épuiser ma patience) pendant les vingt minutes suivant l'instant où je coupais la lumière. Le mercredi précédent, au désespoir à la seule idée de l'entendre, j'avais tenté de couler un bronze dans l'obscurité. Si le silence inhabituel qui régnait était agréable, il y avait quelque chose de déconcertant à se retrouver assis sur le siège des toilettes, pantalon et caleçon sur les chevilles, dans une pièce noire. Dans un journal, j'avais lu un jour un article disant que tout bon rat d'égout est capable de remonter de son territoire et de franchir le siphon d'une chasse d'eau. L'idée de me retrouver nez à nez avec un rongeur me déprima tellement que je bloquai mon transit intestinal jusqu'au moment où, au lycée, je pus profiter du confort et de l'intimité des toilettes du personnel – lesquelles, dois-je m'empresser d'ajouter, présentaient à peu de chose près le même type d'équipement que celles des élèves, mis à part un papier de meilleure qualité.

Tandis que je me lavais les mains dans l'évier de la cuisine avec un savon que j'avais trouvé sur place, je fus soudain frappé par ce que je faisais. Le pain d'Imperial Leather que je tripotais, caressais et, disons-le, pelotais, avait probablement été oublié par Kate. Contemplant au creux de ma main le superbe parallélépipède de glycérine aux angles usés, je souris béatement et me mis, tout à fait consciemment, à penser sans retenue à Kate. Il me fallut ainsi cinq minutes pour me laver les mains, cinq minutes qui furent parmi les meilleures de toute la journée. Lorsque je sortis de mes songes (l'eau brunâtre qui coulait du robinet avait atteint une température proche du point d'ébullition), je me sentis pris de claustrophobie. Je n'avais pas exactement l'impression que les murs se refermaient sur moi, mais je ne m'en sentais pas moins terriblement prisonnier. Certes, c'était une prison dont j'avais la clef ; mais je n'avais aucune raison d'utiliser ma liberté. *Il faut que je sorte,* me dis-je. *Que j'aille quelque part, dans un pub, que je me mêle aux gens, à de vrais gens, au lieu de me laisser hanter par mes ex ou des femmes bizarres à l'autre bout du téléphone.* Je me retrouvai dehors avant d'avoir eu le temps de changer d'avis.

L'établissement auquel je pensais ne se trouvait qu'à une dizaine de minutes de l'appartement, mais suffisamment loin de Holloway Road, cependant, pour ne pas attirer les clodos, les ivrognes, les barjots, ou toute combinaison de ces trois éléments, que cette ignoble portion de rue régurgitait dans la soirée. Je l'avais découvert un peu plus tôt dans la semaine, alors que j'essayais de faire le décompte des bars du quartier qui pouvaient me dépanner en Marlboro light (réponse : aucun).

Il faisait tellement froid que je voyais mon haleine s'élever vers le ciel d'un bleu foncé, si bien que je passai une bonne partie du voyage aller à tenter de défier les lois de la nature en créant des ronds de fumée sans fumée. Arrivé à destination, The Angel, j'étudiai l'intérieur à travers les imposantes baies vitrées de la façade. L'endroit paraissait raisonnablement amical – je veux dire par là qu'il n'était pas vide au point que ma solitude en aurait été encore plus évidente, mais pas bondé non plus au point de me faire sentir comme un raté total avant même d'avoir franchi le seuil.

Je n'avais jamais éprouvé le besoin d'aller seul dans un pub, jusqu'ici. Le prétexte avait toujours été de prendre un verre avec quelqu'un, même si c'était simplement Simon ou des copains de la fac. Je n'avais qu'une expérience indirecte de ce que j'étais sur le point de faire, ce qui ne m'empêchait pas de me sentir sûr de moi ; j'avais vu trop de films américains dans lesquels de tristes bonshommes tristes, le feutre sur la tête, noient leur chagrin dans des bars, tiennent des propos d'ivrogne au barman et veulent payer un verre à des filles délurées (elles sont toujours délurées) sous prétexte que c'est leur anniversaire alors que ça ne l'est pas. C'était pratiquement le mien, en revanche, et, tandis que je poussais la porte battante donnant sur le bar, je me pris à espérer que l'heure suivante me vaudrait une intéressante conversation avec une ou deux barmaids, tandis que je descendrais deux ou trois bières pour arrondir les angles ; je comptais aussi sur mon quota de petites délurées. J'évitai de croiser le regard des gens, tandis que je me faufilais jusqu'au bar, mais je ne pus m'empêcher de jeter un coup d'œil à deux types habillés de la tête aux pieds en toile de jean, style Heavy Metal, qui, dans un coin de la salle, jouaient au billard en faisant beaucoup de tapage. Leurs chères moitiés étaient attablées derrière eux, jetant de temps en temps un coup d'œil vers les joueurs, mais manifestement plus intéressées par la contemplation de leurs ongles que curieuses de savoir qui gagnait. Je me sentais désolé pour ces femmes, non parce qu'elles s'étaient choisi ces deux tarés comme compagnons, mais parce qu'elles étaient sans doute heureuses ainsi. Le syndrome Vicki Hollingsworth sévissait partout. Il m'arrive parfois d'avoir l'impression que je suis la seule personne au monde à me demander quel sens a la vie ; et à voir des êtres humains comme ces deux jeunes femmes, j'en venais à douter que la question mérite qu'on lui trouve une réponse. *Je devrais peut-être leur demander si elles sont heureuses.*

Je serais peut-être plus avisé de la fermer et de me payer un verre.

Quand j'arrivai au bar, deux hommes se faisaient servir : Crâne-d'œuf par la Belette (visage trop étroit, barbe trop buissonnante), Blouson-d'Aviateur par une femme qui m'attira aussitôt. Elle n'était pas mon genre (je veux sans doute dire par là qu'elle ne ressemblait pas à Aggi), comptait pas mal d'heures de vol de plus que moi et présentait une féminité infiniment plus épanouie que toutes les femmes que j'avais pu connaître. Elle me faisait beaucoup penser à Kim Wilde à l'époque où elle chantait *Kids in America*, tout en blondeurs flashantes et maquillage outrancier, et cependant étrangement agile et sérieuse, mais, évidemment, en beaucoup plus âgée. *Pourvu que ce soit elle qui me serve... j'ai besoin que ce soit elle qui me serve.*

La Belette était en train de tirer deux pintes de brune pendant que la Kim Wilde d'Archway en tirait deux de blonde. Les faux cols étaient à la même hauteur, ce qui me déprimait au plus haut point. Si Crâne-d'œuf était servi le premier, ça allait m'achever.

PLAN A

1. La Belette termine le premier.
2. Faire semblant de relacer mes chaussures jusqu'à ce qu'il trouve un autre client pour l'occuper.

3. Si ça ne marche pas, aller aux toilettes et réessayer plus tard.

PLAN B

1. Kim Wilde d'Archway termine la première.
2. Lui demander la brune qu'elle recommande et suivre son conseil.
3. Engager la conversation dès que l'occasion se présente, mais conserver un profil bas.

La Kim Wilde d'Archway finit la première. C'est tout juste si je ne laissai pas échapper un cri de joie – ce qui aurait été prématuré, car Blouson-d'aviateur, de toute évidence un étudiant, la retenait juste au moment de conclure en allant à la pêche à la monnaie dans sa poche. Crâne-d'œuf avait tendu un billet de dix tout neuf à la Belette et repris sa monnaie avant que Blouson d'aviateur ait fini de recompter ses pièces jaunes. J'étais déjà tourné vers les toilettes, m'efforçant de convaincre ma vessie qu'elle avait besoin de se soulager, lorsque Crâne-d'œuf rappela la Belette : « Oh, et un paquet de chips, s'il vous plaît. »

Plein d'espoir, je me tournai vers la Kim Wilde d'Archway, tandis que Blouson-d'aviateur s'éloignait du bar, tenant sa bière à la main.

Hourrah !

ELLE : Qu'est-ce que je vous sers ?
MOI : Une pinte de brune, s'il vous plaît.
ELLE : Laquelle ?
MOI : Qu'est-ce que vous me conseillez ?
ELLE : Je ne sais pas. Je n'en bois jamais. La plupart des gens me demandent de la Griddlingtones.
MOI : Alors, je ferai comme eux.

Elle ? Rien. Pas un mot de plus. Pas même lorsque je payai. Quelle salope ! Je me demandai si un pourboire la ferait changer d'attitude, mais comme j'avais payé avec deux pièces d'une livre, je doutais fort qu'elle soit impressionnée. Elle n'eut même pas un regard pour moi lorsqu'elle me rendit ma monnaie, trop occupée qu'elle était à sourire à un nouveau venu, encore un crâne d'œuf, qui attendait au bar, un cigarillo entre les dents. Du coin de l'œil, je l'examinai de la tête aux pieds, rageant, et vis qu'il portait un blouson de cuir gris comme on n'en voit que dans les catalogues de mode, avec un pantalon gris assorti qui était l'essence même du falzar. Avais-je une chance, me demandai-je, si jamais on en venait aux coups ? Lorsqu'il porta la main à sa bouche pour tirer une longue bouffée de son infect cigare, le tatouage qui ornait ses phalanges – ACHAB – fit s'évaporer toutes mes envies de jouer les bravaches. Quant à la Kim Wilde d'Archway, elle se mit à parler football avec lui, le taquinant sur les dernières et médiocres performances de West Bromwich Albion, tandis qu'il rétorquait en ridiculisant les Spurs. Je l'écoutai raconter une blague d'une stupidité sidérale à propos d'un lapin entrant dans un bar, blague qui déclencha une telle crise d'hilarité chez la Kim Wilde d'Archway que je crus bien qu'elle allait faire pipi dans sa culotte. C'est là que je décidai qu'il était temps de changer d'horizon.

Je parcourus la salle des yeux, à la recherche d'une place libre, loin du bar, car je craignais de « dire » quelque chose, d'un seul regard, qui serait considéré comme suffisamment offensant pour me faire assommer. Je me retrouvai finalement assis entre la machine à oranges pressées et les toilettes dames. Tout en m'installant, je me mis à la recherche de mes cigarettes pour constater que je les avais oubliées. Je regardai ma pinte solitaire, dont la mousse commençait à s'aplatir. Pour la première fois depuis plus d'un an, j'eus envie de pleurer. Non pas de laisser couler de grosses larmes viriles, tel un soldat qui vient de voir la mort en face, la souffrance et l'inhumanité de l'homme pour l'homme – le soldat de *Platoon*, par exemple –, mais de petites larmes enfantines absurdes, qui auraient débordé sans raison ; le genre de larmes que les mamans savent si bien faire s'évaporer, au point qu'on a presque l'expression qu'elles n'ont jamais coulé.

La table à laquelle je m'accoudai était déserte. Pas de mégots, pas de verre vide, pas de paquet de chips entamé : tout le monde pouvait se rendre compte qu'à l'évidence, j'étais seul. Je n'avais même pas assez d'énergie pour faire semblant d'être dans la situation de celui qui est arrivé en avance à un rencart. De toute façon, ça se lisait sur ma figure : *Demain, c'est mon anniversaire. Je n'ai pas de copains. J'ai mon boulot en horreur. Je n'arrive pas à oublier mon ex. Évitez-moi. Je suis un lépreux des temps modernes.*

Voilà, continuai-je, *ce qui est sans aucun doute le point le plus bas de ma vie*. Comme pour apporter la preuve de cette affirmation, je me mis à feuilleter mentalement le catalogue de mes désastres personnels.

– Avoir perdu mon *Action Man* quand j'avais six ans.
– Avoir laissé par inadvertance mon devoir de maths à la maison quand j'avais treize ans.
– Avoir raté mon examen de français à seize ans.
– M'être fait jeter par Aggi à vingt-six ans.

Il me fallut cinq bonnes minutes pour établir ce maigre bilan. Je sentais bien que quelque chose clochait, que tout ça était un peu trop évident. Aucun de ces événements ne paraissait réellement déprimant, même si, à chaque fois, je m'étais mis dans tous mes états. Ou alors, je les avais évoqués si souvent qu'ils ne me faisaient plus d'effet. Il y avait néanmoins d'autres pensées, des pensées qui flottaient au fond de ma tête, enfermées dans des boîtes sur lesquelles on pouvait lire : *Ne pas ouvrir. Jamais.* Des pensées abandonnées dans les contre-allées peu fréquentées de mon esprit. Des incidents que je n'avais pas oubliés, mais que j'avais appris à ignorer. Procédé que je ne pouvais pas appliquer à des événements aussi cataclysmiques que mon largage par Aggi ; seules les petites choses pouvaient être facilement dissimulées. Ces minuscules souvenirs étaient comme autant de mares stagnantes qui n'empuantiraient l'air que si on dérangeait les horreurs qui se putréfiaient au fond.

Je pris une gorgée de bière éventée et plongeai.

MARE STAGNANTE N° 1 (EAU D'ABANDON).

Papa nous a quittés quand j'avais environ neuf ans (à peu près au moment où mon petit bonhomme *Action Man* s'est fait la malle, mais je ne crois pas qu'il y ait eu de rapport). Et, pour être tout à fait honnête, il ne nous a pas simplement quittés, puisqu'il est « allé vivre avec une autre dame », pour employer la formule par laquelle je présentai la chose à Simon, le lundi suivant, sur le chemin de l'école. Mes parents avaient cherché à me protéger des éventuels troubles psychologiques qu'aurait pu provoquer en nous la montée en puissance de cet événement ; pour cela, ils auréolaient leurs querelles les plus violentes d'une fausse décontraction, comme si j'avais été trop bête pour comprendre ce qui se passait. Puis, un samedi matin,

Maman nous emmena nous promener dans Crestfield Park, mon frère et moi. En chemin, elle m'acheta un ballon de foot en plastique arborant la signature de tous les joueurs de l'équipe d'Angleterre – je savais qu'ils n'avaient pas signé en personne, mais je n'en étais pas moins impressionné. Tom n'eut droit à rien, vu qu'à quatorze mois, il n'était pas encore en mesure de la faire se sentir coupable.

De retour à la maison, toutes les affaires de Papa avaient disparu. Je demandai à Maman où était Papa, et elle me répondit qu'il était allé vivre avec une autre dame. Je me mis à pleurer. En dépit de mon jeune âge, je me rendais compte qu'elle avait bien mal géré la situation. Au cours des trois mois suivants, je vis mon père un week-end sur deux ; nous allions nous promener dans le parc, ou bien manger des chips dans un café de la ville. Puis un jour, en revenant à la maison, je découvris qu'il avait ramené toutes ses affaires et que les choses avaient repris leur cours normal.

Enfin, l'année précédente, Maman m'avait annoncé son intention de divorcer. Elle en avait assez d'être l'épouse de quelqu'un, elle voulait être elle-même. Papa, lui, disait que c'était mieux comme ça et déménagea trois jours plus tard. Ils s'étaient montrés très décontractés, comme si leur décision aurait dû nous faire plaisir, à Tom et à moi.

MARE STAGNANTE N° 2 (EAU DE PATERNITÉ).

Une rubrique toute récente, celle-là.

Ce matin, j'ai été sur le point d'être père. Ce soir, je suis rien qu'un raté total.

Je ne pouvais chasser l'impression d'avoir perdu quelque chose. C'était comme si j'avais jeté un coup d'œil furtif sur un autre monde, un autre monde qui semblait moins déprimant que celui dans lequel je sombrais, un monde apparemment céleste.

MARE STAGNANTE N° 3 (EAU DE FIDÉLITÉ).

L'infidélité d'Aggi m'avait complètement démoli. Je ne savais plus ce qui était réel et ce qui ne l'était pas. Parler à Kate m'avait aidé à penser à autre chose pendant un moment, mais à présent cette idée revenait et refusait de me lâcher, d'être enfermée, enfouie dans quelque boîte : *C'est avec elle que j'ai vécu les plus belles heures de ma vie. Le fait qu'elle m'ait trompé signifie-t-il que tout ça était bidon ? Kate a raison. L'amour est-il vraiment l'amour, si un seul des deux le croit ?*

22.23

Je n'avais plus tellement envie de finir ma bière, à présent. À quoi bon ? J'étais en grand danger de fondre en larmes dans un endroit public. Si j'avais été une femme, j'aurais eu le droit, culturellement parlant, d'aller me réfugier dans les toilettes ; je me serais enfermé dans une cabine, j'aurais tiré une bonne longueur de papier et j'aurais pu chialer tout mon soûl. Ce que le monde masculin avait de mieux à offrir, en la matière, était un composé d'odeur peu avenantes, pisse rance et désinfectant, pas vraiment l'idée qu'on se fait d'un environnement réconfortant. Je me rendis toutefois du côté « *Messieurs* », au moins pour m'éloigner quelques instants du reste de l'humanité. Pour passer le temps et donner un prétexte à ma présence en ces lieux, j'allai occuper un urinoir, concentrant le contenu de ma vessie sur un paquet de sèches écrasé, dans un vaillant effort pour le déplacer.

En retournant à ma table, je vis un jeune couple au look très mode, qui tournait autour avec des mines de prédateur ; leurs visages exprimaient outrancièrement l'effort qu'il faut fournir pour rester debout tout en tenant une pinte de bière à la main. Je les ignorai, m'assis et terminai mon verre. J'envisageai de m'attarder rien que pour les embêter, mais j'avais encore trop envie de pleurer, si bien que je me levai pour partir, jetant au passage un dernier coup d'œil à la Kim Wilde d'Archway, comme pour lui dire : « C'est ta dernière chance, beauté. Je vais franchir cette porte et je ne reviendrai jamais. » Mon avertissement visuel passa inaperçu ; les plaisirs qu'offrait l'art de servir une bière aqueuse aux habitués les plus ringards de The Angel avaient de toute évidence plus d'attraits. Le couple chicos se jeta littéralement sur ma table.

En rentrant chez moi, au milieu des épaves et débris divers que la municipalité de Henmarsh n'avait pas jugé bon de faire ramasser, je gardai les yeux rivés au sol pour repérer les crottes de chien. Je ne savais rien de particulier sur cette municipalité, mais les graffitis, les poubelles renversés, les fauteuils bancals et les seringues abandonnées ici et là apportaient largement la preuve que le coin était aussi dangereux que n'importe quel quartier de Nottingham ou Manchester. Je représentais, bien entendu, un gibier de choix pour les agresseurs en tout genre : le binoclard timoré qui se balade avec une carte de crédit sur lui. C'était un miracle qu'il n'y ait pas, dans mon dos, une queue de jeunes mécréants aux longs membres déliés attendant leur tour pour s'en prendre à moi. J'avais beau me sentir submergé par un sentiment d'apathie sans fond vis-à-vis de la plupart des aspects de ma vie (y compris pour ma sécurité personnelle), je me fis le raisonnement que recevoir une raclée ne pouvait pas améliorer mon état d'esprit et j'accélérai donc le pas.

Juste au moment où je tournais dans ma rue, j'aperçus la lumière blafarde d'une épicerie, coincée au milieu d'une rangée de boutiques, que je n'avais pas remarquée lors de ma tournée d'inspection d'Archway. J'y entrai sur une impulsion et achetai les articles suivants :

2 paquets de Hula Hoops au sel et vinaigre.
1 paquet de bœuf barbecue Hula Hoops.
1 boîte de Swan Vestas.
1 bouteille de tequila.
1 petite bouteille de limonade Panda Pop.
1 bouteille de Perrier.

Je pus payer tout ça avec ma carte de crédit, car le type, derrière son comptoir, n'avait pas d'appareil électronique et ne pouvais donc pas se rendre compte que mon compte était déjà dans le rouge. De toute façon, mis à part les trente-sept pence que m'avait rendus la Kim Wilde d'Archway, je n'avais pas un sou sur moi.

Mes sacs en plastique à la main, je pris la direction du 64, Cumbria Avenue, où je fus accueilli par la réjouissante lumière que répandait une ampoule nue au bout de son fil, derrière les rideaux de l'appartement du rez-de-chaussée qui donnait sur la rue. Tout ce que je pus apercevoir, quand je passai devant la fenêtre, fut les vagues silhouettes d'un homme et d'une femme attablés ; peut-être mangeaient-ils.

Dans l'appartement, rien n'avait changé. Le répondeur n'avait enregistré aucun message et la pièce, avec mes frusques éparpillées un peu partout, avait l'air de la salle communale de l'enfer, le jour d'une vente de charité. J'éteignis et m'affalai sur le lit avec l'espoir, contre toute logique, d'avoir eu une journée assez éprouvante pour pouvoir m'endormir avant que mes neurones ne repartent sur les chapeaux de roues. Quatre mètres en dessous, le type que j'avais aperçu en train de dîner se mit tout d'un coup à transformer un paisible repas pour deux en un tapageur repas pour deux. Cela grâce à l'enregistrement, sur vinyle, de *Houses of the Holy*, de Led Zeppelin. (Je le reconnus tout de suite. Les parents de Simon avaient mis leur fils à la porte après l'avoir surpris en train de fumer un joint, et il était venu dormir par terre dans ma chambre pendant un mois, avant qu'ils ne le reprennent. *Houses of the Holy* était le seul disque qu'il écoutait.) À peine mon disc-jockey amateur avait-il reposé son aiguille que les stupéfiants traits de guitare de Jimmy Page étaient remplacés par des coups lents et réguliers. Impossible de s'y tromper : une tête de lit cognant contre un mur. N'ayant nulle part où me réfugier, nulle part où me cacher, je me résignai une fois de plus à sombrer dans la dépression. À tâtons, je cherchai sur le plancher une tasse qui, à un moment ou un autre, pendant la semaine, avait contenu du jus d'orange synthétique ; après avoir pareillement repéré la bouteille de tequila, je remplis la tasse, bus une ou deux gorgées et branchai le *Barbara White Show*. Je montai le son afin de réduire à un fond sonore à peine perceptible les manifestations bruyantes qui accompagnaient les exploits sexuels de M. Rez-de-Chaussée.

Barbara était toujours aussi drôle. Grâce à elle, je me sentais déjà beaucoup mieux au bout de cinq minutes. Il y avait des tas de gens, là dehors (et *là dehors* est bien ce que je veux dire) dans un état bien pire que ce que j'avais pu jamais connaître. Sa première correspondante, Mary, subissait actuellement une chimiothérapie pour un cancer du sein, alors qu'elle avait récemment perdu son mari d'un cancer de la gorge. Pour couronner le tout, elle se demandait si sa fille adolescente ne souffrait pas d'agoraphobie. Je dois rendre cette justice à Barbara : un cas aussi évidemment désespéré avait de quoi désarçonner même la plus endurcie des conseillères radiophoniques. Mais pas elle. Sans même prendre le temps de souffler, elle régla son rayon-laser empathique à la puissance maxi, débit dix, et submergea Mary d'un déluge de compassion. Elle n'en avait pas fini pour autant. Dans un monde où existaient aussi peu de certitudes, Barbara, contrairement aux politiciens, n'avait pas peur de monter en première ligne et de dire qu'elle avait une réponse à apporter. Décidément, elle m'impressionnait. Elle conseilla à Mary de ne pas se sentir coupable de s'occuper de ses problèmes personnels et lui donna le numéro de téléphone d'un groupe d'aide aux personnes dans son cas. Quant à sa dépression, elle la poussa à aller consulter un médecin, chanta les vertus du Prozac, des infusions et des séries télé, finissant en l'incitant à avoir une conversation sérieuse et ouverte avec sa fille. Impressionnant, vraiment.

J'arrêtai la radio.

Silence.

Je la rallumai et eus droit à une pub pour un film avec Eddie Murphy.

Je l'arrêtai à nouveau.

Re-silence.

Le type du rez-de-chaussée doit avoir fini.

Je me servis une deuxième tequila, allumai et cherchai mon carnet d'adresses, parcourant la liste des numéros comme si c'était les plats d'un restaurant chinois. Je trouvai celui que je cherchais et le composai. Un répondeur se déclencha, il y eut un craquement, puis un couinement suraigu puis un extrait de dialogue de film : « La vie passe vite. Si tu ne prends pas le temps de t'arrêter et de regarder où t'en es de temps en temps, tu risques de manquer quelque chose. » Matthew Broderick dans *Ferris Bueller's Day Off*. Tellement prévisible, le Simon. « Salut, vous êtes bien chez Simon et Tammy. Laissez un message après le bip ! »

Une profonde inspiration, une rasade de tequila, et j'étais prêt.

« Simon, tu n'es pas chez toi pour l'instant, mais j'aimerais te laisser un message, dis-je avec de splendides gargouillis. J'espère que tu as été horriblement massacré dans un accident de bagnole. J'espère aussi que tu as chopé une saloperie de maladie tropicale qui te desséchera les couilles et que ce qui en restera partira en poussière au premier coup de vent ! Je te souhaite toutes les horreurs imaginables et même celles qui ne le sont pas et, tant que j'y suis, rends-moi les vingt billets que tu m'as empruntés en mai dernier. » Je sentais monter en moi des sanglots qui menaçaient d'éclater. « Rends-moi ces putains de vingt billets, espèce de sale con, et tout ce que j'ai pu te prêter ! Rends-moi mes vingt billets ! Rends-les-moi tout de suite ! »

Ce ne fut que lorsque je m'arrêtai pour reprendre mon souffle et m'essuyer les yeux que je me rendis compte qu'on avait été coupés. La plupart des répondeurs n'enregistrent que pendant trente secondes. Je le savais pour avoir essayé d'enregistrer, un jour où j'étais un peu ivre, les paroles de *She's My Best Friend* sur le répondeur de la mère d'Aggi. Je n'avais même pas pu aller au bout du premier couplet.

Je rappelai et repris la fin de mon message :

« C'est encore moi. Qu'est-ce que je disais ? Ah, oui. J'y suis. Rends-moi mes vingt billets, espèce de taré. Tu t'es payé ma copine, et en plus tu veux mon fric ? Rend-moi mes vingt billets, sans quoi j'appelle la police. Je blague pas. Baiser ma copine, c'est peut-être pas illégal, mais le vol est puni par la loi ! »

Je raccrochai brutalement et éclatai de rire. J'avais arrêté de pleurer et me sentais un peu mieux.

Le voyage du lit à la cuisine, naguère quatre pas désinvoltes, s'était transformé en une longue et périlleuse expédition au cours de laquelle je ne pouvais éviter de me cogner dans les rares meubles que j'avais ; je réussis même à m'écorcher un tibia qui se mit à saigner dans mon jean. Négligeant la douleur, j'entrepris de fouiller tous les placards jusqu'à ce que j'aie trouvé de quoi confectionner un assommoir à éléphant à base de tequila : une cruche en plastique et une salière. Retournant au pas de course jusqu'au lit, je versai un quart de la bouteille de tequila dans la cruche, y ajoutai une généreuse dose de limonade et secouai la salière sur le bec verseur. Inspirant à fond, je fermai le haut de la cruche d'une main, la soulevai jusqu'à hauteur de l'épaule et, penché sur le bord du lit, la fis sèchement tomber sur la moquette. De la tequila rejaillit jusque sur mon jean. Pris d'un rire dément, j'ingurgitai une énorme rasade de ce qui restait.

Il ne me fallut pas longtemps pour ne même plus savoir sur quelle planète j'habitais. Ma mission suivante, décidai-je, allait être d'ouvrir les paquets de Hula Hoops et de tenter de me lancer leur contenu directement dans la bouche, une rondelle après l'autre. Je totalisai quatre tirs réussis et écrasai le reste sous mes pieds, où s'étendit bientôt un mini-désert poudreux de pommes de terre reconstituées. Toujours affamé, j'ouvris le troisième paquet, bœuf-barbecue, et consommai tous les morceaux de manière conventionnelle, mais non sans les avoir auparavant copieusement tripotés et agités en l'air. C'était marrant. Je me sentais bien. J'oubliais. Une seule chose aurait pu me rendre plus heureux encore. Je branchai la télé et me fis passer la cassette de *La Guerre des étoiles*. Lorsque Simon et moi avions vu le film, à l'âge de six ans, nous avions cru que c'était une histoire réelle. Nous parlions de Darth Vader et de Luke Skywalker comme s'ils habitaient au bout de la rue et non pas au fin fond de la galaxie, loin, très loin de chez nous. Cette croyance en la réalité du film ne s'était jamais complètement effacée depuis, au point que je m'en étais servi pour ma dissertation, en dernière année de lycée : *La Guerre des étoiles - mieux que Shakespeare ?* Huit mois de recherche, quinze mille mots rédigés dans les six jours (dont seulement vingt-trois heures de sommeil) précédant la date de la remise, et tout ce que Joanne Hall, directrice de la section Études cinématographiques, m'avait attribué comme note avait été un maigre huit sur vingt.

Passant en déroulement rapide la scène dans laquelle la garde impériale tente de prendre d'assaut le vaisseau de la princesse Leia, j'appuyai sur pause juste au moment où elle est sur le point de placer son message pour Obi-Wan Kenobi dans le petit robot R2D2. Je trouvais Carrie Fisher merveilleuse : elle était vulnérable, confiante, désespérée, abandonnée. Tout ce que n'avait jamais été Aggi. *La princesse Leia a besoin d'un héros, mais Aggi n'a pas besoin de moi.*

Le téléphone sonna.

Je l'ignorai. J'étais avec la princesse Leia, je vivais un moment d'anthologie. Le vice-roi et le premier président d'Alderaan étaient pétrifiés dans le temps et l'espace. *Je vous aime, princesse Leia.*

Le téléphone continuait de sonner.

À contrecœur, je décrochai.

« Hé, Will, c'est moi. »

J'appuyai sur la touche « Play » de la télécommande sans prononcer un mot. La scène avec la princesse Leia était passée. Les soldats allaient donner l'assaut et tout gâcher.

« Je sais que tu es là, Will, dit Simon. Je suis vraiment désolé, vieux. C'était vraiment la connerie à ne pas faire. Complètement idiot. Si je pouvais remonter dans le temps, je te jure que je ne le referais pas. Qu'il n'en serait même pas question. »

Je ne savais pas quoi lui répondre.

« Allez, Will, parle-moi.

– Qu'est-ce que tu veux ? » criai-je, hystérique. Il dut certainement penser que j'avais perdu les pédales. Je m'efforçai de me calmer : « Qu'est-ce que je pourrais bien te dire, à présent ? Tu as eu ma copine, qu'est-ce qu'il te faut de plus ?

– Écoute, ce n'était pas comme ça.

– Ce n'était pas comme quoi ?

– C'est juste arrivé, c'est tout, dit-il, manifestement mal à l'aise que je ne lui facilite pas les choses. Une fois seulement. Et ni elle ni moi, on a eu envie de recommencer. »

Une question rôdait au fond de ma tête. Elle se précisait à chaque seconde qui s'écoulait, mais je savais que je devais y résister, car je ne me sentais pas suffisamment solide pour mettre en jeu tout ce en quoi je croyais, juste pour entendre quelque chose d'aussi nébuleux que la Vérité.

« Quand est-ce que ça s'est passé ? » demandai-je. Mes mains tremblaient. Je n'avais pas envie d'entendre la réponse.

« Quand je suis venu chez toi, à l'université. »

Il se montrait volontairement vague. « Tu es venu chez moi plus d'une fois. Quand ?

– Au début de la deuxième année, quand je suis venu pour le concert de U2. »

J'aurais dû écouter mon instinct. Je pensai sur-le-champ, dans un flash, à cette scène fantastique de *A Few Good Men* dans laquelle Tom Cruise exige que Jack Nicholson lui dise la Vérité. Nicholson, avec sa tête la plus menaçante, regarde Cruise droit dans les yeux et lui dit qu'il ne pourra pas la supporter. J'étais dans le même bateau que Cruise. Aggi avait couché avec mon meilleur ami, alors que nous ne nous connaissions que depuis cinq mois. Dur.

« Comment c'est arrivé ? » demandai-je, plus à moi-même qu'à Simon, car je savais qu'il n'entrerait pas dans les détails.

À ma grande surprise, il répondit à la question :

« Tu ne te souviens pas de cette nuit ? »

Je dis que si, mais assez vaguement. J'avais picolé pendant toute la soirée avec un copain, Succbinder (dont je n'ai plus entendu parler depuis que j'ai quitté la fac), parce que nous n'aimions pas tellement ce groupe, en fait, et nous pensions que ça pourrait être plus marrant avec un coup dans le nez. Aggi et Simon, eux, étaient complètement envoûtés par la musique ; ils s'arrangèrent pour se rapprocher le plus possible de la scène pendant que Succbinder et moi nous nous accoudions au bar, au fond, buvant une bière aqueuse et hors de prix dans des gobelets de plastique.

À en croire Simon, ils avaient essayé de nous retrouver à la fin de la soirée, mais nous n'étions pas au point de rendez-vous convenu, à savoir devant le comptoir des gadgets, tout au fond de la salle. Lassés de nous attendre, ils avaient décidé de se rendre au 42nd Street, une boîte en ville, et c'était là qu'ils avaient échangé leur premier baiser.

Ils étaient rentrés en taxi chez moi et Simon reconnut qu'il avait essayé de persuader Aggi de faire l'amour avec lui, mais qu'elle avait refusé. Après quoi ils s'étaient embrassés avec tellement de passion que le « non » s'était métamorphosé en « Will a utilisé la dernière hier », et lorsqu'un attelage de percherons n'aurait pu les déventouser l'un de l'autre, Simon avait sprinté jusqu'au garage ouvert vingt-quatre heures sur vingt-quatre, en haut de la rue, effectuant l'aller et retour en trois minutes (trente secondes de moins que mon propre record) pour cette course effrénée. Ils firent ça sur le canapé, en bas. Deux fois. Après quoi, Aggi était montée à pas de loup jusque dans ma chambre et s'était allongée par terre, parce que j'avais vomi dans le lit sur lequel je dormais en travers, sans m'être déshabillé.

Je m'étais réveillé en sous-vêtements, le lendemain matin, et m'étais rappelé l'horrifique voyage de retour jusqu'à la maison et les dix livres que m'avait extorquées le chauffeur de taxi, en plus de la course, pour le nettoyage de sa caisse – avant de me jeter dehors. J'avais regardé autour de moi. Le lit avait des draps propres et Aggi avait même rangé la chambre. Je me sentais tellement coupable de m'être enivré et de ne pas l'avoir rejointe après le concert que je fis de mon mieux pour me montrer gentil pendant le reste de la journée. Je lui achetai des chocolats, l'emmenai au cinéma et fis la cuisine, le soir. De son côté, elle ne se plaignit même pas d'avoir retrouvé du vomi jusque dans son sac à main, et c'est elle qui paya le déjeuner pour nous deux. C'était à qui rendrait l'autre plus fou de culpabilité.

Simon acheva de libérer sa conscience en me confiant ce que Aggi lui avait dit le lendemain : si jamais il soufflait mot de ce qui s'était passé à qui que ce soit, elle le tuerait. Pas parce qu'elle avait peur que je me mette en colère, mais parce qu'elle savait que ça m'aurait brisé le cœur.

Au ton de voix de Simon (ton donnant l'impression qu'il confessait ses péchés à un prêtre catholique), je me rendais compte qu'il pensait que je lui avais pardonné, comme si le douloureux effort que lui avaient coûté ses aveux était une pénitence suffisante. Il était sans doute sincèrement désolé, mais quelque chose me disait que, tout au fond de lui, il prenait plaisir à la scène. Il jouissait de tenir le rôle en or du méchant garçon au grand cœur. Je lui dis qu'il n'avait qu'à écrire une chanson sur ce thème et raccrochai, pas tout à fait aussi brutalement que la première fois.

Au bout de cinq minutes à débiter des jurons à l'intention

du téléphone, je fus à court de grossièretés et de tequila. J'essayai de rappeler Alice, ayant plus que jamais besoin d'elle. Elle était toujours sur répondeur. Je laissai un message qui devait être complètement incompréhensible et me mis en quête d'une diversion. Un cahier d'exercices d'anglais tombé de mon cartable attira mon attention. Il appartenait à Susie McDonnel ; je le ramassai et envisageai de corriger tous les travaux de ma classe. J'aurais fait certainement beaucoup plus vite que d'habitude, mais je me doutais aussi qu'il m'aurait fallu tout recommencer à la lumière plus sobre du jour. Parcourant machinalement les dernières pages du cahier de Susie, je remarquai deux messages, bourrés de fautes, adressés à son amie Zelah Wilson, la fille assise à côté d'elle en classe. Il y avait aussi un assez bon dessin représentant Terry Lane, le don Juan de la classe, avec en dessous les mots suivants : « Terry Lane, c'est quand tu veux ! » J'éclatai de rire, tournai la page et tombai alors, griffonné au Bic vert de l'écriture inimitable de Susie McDonnell, les mots suivants : « M. Kelly est un con. »

Je corrigeai l'essai de Susie, lui collai un trois sur vingt et écrivis : « Je veux vous voir », en très grosses lettres, sur la première page.

Retournant à la fin du cahier, je trouvai deux pages blanches en haut desquelles j'inscrivis en grandes lettres capitales : « JE VEUX... »

00.14

JE VEUX :

1. Je veux oublier Aggi.
2. Je veux trouver un plus bel appartement.
3. Je veux arrêter l'enseignement.
4. Je veux vivre des aventures.
5. Je veux être plus musclé.
6. Je veux aimer davantage les gens.
7. Je veux parler à John Hughes pendant le déjeuner.
8. Je veux manger encore des Hula Hoops.
9. Je veux faire un film meilleur que *Goodfellas*.
10. Je veux vieillir avec classe.
11. Je veux rompre avec Martina sans lui briser le cœur.
12. Je veux vivre au Brésil à un moment ou un autre de ma vie.
13. Je veux la paix dans le monde (s'il vous plaît).
14. Je veux savoir ce qui clochait tellement chez moi pour qu'Aggi ait pu envisager de coucher avec Simon.
15. Je veux savoir pourquoi le ciel est bleu.
16. Je veux que mes parents revivent ensemble.
17. Je veux arrêter de fumer.
18. Je veux me marier.
19. Je veux qu'Alice soit ici.
20. Je veux un chat.

21. Je veux qu'on fasse un film de ma vie.
22. Je veux une serviette de toilette propre.
23. Je veux toujours que Simon meure de manière horrible.
24. Je veux ne jamais être à court de clopes.
25. Je veux être le papa de quelqu'un (un jour).
26. Je veux croire en quelque chose qu'on ne puisse pas expliquer.
27. Je veux la princesse Leia.
28. Je veux arriver à jouer de la guitare mieux que Simon.
29. Je veux être un héros.
30. Je veux dormir.

DIMANCHE

08.08

Mes yeux s'écarquillèrent et ma tête fut agitée d'une violente secousse : le téléphone venait de m'arracher brutalement au sommeil. Bien qu'étant encore désorienté, je réussis à atteindre le plancher d'une main tâtonnante et à localiser la source de ce bruit uniquement par le toucher, tout en lâchant un pet silencieux ; malgré tout cela, je parvins à décrocher au milieu de la deuxième sonnerie, mais il me fallut au moins une minute de grognements et d'étirements avant que mon cerveau, en retard d'un bon train sur mon corps, soit en mesure de fonctionner. Une voix me parlait, me parlait en utilisant des mots qui étaient de l'anglais ; il ne me restait plus qu'à les disposer dans un certain ordre pour que le tout ressemble un peu à une conversation.

« Désolée de ne pas t'avoir rappelé, Will. C'est simplement que... »

Je ne reconnaissais pas la voix.

« Ne soyez pas désolée, dis-je en me grattant l'entrejambe. Dites-moi plutôt qui vous êtes.

– C'est moi, Alice.

– Ah oui, super. Quelle heure est-il ?

– Huit heures dix du matin. On est dimanche.

– J'en avais bien vaguement entendu parler, mais je n'étais pas sûr qu'une heure pareille existait vraiment, tu sais. Huit heures dix le dimanche matin. Qui aurait cru... »

J'interrompis mes sarcasmes de potache pour me lancer dans une tangente surréaliste sur les différentes théories que j'avais envisagées, ces dernières semaines, concernant le voyage dans le temps et la nature de la réalité, lorsque Alice se mit à pleurer.

« Oh, Alice, je suis désolé. Je suis un vrai crétin. Excuse-moi.

– Ce n'est pas toi », dit-elle.

Le téléphone toujours collé à l'oreille, je me glissai hors du lit, ouvris les rideaux et regardai dehors. Il pleuvait. Le chien des voisins venait juste de faire ses besoins et, agitant frénétiquement ses pattes arrière, il projetait de la terre au petit bonheur la chance dans la direction du dépôt fumant.

« C'est Bruce, reprit-elle entre deux sanglots. Il m'a quittée. »

Je l'écoutai attentivement, tandis qu'elle m'expliquait ce qui s'était passé. Bruce était revenu chez eux le samedi après-midi, rentrant, prétendait-il du travail et, très décontracté, lui avait annoncé qu'il la quittait pour une autre femme. Après avoir essuyé un orage de cris et de larmes, il avait eu la correction de lui avouer que l'autre femme en question était Angela, sa directrice de projet. Quand Alice lui avait demandé depuis combien de temps durait cette liaison, il avait refusé de répondre, se contentant de dire qu'il déménageait tout de suite et viendrait prendre le reste de ses affaires plus tard. Aussi simple que ça. Cinq ans de vie de couple démolies en moins d'une demi-heure.

Disposant de cette information, rien n'aurait dû pouvoir m'empêcher d'adopter le rôle de meilleur ami et de rempart contre l'adversité, comme elle-même l'avait fait lorsque Aggi m'avait largué. Il était entièrement de ma responsabilité de lui redonner un peu le moral mais, à ma grande honte, je ne me sentais pas de taille à assumer cette tâche. Les phrases qui me venaient à l'esprit me paraissaient ou stupides, ou manquant de tact ; le genre de platitudes qui auraient fait merveille auprès de Martina, mais qui auraient été des insultes pour Alice. Elle méritait mieux que des lieux communs – malheureusement, c'était tout ce que j'avais en réserve. Elle était ma meilleure amie, elle souffrait, et je ne trouvais pas de mots, dans la langue anglaise, qui puissent arranger ça.

Néanmoins, si les clichés existent, c'est qu'il y a une bonne raison. Ils permettent de remplir les vides d'une conversation, de faire que la personne qui les débite se sente un peu moins impuissante et, surtout, ne provoque pas de catastrophes supplémentaires. C'est pourquoi je tentai d'imaginer ce que Barbara White aurait fait à ma place. Pour commencer, j'allais poser toutes sortes de questions, même les plus évidentes, pour lui montrer que je prenais part à son chagrin :

« Comment tu te sens ? Ça va ?

– Non, Will, ça va pas du tout. Je me sens brisée. Complètement brisée. Jamais je n'aurais pensé qu'un truc pareil pourrait m'arriver. Il disait qu'il m'aimait. Qu'il voulait m'épouser. Qu'il m'avait toujours aimée. Il mentait. Il mentait ! » Elle se remit à pleurer.

Rien ne me venait à l'esprit. Mais Barbara White se précipita à ma rescousse : « Tu dois drôlement lui en vouloir.

– J'arrive pas à croire qu'il soit parti, répondit Alice sans tenir compte de l'inanité de ma remarque. Il est parti ! Qu'est-ce que je vais faire, maintenant ? Je n'ai pas arrêté de pleurer une minute depuis qu'il a fichu le camp. Le chat a chié dans la salle de bains, je dois préparer une réunion de travail avec mon patron pour demain, et je devais repeindre la cuisine cet après-midi. » Elle eut un rire sardonique.

« Je déteste ce con de chat, de toute façon. Il préférait Bruce.

– Peut-être qu'il sera plus sympa avec toi maintenant que Bruce est parti. »

Elle se remit à pleurer.

J'abandonnai définitivement le mode Barbara White, qui ne nous faisait de bien ni à l'un ni à l'autre. Pour adopter la technique que j'aurais dû utiliser depuis le début : faire confiance à mon talent naturel pour dire les choses comme elles sont. « Tu vois, Alice, c'est comme ça : la vie n'est qu'un tombereau de merdes. Il en a toujours été ainsi, et il en sera toujours ainsi. » Je m'étais remis au lit tout en parlant. J'avais froid, je remontai la couette jusqu'à mon menton. « Je sais comment tu te sens. Je le sais vraiment, crois-moi. Tu vis bien tranquille, sachant que la seule chose qui t'empêche de perdre les pédales, la seule chose qui vaille la peine que tu te donnes tout ce mal est la personne que tu aimes, et badaboum ! Elle se tire plus vite qu'un diable de Tasmanie avec une fusée au cul. Et tout ce qui te reste pour te rappeler que cette personne a fait un temps partie de ta vie se résume à une pile de photos, quelques lettres et des souvenirs en trop grand nombre. »

Alice resta silencieuse. Ne sachant pas trop au bénéfice de qui je faisais mon petit discours, je changeai de sujet :

« Est-ce qu'au moins tu as pu dormir un peu, cette nuit ?

– Non. Je suis restée réveillée tout le temps, à me creuser la tête et à pleurer. Je t'aurais bien appelé hier, mais il était vraiment tard quand je m'en suis sentie capable.

– Écoute, dis-je doucement. Tu peux m'appeler quand tu veux, matin, midi et soir. Et même la nuit. Comme l'a dit Diana Ross dans une chanson : "Il n'y a pas de montagne assez haute !" » Je m'éclaircis la gorge et lui offris la meilleure interprétation de ce succès que je fus capable de donner.

« Merci, dit-elle avec un petit rire. T'es un pote, Will. » Elle se tut, comme si elle reprenait son souffle, et se remit à pleurer. « Pourquoi il a fait ça, Will ? Je la connais, tu sais. On est allés dîner ensemble quand il a été promu dans son service. Pour fêter ça. Elle s'était montrée super-sympa avec moi, aussi. Elle n'arrêtait pas de dire qu'on devrait sortir un jour ensemble, toutes les deux. Elle a dans les quarante-deux ans, mais elle est vraiment très belle. Elle a son propre entraîneur de gym. Je me demande... qu'est-ce qui ne va pas chez moi ? Pourquoi Bruce ne m'aime plus ? Il doit être en adoration devant elle pour me faire ça, après tout le temps où nous avons été ensemble. Ce truc-là n'arrive pas du jour au lendemain, tout de même ! Depuis combien de temps sentait-il que ça n'allait pas sans oser me le dire ? Depuis combien de temps couchait-il avec elle avant de rentrer à la maison coucher avec moi ? » Incapable d'aller plus loin, elle se mit à sangloter bruyamment au téléphone. C'était ma meilleure amie, la seule personne au monde en qui j'avais une totale confiance, et j'étais incapable de faire quoi que ce soit pour calmer sa douleur. Nous sommes donc restés sans rien dire, perdus chacun dans nos pensées, pendant près d'une heure. Notre contact via le téléphone représentait la plus grande proximité que pouvaient avoir deux personnes séparées par près de deux cents kilomètres de fibre optique. Le chien des voisins se mit à aboyer férocement, me tirant d'un état proche de la transe. Je secouai la tête et essayai de me souvenir à quoi j'avais pensé pendant le temps qui s'était écoulé. J'avais l'impression de m'être rendormi.

« Allô ? Alice ? Tu es là, Alice ?

– Oh, Will, me dit-elle d'une voix somnolente, je viens

juste de rêver que Bruce était ici. On était au lit, il me serrait dans ses bras et m'embrassait doucement dans le cou, il me disait qu'il m'aimait... » Elle se remit à pleurer.

« Quand doit-il revenir ? demandai-je, une fois que les gros sanglots eurent laissé la place à de petits gémissements.

– En fin d'après-midi, je ne sais pas exactement à quelle heure. En ce moment, il est chez elle... où que ce soit. » Il lui fallut toute son énergie pour ne pas fondre de nouveau en larmes, mais elle y réussit. « Qu'est-ce que je peux faire ? Je n'arrive pas à l'accepter. C'est comme s'il me piétinait sans que je puisse faire quoi que ce soit pour l'arrêter. Je me sens complètement impuissante.

– Qu'est-ce que tu voudrais ? Que je lui casse la figure ?

– Oui, répondit-elle avec amertume.

– Oh », fis-je, ravalant ma salive, tandis que je me représentais les un mètre quatre-vingt et quelque du bonhomme. « J'éprouverais le plus grand plaisir à le massacrer un peu pour te venger, c'est vrai, mais je crois qu'il faut prendre en compte le fait que, vu ma faible constitution, le sang qui coulerait serait sans doute le mien. » Alice eut un petit rire. « Mais comme tu es ma meilleure amie, je suis prêt à pisser le sang sur son costard Armani pour toi. N'importe quoi, pourvu que tu te sentes mieux. »

Alice redevint sérieuse. « Je veux qu'il souffre, Will. Je veux qu'il souffre autant que moi. Il s'en ficherait, si je me mettais à sortir avec quelqu'un d'autre. Ça lui faciliterait même les choses, probablement. Je voudrais seulement qu'il en bave autant que moi. Je veux qu'il éprouve ce que j'éprouve. »

C'était à moi de remettre de l'ordre. Je me sentais comme Hannibal Smith dans *Agence tous risques*. « Alors frappe-le là où ça fait mal.

– Je ne pourrai jamais m'approcher assez pour ça », répondit-elle, ne plaisantant qu'à moitié.

Je pris un cigare imaginaire entre mes doigts, secouai la tête et me demandai si George Peppard avait essayé ça avec Audrey Hepburn.

« Non, ce n'est pas ce que je voulais dire. Mon idée, c'était détruire tout ce à quoi il tient. Quand est-ce qu'il doit revenir, exactement ?

– Je te l'ai dit, je ne sais pas. Vers cinq heures, peut-être. Je l'ai averti que je ne serais pas là, et je ne veux pas y être. Cette salope sera sans doute dehors à l'attendre.

– Exact. » Penché sur le lit, je cherchai des yeux, sur le plancher, s'il n'y avait pas des chaussettes qui traînaient. J'avais froid aux pieds. « Eh bien, voilà : tu as tout le temps de faire changer les serrures et de lui faire regretter d'avoir vu sa patronne toute nue. » La couette finit par glisser. L'appartement devenait glacial. Le radiateur électrique, à côté de la porte d'entrée, était au moins un mètre trop loin pour que ça vaille la peine de sortir du lit. Je remis la couette en place, la tirai à nouveau jusqu'à mon menton, m'installai confortablement et passai en revue les détails de mon plan. « Ton téléphone est bien un appareil sans fil, n'est-ce pas ?

– Je m'en sers en ce moment même.

– Excellent », dis-je, ce qui aurait été suffisant en soi, mais je ne pus m'empêcher d'ajouter : « Que la fête commence. » J'eus un sourire involontaire, manière qu'avait mon corps de me faire savoir que, sur mon échelle interne de comportements, j'étais beaucoup plus proche de *blague éculée* que d'*ironie mordante*. « Dans quelle pièce es-tu, en ce moment ?

– Dans le séjour.

– Qu'est-ce que tu vois ?

– Le séjour.

– Non, qu'est-ce que tu vois, de manière précise ? »

J'entendis le bruissement de ses cheveux contre le combiné, tandis qu'elle parcourait la pièce des yeux. « Un canapé, une télé, un paquet de clopes, une table basse, quelques revues, *GQ, Marie-Claire, The Economist,* un aquarium, une stéréo...

– Stop ! Elle appartient à Bruce ?

– Il y tient comme à la prunelle de ses yeux. C'est un de ces trucs high tech minuscules qui coûtent une fortune. Dément. » Je la sentis devenir distante. « La prunelle de ses yeux », répétait-elle, les larmes étranglant sa voix.

« Bien. Prends-la ! criai-je, avec l'espoir de créer assez de suspense pour qu'elle arrête un peu de penser à Bruce.

– Pourquoi ?

– Prends-la, un point c'est tout. Ça y est ?

– Oui.

– Emporte-la dans la salle de bains. »

Alice se rendit en silence jusque dans la salle de bains. Je n'entendais que le bruit de fond discret de la ligne.

« Ne marche pas, lui ordonnai-je, cours !

– Je suis dans la salle de bains, dit une Alice un peu hors d'haleine, au bout d'un moment. Ce truc-là pèse drôlement lourd. Qu'est-ce que je fais maintenant ? »

Un autre sourire involontaire s'étala sur mon visage. « Mets la stéréo dans la baignoire, bouche l'évacuation et tourne les robinets. »

Elle partit d'un rire nerveux. « Tu plaisantes ? »

J'eus un nouveau sourire involontaire, tant j'avais envie de lui répondre : « Non, je suis mortellement sérieux. »

« Non, je suis mortellement sérieux. »

Des hurlements et des rires m'assourdirent.

« Super, dit-elle en continuant à pouffer. J'ajoute des sels de bains ? »

Dans l'écouteur, j'entendis des bruits d'eau et des éclats de rire. Pendant que nous attendions que la baignoire soit pleine, elle me rappela que j'avais promis de lui rendre visite ce mois-ci. Je lui dis que j'en avais très envie, mais que je n'avais plus un sou. Elle me proposa de me payer le voyage. Je fus sincèrement touché.

« Ça y est, c'est plein, dit une Alice tout excitée.

– Parfait. Si on allait jeter un coup d'œil sur ses fringues, hein ?

– Je fonce dans la chambre ! hurla-t-elle, passant en mode hystérico-jubilatoire. Voilà, j'ouvre sa garde-robe... Tiens, son pull préféré... acheté chez Duffer à Saint-George... deux cravates en soie peintes à la main, deux chemises Agnès B et trois costumes Armani.

– Rien d'autre qui t'amuserait ?

– Si. Un pantalon Katherine Hamnet, son préféré, et un t-shirt Tommy Hilfiger tirage limité qu'il adore et qu'il a ramené d'un voyage aux États-Unis. Au fait, cette garce d'Angela était aussi du voyage. La salope. Qu'est-ce qu'on va faire de tout ça ?

– Va dans la cuisine.

– Je suis dans le couloir, et je cours ! » dit Alice, sans se rendre compte que c'était le laps de temps le plus long qu'elle passait sans pleurer depuis qu'elle m'avait appelé. « Zut, j'ai fait tomber le t-shirt... je traverse le séjour... Tiens, son vinyle de la bande sonore de *Enter the Dragon*... il lui a coûté une fortune.

– Bien. Prends-le aussi. » *Enter the Dragon*, c'était Lalo Schifrin au sommet de son art. Un taré comme Bruce ne le méritait pas. « Ça y est, tu es dans la cuisine ?

– Oui.

– Prends tes plus grandes casseroles, remplis-les d'eau et

fais-y bouillir les affaires de Bruce. Tout ce qui n'y rentre pas, flanque-le dans le lave-linge avec de l'eau de Javel.

– Merveilleux, dit-elle, tout à fait aux anges.

– Tu te sens mieux ?

– Extatique ! »

Le chien du voisin se remit à aboyer. Une voix d'homme s'éleva : « Tu vas la fermer, Sultan ? » Je ris, parce que, un instant, j'avais cru qu'il avait dit *Satan*.

« Qu'est-ce qui te fait rire ? » demanda Alice.

Ça ne méritait pas d'être expliqué et je ne lui répondis pas. « Prends le reste de ses affaires, fourre-les en vrac dans un sac poubelle et laisse-les devant la porte.

– Devant la porte ? Et pourquoi pas dans le vide-ordures ?

– Bien vu. Oh, et s'il te reste un peu de peinture, mets-la avec. »

Au cours de l'heure suivante, nous avons peint les chaussures noires de Bruce, signées Patrick Cox, avec l'émulsion blanche destinée à la cuisine (l'idée d'Alice) ; coupé le bout de toutes ses chaussettes (encore une idée d'Alice) ; découpé sa tête de toutes les photos de l'appartement et brûlé les chutes, tandis que je faisais passer la musique de *South Pacific* au téléphone (mon idée) ; enfoncé sa brosse à dents dans la merde du chat (mon idée, évidemment) ; et jeté du haut du balcon son porte-documents en cuir, avec tous les documents relatifs à son travail (idée collective).

Alice poussa un cri d'exultation après avoir transformé le porte-documents en Frisbee. Je l'entendis ensuite qui se laissait tomber sur le sol avec un grand soupir d'épuisement ; de mon côté, alors que je ne m'étais guère dépensé, j'éprouvais aussi clairement le besoin de me reposer et de récupérer.

« Est-ce que tu n'as jamais eu envie de faire ça à Aggi ? me demanda Alice d'une voix étouffée, comme si elle parlait le nez dans un coussin.

– Non. » J'avais répondu spontanément, mais m'arrêtai pour réfléchir à la question. « Heu, si. J'ai sans doute dû y penser, des fois, mais voilà, j'espérais plus ou moins qu'elle reviendrait un jour. Sans compter qu'Aggi a toujours pris ses vêtements très au sérieux. Je suis sûr que si je les avais abîmés, elle aurait préféré se faire lobotomiser que se remettre avec moi.

– Tu crois encore que vous pourriez vous remettre ensemble ?

– Je ne sais pas, dis-je, mentant une fois de plus.

– Pour Bruce et moi, c'est fini. Je ne veux plus le revoir.

– Tu es sérieuse ? » Je jetai un coup d'œil à la photo d'Aggi, toujours sur le mur à côté de moi, résistant à la tentation de vérifier si les graffitis du marker ne pourraient pas s'effacer. « Vraiment sérieuse ?

– Oui, tout à fait.

– Eh bien, tu es plus courageuse que moi. »

Il y eut un silence gêné. Ni elle ni moi ne savions quoi dire. C'est Alice qui reprit la parole :

« Le boulot... j'en ai ras-le-bol. J'ai travaillé tellement dur pendant tellement longtemps – et ça vaut pas le coup. J'ai pris une décision. Je vais réserver mon billet dès que possible. Tu sais, un de ces voyages de trois mois autour du monde. On en parlait tout le temps, Bruce et moi... »

Elle se remit à pleurer.

Je pensai que je n'allais pas pouvoir lui parler pendant tout un trimestre. Je m'imaginai essayant de tenir le coup sans elle. Je me vis déclarant à mon poste de télé que j'avais mon boulot en horreur. Vraiment trop déprimant. Valait mieux penser à autre chose.

« Tu ne peux pas faire ça, dis-je, ne plaisantant qu'à moitié. C'est mon anniversaire.

– Oh, oui, fit Alice, un peu rassérénée. Bon anniversaire ! »

Je la remerciai pour la carte et les cadeaux et lui racontai l'épisode du facteur. Elle rit et me répondit qu'elle non plus n'avait pas confiance dans la Poste royale.

« Je suis contente que mes cadeaux t'aient plu, ajouta-t-elle chaleureusement. C'est l'âne, mon préféré. Il me fait penser à toi. »

J'éclatai de rire. « T'es trop bonne.

– C'est important que tu aies cet âne, Will. » Elle avait adopté un ton songeur. « Tu as plein d'amour en toi, et personne à qui le donner. Peut-être pourras-tu aimer cet âne et t'en occuper. Vous avez été négligés, tous les deux ».

Je lançai un regard soupçonneux à la photo de Sandy. J'aimais bien mon âne galeux, mais pas au point de tomber amoureux de lui. En tout cas, pas encore. Même si j'appréciais l'intention d'Alice. Je lui dis que, grâce à elle, cet anniversaire avait été le meilleur que j'aie eu depuis bien longtemps, et que sans elle, je serais perdu. Elle accepta mes remerciements en silence, puis reprit : « Qu'est-ce que tu comptes faire aujourd'hui ? Quelque chose de spécial ?

– Euh... » Je me demandais si je devais lui dire la vérité, inventer un mensonge plausible ou tourner ça à la plaisanterie. « J'avais pensé m'organiser une surprise-partie, la surprise étant que je n'y viendrais pas (elle rit). Non, je crois que je vais simplement rester chez moi et passer agréablement la journée avec mes copines préférées, Mel et Colie. Ha, ha.

– Et si je venais à Londres, Will ? demanda Alice du ton le plus sérieux. S'il te plaît. Je peux sauter dans le prochain train. On pourrait aller fêter ton anniversaire dans les règles de l'art, bien rigoler et oublier un peu que la vie est un tombereau de merde. »

J'avais envie de répondre oui, bien sûr. Mais nous savions l'un et l'autre que cela risquait d'être un désastre : prenez deux adultes consentants, ajoutez une pointe de vulnérabilité, une bouteille ou deux de vin, et quelques *Tiens-moi contre toi* – et, le temps de le dire, Platon serait aux abonnés absents, nous laissant avec les conséquences désastreuses de deux amis se rabattant chacun sur leur deuxième choix.

« C'est gentil d'y avoir pensé, mais il vaudrait peut-être mieux s'abstenir aujourd'hui, dis-je, fermement convaincu que j'allais longtemps regretter cette décision. Le prochain week-end, à la rigueur ; en plus, on pourra avoir plus de temps. Si tu arrives seulement aujourd'hui pour repartir demain matin à l'aube, je crois que je serai encore plus déprimé que si tu ne viens pas du tout.

– D'accord, dit-elle, de toute évidence déçue, mais certainement pas autant que moi. Passe une bonne journée, Will... Je t'aime, ajouta-t-elle dans un souffle.

– Moi aussi, je t'aime. »

Il y avait un gouffre entre le *Je t'aime* d'Alice et celui de Martina. Alice avait simplement voulu le dire parce que, lorsqu'on avait quelqu'un à qui dire *Je t'aime*, on avait besoin de le répéter quand ce quelqu'un n'était plus là. Je le savais, Alice le savait. Cela ne signifiait pas qu'il se passait quelque chose. Ce n'était rien que la plainte de deux personnes désespérées exprimant leur désespoir.

Alice s'apprêtait à raccrocher. « Écoute, Will, merci pour...

– Ouais. Pas de problème. Sinon, à quoi ça servirait d'avoir des amis ? »

11.57

Pendant que je zappais entre une émission de jardinage, une rediffusion de *Grange Hill* et *The Waltons*, un pigeon blanc tacheté de gris vint se poser un instant sur le rebord de ma fenêtre, déploya ses ailes et roucoula avant de redisparaître dans le ciel matinal. La pluie s'était arrêtée, et le soleil faisait scintiller, comme des centaines de petites étoiles, les gouttes qui constellaient les vitres. J'ouvris la fenêtre et me remis au lit.

Je vivais ce qui était peut-être à la fois le meilleur et le pire des anniversaires. D'un certain point de vue, si j'avais réellement attaché de l'importance à ce genre de célébration, celui-ci aurait pu être, dans cet épisode dépressif, la goutte d'eau faisant déborder le vase : j'avais vingt-six ans, je me remettais à peine d'une fausse alerte de grossesse, j'étais la cible de la passion amoureuse non partagée d'une cinglée, je végétais tout seul dans un appartement ignoble situé dans l'un des quartiers les plus insalubres de Londres. Et, pour couronner le tout, c'était la date anniversaire non seulement de ma naissance, mais du jour où j'avais été largué. Cependant, au milieu de ce paysage déprimant, un élément me remontait le moral : j'étais seul. J'avais passé mon vingt-cinquième anniversaire avec Simon et Tammy au Royal Oak. J'en gardais le souvenir d'une soirée horrible. Ce jour-là, alors que j'étais plongé dans ma tragédie personnelle et me lamentais sur la fuite de ma jeunesse et l'échec qu'était ma vie, le seul sujet de conversation de mes compagnons portait sur les mesquineries de Ray et Sophie, le couple qui partageait leur maison, lesquels n'avaient pas acheté un seul rouleau de papier toilette depuis quinze jours.

Le téléphone sonna.

Mon cerveau en prit conscience en une fraction de seconde, mais mon corps n'avait aucune envie de se précipiter. La distance qui me séparait de l'appareil (il gisait près de la penderie, abandonné sous une pile de vêtements) paraissait tellement prodigieuse que j'avais l'impression de ne jamais pouvoir arriver à temps. Et, de fait, je progressai avec des mouvements d'un paresseux, tellement au ralenti que le répondeur se déclencha avant que j'aie décroché.

« Salut, c'est bien moi, dit la machine avec l'accent plat des Midlands, laissez ce que vous voulez après le bip. »

L'appareil bipa.

« Salut, Will, fit la voix de Kate. Je t'appelais juste pour bavarder. Je rappellerai plus tard, peut-être. »

Je cessai tout effort pour atteindre le téléphone. J'étais à plat ventre sur la moquette, les pieds coincés sous le canapé-lit. *Dois-je décrocher ? Si je réponds, je vais être obligé de lui parler et, même si je l'aime bien, je ne suis pas sûr d'avoir envie de communiquer avec le monde aujourd'hui. Aujourd'hui, jour de mon anniversaire. Aujourd'hui, troisième anniversaire du jour où je me suis fait larguer. Aujourd'hui, aujourd'hui... J'aime bien Kate, d'accord, mais j'ai besoin de souffler un peu. Je pourrai toujours la rappeler plus tard. Ouais, c'est ça, je la rappelerai plus tard.*

Je décrochai et m'excusai.

« J'ai cru un instant que tu étais sorti, dit Kate. Ça m'aurait vraiment gâché mon dimanche.

– On ne peut pas laisser faire une chose pareille, n'est-ce pas ? dis-je, me demandant si je serais un jour capable de contrôler ma culpabilité. Comment ça va ?

– Oh, pas trop mal. Après t'avoir téléphoné, hier soir, j'ai été faire ma lessive à la laverie automatique. Je pensais rester à la maison comme toi, mais Paula et deux ou trois de ses copines m'ont persuadée de les accompagner en ville prendre un verre. Ça s'est terminé en boîte, après quoi nous sommes venues finir la nuit ici avec quatre bouteilles de Martini et on a regardé *Officier et Gentleman*. Richard Gere peut m'emporter sur sa moto quand il veut. »

Je fis un effort pour rire, ce qui se traduisit par un bruit entre le reniflement et le raclage de gorge. Je regrettais déjà d'avoir décroché. Kate, au lieu de me remonter le moral, me déprimait au-delà de tout. J'aurais dû écouter mon instinct. Je ne me sentais pas d'humeur à bavarder et, si je me fiais à mon expérience de ce genre de situation, je savais que j'allais devenir encore plus odieux que d'habitude, à moins de mettre rapidement un terme à la conversation.

« Et toi, qu'est-ce que tu as fait ? demanda Kate.

– Oh, rien de spécial. » Je me passai la langue sur les lèvres et me grattai la tête. « Des copains sont passés me chercher, et on est allés boire un verre dans le West End. Au Bar Rumba. Tu connais ? » Elle me dit que oui. « C'était sympa. J'ai fini la soirée avec une fille qui s'appelait Annabel.

– Si je comprends bien, elle n'est plus avec toi. Comment était-elle ? »

J'essayai de repérer une trace d'émotion dans sa remarque, sans pouvoir déceler la moindre pointe de jalousie.

« Et comment tu sais qu'elle n'est plus là ?

– L'appartement n'est pas assez grand pour que tu puisses parler d'elle en sa présence sur un ton aussi peu flatteur, observa Kate. Je l'ai habité avant toi – l'aurais-tu oublié ? »

Je me mis à rire. « Non, elle est partie tôt ce matin. »

Quelque chose me disait qu'elle n'allait pas tarder à raccrocher.

« Je t'ai demandé comment elle était », répéta Kate. Pas avec agressivité, mais pas loin.

Je répondis à sa question : « Pas vraiment mon genre. Un peu gourde. Je lui ai demandé qui elle préférait, dans *Starsky et Hutch*, et elle a dit Hutch, alors que tout le monde sait que Starsky est bien plus cool, qu'il a une plus belle bagnole, des pulls plus beaux et que, de toute façon, Hutch est un nul.

– Je crois bien que c'est toi, le nul, Will.

– C'est possible.

– Sans aucun doute.

– Peut-être.

– Incontestablement.

– Alors, qu'est-ce qu'on fait maintenant ?

– Je raccroche, répondit Kate d'un ton résolu. Et je ne rappellerai jamais.

– Alors au revoir.

– Je te souhaite une belle vie. »

Et elle raccrocha, sèchement.

Je sortis du lit et refermai la fenêtre. Le soleil ne brillait plus et le chien des voisins, qui avait repéré un écureuil dans un arbre, était complètement déchaîné. J'envisageai de m'habiller, ou de prendre mon petit déjeuner, n'importe quoi pour éviter de penser à Kate et à mon comportement idiot. Je me remis au lit et tirai la couette sur ma tête.

L'ambiguïté de notre curieuse relation aurait dû me permettre de me sentir la conscience tranquille, mais non. Ce n'était pas parce que ce qui s'était passé entre nous n'avait pas de nom qu'on pouvait l'ignorer. Mes mensonges n'avaient pu que blesser Kate : je savais que, à sa place, j'aurais été ulcéré. Au lieu d'être aux petits soins pour cette relation naissante, j'avais rameuté tous les pires clichés de mon sexe pour les lui jeter à la figure. Je voulais que Kate me pardonne et, plus encore, qu'elle redevienne mon amie. J'avais son numéro de téléphone. Je l'avais griffonné au dos d'un des cahiers de mes élèves – celui de Liam Fennel, pour être précis – pendant notre conversation fleuve sur la mort. Je me souvenais avoir pensé, au moment où elle m'avait proposé de me le donner, que c'était une étape importante de notre relation : elle m'accueillait, me permettait de faire partie de sa vie, m'accordait sa confiance de la seule manière dont elle pouvait le faire. Un geste aussi intime que n'importe quel baiser.

« Allô ?

– Salut, Kate, c'est moi, dis-je doucement. Je suis désolé, vraiment désolé. Je t'en prie, ne raccroche pas.

– Et pourquoi pas ? demanda-t-elle avec colère. Tu n'as sans doute aucune envie de me parler, je suppose. Qu'est-ce que tu veux ?

– Que les choses redeviennent comme avant. Ce n'est pas possible ?

– Non.

– Pourquoi ?

– Parce que. »

Je compris le sens de son *parce que*, et elle comprit très bien que je l'avais compris. « Je sais. Je suis désolé. Je t'ai menti. J'ai menti quand j'ai raconté que j'ai été dans le West End. J'ai menti quand j'ai dit que des amis étaient passés me prendre. Je n'ai jamais mis les pieds au Bar Rumba, et j'ai menti quand j'ai dit que j'avais dragué une fille. En fait, je suis allé tout seul au pub du coin. Je me suis déprimé un peu plus et je me suis soûlé, dans cet ordre. Je suis revenu à la maison, j'ai laissé un message d'insultes sur le répondeur de mon meilleur ami et je me suis endormi... Je voulais simplement que tu le saches.

– Et maintenant, je le sais, répliqua-t-elle comme si elle s'en fichait.

– Je sais que ce n'est pas une excuse...

– Ça, c'est vrai.

– Que je donne un sens encore plus profond au terme de trou-du-cul...

– Et à la notion de battre sa coulpe », ajouta Kate.

La glace commença à fondre lentement entre nous et, finalement, nos échanges retrouvèrent leur énergie et leur rythme. Je lui racontai en détail les événements de la veille (évitant toutefois de mentionner l'existence de la Kim Wilde d'Archway), ce qui l'amusa beaucoup, mais la laissa plus que perplexe.

« Will ? fit-elle à un moment donné.

– Oui ?

– Tu te rends compte que ton comportement est sacrément étrange, non ?

– Qu'est-ce que tu veux dire ? Je ne suis tout de même pas cinglé à ce point, si ?

– Eh bien...

– Eh bien... ?

– Je ne voudrais pas te blesser, mais je crois que si je

racontais à une centaine de personnes prises au hasard que hier tu as réduit en miettes la cassette originale de ton meilleur ami et qu'ensuite tu lui as envoyé le tout par la poste, que tu l'as appelé pour laisser des messages d'insultes sur son répondeur, et qu'après tu es allé cuver ta déprime tout seul dans un pub...

– N'oublie pas que je suis encore obsédé par mon ex trois ans après avoir été largué, l'interrompis-je.

– Oui, ça aussi. Et c'est pas fini. En plus, tu parles à de parfaites inconnues au téléphone et tu leur donnes des comptes rendus fantaisistes sur tes activités – tu as aussi menti à propos de la tombe de Marx, n'est-ce pas ? Je parie que tu y es allé seul.

– Gagné. En plus, ajoutai-je, plein de bonne volonté, j'ai dessiné des moustaches et des sourcils broussailleux sur une photo de mon ex ; et j'ai aidé une amie, ce matin, à mettre en pièces les biens les plus précieux de son copain. Il l'avait trompée.

– Tu as aidé une amie à mettre en pièces les... ? » La stupéfaction de Kate n'avait rien de simulé.

Je lui racontai tout ce qui s'était passé, omettant seulement d'évoquer le frisson de tension sexuelle qui avait couru entre Alice et moi. Le coup de la brosse à dents plongée dans la crotte de chat la choqua particulièrement.

« Tu es cinglé ! s'exclama-t-elle, vraiment cinglé !

– On se calme, dis-je sur le ton de la plaisanterie. Je n'irais pas jusque-là.

– Mais enfin, Will, tu ne vois pas ce que ton comportement a d'anormal ? Mes cent personnes prises au hasard t'auraient déjà fait passer la camisole de force sans que tu aies eu le temps de dire ouf ! »

Je me grattai la tête et décidai qu'il était temps de sortir de mon lit. *Kate n'a peut-être pas tort*, pensai-je en enfilant mon jean.

« Tu connais la limite, dis-je.

– La quoi ?

– La limite, répétai-je, comme dans *il franchit les limites*.

– Ah, oui.

– Eh bien, j'estime que je suis aussi près qu'il soit possible des limites en question sans passer par-dessus bord. Pas la peine de te fatiguer à me faire remarquer ce que mon comportement a de bizarre, des tas de gens l'ont fait avant toi, et personne ne m'a rien dit que je ne sache déjà. » Je m'interrompis une seconde pour enfiler mon t-shirt. « Je comprends que tout ça te semble un peu délirant, mais crois-moi, ça tient debout, de mon point de vue. Tout part d'Aggi, aucun doute. Elle m'a juré qu'elle m'aimerait toute la vie. Et maintenant, elle ne veut plus rien savoir. » J'allai prendre une chemise dans le placard et commençai à l'enfiler. « Tiens, Alice, par exemple. Si elle se mettait à bombarder Bruce et sa nouvelle copine de coups de téléphone menaçants, il pourrait la traîner en justice et la faire arrêter. Mais elle, quel recours a-t-elle ? La société – ah, je déteste ce mot – n'a prévu aucune forme de protection pour elle. En fonction de ses normes, elle considère le comportement de Bruce comme admissible, mais fustige celui d'Alice comme obsessionnel. L'amour n'est-il pas une affaire d'obsession, pourtant ? N'est-ce pas précisément d'obsession qu'il s'agit ici ? Ça te dévore, ça contrôle ton esprit, ça t'emporte et tout le monde dit : "Ah, c'est merveilleux, ils sont amoureux." Mais quand c'est terminé et que tu commences à envoyer à ton ex des lettres écrites avec du sang de poulet, on te traite de dément, car tu es prêt à faire n'importe quoi, absolument n'importe quoi, pour que l'être aimé te revienne. Et tu trouves ça juste, toi ? »

Il y eut un long silence, puis Kate toussa nerveusement. « Tu n'as tout de même pas envoyé à Aggi des lettres écrites avec du sang de poulet, si ?

– Pour qui tu me prends, dis-je en riant. Pour un prêtre vaudou ?

– J'aime autant, répondit-elle avec un soupir de soulagement. Parce que ça, ce serait vraiment trop dément. »

14.15

J'étais sur le point d'avouer à Kate comment, au plus fort de ma « démence », j'avais brièvement envisagé d'assassiner Aggi, lorsque le téléphone émit un double bip. Je l'ignorai, mais il se reproduisit quelques secondes plus tard. Un instant, je crus avoir démoli mon téléphone et mon cœur se serra ; puis Kate me fit remarquer que ce double bip signifiait sans doute que quelqu'un m'appelait. Lorsque j'avais demandé mon abonnement à British Telecom, on m'avait proposé le service dit « signal d'appel ». Comme cela ne coûtait rien et que cette proposition s'était présentée à un moment de ma vie où je pensais sincèrement que plus d'une personne pourrait vouloir m'appeler en même temps, j'avais accepté. Suivant les instructions de Kate, j'appuyai sur le bouton *étoile*.

« Salut ! C'est Will ? »

Mon petit frère.

« Oui, c'est moi, Tom, répondis-je, me demandant ce qu'il voulait. Qui t'attendais-tu à trouver ?

– Je sais pas », dit Tom de son ton monocorde. Sa voix ne s'était pas contentée de muer, quand il avait eu quatorze ans, elle s'était effondrée, perdant en même temps toute qualité expressive. « Je croyais que t'avais un colocataire. »

Je me rappelai la conversation de vingt minutes que

j'avais eue avec lui, où je lui avais expliqué que j'allais enfin avoir un logement à moi, ce à quoi il avait répondu : « Ça, c'est super, faudra moi aussi que je me trouve une piaule de célibataire, un de ces jours. » Quand je lui avais rétorqué qu'il n'aurait pas les moyens de s'en procurer une avant la mort de nos deux parents, il s'était offusqué et m'avait accusé de faire des plaisanteries macabres sur nos géniteurs ; je lui avais alors dit que ce n'était pas la peine de se mettre la tête dans le sable, car la même fin nous attendait tous. Pour le coup, il avait grimpé les escaliers quatre à quatre pour se réfugier dans sa chambre et écouter Bob Dylan à fond, au grand dam des voisins.

« Je te l'ai pourtant expliqué », dis-je. Puis je me souvins de Kate. « Écoute, j'ai un autre appel en ce moment. Je te rappellerai. » J'étais sur le point d'appuyer sur étoile, lorsque je changeai d'avis. Nous avions parlé longuement, Kate et moi, et il me semblait que c'était l'occasion ou jamais, en particulier après ma précédente gaffe, de la quitter pour une bonne raison. « Attends un peu, Tom. Je te reprends dans une minute. » J'appuyai sur l'étoile, retrouvai Kate. « Kate ? Désolé, c'est mon petit frère. Est-ce que je peux te rappeler un peu plus tard ?

– No problemo, Mr Spaceman. » C'était la deuxième fois qu'elle m'appelait ainsi. J'étais sur le point de lui demander ce qu'elle voulait dire, lorsque le déclic se fit : c'était une obscure référence à *Gregory's Girl*. J'avais l'impression que je venais tout juste de découvrir le sens de la vie.

« No problemo, Mrs Spacewoman, répondis-je joyeusement.

– On se reparle plus tard, dit-elle en pouffant. Oh, et bon anniversaire, au fait ! »

Tom et moi n'étions pas précisément proches. Cela faisait à peine deux ans que je considérais qu'il faisait partie de l'espèce humaine. Huit ans nous séparaient ; à quoi avaient bien pu penser nos parents, je l'ignore. Peut-être était-ce une erreur. Une erreur qui, depuis quelque temps, était devenue à peu près présentable. Certes, il était fouineur, flemmard et avait tendance à vous emprunter vos affaires sans vous demander la permission, mais il y avait en lui quelque chose d'incroyablement séduisant. On se bagarrait rarement, car il était tout simplement trop cossard pour se formaliser de quoi que ce soit. À sa naissance, je m'étais promis de lui montrer qui était le chef et j'avais passé les quelques années suivantes à essayer de découvrir des moyens de plus en plus ingénieux de le faire pleurer, comme voler son nounours, faire des grimaces à son berceau, lui dire qu'il avait une allergie aux crèmes glacées et qu'il risquait de mourir étouffé, mais j'avais beau faire, tout glissait sur lui. J'en avais tiré la conclusion que Tom avait reçu, de la part de mes parents, une double portion – autrement dit la mienne en sus de la sienne – des gènes qui contrôlent l'aptitude à n'en avoir rien à foutre, ce qui expliquait de manière limpide mon incapacité absolue à faire preuve d'insouciance.

« Alors, qu'est-ce que je peux faire pour toi, Tom ?

– Oh, rien, juste le truc classique, je voulais te souhaiter un bon anniversaire. Et toi, qu'est-ce que tu fabriques de beau ?

– Pas grand-chose. Je suis sorti avec deux ou trois personnes dont j'ai fait la connaissance ici. Rien de spécial. On est allés descendre quelques pintes dans un pub, après quoi on est retournés chez l'un des types pour regarder quelques nanars de Hong Kong : *Drunken Master II, A Better Tomorrow, Fist of Legend.* »

Non, je n'avais pas oublié ma leçon sur ce que le mensonge avait d'idiot et de peu efficace, loin de là. Mais, en tant que grand frère de Tom et, selon toute vraisemblance, le seul à avoir une influence stabilisante dans une famille qui se déglinguait autour de lui, je me sentais la responsabilité de lui donner le bon exemple, voire un exemple qu'il pourrait vouloir suivre. Tel était le rôle que le grand frère de Simon, Trevor, avait joué pour Simon et moi au cours de notre adolescence. Pendant de nombreuses années, même après la mort de Trevor dans un accident de voiture, à vingt et un ans, nous n'avions eu pour ambitions, Simon et moi, que de nous laisser pousser la moustache, de rouler dans une Mini Cooper décrépite et de « nous taper des nanas » en minijupe. Je me rappelle comment Simon, une fois, avait résumé notre admiration pour Trevor en une formule laconique, en réponse à une question de Tammy : « C'était pas facile de l'atteindre. » Trevor était cool. Avec lui, tout paraissait facile.

« Et où est passée ma carte d'anniversaire ? demandai-je à Tom.

– Pareil que celle de mes dix-sept ans », rétorqua-t-il.

Je ne relevai pas et me mis à chercher un sujet de conversation qui ne le ferait pas autant bicher. « Et tes examens, ça s'est bien passé ? »

Il eut un grognement de protestation. « Les exams ? Pas trop mal, je crois », répondit-il d'un ton détaché.

Il avait eu à cœur de décrocher des notes lui permettant d'aller à Oxford mais, avant tout, à mon avis, parce que Amanda, sa meilleure amie hippie/copine potentielle, s'y était inscrite. Ma mère m'avait passé un coup de fil en début de semaine pour me donner les résultats de ses examens blancs, lesquels, pour employer un euphémisme, n'étaient pas exactement du niveau requis pour entrer dans le top du top des institutions éducatives. Je m'étais senti désolé pour lui, et Maman m'avait dit qu'elle craignait qu'il ne soit vraiment perdu sans Amanda.

« Dans quelle fac tu veux t'inscrire ? Tu as décidé ? lui demandai-je, plus grand frère que jamais.

– Alors, Maman t'a dit ?

– Qu'est-ce qu'elle m'aurait dit ?

– J'ai pas l'impression que je vais pouvoir aller à Oxford. » On ne pouvait déceler la moindre trace d'émotion dans son ton monocorde.

« Surtout si tu continues à avoir ce genre de notes. Qu'est-ce que tes profs prévoyaient ?

– Trois A.

– Et qu'est-ce que tu as eu ?

– Un B et deux U. »

Pour le consoler, j'essayai de lui montrer le bon côté des choses et lui rappelai le mythe selon lequel il y avait, à Nottingham, la plus forte proportion de femmes par rapport aux hommes de tout le pays. Il n'eut pas l'air intéressé, préférant me parler des avantages et inconvénients des cinq universités auxquelles il pouvait prétendre. C'était barbant de l'écouter, limite pénible. Je tentai une diversion : « Où est Maman ?

– Elle m'a dit qu'elle t'appellerait cet après-midi, répondit-il dans un marmonnement.

– T'es en train de manger ?

– Ouais, le gueuleton du dimanche », expliqua-t-il tout en mâchonnant. Je lui cassais manifestement autant les pieds qu'il me les cassait. « Sandwich au poulet et aux œufs. » En dépit de mon envie de lui rappeler les bonnes manières, je ne pus m'empêcher de le trouver marrant. « Maman est allée voir tante Susan. Après, elle ira chercher grand-mère, quand elle rentrera de sa sortie. » Je hochai inutilement la tête, me rappelant l'épisode du gâteau Kendall Mint. « Elle ne devrait pas être de retour avant quatre ou cinq heures.

– Pas d'autres nouvelles ? » Je pensai un instant lui demander comment allait Papa, mais y renonçai. Les résultats d'examen de Tom, apparemment, avaient fait grimper notre paternel aux rideaux. Pas la peine d'en rajouter une couche.

« Il y a quelques jours, j'ai vu la fille avec qui tu sortais autrefois », reprit Tom, la voix plus claire. Soit il avait mis son sandwich de côté par politesse (peu vraisemblable), soit il l'avait terminé. « Comment elle s'appelait, déjà ?

– Aggi, dis-je, feignant l'indifférence. Elle s'appelait Aggi. Elle s'appelle probablement toujours Aggi.

– Ouais, je l'ai vue dimanche dernier au centre commercial de Broadmarsh. Elle sortait d'une boutique.

– Est-ce qu'elle t'a parlé de moi ?

– Non. Elle a juste demandé comment j'allais et ce que je faisais, et puis elle est partie.

– Elle n'a rien dit d'autre ?

– Non.

– Elle était seule ?

– Ouais. Elle est vraiment super, tu sais, ajouta Tom, comme s'il était arrivé à cette conclusion en utilisant les techniques d'évaluation les plus modernes.

– Ouais, je sais », dis-je d'un ton agacé. S'il était en train de déshabiller mon ex en imagination, il allait recevoir la raclée de sa vie quand je reviendrais à la maison pour Noël.

J'eus beau vouloir résister à la tentation, je ne pus retenir plus longtemps ma langue : « Tu es sûr qu'elle n'a pas demandé de mes nouvelles ?

– Oui, sûr. » Il poussa un soupir exagéré. « Aucun message, pas de poignée de main secrète, aucune allusion à toi. »

Ce fut à mon tour de soupirer, mais je le fis plus discrètement, pour que Tom n'entende pas.

« Eh bien, voilà, c'est tout ce que j'avais à te raconter. Bon anniversaire. On se reverra sans doute à la maison, la prochaine fois que tu viendras.

– Ouais, fis-je, à bientôt. »

Je pensais à Aggi, je pensais aux anniversaires. Histoire de m'exercer à l'autoflagellation, je dressai la liste des cadeaux qu'elle m'avait offerts par le passé, dans ces occasions-là :

VINGTIÈME ANNIVERSAIRE

Une lotion après-rasage Polo.
Rebecca, de Daphné du Maurier.
Monty Python Sacré Graal.

VINGT ET UNIÈME ANNIVERSAIRE

La Femme comestible, de Margaret Atwood.
Best of Morecambe And Wise, tomes 1 et 2.
Un Action Man.
Une anthologie de poésie, par e.e. Cummings.

VINGT-DEUXIÈME ANNIVERSAIRE

Let it Bleed, par les Rolling Stones.
Une compil de Burt Bacharach.
Un paquet de guimauves Allsorts.
Des boxer-shorts de Marks & Spencer.

VINGT-TROISIÈME ANNIVERSAIRE

Elle me largue.

Pour enfoncer le clou, j'établis également la liste de ce que je lui avais offert pour ses anniversaires :

DIX-NEUVIÈME ANNIVERSAIRE
L'édition de 1982 de *Fame*.
England's Dreaming, de Jon Savage.
La vie est belle.

VINGTIÈME ANNIVERSAIRE
La Guerre des étoiles.
Une robe qu'elle avait vue et admirée dans une boutique de dégriffés à Manchester.
Une compil de *The Smiths*, vol. 2.

VINGT ET UNIÈME ANNIVERSAIRE
Une bouteille de Bailey Irish Cream.
L'Empire contre-attaque.
The Doors, d'Oliver Stone.
Une bague en argent massif de chez Argos.

VINGT-DEUXIÈME ANNIVERSAIRE
Une compil de Scott Walker et les Walker Brothers.
37,2° le matin.
Une compil de Tony Hancock, Ray Galton et Alan Simpson.

Je ne lui ai jamais donné les cadeaux de son vingt-deuxième anniversaire. Elle m'avait déjà largué à ce moment-là et ne répondait plus à mes coups de fil. Ils étaient toujours au fond de mon placard, sous une pile de vêtements que je ne portais plus. Et toujours enveloppés du papier cadeau dessiné par une artiste qu'Aggi appréciait. Un jour où j'étais d'humeur intensément dépressive, j'avais envisagé de brûler rituellement les cadeaux offerts par Aggi, ce qui serait revenu à me couper le nez pour pouvoir cracher dessus. Il n'y avait que les livres que je ne pouvais pas supporter d'ouvrir, car elle y écrivait des dédicaces qui en parlaient ou dans lesquelles elle disait à quel point elle m'aimait. Quand tout fut terminé, je les donnai à la boutique de l'Oxfam de West Bridgford.

Bizarrement, Aggi et moi n'étions jamais parvenus à procéder à « l'échange des sacs », cette curieuse cérémonie post-rupture au cours de laquelle les anciens amants tentent de se comporter en adultes en se rendant mutuellement leurs biens : disques, brosse à cheveux, livres, etc., dans un sac en plastique. C'est toujours un sac en plastique. Bien entendu, l'un des deux protagonistes, encore complètement ravagé par les effets de la rupture, sabote toujours ce rituel qui se veut de bon ton. Aggi savait que ce serait moi qui craquerais. J'essayais de lui forcer la main en passant par sa mère, prétendant avoir laissé derrière moi, dans la chambre de sa fille, des documents importants relatifs à un poste pour lequel je voulais postuler ; mais après l'épisode « Petite visite en état d'ébriété », la bonne dame avait dit vouloir tout d'abord en référer à Aggi, laquelle avait évidemment refusé. C'est ainsi que, dans notre grand conflit amoureux, un certain nombre de choses se trouvèrent portées disparues :

– Une compil sur cassette de la musique des années 60 que Simon avait faite pour moi.
– Le double de la clé de mon VTT.
– *Nevermind*, de Nirvana.
– Un t-shirt noir.
– *Quand la beauté fait mal*, de Naomi Wolf.
– Une paire de chaussures de base-ball rouges.

– Un Action Man.

– Une dissertation que j'avais faite en première année d'histoire. Sujet : *Analysez les origines de la Deuxième Guerre mondiale* (11 sur 20. Travail bien structuré, mais qui aurait bénéficié de recherches plus poussées).

– La montre de mon père.

– Une cassette vidéo sur laquelle figuraient quatre épisodes de la troisième saison de *La Vipère noire* et un épisode de *The A Team*.

– Mon exemplaire de *L'Attrape-Cœur*.

– *Unreliable Memoirs*, de Clive James.

– *L'Insoutenable légèreté de l'être*, de Milan Kundera.

En revanche, les objets suivants étaient mes prises de guerre :

– *La Guerre des étoiles*.
– *L'Empire contre-attaque*.
– Trois paires de boucles d'oreilles.
– L'édition de 1982 de *Fame*.
– Les œuvres complètes de Shakespeare.
– *Le Meurtre de Roger Ackroyd*, d'Agatha Christie.
– *Las Vegas Parano*, de Hunter Thompson.
– *Polo*, de Jilly Cooper.
– Son exemplaire de *L'Attrape-Cœur*.
– Une compil de *The Pretenders*.
– New Order, *Technique*.
– Quatre numéros de *Marie-Claire*.
– Une calculette.
– 15 enveloppes format commercial.
– Des collants noirs 60 deniers Marks & Spencer, jamais portés.

14.42

J'aurais bien aimé rappeler Kate tout de suite. Jamais quelqu'un ne m'avait autant manqué depuis Aggi. Plus je pensais à elle, plus je me sentais détendu. En me concentrant, j'arrivais même à recréer les inflexions réconfortantes de sa voix dans ma tête, tandis qu'elle me parlait de la vie, de films, d'enterrement, de carrière, d'amour ; c'était presque trop merveilleux pour qu'on puisse l'exprimer par des mots. Ce qui me conduisit à me dire que la première ligne de défense de mon cerveau commençait à subir un assaut en règle. Il fallait à tout prix que j'arrête de vouloir tout maîtriser et me mette à prendre les choses comme elles venaient. Pour exercer ma volonté, je devais imaginer une manœuvre de diversion et je me promis, avant d'appeler Kate, de m'attaquer une bonne fois pour toutes à la pagaille qui régnait dans l'appartement. Ça devenait lassant de ne pas être fichu de retrouver quoi que ce soit. J'étais à court de vaisselle propre, et l'odeur de nourriture avariée (crème glacée renversée sur la moquette, sandwichs entamés se rabougrissant sous mes yeux, plats englués de nouilles desséchées réclamant à grands cris d'être débarrassés de leur gangue) commençait à devenir insupportable. Je rassemblai toute la vaisselle sale dans la cuisine, puis me mis à quatre pattes pour tenter de gratter la crème glacée incrustée dans la moquette, mais il n'y avait pas moyen de la déloger. Je m'attaquai alors aux cahiers de mes élèves, dont je fis une pile bien nette contre le mur, puis au contenu de ma valise que je rangeai dans le placard ; il me fallut ensuite peser des deux mains sur les portes pour le fermer, comme si les vêtements avaient été une horde de fous furieux cherchant à s'enfuir de l'asile. La pièce commençait à ressembler à l'appartement pour lequel j'avais signé un bail de six mois, à peine quinze jours auparavant. Je remplis un sac en plastique Asda de toutes sortes de détritus : un fragment de barre Mars, des nouilles écrasées, des invitations d'une banque à prendre une carte de crédit et que sais-je encore. J'étais sur le point d'y joindre une lettre émanant des services de la redevance télé, lorsque je me repris. Elle était adressée à « l'occupant ». Sans plus réfléchir, je pris mon marker, écrivis en travers de l'enveloppe : « inconnu à cette adresse » et la glissai dans la poche de mon manteau pour la leur renvoyer. Sur mon passeport, il n'y avait pas écrit « l'Occupant », que je sache, et je n'allais tout de même pas y répondre juste pour faire plaisir à ces flemmards de bureaucrates. Un geste de mauvaise humeur malveillant, mesquin et affligeant, d'accord, mais qui, je dois l'avouer, me fit le plus grand plaisir.

Je m'étais gelé pendant toute la semaine dans mon lit, et cela parce que M. F. Jamal n'avait rien trouvé de mieux que de parquer le canapé-lit juste sous la fenêtre, laquelle était tellement bancale et de guingois que les courants d'air qui passaient au travers auraient pu gonfler les voiles d'un petit yacht. Pour mettre un terme à cette situation, je tirai le meuble à travers la pièce et le disposai contre le mur opposé, m'arrêtant tous les cinquante centimètres pour dégager les roues qui se prenaient dans la moquette. Même si sa nouvelle disposition m'empêchait d'ouvrir complètement la porte de la salle de bains – l'autre solution m'aurait conduit à bloquer la seule sortie de ce minuscule trou d'enfer –, je décidai de n'y rien changer. Suant à profusion après ce modeste exercice, j'aurais bien aimé faire une pause-cigarette, mais ma conscience me l'interdit. Au lieu de cela, je continuai sur ma lancée et rangeai tout frénétiquement. La pièce comportait deux penderies, pompeusement appelées garde-robes ; je décidai qu'elles feraient beaucoup mieux sur le mur situé en face de la cuisine qu'à leur emplacement actuel, d'où elles écrasaient la pièce. Après avoir hésité un instant à les vider (je venais tout juste de les remplir), je m'attaquai à la plus petite, ayant jugé pouvoir en venir à bout.

Je commençai par la faire osciller d'un côté et de l'autre, mais les craquements inquiétants qui en montèrent me firent comprendre que ce n'était pas la bonne solution. Je pesai donc de l'épaule contre un des côtés, comme un rugbyman dans une mêlée, et poussai de toutes mes forces. Il me fallut m'y prendre à plusieurs fois avant de la faire bouger ; à ce moment-là, quelque chose tomba entre le meuble et le mur, frottant au passage contre le papier peint. Mon imagination prit aussitôt les commandes et me représenta une main en décomposition, laquelle, bien entendu, aurait expliqué les effluves de cage aux singes de la pièce. Je ne plaisantais qu'à moitié : quelque chose, au fond de ma tête, me disait qu'il n'y aurait rien d'étonnant, au bout de vingt-six ans de malheurs petits ou grands, si Kate, cette Kate qui commençait à m'obséder au point que je me demandais si je n'étais pas en train de tomber amoureux d'elle, était une tueuse en série. Je fus soulagé (et légèrement déçu) de découvrir non pas un, mais deux objets dont aucun n'était un membre sectionné. Il y avait, contre la plinthe, une enveloppe de tirages photos (SupaSnaps) et une brosse à cheveux.

C'est le premier de ces objets (les photos) qui me mit en transe. J'en eus le tournis, des papillons dans l'estomac, et je fus obligé de m'asseoir, les serrant contre ma poitrine. La giclée d'adrénaline qui m'avait fouetté n'en finissait pas de zigzaguer dans mon organisme. J'étais sûr qu'il y aurait des photos de Kate, ma Kate, la Kate de mes rêves – la Kate que je n'avais jamais vue. Une incursion inopinée de ma conscience vint troubler le moment.

« Regarder les photos de quelqu'un d'autre sans son consentement, m'avertissait-elle, constitue une violation de son droit moral et équivaut à lire son journal intime ou son courrier. Je te recommande fermement de laisser ces photos tranquilles, en particulier parce que je sais ce que tu espères : qu'elle sera toute nue sur l'une ou l'autre d'entre elles. »

« C'est ridicule ! intervint une autre partie de mon esprit, nous voulons regarder ! Et nous voulons regarder tout de suite ! » Inquiétante bravade.

Voilà à quoi ça doit ressembler, lorsqu'on rend la vue à un aveugle de naissance... pour la première fois de sa vie, il peut voir et croire.

Il s'agissait de photos de vacances qui, autant que je pouvais en juger, avaient été prises en été, à Paris. Sur la plupart d'entre elles, on voyait deux jeunes filles d'environ vingt ans, entre quelques prises de vues d'un bout de la tour Eiffel, de l'Arc de triomphe et du Louvre. Il y avait deux bons clichés de leurs visages que je mis de côté pour les étudier à loisir. L'une d'elles avait de longs cheveux bruns bouclés qui, bien que tirés en arrière, paraissaient indisciplinés, pour ne pas dire rebelles. De teint très clair, elle ne portait cependant pas de maquillage. Ses lèvres avaient une nuance rose qui lui donnait un air de santé, et elle arborait de petits clous d'argent aux oreilles. Sur d'autres photos, elle était habillée d'un simple t-shirt blanc et d'un jean ; elle était nettement plus grande que son amie. Le seul autre détail que je remarquai était un sourire charmant.

La deuxième jeune fille, naturellement blonde (ou dotée d'un excellent coiffeur), avait les cheveux retenus en un chignon serré. Elle avait beau tirer la langue, ce qui lui déformait les traits, je la trouvai très séduisante – nettement plus séduisante, en fait, que la brune. La peau bronzée, elle avait les yeux bleu vert des océans tropicaux. Elle portait un foulard blanc noué autour du cou et, elle aussi, de petits clous d'argent dans les oreilles. Elle était habillée d'un débardeur ras du cou jaune et d'une jupe courte à carreaux bleu roi. Enfin, elle avait des jambes à damner un saint.

S'il me fallait choisir uniquement d'après ces photos, j'aimerais que Kate soit la blonde, me dis-je.

Je composai son numéro.

« Salut, Kate. C'est moi, Will.

– Salut ! Comment va ton frère ?

– Très bien, répondis-je en tripotant le coin d'une des photos – celle de la blonde. Il est en train d'hésiter entre plusieurs universités. »

J'étais impatient de découvrir laquelle des deux filles était Kate, mais je ne voulais pas mettre le sujet sur le tapis sans autre préambule. Je n'aurais su dire pourquoi, mais je soupçonnais ma conscience d'être pour quelque chose dans mes scrupules.

« Dis-lui de ne pas s'en faire, répondit Kate. Regarde-moi. »

Ce que je fis. Ou du moins, je regardai les deux photos que je tenais à la main. Kate commença à épiloguer sur le fait que la vie se charge de vous apprendre beaucoup de choses et je me mis en veille technique, me concentrant sur les photos. Je me levai et allai vers le mur où était accrochée celle d'Aggi. Je plaçai les portraits des deux Kate possibles de part et d'autre et me demandai si, un jour, je me verrais forcé de défigurer l'une ou l'autre.

Je ne pouvais pas attendre plus longtemps :

« Quelle est la couleur de tes cheveux ?

– Mes cheveux ? Pourquoi... ? Quel rapport avec l'économie keynésienne ?

– Pas le moindre, avouai-je, piteux. Mais réponds-moi tout de même, s'il te plaît.

– Sur la couleur de mes cheveux ?

– Oui.

– Ils tirent sur le roux. Pourquoi ?

– Ils ne sont pas bruns ?

– Non.

– Ils ne sont pas blonds ?

– Non.

– Tu n'es ni brune, ni blonde ?

– Ni brune, ni blonde.

– Ah. »

Aucune des deux jeunes filles, sur les photos, n'était Kate. Comme toujours, je m'étais laissé emporter par mon imagination et j'avais foncé bille en tête dans la déception. Je jetai les deux clichés dans le sac en plastique qui me servait de poubelle et me préparai à mettre un terme prématuré à la conversation, sentant descendre sur moi les nuages lourds de ma nature boudeuse.

« Ils ne sont pas naturellement roux, bien entendu, reprit Kate au bout de quelques secondes. Ils sont d'un brun un peu dur. J'ai hérité ça de mon père.

– Je croyais que tu avais dit que tu n'étais pas brune. » Il y avait comme un reproche dans mon ton.

« Mes cheveux ne sont pas bruns, dit-elle avec une note

inquiète, sans doute à l'idée que je puisse attacher autant d'importance à ce détail. Ils étaient bruns. Aujourd'hui, ils sont roux. C'est très simple, tu sais. »

Je plongeai la main dans le sac, récupérai les clichés au milieu des détritus et les examinai de plus près. Les écailles me tombèrent instantanément des yeux. La brune était soudain la plus somptueuse créature ayant jamais existé. Je réexpédiai la photo de la blonde dans le sac et allai m'allonger sur le lit, tenant la photo de la vraie Kate en l'air et la contemplant avec émerveillement.

« J'ai un aveu à te faire.

– Ça promet. Je t'écoute.

– Je crois que j'ai trouvé un paquet de photos datant de tes vacances, dis-je, tout attendri.

– Celles de Paris ?

– Oui, apparemment.

– Je me demandais où elles étaient passées. » Elle avait parlé avec calme. « Où étaient-elles ? Derrière la penderie ?

– Houla ! » Pendant une nano-seconde, j'imaginai des caméras de surveillance planquées partout. « Comment tu as deviné ?

– Tu sais, l'appartement n'est pas si grand que ça. J'ai regardé partout, sauf là. J'ai eu la flemme de déplacer les penderies. Je parie que tu as trouvé aussi ma brosse à cheveux préférée. On dégotte toujours des trucs bizarres, derrière les meubles. » Elle marqua un temps d'arrêt. « Alors, qu'est-ce que tu en penses ? Tu es déçu ?

– Non, pas du tout. Et la blonde, qui est-ce ? demandai-je, regrettant aussitôt de ne pas m'être plutôt mordu la langue.

– Ma colocataire, Paula. Elle fait beaucoup d'effet aux garçons, en général. Elle est très jolie.

– Oh, elle est pas mal, mais ce n'est pas du tout mon

genre, dis-je d'un ton indifférent. Pour jouer à jeu égal, tu veux savoir la tête que j'ai ?

– Non, merci. Je pense que t'es quelqu'un de sympa, quelle que soit ta tête. J'essaie même d'imaginer que tu es d'une laideur sans nom. Comme ça, je ne pourrais qu'être agréablement surprise.

– Je vais te renvoyer ces photos, d'accord ? lui proposai-je, bien que mourant d'envie de les garder.

– Ce n'est pas la peine. Je t'en fais cadeau. Je garde un souvenir exécrable de ces vacances, de toute façon. Je n'ai pas arrêté de me faire draguer par des bataillons de zigotos tous plus bavoteux les uns que les autres. Il y en a même un qui m'a dit que je ressemblais à sa mère. Si c'est pas de la perversion, ça ! »

Notre conversation se poursuivit encore au moins une heure, temps pendant lequel elle me raconta ses vacances à Paris dans les moindres détails. De mon côté, je lui fis le récit de mon séjour à Ténériffe, en juillet dernier, en compagnie de Simon et Tammy. Nous avions loué un appartement ne comportant qu'une chambre, étant entendu que je dormirais dans le séjour. En fin de compte, j'avais passé trois nuits de suite dans le même lit que Simon, Tammy l'ayant viré sous prétexte qu'il était un vrai taré. De plus, lorsqu'ils ne se disputaient pas, les parois en papier du séjour ne faisaient pratiquement rien pour m'empêcher de suivre la progression de leurs cabrioles, lorsqu'ils étaient en proie aux fureurs de la passion. J'avais eu, moi aussi, des vacances tout à fait déprimantes.

Vers la fin de mon récit, je commençais à avoir faim, et un début d'inquiétude me tenaillait : combien allaient me coûter tous ces coups de fil ? J'étais resté des heures pendu au téléphone. Je devais déjà une fortune à la banque, trois cents livres à mon père (empruntées pour ces vacances

« exécrables » à Ténériffe) et trente livres à Tom, lequel n'avait même pas encore d'emploi. J'abrégeai donc ma péroraison et promis à Kate de la rappeler plus tard dans la soirée pour lui dire comment s'était écoulé le reste de mon anniversaire.

J'enlevai les superbes lis d'Alice de la bouilloire et les posai sur le lit, ayant besoin d'eau chaude pour me faire des nouilles à la tomate (j'avais découvert le Tomato Pot Noodle derrière mon paquet de céréales). Le robinet laissant toujours couler un liquide couleur marron, je remplis la bouilloire avec l'eau pétillante que j'avais achetée la veille. En attendant qu'elle chauffe, je parcourus à nouveau les photos, que je séparai en deux piles : Kate et non-Kate. J'emportai la pile des Kate avec moi dans la cuisine. Un nuage de vapeur l'avait envahie, mais je n'y pris pas garde et remplis le récipient gradué jusqu'à la hauteur recommandée, en ajoutant un peu pour faire bonne mesure. D'ordinaire, j'ai horreur de patienter pendant les trois minutes qu'il faut aux nouilles pour gonfler, mais cette fois-ci le temps passa sans que je m'en aperçoive, tant j'étais plongé dans la contemplation des photos de « ma Kate », que je faisais défiler et redéfiler, à la recherche d'indices sur son caractère.

Je me préparai un sandwich avec la moitié du pot de nouilles, ajoutant un peu de sauce soja, puis, après avoir essuyé sur mon jean la poussière ramassée sur le pot et remis les fleurs dans leur vase de fortune, je retournai sur le lit. Entre deux bouchées, il me vint peu à peu à l'esprit que, à mon corps défendant, j'étais peut-être heureux. Cela faisait une heure que je n'avais pas eu une seule pensée négative. *C'est peut-être à ça que se résume le bonheur, au fond,* me dis-je. Une partie de moi-même se demandait si je ne ferais pas bien de profiter de cet état d'esprit, qui avait toutes les chances d'être passager. L'autre partie (celle qui avait un jour voulu toucher la grille du gaz réglé sur trois, en dépit du fait que je m'étais déjà brûlé de cette façon) avait envie d'analyser ce sentiment. Allait-il, pourrait-il franchir victorieusement l'épreuve ?

Je pensai à l'école et à Alec Healey, le morveux le plus odieux que j'aie jamais connu.

Je me sentais toujours heureux.

Je pensai aux copies que je devais avoir fini de corriger avant le mardi matin sans faute.

Je me sentais toujours heureux.

Je pensai à Archway et à ses innombrables crottes de chien.

Je me sentais toujours heureux.

Je pensai à mon vingt-sixième anniversaire et au fait que j'étais officiellement plus près de trente ans que de vingt.

Je me sentais toujours heureux.

Je pensai à tout l'argent que je devais à la banque et y ajoutai même les deux années de prêt étudiant, plus celui de l'année de formation à l'enseignement.

Je me sentais toujours heureux.

Puis je pensai à Aggi.

16.17

Voici la scène : *assis sur le canapé-lit, je pointe le téléphone contre ma tempe comme si c'était l'arme avec laquelle j'aurais l'intention de me faire sauter la cervelle.*

Avant d'en arriver à ce stade, j'avais passé un temps considérable, entre des sommets et des abîmes d'inactivité larmoyante, à m'angoisser sur ce que je devais faire. En fin de compte, comme à chaque fois que j'ai dû prendre une importante décision dans ma vie, j'ai établi une liste : j'espérais que la logique m'imposerait rationnellement de m'abstenir.

TROIS RAISONS DE TÉLÉPHONER À AGGI

1. J'ai l'impression d'éprouver quelque chose pour Kate. Je subodore même une possibilité de stabilité. S'il se noue une relation entre nous en ce moment, ce sera en prenant une seule direction : pour toujours. Kate représente peut-être ce que j'ai toujours désiré. Je ne tiens pas à la perdre. Je me dois donc de mettre un point final définitif à ce truc qui reste entre Aggi et moi. Aucun autre signe de ponctuation ne peut faire l'affaire.

2. Tout au fond de moi, je ne suis même pas sûr à cent pour cent d'aimer encore Aggi. Ce qui s'est passé entre elle et Simon n'a fait que mettre en lumière ce que j'aurais su si j'avais fait attention. Que peut-être je ne l'aime plus, en réalité. Que peut-être j'en ai fini avec elle. Que peut-être je lui ai donné une importance démesurée. Dans ma tête, elle est devenue cette chose énorme, une ex de légende, une ex d'enfer. Si je n'éclaircis pas ce qu'elle signifie pour moi, comment être sûr qu'elle n'est plus que du passé ?

3. Je ne vois pas d'autre raison. Je ne crois pas qu'il en existe d'autre.

TROIS RAISONS DE NE PAS TÉLÉPHONER À AGGI

1. Je risque de découvrir que la réalité est à la hauteur de la légende et de vouloir plus que jamais qu'elle revienne alors qu'elle ne voudra toujours pas de moi.

2. Si je prends une décision fondée sur sa façon de réagir, cela ne signifie-t-il pas que c'est encore elle qui gagne ? Je refuse de faire de Kate un meilleur second choix. Elle mérite mieux.

3. Ce n'est rien d'autre qu'une mauvaise idée. Et s'il y a bien une chose que j'aie apprise, c'est que les mauvaises idées doivent rester des idées.

C'est auprès de Sally, la plus ancienne des amies de classe d'Aggi, que j'avais obtenu mes plus récentes informations sur ses coordonnées. Lorsque nous nous étions séparés, Aggi et moi, Sally, submergée de compassion, m'avait informé qu'elle tenait à rester amie avec moi, que le fait que je ne sois plus avec Aggi n'y changeait rien. Sautant sur l'occasion d'avoir une taupe infiltrée dans le voisinage immédiat d'Aggi, j'acceptai son offre et l'invitai à prendre un verre, passant sur le fait qu'il y avait peu de personnes auprès de qui je m'ennuyais autant. Analyste en système informatique, elle ne parlait jamais d'ordinateurs, car sa véritable passion était la randonnée, sujet sur lequel elle était capable de disserter – et dissertait – pendant des heures. Entre deux analyses des mérites respectifs des auberges de jeunesse du Lake District, je lui arrachai sans pitié toutes les informations possibles sur Aggi ; ce n'était d'ailleurs pas difficile, à ceci près qu'elle ne me révélait jamais rien de la vie intime de son amie. D'après la dernière mise à jour de Sally, qui datait de quelque temps après Pâques, Aggi était allée s'installer à Londres après avoir trouvé un poste d'attachée de presse pour Amnesty International et habitait « quelque part à Barnes » (elle n'avait pas voulu être plus précise). Il était inutile que je lui demande le numéro de téléphone d'Aggi, même si j'avais dû subir plus de récits de randonnée que mon ex elle-même, car il n'était pas question pour elle de trahir son amie. J'avais donc appelé la mère d'Aggi pour lui demander ce numéro. Je sentis de l'inquiétude dans sa voix lorsque je fis cette requête. L'épisode « Petite visite en état d'ébriété » avait manifestement laissé des traces durables. Malgré ses préventions, elle me donna le numéro ; le doute dans sa voix m'attrista beaucoup. Avant de raccrocher, elle me demanda ce que je devenais. Le fait que je sois à présent professeur parut non seulement l'impressionner, mais la rassurer. Et la dernière chose qu'elle me dit fut : « Vous prendrez bien soin de vous, Will, n'est-ce pas ? » Elle était sincère.

Ce truc-là ne m'inspire pas du tout confiance.

Je composai le numéro. Le téléphone sonna cinq ou six fois.

« Allô ? »

Une voix masculine, débordant de l'autorité de quelqu'un qui devait se faire trois fois mon salaire. J'y relevai aussi des traces d'homme de loi qui consacre ses week-ends à jouer au rugby.

« Allô, répondis-je, déguisant légèrement ma voix et articulant bien. J'aimerais parler à Aggi.

– Elle est dans la cuisine. C'est de la part de qui ?

– De la part de Simon », répondis-je, conscient que ce serait de la pure folie que de sortir par exemple : *Will, son ex-copain ; elle vous a probablement parlé de moi. Non, pas le type avec les Ray-Bans ridicules, celui qui a complètement pété les plombs.*

« Salut, Simon, dit Aggi chaleureusement. En voilà une surprise !

– Écoute, Aggi, ce n'est pas Simon, c'est moi », avouai-je.

Court silence. Elle ne resta pas longtemps désarçonnée, mais rebondit au contraire tout de suite en selle, parfaitement maîtresse d'elle-même. Elle excellait à ce sport.

« Salut, Will, dit-elle calmement. Comment vas-tu ? Et pourquoi vouloir faire croire que c'était Simon ?

– Je vais bien. » Je tripotais nerveusement le cordon, me l'enroulant autour du poignet. « Et toi, comment ça va ? Bien ?

– Oh, pas trop mal, dit-elle avec un soupir. Je suis complètement débordée au boulot, mais c'est toujours comme ça. Et toi, qu'est-ce que tu fabriques ?

– J'habite à Londres maintenant », répondis-je avec froideur. Je ne voulais pas qu'elle imagine que je voulais l'inviter à prendre un pot quelque part. Il fallait garder une stricte neutralité.

« Ah bon ? Dans quel coin ? »

Je fus sur le point de déménager mentalement vers quelque endroit un peu plus cher, mais dis finalement la vérité : « J'ai un appart à Archway. C'est temporaire. Au 64, Cumbria Avenue. » Prononcé à voix haute, ça faisait moins gourbi. S'il n'avait pas été situé à Archway, chiottes de l'univers, elle aurait pu être impressionnée.

« Je connais, dit Aggi. Une de mes amies a habité un temps dans Leyland Avenue, qui est parallèle à ta rue. Elle a été cambriolée treize fois en quatre ans. »

Vaincu, je changeai de sujet : « Je suis prof de lettres dans un lycée de Wood Green. » J'allumai une cigarette. « Tu n'en as sans doute jamais entendu parler. Il est très petit. Cinq cents élèves, maximum. » J'inhalai et me mis à tousser violemment, comme cela ne m'était jamais arrivé. « Désolé, je me remets tout juste d'une grippe. » J'eus une autre quinte, moins sévère cette fois. « Où en étions-nous ? Ah, oui. Prof de lettres. Voilà.

– C'est génial.

– Pourquoi ?

– Parce que je suis sûre que tu dois bien t'en sortir. J'ai toujours pensé que tu ferais un excellent prof. »

L'impatience me gagnait. On jouait aux vieux amis qui se parlent régulièrement au téléphone. Ce qui me déstabilisait sérieusement, car s'il y avait bien une chose dont j'étais certain, c'était de ne pas être un de ses cons de copains.

Elle, de son côté, était prête à laisser la conversation s'éterniser jusqu'à ce que j'en vienne là où je voulais en venir. Je me repris : « J'ai pas envie de jouer. C'était ton copain ?

– Oui.

– Tu es amoureuse de lui ? »

Elle finit par perdre son calme : « Qu'est-ce qui te prend,

Will ? Au bout de trois ans, tu es encore capable de m'énerver ! Qu'est-ce que tu veux ? En réalité, tu ne tiens pas à le savoir, pas vrai ?

– Non, répondis-je calmement, espérant que mon ton serein ne ferait que l'asticoter un peu plus. Non, je n'y tiens pas, mais toi, tu meurs d'envie de me le dire, n'est-ce pas ? »

Elle ne répondit rien.

« Écoute, tu peux me le dire, non ? »

Jouant à mon propre jeu, elle se calma.

« Ouais, je suppose. Nous nous entendons bien. Nous avons beaucoup de choses en commun... »

Je l'interrompis : « Comme ?

– Tu veux que je te fasse la liste ? rétorqua-t-elle. Eh bien, nous aimons tous les deux l'idée de faire partie de l'espèce humaine. Nous aimons tous les deux prendre les choses comme elles arrivent. Nous ne sommes ni l'un ni l'autre des obsessionnels invétérés. Nous avons tous les deux conscience que la vie, c'est autre chose que ce qu'on voit à la télé. Nous aimons bien rire, de temps en temps. Nous savons tous les deux où nous allons. Nous sommes l'un et l'autre prêts à nous concéder un peu d'espace. Nous voulons faire ce que nous pourrons pour lutter contre l'injustice. Tu tiens à ce que je continue ? »

La seule chose qui me vînt à l'esprit fut : « Un couple béni du ciel, autrement dit. » Réplique facile et creuse. Je ne m'en sentis pas mieux pour autant.

Le ton d'Aggi changea. Elle n'était plus mue par la colère, mais par la sympathie. Non pas pour moi, mais pour l'homme qu'elle avait aimé, des années auparavant. « Es-tu ivre, Will ? Je sais que c'est ton anniversaire. Pourquoi m'appelles-tu précisément aujourd'hui ?

– Parce que.

– Parce que quoi ? » J'avais finalement épuisé sa patience.

« Je vais raccrocher. J'apprécierais beaucoup que tu ne me rappelles pas.

– Non, répliquai-je en laissant tomber une bonne longueur de cendre sur la moquette, ne t'inquiète pas. Je ne te retéléphonerai plus. J'ai eu ce que je voulais.

– Et qu'est-ce que c'était ?

– Te faire dégringoler du piédestal sur lequel je t'avais placée, dis-je d'un ton confiant. Et, *baby*, tu vas t'écraser par terre ! »

Elle raccrocha.

J'aime à croire, en repensant à cette conversation, que c'est moi qui ai gagné – en dépit de l'utilisation, sans la moindre ironie, du terme *baby* –, même si j'ai reçu quelques bons coups au passage. Mais, en réalité, comme toujours, c'était Aggi qui l'avait emporté. Elle n'avait pas repensé une seule fois à moi en trois ans. Je ne signifiais plus rien pour elle. Plus rien du tout. Et c'était la première fois que je le comprenais. J'avais passé trois ans de ma vie avec elle et elle m'avait jeté à la poubelle sans une hésitation. *Je parie qu'elle ne se rappelle même plus qu'elle est sortie avec Simon. J'aurais dû lui poser la question. J'aurais pu marquer quelques points.*

Je me sentais soulagé. D'une certaine manière, je n'arrivais pas à croire que j'avais porté si longtemps le flambeau pour elle – j'aurais mieux fait de l'utiliser d'emblée pour la brûler vive. Pendant trois ans, j'avais vécu avec l'espoir chevillé au corps qu'elle allait un jour me revenir. Je m'étais même choisi des copines dont je savais d'avance que la date de péremption était limitée afin de pouvoir les larguer à la première occasion, c'est-à-dire au moindre signe d'Aggi. Je n'avais voulu vivre avec aucune. Je n'avais simplement aucune envie d'être seul. J'étais un profiteur. À l'école, se faire traiter de « profiteur » était la troisième suprême insulte, surpassée uniquement par « nique ta mère » et « va chier ». Elle signifiait qu'on n'appréciait pas les gens pour ce qu'ils étaient, mais uniquement pour ce qu'on pouvait en obtenir. D'une certaine manière, j'avais profité d'Aggi. Je m'étais trouvé quelqu'un avec une oreille complaisante pour écouter mes récriminations, quelqu'un capable de regarder avec moi des épisodes de *La Vipère noire*, quelqu'un à prendre dans mes bras quand j'avais besoin de chaleur, quelqu'un qui me comprenait et arrangeait les choses quand elles tournaient mal. En échange, elle n'avait rien. Elle était ma copine d'enfer, mais je n'étais pas son copain d'enfer. Et ce n'était qu'à présent, alors qu'il était trop tard, que je m'en rendais compte.

Je la rappelai. C'est son copain qui décrocha.

« Aggi est là ? demandai-je, n'ayant aucune idée de ce que j'allais lui dire.

– Elle est dans la salle de bains. Qui est à l'appareil ? C'est Will ? »

Il ne servait à rien de mentir. « Oui.

– Vous l'avez mise dans tous ses états, espèce d'enfoiré. J'ai bien envie de débarquer chez vous et de vous apprendre la politesse avec mes poings ! »

Là, je perdis complètement les pédales : « Vous n'imaginez pas quelle salope c'est ! Non, vous ne l'imaginez pas ! Mais vous allez voir. Vous allez voir, quand elle va coucher avec vos potes de l'équipe de rugby ! Elle a probablement déjà dû se taper la moitié de la mêlée, après quoi y aura les trois-quart aile, puis l'arrière, puis le demi d'ouverture, puis l'ailier... mais qu'est-ce que je raconte ? C'est probablement déjà fait. Ouais, elle a déjà attaqué l'équipe adverse... »

Je n'écoutai pas ce qu'il me répondit, ayant brutalement

raccroché. Je venais de me comporter avec une méchanceté ignoble, mais je m'en fichais – tout comme elle se fichait de moi. Mes yeux tombèrent sur le bout de papier sur lequel j'avais noté le numéro d'Aggi. Je le ramassai et partis vers la cuisine, arrachant la photo au passage. J'allumai le gaz et fis brûler le numéro et la photo en même temps. Lorsque les flammes commencèrent à me lécher les doigts, je laissai tomber les derniers fragments en feu dans l'évier et les regardai finir de se consumer. Je m'attendais presque à ce que l'alarme incendie se déclenche, mais il ne se passa rien. J'ouvris le robinet. Mouillées, les cendres d'un noir de jais allèrent boucher l'évacuation.

Pour fêter ma liberté, j'allumai une nouvelle Marlboro light, ouvris la fenêtre et m'assis sur le rebord en dépit du crachin. J'avais envie de sentir que mes épaules étaient soulagées d'un énorme fardeau – mais je ressentais exactement le contraire. Je m'étais toujours jugé, en secret, comme un type plutôt intelligent. Je me croyais plus malin que la moyenne des gens. Ce fut donc un choc de me rendre compte que je pouvais, moi aussi, me comporter comme un parfait crétin.

De la cendre tomba sur la partie exposée de ma jambe. J'esquissai, pour la chasser, un geste que je n'achevai pas ; je ne sentais rien.

Au bout d'un moment, je commençai à avoir sérieusement froid, d'autant que mon jean était mouillé de part en part et que je ne voyais plus rien à travers mes lunettes. Une fois sous ma couette, je me demandai à quoi Aggi pouvait penser, en ce même instant. Sans doute qu'il fallait que je sois cinglé pour l'avoir appelée comme ça, au bout de trois ans. Elle avait certainement à moitié raison, quand elle m'avait demandé si c'était à cause de mon anniversaire. Qui sait si je n'avais pas été séduit par un effet de symétrie ? Des retrouvailles trois ans après la rupture, voilà qui aurait bien cadré avec la vision romantique que j'avais d'elle. Quelle nana, non ? Revenir le jour anniversaire de celui où elle m'avait jeté ! Quelle classe ! J'aurais bien aimé que ce soit la faute de quelqu'un d'autre, mais j'étais le seul à blâmer dans cette affaire. J'avais passé trois ans à espérer qu'elle allait revenir, c'est-à-dire environ 11,5 pour cent de mon espérance de vie. Je parcourus la pièce des yeux, à la recherche d'une métaphore qui aurait convenu. Je vis une bouteille de coke à moitié bue. Il me fallut un certain temps, mais j'arrivais à ce résultat que 11,5 pour cent de 33 cl de coke correspondaient approximativement à trois gorgées ! *Bougre d'abruti ! T'as gaspillé trois gorgées de la seule boîte de coke que tu auras jamais !*

Dans la salle de bains, la lumière allumée et le ventilateur ronflant comme un bombardier, je me fis un petit speech. M'adressant au poster d'Audrey Hepburn, je me dis que bon, c'était fini, cette fois. Terminé d'avancer dans la vie en restant couché. Rien n'allait plus m'empêcher de réaliser les choses que je parlais toujours de faire mais ne faisais pas, me trouvant toujours une bonne excuse. Depuis trois ans, je vivais dans les limbes. Allant toujours dans les mêmes endroits, parlant toujours avec les mêmes personnes, écoutant la même musique, tournant en rond tel un monument vivant dédié à Aggi. J'étais devenu le conservateur en chef du musée des Ex-copines. Je restais prisonnier du passé, j'étais incapable d'aborder l'avenir – et tout ça parce que tout ce que je désirais se trouvait dans le passé. Non. Ça suffisait. Assez. Ras la casquette !

De retour dans le séjour, j'allumai une autre cigarette et montai sur le lit pour être le plus près possible du détecteur de fumée. Je pris une profonde inspiration, soufflai directement dans l'appareil et, tandis que hululait la sirène, hurlai : « Ça va changer ! »

17.30

Mes mains tremblaient, quand je décrochai. Je n'avais pourtant aucune raison d'être nerveux. J'avais déjà imaginé ce qui allait se passer : je lui dirais salut, elle me répondrait, on parlerait de la vie, du monde, de tout, je ferais quelques commentaires facétieux pour la faire rire ; on s'amuserait bien ; et j'oublierais complètement Aggi. Je me sentirais de nouveau un être humain.

« Allô ?

– Heu, salut... ce n'est pas Kate ?

– Non, c'est sa colocataire. Qui est à l'appareil ?

– Oh, c'est Will, dis-je, pris au dépourvu. Je n'avais pas pensé une seconde que vous pourriez décrocher. Elle n'est pas là ?

– Ah, vous êtes le type à qui elle a téléphoné pendant tout le week-end ? répondit Paula d'un air amusé. Elle est tombée sur la tête, celle-là. Elle n'arrête pas de parler de vous. Je suis étonnée qu'elle n'ait pas répondu elle-même ; elle a passé l'après-midi à monter la garde à côté du téléphone. Vous lui aviez promis de la rappeler tout de suite, sale menteur ! Dites-moi, comment se fait-il que les hommes soient aussi lamentables ? »

Je ne savais pas si la colocataire de Kate cherchait à me mettre mal à l'aise ; en tout cas, elle y réussissait fichtrement bien. L'idée que quelqu'un soit au courant des détails intimes de mes relations avec Kate m'était au plus haut point désagréable. Elle souillait ce que nous avions créé de beau. « J'ignore pourquoi les hommes en général sont aussi lamentables. Je sais seulement pourquoi je le suis, moi. Pouvez-vous me la passer, s'il vous plaît ?

– Vous ne vous laissez pas faire, je vois, observa Paula, manifestement ravie de m'avoir mis en pétard. C'est une grande qualité chez un homme. Avez-vous tout de même des amis ? »

Aucune insulte adéquate, pas le moindre trait d'ironie ne me vinrent à l'esprit, sinon un acrimonieux *Allez-vous faire foutre !* qui paraissait bien plat à côté.

« Paula ! cria Kate, je suis en ligne, raccroche tout de suite ! (Paula éclata d'un rire dément.) Et arrête de l'embêter ! »

Je laissai échapper un soupir de soulagement. « Kate ?

– Oui, c'est moi. Désolé que tu aies eu à subir tout ça. Paula est d'humeur à délirer aujourd'hui. C'est sans doute en rapport avec la lune. »

La voix de Kate avait quelque chose de magique, comme si elle détenait le pouvoir de faire se réaliser ce qu'elle disait. Ses paroles eurent le don de me réconforter. J'avais l'impression d'avoir été arraché aux griffes d'un dragon femelle diabolique par une gente demoiselle à l'armure étincelante. Si elle avait pu m'enlever dans les airs pour me conduire en lieu sûr, je n'aurais honnêtement rien désiré de plus, sur le coup. Je pris une profonde inspiration.

« Kate ? Veux-tu m'épouser ?

– Que... quoi ? »

Je m'éclaircis inutilement la gorge, espérant que cette manœuvre m'aiderait à surmonter ma timidité.

« J'ai dit, veux-tu m'épouser ? J'ai beaucoup réfléchi, et je suis arrivé à deux conclusions. La première est que je t'aime, et la deuxième que je devais envisager le plus tôt possible les conséquences qu'entraînait ce sentiment. »

Elle se mit à rire avec nervosité. « Est-ce que tu plaisantes, Will ? Parce que, dans ce cas, ce n'est pas drôle.

– Pas du tout. » Je sentais mon cœur se dilater. « Je n'ai jamais été aussi sérieux de ma vie. J'ai décidé que je t'aimais, c'est aussi simple que ça. Tu as changé ma vie, Kate, tu me l'as changée plus que quiconque avant toi. J'ai besoin de toi. Je sais que ça ressemble à du mauvais mélo, mais je ne dis que la vérité. » Je me mordis la lèvre. J'avais encore bien des choses sur le cœur, mais je craignais de l'effaroucher – comme lorsque j'avais fait ma déclaration intempestive à Vicki Hollingsworth, treize ans auparavant. « Écoute... tu n'es pas obligé de me répondre tout de suite, si tu n'y tiens pas...

– Combien de temps de réflexion m'accordes-tu ? m'interrompit Kate d'une voix à peine audible.

– Trois minutes. »

On éclata de rire ensemble.

« Très bien, reprit Kate, toujours pouffant. Synchronisons nos montres... top chrono ! »

Nous gardâmes le silence pendant les trois minutes qui suivirent, perdus dans un univers où n'existaient plus que nous. Je guettais chacune de ses respirations. À un moment donné, je faillis éclater de rire, car (pour la deuxième fois du week-end) je pensai à la chanson de Sting dont les paroles sont : « À chaque fois que tu respires... » Exceptionnellement, je vivais un moment crucial sans être noyé sous un déluge de questions et de doutes. Rien ne se produisit après son *top chrono*. Je ne touchais plus terre, je flottais au-dessus de mon corps, j'étais hors de ce monde, au point que la première minute était largement écoulée lorsque je me rendis compte que j'avais moi-même arrêté de respirer, comme si écouter sa respiration me suffisait – et me rendait heureux.

Je regardai ma montre. Les trois minutes étaient écoulées.

« OK, dit Kate.

– OK... quoi ?

– OK, je t'épouse.

– Tu plaisantes ?

– Non, je suis encore plus sérieuse que *tu* ne pourrais le croire, répondit-elle en riant. Tu es la personne la plus importante au monde pour moi. Je t'aime. Sais-tu comment je voudrais mourir ? En te sauvant la vie. »

J'en restai sans voix.

« Ne t'inquiète pas, reprit-elle, je plaisantais. Mais pas quand je disais que je t'aimais. J'ai passé l'après-midi à te bricoler une carte d'anniversaire. Tu veux que je te la lise ? J'ai collé dessus une photo de Jimi Hendrix que j'ai découpée dans une revue et j'ai dessiné une bulle dans laquelle il dit : *J'ai pensé à une petite prière pour toi.* Et, à l'intérieur, j'ai écrit : *Cher Will, bon anniversaire. Ma prière pour toi est que j'espère que tu ne passeras plus jamais un seul anniversaire sans moi. À toi pour toujours, K.*

J'étais touché. À l'idée qu'elle avait découpé des trucs puis les avait collés sur une carte, qu'elle avait fait ça juste pour moi, j'avais les larmes aux yeux.

« Merci. C'est vraiment une attention très délicate. » Je regardai autour de moi, au désespoir. « Je suis désolé de n'avoir rien à t'offrir.

– Je t'ai, toi. Qu'est-ce qu'une fille peut demander de plus ? » Elle se tut, comme si elle était à court de mots. « Qu'est-ce qu'on fait maintenant ?

– Je ne sais pas. Je n'ai encore rien prévu. » Je me levai et me mis à marcher en long et en large, mes allées et venues limitées par la longueur du cordon du téléphone. « On devrait peut-être en parler à nos parents.

– Ma mère va être folle de joie. J'ai passé toute mon adolescence à lui répéter que je ne me marierais jamais, et regarde ce que tu me fais faire ! Mon père va être impressionné, lui aussi. Jusqu'ici, il n'a aimé aucun de mes copains, mais je suis sûre que tu vas lui plaire. Tout à fait sûre. »

Je regardai par la fenêtre. Une fine couche de crasse grisâtre recouvrait les vitres. Le jardin disparaissait sous de hautes herbes à fleurs jaunes et sous les orties. Le chien des voisins était invisible. J'entendais, sans les voir, des enfants jouer au foot. « Mes parents ne vont pas en revenir. Ni l'un, ni l'autre. Ma mère va penser que... tu sais... » Je m'arrêtai, gêné à l'idée qu'on puisse, pour la deuxième fois en deux jours, m'accuser d'avoir mis une fille enceinte. « Tu te rends compte de l'ironie de la situation ? Nous ne nous sommes même pas serré la main !

– Et d'après toi, à quoi ça a servi, tous ces coups de téléphone qui n'en finissaient pas ? dit Kate, le ton sérieux. J'en sais davantage sur toi que sur tous mes ex-copains, même le dernier ; il n'y en a aucun dont je me sente aussi proche, dans une aussi grande intimité. Je sais qui tu es vraiment, Will. Tu n'as pas pris la peine de me faire un numéro, parce que tu pensais que tu ne me rencontrerais jamais ! Quel est le dragueur qui se lancerait en commençant par parler en long et en large de son ex ?

– Tu as sans doute raison », dis-je, regrettant qu'elle ait fait allusion à Aggi. Penser à mon ex suffisait à me rendre malade. Je changeai de sujet : « Nous n'avons toujours pas décidé de ce que nous allions faire. Où allons-nous vivre, etc. ?

– C'est sans importance. Je viendrai à Londres... »

Je l'arrêtai. Je n'avais aucune envie de rester dans la capitale. Je pensai à Samuel Johnson, qui a dit que celui qui est fatigué de Londres est fatigué de la vie. Il n'avait qu'à moitié raison. C'était de la vie que je menais, pas de la Vie, que j'étais fatigué ; avec Kate, je tenais ma chance, ma résurrection, ma rédemption.

« Non, c'est moi qui vais venir à Brighton, dès demain matin. J'ai toujours rêvé d'habiter au bord de la mer. Je leur donnerai mon congé. Je raconterai que je fais une dépression, un truc comme ça. Je ne devrais pas avoir trop de mal à les convaincre.

– D'accord. Tout ce que tu veux, si c'est pour ton bonheur. D'autant que ça tombe bien, Paula doit aller passer la semaine à Cheltenham ; on aura l'appartement pour nous tout seuls. Qu'est-ce que tu aimes manger ? »

La question me surprit. J'étais sur le point de répondre : *N'importe quoi, pourvu qu'il y ait des pâtes*, mais j'hésitai, me demandant si elle aimait la cuisine italienne. Plus profondément, ce n'était pas une question de pâtes, mais de destin. J'avais l'impression que si je disais *des pâtes* et découvrais qu'elle ne les aimait pas, j'interpréterais cela comme le signe, venu d'en haut, que nous étions complètement incompatibles. Je mentis :

« N'importe quoi. Je ne suis pas bien difficile, en vérité. »

Il y eut un silence, et c'était comme si je l'entendais réfléchir. « Bon, d'accord, je vais te faire des tagliatelles à la sauce tomate. Très épicées. J'adore ça. »

Un flot de pensées m'empêcha de me laisser aller à mon ravissement. Il me fallait savoir si elle était aussi sérieuse que je l'étais de mon côté : « Tu... tu es bien sûre de le vouloir ?

– Évidemment, que j'en suis sûre. » Elle avait répondu avec une telle conviction, une telle fermeté, que je ressentis pour elle le genre d'admiration qu'éprouvent les anciens combattants pour le discours de Winston Churchill : « Nous combattrons sur les plages, nous combattrons dans les rues... »

« J'en suis même encore plus sûre que toi, reprit-elle. Ce n'est pas parce qu'on a vécu, disons dix ans, avec quelqu'un, qu'un mariage a plus de chances de réussir. Il n'y a aucun moyen de prévoir l'avenir ; alors, pourquoi s'embêter à essayer ?

– Mais on peut tout de même réduire les risques que les choses aillent de travers, non ? » objectai-je, un peu nerveux. Le chien des voisins se mit tout d'un coup à aboyer comme un fou. J'avais les mains de plus en plus moites, c'en était inquiétant. Je les essuyai sur mon jean, mais elles se remirent à dégouliner au bout de quelques secondes.

« En amour, tout est hasard, dit Kate calmement. Alors, pourquoi vouloir à tout prix être rationnel ? C'est inutile. Je sais que nous pourrions nous mettre ensemble et que tout pourrait devenir tout de suite beaucoup plus facile, mais l'inverse peut-être vrai également. Il est aussi facile de se tirer, d'être infidèle, de tout détruire. Si je dois investir mon potentiel d'émotions sur un autre être humain, je ferai en sorte, si jamais ça ne marche pas, que ça se termine par le divorce le plus moche et le plus sauvage de tous les temps.

– Comme dans *La Guerre des Rose*, dis-je en plaisantant. Le meilleur rôle de Kathleen Turner. »

Elle ignora ma remarque, comme un aparté. « On ne devrait pas rompre à l'amiable. Pas si on a été amoureux. Ce n'est pas comme ça que ça marche, l'amour. Ou en tout cas, pas l'amour tel que je le conçois. »

Kate était vraiment Winston Churchill et moi la nation britannique. J'étais prêt à combattre les ennemis de notre amour sur les plages, au coin des rues et jusque dans les parkings de supermarché. Bref, j'étais super-excité.

« Je t'aime, dis-je.

– Moi aussi, je t'aime. Je ne peux pas supporter d'être loin de toi. Tu me manques. Ça va te paraître bizarre, mais alors que nous ne nous connaissons que depuis trois jours, j'ai l'impression que nous partageons déjà un million de souvenirs. Je me suis repassé je ne sais combien de fois dans ma tête tout ce que tu m'as dit. J'aime ta voix. Elle me rassure.

– Quand en as-tu pris conscience ? demandai-je.

– Que je t'aimais ? Lorsque tu m'as raconté l'histoire des vers de terre morts que tu avais essayé de sauver. Je me suis dit : c'est l'homme qu'il me faut ! »

J'avais du mal à croire ce que j'entendais. « Vraiment ?

– Oui, vraiment. J'aime la façon dont tu parles de ton enfance. C'est fou comme tu parais l'aimer. Ça me plaît. On voit que tu n'es pas comme les autres. Tu ne vis pas les choses de la même manière. Tu te reproches de ne pas être du genre battant, mais tu es ce que tu es, alors pourquoi vouloir changer ? Quoique tu en penses, tu es important et tu as provoqué des changements. Regarde comme tu as changé ma vie en l'espace de trois jours. Avant que nous nous parlions, ce qui me préoccupait le plus c'était de savoir comment j'allais pouvoir rembourser mon prêt étudiant. Et à présent, mon seul et unique souci, c'est toi ».

Elle me demanda quand j'avais pris conscience que j'étais amoureux d'elle. Je tournai la question en tout sens dans ma tête, m'asseyant un instant sur le lit pour réfléchir. « Je ne sais pas, dis-je d'une voix étranglée. C'est juste arrivé. Lorsque j'ai pris le téléphone, je me suis rendu compte que parmi les milliards d'habitants que compte la planète, c'était à toi que j'avais le plus envie de parler. Comme si mon moi le plus profond avait pris le contrôle et dit ce qu'il éprouvait, sans fausse honte, sans craindre d'être rembarré ni rien de tous ces trucs qui me paralysent d'habitude. J'étais, c'est tout. En temps normal, il me faut trois heures pour choisir le parfum d'une crème glacée ; et là, je prends la décision la plus importante de ma vie uniquement par instinct. J'ai l'impression de fonctionner comme à l'âge de pierre. Vite, faut que je parte à la chasse, à la cueillette ! »

Kate éclata de rire. « Je comprends très bien ce que tu veux dire. Tu sais, il ne m'a pas fallu trois minutes pour prendre ma décision. Dès l'instant où tu m'as posé la question, j'ai su la réponse. Une amie qui fait des études de psychologie à Cardiff m'a expliqué que lorsqu'on nous pose une question, on sait presque toujours tout de suite comment on va répondre, mais après, on passe tout le temps dont on dispose avant de donner la réponse à essayer de vérifier si on a raison. À l'instant même où tu me l'as demandé, j'ai su que la réponse était oui.

– Alors, qu'est-ce qu'on fait maintenant ?

– Commence par me faire une demande en mariage en bonne et due forme, répondit Kate.

– Que veux-tu dire ? Je dois me mettre à genoux ?

– Oui. Et tout de suite !

– Très bien. Kate...

– Es-tu vraiment à genoux ? »

Sa capacité à me deviner me laissa pantois. « Qu'est-ce qui te fait dire que je ne suis pas à genoux ?

– L'es-tu ?

– Non, mais ce n'est pas la question, dis-je en riant. Tu devrais me faire confiance. Je suis ton futur époux.

– Et je suis ta future épouse, alors fais gaffe ! Dépêche-toi. »

Je me mis à genoux.

« Lève la tête comme si tu me regardais dans les yeux.

– OK, je te regarde dans les yeux. » Mon genou se mit à trembler. Je concentrai mon attention sur un coin du rideau. « J'ai même la main tendue, comme si je tenais la tienne. Kate, me feras-tu l'honneur de devenir ma femme ?

– Oui, répondit-elle simplement. À mon tour, maintenant. Je suis à genoux, et je tends la main comme si je tenais la tienne, et je regarde ton beau visage. Je t'aime, Will. Veux-tu m'épouser, Will ?

– Oui, Will veut », répondis-je, toujours très âge de pierre.

On éclata de rire ensemble.

Il y eut ensuite un long silence, ni l'un ni l'autre ne sachant que dire ou que faire. Kate ne plaisantait pas. Nous ne jouions pas. Je me sentais excité, fou de joie. Je m'étais injecté une telle dose d'adrénaline dans les veines que faire les cent pas dans l'appartement n'aurait pu l'épuiser : j'avais envie de courir, jusqu'à Brighton de préférence. Étais-je aux anges ? Oui, et je cabriolais sur la Voie lactée avec de la poussière d'étoile dans les cheveux !

« Nous avons des tas de choses à régler », dis-je au bout d'un moment. Je pris une profonde inspiration pour essayer de me calmer. « Il faut que j'avertisse mes parents, et que je trouve quelque chose à raconter au lycée pour expliquer ma démission. Je sais que ce sera difficile, mais je crois que nous ne devrions pas nous rappeler de la journée. Attendons mon arrivée à Brighton, demain matin. On pourra alors parler jusqu'à plus soif. Il me semble que nous avons besoin, l'un comme l'autre, d'un peu de temps pour remettre de l'ordre dans nos idées. Et puis, à ce train-là, je vais avoir une note de téléphone tellement faramineuse qu'on va être obligés de passer notre lune de miel dans ce trou pourri de Skegness.

– L'idée de passer une semaine à Skegness avec toi me

plaît », répondit Kate. Je fermai les yeux et essayai de graver son ton joyeux dans ma tête. « Mais tu as sans doute raison, nous avons besoin de nous calmer un peu. Très bien. Jurons-nous de ne pas nous appeler jusqu'à ton arrivée à Brighton... sauf en cas d'urgence.

– Quel genre d'urgence ?

– Tu sais bien : décès, naissance, incendie, épidémie, parents furibards... Je t'aime, ajouta-t-elle en guise d'au revoir.

– Moi aussi, je t'aime. »

18.34

Je débordais tellement de *joie de vivre*[1] que j'aurais voulu dire au monde entier que j'avais trouvé l'amour – oui, moi, William Kelly, cynique *par excellence*[1]. En fin de compte, je renonçai à battre le tambour dans Archway pour informer la population de cette intéressante nouvelle ; au lieu de cela, je restai un très, très long moment allongé sur mon lit, immobile, à écouter battre mon cœur – et ce, jusqu'à ce que la faim me pousse à aller explorer la cuisine. Mon repas du soir se réduisit en tout et pour tout à deux tranches de pain sec, n'ayant aucune envie de préparer quoi que ce soit et ayant déjà liquidé le reste de pâtes en boîte.

Les cahiers bien rangés le long du mur titillaient ma mauvaise conscience, laquelle me faisait remarquer que si je n'allais pas travailler le lendemain, je devais au moins respecter les termes de base de mon contrat et les corriger. Cependant, je n'en fis rien, parce que cela m'aurait donné un prétexte pour ne pas appeler mes parents, ma mère en particulier. Ma nouvelle et positive attitude dans la vie ne me permettait plus de me raconter des histoires – c'était fini, ça. J'étais déterminé à arrêter de me faire du souci pour tout. Je pouvais parler à mes parents, à mon frère, à ma

1. En français dans le texte.

grand-mère, à mes amis, parler sans craindre leurs réactions, car, en fin de compte, j'avais foi en quelque chose.

MA MÈRE

« Écoute, M'man, dis-je en adoptant le ton que j'avais pris, quatre ans auparavant, pour lui apprendre que Tom venait de se casser la jambe en jouant au foot.

– Qu'est-ce qui se passe ? » demanda-t-elle d'une voix étranglée, comprenant tout de suite la gravité de la situation.

Je m'éclaircis la gorge, ultime tentative pour retarder l'échéance : « Je vais me marier, M'man. »

Elle garda le silence. Elle voulait croire, désespérément, que je plaisantais. « Pourquoi ? Avec qui ? Je la connais ? »

Des questions, toujours des questions. Une réaction typique de ma mère. Devant un problème, son instinct la poussait à vous interroger jusqu'à ce qu'elle soit mieux informée que vous ne l'étiez vous-même. C'était comme le jeu de Mastermind, mais à l'envers : sa spécialité était ma vie amoureuse, mais c'était elle qui posait les questions et moi qui devais y répondre. Bizarre.

Je lui racontai l'histoire, du début à la fin. Elle m'écouta attentivement, mais il était clair qu'elle était dépassée par les événements. Dans son univers, ce genre de chose ne se produisait jamais.

Ses premiers mots furent : « Oh, Will, j'espère que tu ne l'as pas... » Je savais qu'elle n'achèverait pas sa phrase. J'envisageai de le faire pour elle, histoire de m'amuser un peu, mais je craignis que le choc produit par le mot manquant ne soit tel qu'il provoque chez elle un arrêt cardiaque temporaire, sinon définitif.

Je la rassurai : « Non, M'man, tu ne vas pas être grand-mère. Seulement belle-mère. » Elle laissa échapper un soupir de soulagement. « Ce n'est pas ça du tout. Rien que de l'amour. Je l'aime plus que je n'ai jamais aimé personne.

– Et ton travail ? Tu viens tout juste de commencer. Est-ce qu'ils n'ont pas leur mot à dire, avant de te laisser filer à Brighton comme ça ? » Encore un classique maternel : les considérations pratiques arrivaient toujours en tête de liste, et les spirituelles tout à la fin, juste après les protège-rabats de chiottes brodés.

Je lui expliquai ce que j'avais l'intention de faire. J'avais beau avoir conscience, tout en parlant, que mon plan était on ne peut plus aléatoire et approximatif, je n'en restai pas moins déterminé à le mener à bien. Je lui donnai d'autres détails sur Kate : je lui parlai de son rire, qui était comme l'été ; de sa respiration, un zéphyr par une belle journée ; et, chose la plus importante, je lui dis tout le bien qu'elle pensait de moi. Ma mère n'en parut pas plus émue que ça.

« Ne fiche pas ta vie en l'air, Will », dit-elle en perdant le contrôle de sa voix. L'hystérie n'était pas loin. Je devais choisir mes mots avec soin. Elle n'avait jamais besoin de prétexte pour se mettre à pleurer, alors, confrontée à une situation idéale pour provoquer des débordements lacrymaux, elle allait fondre en larmes si je n'arrivais pas rapidement à la convaincre que ce que je faisais était bien. Je ne l'avais jamais fait pleurer de ma vie et n'avais pas l'intention de commencer ce jour-là.

« Je ne fiche pas ma vie en l'air, M'man », dis-je avec chaleur. Je parcourus des yeux mon appartement. Minuscule, bordélique, sinistre. C'était ça, ma vie. C'était à ça que je renonçais. Autrement dit, à rien. Je fus pris de colère à l'idée qu'elle était incapable de voir à quel point j'étais malheureux ici. « Non, je ne fiche pas ma vie en l'air, repris-je d'un ton acerbe cette fois. Je vais me marier. Ce n'est pas la même chose, il me semble. » À peine avais-je fini ma phrase que je la regrettais. Elle ne répondit rien tout d'abord ; je crus un instant avoir échappé à ma punition, puis elle se mit à pleurer.

Je me sentis mal. « Je suis désolé.

– C'est une décision importante, tu sais, dit-elle entre deux sanglots. Tu ne devrais pas prendre les choses aussi à la légère. Regarde ce qui nous est arrivé, à ton père et à moi. » Je lui aurais volontiers répondu que, précisément, je préférais ne pas y penser, mais je me gardai de lui lancer cette réplique mordante, car je l'avais déjà blessée plus que je ne pouvais supporter. Je me tus, réfléchissant au mariage de mes parents. Je les aimais tous les deux, certes, mais ni l'un ni l'autre n'étaient une bonne publicité pour le mariage ; ils n'étaient d'ailleurs pas non plus une bonne pub pour l'espèce humaine en général. En fin de compte, ça n'avait aucune importance.

« Oui, je sais que c'est une décision importante. Et je ne le fais pas à la légère, M'man. Je ne serai pas plus sûr de moi dans dix ans que maintenant, vu que je suis sûr à cent pour cent.

– Comment s'appelle-t-elle ?

– Je te l'ai dit, Kate, répondis-je si doucement que je me demandai si elle avait entendu.

– Oui, mais Kate comment ? »

Il lui fallait des détails, toujours plus de détails ; les détails étaient la seule chose qui faisait sens pour elle. Faits, chiffres, informations – le tangible.

« Heu, je sais pas... » J'essayai désespérément de m'en souvenir. « Ah si, Freemans. Comme le catalogue. Kate Freemans. »

Ma mère n'arrivait pas à y croire. « Tu veux te marier, et tu ne connais même pas son nom de famille ? »

Je consultai ma montre. La grande aiguille avançait, le mécanisme fonctionnait, pourtant le temps me donnait l'impression de s'être arrêté.

« Écoute, M'man, dis-je, décidant que ça suffisait comme ça. Je t'ai tout dit. Tu es manifestement sous le choc. On ne va pas se marier dans la minute, tu auras donc tout le temps de t'habituer à cette idée. »

Elle resta silencieux.

« Au fait, M'man, avant de raccrocher... j'ai autre chose à t'avouer. Je crois que je t'ai piqué cette poêle que tu ne voulais pas que je prenne. »

C'est elle qui raccrocha.

MON PÈRE

« Je vais me marier. »

Mon père garda le silence. Nullement désarçonné, je continuai de parler en ayant l'impression de m'adresser à un mur. « Écoute, P'pa, y a aucune raison de t'inquiéter, d'accord ? J'ai vingt-six ans. À mon âge, tu étais déjà marié depuis deux ans et père de famille. Je sais que tu me trouves imprudent, mais ce n'est pas vrai. Est-ce que j'ai l'air de ne pas savoir ce que je fais ? »

Il continuait de garder le silence. Comme il était coutumier du fait, je savais pourquoi : il détestait qu'on le prenne par surprise. Il aimait réfléchir à loisir avant d'émettre un jugement. Cela dit, je n'avais pas de raison de penser que sa réaction réfléchie serait plus positive que sa réaction spontanée, mais au moins il n'aurait pas répondu à la légère.

« Te marier ? dit-il, comme s'il n'était pas sûr d'avoir bien compris. Mais pourquoi ? Et pourquoi de cette façon ? C'est à cause de notre divorce ? Notre séparation n'a rien à voir avec toi. Je croyais que c'était clair pour toi. » Ce n'était pas le genre de mon père de sortir de la psychologie de bazar et d'imaginer un lien causal entre son divorce et mon mariage. Il ne croyait ni au conditionnement, ni à l'influence du milieu. Il m'avait dit une fois que chacun devait être responsable de ses actes, et qu'avoir manqué d'amour et d'attention n'était pas une excuse pour devenir un voyou. « On ne peut pas tout pardonner à Hitler sous prétexte que sa mère l'aurait obligé à porter des culottes courtes », avait-il déclaré à une autre occasion, s'adressant davantage à l'émission de télé qui avait provoqué sa réaction qu'à nous.

« Je ne sais pas, c'est comme ça, c'est tout, répondis-je, essayant de comprendre pourquoi le mariage était la réponse à tous mes problèmes. J'en ai marre de tous les *si* que me balance la vie, P'pa. Ras le bol. J'en ai marre d'attendre que la vie s'écoule sans que j'en profite. Si je ne peux pas me marier comme je l'entends, c'est pour le coup que je serai un raté total. Elle représente tout ce que j'ai jamais désiré. Je ne peux pas laisser passer cette occasion.

– Ça ne pourrait pas attendre un peu, tout de même ? » Il était en colère à présent, et je l'étais aussi – mais pas à cause de ce qu'il disait. Il était en colère à l'idée qu'il m'avait fallu tout ce temps pour comprendre que je faisais fausse route. *Tout ce temps perdu que je ne rattraperai jamais...*

« Attendre quoi ? répliquai-je vertement. Que tu me convainques d'y renoncer ? Tu n'as jamais éprouvé le besoin de te fier à ton jugement personnel ? Eh bien, moi, pour une fois, j'éprouve le besoin d'écouter ce que *moi* je dis. C'est comme si, tout au fond de moi, il y avait une voix, que j'ai passé mon temps à faire taire ou à ignorer, mais aujourd'hui, je suis décidé à l'écouter. D'autant plus que je pense que ce qu'elle me dit tient debout. »

Je ris intérieurement. J'avais l'impression d'avoir résumé tous les romans d'apprentissage du genre *À l'Est d'Éden* en quelques phrases. Quoi qu'il en soit, je ne pouvais passer sous silence ce que j'avais à dire sous prétexte que j'emboîtais le pas aux James Dean et consorts, ces milliers d'adolescents qui s'étaient efforcés de se frayer un chemin vers l'âge adulte. Ma vie allait ressembler à un film pour ados jusqu'à ma mort – j'étais prêt à parier que je serais le seul octogénaire au monde encore en pleine crise d'adolescence.

Mon petit discours terminé, mon père refusa de faire le moindre commentaire. Je lui parlai de toutes les belles choses que j'avais découvertes en Kate, de tout ce qu'elle m'avait fait éprouver, mais je livrais une bataille perdue avant même le premier coup de feu. Son silence ne dissimulait pas ses sentiments : il était en colère et déçu (dans cet ordre). Je me sentais toutefois satisfait d'avoir eu le courage de lui parler. Mon ancien moi n'en aurait pas été capable.

« C'est un sacré choc, dit-il enfin pour rompre son silence. Mais si tu aimes vraiment cette fille, qu'est-ce que je peux y faire ? Je m'inquiète, c'est tout. C'est mon boulot depuis le jour où tu as débarqué, il y a vingt-six ans. Tu n'es pas le seul à avoir une voix intérieure, fiston. J'en ai une, moi aussi. Et elle me dit que j'ai élevé un garçon épatant. Bon anniversaire ».

MON FRÈRE

« Je vais me marier.

– Je sais. Maman et Papa ont pété les plombs ! s'exclama Tom, comme si ma vie s'étalait en exclusivité dans les colonnes du *Sun*. Papa te croit fou, Maman s'est mise à pleurer et elle a aussitôt appelé tante Susan pour voir si elle ne pourrait pas te persuader d'y renoncer.

– Comment se fait-il qu'elle ne m'ait pas encore téléphoné ?

– Elle lui a répondu qu'il n'en était pas question. Maman ne s'en est pas vantée, mais j'ai l'impression que tante Susan pense qu'elle ferait mieux de s'occuper de ses propres affaires. »

Il était agréable de savoir que j'avais au moins une alliée, dans cette histoire. Tante Susan avait raison : ce n'était l'affaire de personne, ce mariage, sinon la mienne. *J'ai vingt-six ans, nom d'un chien, et je n'ai besoin de la bénédiction de personne.*

Je demandai à Tom ce qu'il en pensait.

« Je trouve ça un peu bizarre, mais c'est cool, répondit-il en pensant manifestement à autre chose. Pour te dire la vérité, je n'aurais jamais cru que tu te remettrais de ton Aggi.

– Est-ce que tu es en train de jouer à ton crétin de jeu sur ordinateur ? lui demandai-je d'un ton menaçant.

– Non (je l'entendis reposer le truc sur la table). Et Aggi ?

– Terminé.

– Tu as vraiment rencontré cette fille ce week-end, ou est-ce que tu bourres le mou aux parents ? »

Je racontai donc à nouveau mon histoire, y ajoutant des détails que je n'avais pas cru bon de donner à mes parents. Tom resta de marbre, mais écouta attentivement. « Je ne te comprends pas », dit-il, laconique, lorsque j'eus terminé. Il ne faisait pas l'idiot exprès ; il avait simplement hérité de la mentalité terre à terre de ma mère. L'idée d'un amour aussi élevé lui échappait.

« Je lui ai seulement parlé au téléphone. »

Il eut un petit rire, toujours incertain : il se demandait s'il devait me croire.

« J'imagine que cette conversation a dû être super, dit-il finalement.

– Absolument super. »

MA GRAND-MÈRE

« Je vais me marier.

– Je sais, mon chéri, répondit Gran. Ta mère me l'a dit il n'y a pas dix minutes. » Elle paraissait triste. J'avais horreur de la décevoir.

« Je suis désolé, Gran.

– Et pourquoi donc ?

– Parce que je fais tout de travers. Papa et Maman sont furieux...

– T'occupe pas d'eux. Ce qui compte, c'est de savoir si tu es heureux. Es-tu heureux ? »

Alors que ma mère posait toutes les questions imaginables, sauf la plus importante, Gran posait celle-là d'abord ; elle s'inquiéterait des détails ensuite. Mis à part son obsession des drogues, elle n'était pas mal du tout, ma grand-mère.

« Oui, Gran. Très.

– Alors, c'est l'essentiel. Tes parents mélangent tout. Ils ne savent pas ce qui est vraiment important dans la vie. On dirait que toi, au moins, tu sais où sont tes priorités.

– Kate est adorable, Gran. Je suis sûr qu'elle va te plaire.

– Elle me plaît déjà. »

Ces quatre mots me firent un bien fou.

« Tu veux que je te dise ? reprit-elle. Ils ont oublié ce que c'est qu'être amoureux, tes parents. C'est leur façon d'être, sans doute. Pendant la guerre, alors qu'il y avait tant de jeunes hommes qui partaient se battre sans savoir s'ils reviendraient, les gens se mariaient dès qu'ils tombaient amoureux. On allait tout droit à l'église, sans faire de manières. Quand on ne sait pas si on sera encore en vie dans vingt-quatre heures, on apprend très vite à prendre le temps au sérieux ».

ALICE

Avant que j'aie eu le temps de placer un mot, elle me dit que, de son côté, elle avait des nouvelles à me donner. Non seulement elle avait réussi à réserver un voyage de trois mois autour du monde, mais elle avait déjà un vol qui partait pour New York lundi dans l'après-midi. Je fus estomaqué par la vitesse à laquelle elle avait réagi. Je n'avais guère eu l'occasion, depuis qu'elle m'avait parlé de son désir de voyage, de réfléchir beaucoup à son départ, mais dans la fraction de seconde dont je disposai, je lui accordai toute mon attention. C'était une mauvaise idée. La pire qu'elle ait jamais eue. Du même niveau que celle de se teindre en blond platine (pendant trois semaines, alors qu'elle avait dix-huit ans, après quoi je l'avais appelée Andy Warhol durant plus d'un mois) ou de sortir avec Simon. Elle s'imaginait avoir besoin de changer d'air, mais je savais que c'était d'amis dont elle avait besoin. Et de moi, en particulier. Ce fut ma première réaction. Il me fallut une autre fraction de seconde pour la remettre en question. Je faisais preuve d'égoïsme. Ce n'était pas de son bonheur que je me souciais, mais du mien. Je ne voulais pas qu'elle parte parce que je craignais qu'elle ne me manque. Je voulais l'avoir sous la main. Je ne voyais qu'une chose : j'avais déjà perdu un ami ce week-end, je ne pouvais m'offrir le luxe d'en perdre un deuxième. J'avais parfaitement conscience de ne pas prendre un instant en compte le fait qu'elle pourrait avoir besoin d'autre chose. Elle avait décidé d'affronter le départ de Bruce d'une façon plus constructive qu'en passant trois années à pleurer sur son sort. J'avais honte de moi et je lui dis, dans un grand élan d'enthousiasme, à quel point j'étais heureux pour elle. Elle eut un petit rire aigu mal assuré et me promit en plaisantant de m'envoyer des cartes postales. Je lui demandai de ne pas me les adresser à Londres. Elle voulut savoir pourquoi.

« Je vais me marier. »

Elle resta silencieux.

« Je vais me marier, Alice. C'est vrai. »

Elle continua de garder le silence. Avec un certain optimisme, je pensai qu'elle était prise de court et entrepris de lui raconter mes aventures, devenues à présent un speech de fin de repas d'une dizaine de minutes. Il ne manquait que les cigares et un vieux porto. Mais, avant que je puisse lui annoncer que j'allais vivre à Brighton, elle fondit en larmes. Je me demandais si je n'avais pas manqué de tact en lui racontant ça, alors que Bruce venait de la laisser tomber ce matin.

« Je suis désolé, dis-je.

– Et pourquoi ?

– Je ne sais pas. D'être heureux. Alors que tu viens de passer une journée horrible, et ça doit être dur pour toi de me voir délirer de joie. Il y aurait de quoi rendre n'importe qui malade.

– Ça n'a rien à voir avec toi ! Le monde entier ne tourne pas autour de toi, même si tu crois le contraire. Tu es d'un égocentrisme, parfois... !

– Je croyais que c'était ce que tu aimais chez moi.

– C'est ça, vas-y, tire-t'en par une pirouette, te gêne pas ! » Elle était vraiment en colère, à présent. « Quel salopard tu fais, Will, vraiment ! »

Elle se remit à pleurer. Je ne savais plus quoi faire ou dire. Les choses ne se passaient pas du tout comme je l'avais prévu. Je pensais qu'elle aurait été contente pour moi. Trois ans que je gémissais sur la perte d'Aggi, et maintenant que j'étais heureux, Alice me traitait comme l'ennemi public numéro un. J'étais pourtant content pour elle, moi. Nous avions tous les deux mis de l'ordre dans nos existences, nous repartions du bon pied, elle en faisant le voyage de sa vie, moi en m'abandonnant aux joies du mariage. À croire qu'elle avait balancé par-dessus bord toutes les règles de la logique pour s'en donner de nouvelles au gré de ses caprices. Ça ne lui ressemblait pas du tout. J'étais en territoire inconnu.

Elle s'arrêta de sangloter. « Tu ne peux pas épouser cette fille. Tu ne peux pas ! »

Elle se remit à pleurer.

Elle s'arrêta de pleurer. « Comment peux-tu ne pas voir que tu commets une terrible erreur ! »

Elle se remit à pleurer.

Elle s'arrêta de pleurer. « Je t'en prie, ne fais pas ça. »

Elle se remit à pleurer. Cette fois-ci, ses sanglots étaient encore plus déchirants que ceux du matin.

J'attendis patiemment la fin de ce déluge, comme si ce n'était qu'une tempête passagère et finalement, elle m'expliqua « tout » : elle ne voulait pas me voir malheureux, or, si j'épousais cette fille, je le serais, car je ne me mariais que par déception. Je plaidai que trois ans, ça donnait largement le temps de rebondir, et qu'en rebondissant, on finissait forcément par se cogner à quelqu'un, mais ma métaphore ne l'amusa pas ; au contraire, elle pleura encore plus fort. Quand cette nouvelle crise fut passée, elle me dit que Kate en voulait probablement à mon argent, ce qui détendit un instant l'atmosphère et nous fit rire tous les deux. Je lui expliquai que Kate était une fille merveilleuse et que si elle faisait sa connaissance, il était certain qu'elle lui plairait. Alice ne fut pas d'accord et répliqua que j'étais exactement comme les autres, que je ne pouvais penser qu'avec ce que j'avais dans mon slip. Je lui demandai alors pour quelle raison, elle qui avait toujours soutenu mes plans les plus délirants s'opposait tellement à celui-ci ; tout ce qu'elle trouva à me répondre fut qu'il était le plus stupide de tous. Je voulus alors savoir pourquoi elle avait une réaction aussi bizarre, mais elle n'en avait aucune idée. Était-ce à cause de Bruce ? Non. Est-ce qu'elle avait ses règles ? Inutile de rapporter sa réponse...

« Écoute, dis-je avec l'espoir que son point de vue allait miraculeusement changer, tu viendras au mariage, évidemment, étant donné que...

– Plutôt crever, oui !

– Si je comprends bien, c'est non ? »

Elle se remit à pleurer.

« C'est juste que comme je n'adresse plus la parole à Simon et que je ne suis pas particulièrement en bons termes avec le reste de l'humanité, j'espérais que tu accepterais d'être mon témoin. Et ton discours aurait été certainement beaucoup plus marrant que le sien.

– Je te souhaite bien du bonheur, Will, murmura Alice entre ses larmes, mais je ne viendrai pas. Tout va changer, Will ! Tout va changer !

– Rien ne va changer », protestai-je, même si je n'étais pas convaincu à cent pour cent d'avoir raison. Elle n'avait pas tort, d'une certaine manière : nous avions atteint un stade, dans nos vies, où nous allions prendre des directions différentes. Certes, je n'arrivais pas exactement à comprendre pourquoi mon mariage devrait changer nos relations, vu qu'elle avait vécu cinq ans avec Bruce sans que cela les affecte ; pourtant, je savais que plus rien ne serait pareil. Un jour prochain, les circonstances dans lesquelles nous nous trouvions auraient des conséquences sur nos relations. Ce n'était qu'une question de temps.

Elle garda quelques instants le silence, puis poussa un soupir fatigué. « De toute façon, tu dois faire ce que tu as à faire. »

Je cherchai vainement un mot de réconfort. « Toi de même », fut tout ce que je trouvai.

MARTINA

« Je vais me marier. »

Martina ne dit rien. Je me demandai si elle avait bien entendu. « Je suis vraiment désolé, Martina, mais je vais me marier. »

Ce fut sans doute un tour de mon imagination, mais je suis certain d'avoir entendu son cœur se briser.

« Je suis désolé, Martina. Je suis sincèrement désolé. » Et sincère, je l'étais. « Ça va aller ? »

Elle raccrocha.

SIMON

Tandis que le téléphone de Simon sonnait comme s'il n'allait jamais s'arrêter, je pensais intensément à la haine qu'il m'inspirait. Certes, nous étions deux amis intimes, pas si intimes que ça, en réalité, mais nous étions l'un pour l'autre ce qui s'en rapprochait le plus et il ne l'avait pas compris. Voilà ce qui me faisait mal. C'est pourquoi je voulais qu'il crève, ce salaud. Vraiment. Mais avant, je tenais à ce qu'il sache que j'avais enfin trouvé le bonheur. Car, ce jour-là plus que jamais, je comprenais clairement que Simon – qu'il connaisse ou non le succès – se réveillerait un jour de son rêve pour découvrir qu'il n'était qu'un Elvis l'Obèse, apoplectique à force d'excès, au talent disparu, boudiné dans des vêtements d'un ridicule achevé, et aussi seul qu'au fin fond de l'enfer.

Son répondeur se déclencha. Je n'avais aucune envie de laisser un message ; je tenais à ce qu'il entende la nouvelle de ma propre bouche. J'étais sur le point de raccrocher lorsqu'il prit le téléphone.

« Will... » Et il se mit à pleurer.

Je ne dis rien. Je commençais à en avoir assez des gens qui venaient chialer sur mon épaule. D'ailleurs, pleurait-il pour m'attendrir ou explorait-il de nouveaux territoires émotionnels, en quête d'inspiration pour son prochain album ?

« Will, nous avons rompu, Tammy et moi. »

Pas la grande surprise, à vrai dire, et certainement pas de quoi pleurer comme une madeleine. Simon se fichait de tout le monde, sauf de lui ; ce n'était donc pas sur Tammy qu'il versait des larmes.

Il s'arrêta de pleurer et me raconta ce qui s'était passé. En rentrant chez lui, Simon avait trouvé Tammy en larmes sur le canapé (oui, elle aussi s'y était mise). Elle tenait à la main un paquet de trois préservatifs qu'elle avait trouvé dans l'étui de sa guitare acoustique. Comme il n'en restait qu'un et qu'elle prenait la pilule depuis qu'elle le connaissait, elle en avait conclu que les deux capotes manquantes du paquet retrouvé dans les affaires de son coureur de mec signifiaient « infidélité ». Malgré son talent surnaturel pour raconter les mensonges les plus éhontés de manière convaincante lorsqu'il s'agissait de sauver sa peau, Simon s'était senti obligé de dire la vérité à Tammy, de même qu'il m'avait tout avoué moins de vingt-quatre heures auparavant. Oui, il l'avait trompée ; oui, il avait couché avec une autre fille, et non, il ne l'aimait plus. Elle avait fait ses valises et était partie sans dire un mot.

« Pourquoi tu as fait ça ?

– Quoi, coucher avec une autre ?

– Non. Pourquoi lui tu as dit la vérité ? Qu'est-ce qui te prend de vouloir dire la vérité à tout le monde ? Pourquoi m'avoir raconté ce qui s'était passé entre Aggi et toi ? »

Le silence qu'il garda n'avait plus rien de calculé, cette fois. Il paraissait réellement perdu. « Je ne sais pas », dit-il finalement d'une voix qu'il avait du mal à maîtriser. Il toussa. « Attends une seconde, je prends une clope. » Il toussa à nouveau. « Si je vous ai dit la vérité, à toi comme à Tammy, c'est que je suis tombé amoureux. Ça a l'air stupide, dit comme ça, je sais que tu penses que je parle avec mon cul, mais c'est vrai. Lors d'une soirée à l'université de Londres avec le groupe, il y a quelques mois, j'ai rencontré une fille. Tout d'abord, c'était juste pour le fun, comme toujours, et puis tout d'un coup, ce n'était plus de la rigolade. Je l'avais prévenue qu'on tournait beaucoup, avec le groupe, pour qu'elle ne me casse pas les pieds en me reprochant de n'être jamais là. On est sortis ensemble pendant environ six mois. Puis, un jour, alors que je fouillais dans les bacs de musique rock et pop, au Virgin Megastore, je me suis mis à penser à cette fille, sans pouvoir me la sortir de la tête. C'est là que j'ai compris ce que je devais faire. Je l'ai appelée pour lui dire que c'était terminé. Et au cas où elle n'aurait pas pigé, je lui ai même envoyé une lettre. »

J'avais beau le détester toujours autant, j'étais fasciné. L'idée d'un Simon amoureux était trop géniale. J'allumai à mon tour une cigarette et lui demanda de continuer.

« J'avais compris que je tombais amoureux, et ça ne m'a pas plu. Je n'ai qu'à te regarder pour voir les ravages que ça fait. Rien que des émotions merdiques et inutiles. Toute cette intensité, toutes ces exigences... comment peut-on avoir envie de se retrouver dans cet état ? »

J'éclatai de rire. Simon aurait-il un cœur ? C'était trop bizarre. Qu'il n'ait pas de cœur était l'une de ces lois irréfutables de l'univers. Rien ne se perd, rien ne se crée, tout se transforme. Tous les coiffeurs sont cinglés. Simon se fout de tout le monde, sauf de lui-même.

Je ne comprenais toujours pas. « Mais pourquoi nous avoir dit la vérité, à Tammy et à moi ?

– Je l'ai dite à Tammy parce que je ne l'ai jamais aimée. Je ne lui ai même jamais seulement dit qu'elle me plaisait. Le moins que je pouvais faire était de lui avouer la vérité. Et je te l'ai dite à toi parce que j'ai pris conscience, ce weekend, que j'avais commis une énorme erreur. La plus énorme erreur de toute ma vie. Je suis toujours amoureux de la fille que j'ai larguée, mais je ne sais pas où elle est passée ni comment la contacter. Je n'ai jamais rien éprouvé de semblable. Je ne dors plus. Je ne mange plus. Je n'arrive plus à écouter de la musique. J'ai même dissous le groupe, aujourd'hui. Le contrat d'enregistrement, l'album, tout ce qui était le but même de ma vie – c'est du passé. À la poubelle. Vendredi dernier, j'ai compris que si j'étais dans cet état au bout de trois semaines, ce que tu as vécu ces trois dernières années a dû être une véritable torture. Et donc, je te devais la vérité. Je suis désolé, vraiment désolé, Will. J'aime tellement cette fille que je ne sais pas quoi faire. »

Ce n'était pas du cinéma. Pas un mot qui ne sonnait pas juste. Il m'était difficile de ne pas éprouver de la sympathie pour lui. Je parvins tout de même à ne pas le montrer. Parce que j'étais content qu'il souffre à son tour. J'étais content qu'il sache ce que c'était que d'endurer ce genre de chose. J'adressai une prière silencieuse au dieu de la méchanceté, lequel avait de toute évidence entendu mon appel et monté le coup. Je ne devais pas l'oublier. Je n'avais même pas besoin de lui parler de mon prochain mariage : la vie de Simon s'effondrait, c'était tout ce qui comptait.

« Comment s'appelle-t-elle ? » Je me demandais quelle était cette fille, qui était capable de mettre le magnifique, le tout-puissant Simon à genoux.

Il tira une longue bouffée sur sa cigarette. « Kate. Elle s'appelle Kate. »

22.04

Le monde n'est pas si petit que ça. Et pourtant, c'était elle. Je le vérifiai jusque dans les plus petits détails. À quelle université allait-elle ? Londres Nord. Quel était son nom de famille ? Freemans. Comme le catalogue. La couleur de ses cheveux ? Tirant sur le roux. Son film préféré ? *Gregory's Girl*. Où habitait-elle ? Si j'avais encore eu le moindre espoir que nos deux Kate Freemans soient, en dépit de toutes ces similitudes, deux personnes différentes créées par les dieux du destin rien que pour me torturer, la réponse de Simon le réduisit sur-le-champ en miettes. Kate avait vécu dans mon appartement. Lorsque Simon l'avait jetée, elle lui avait dit qu'elle allait quitter Londres. Comme j'étais à la recherche d'un logement, cet enfoiré m'avait transmis l'information, mais en me mentant sur son origine. Nous avions parlé de beaucoup de choses, Kate et moi, mais pas de son ex. Simon me demanda pourquoi je lui posais toutes ces questions, et je n'eus aucune peine à lui mentir. Parce que je trouvais ça vraiment marrant. Je raccrochai, en état de choc.

Kate et Simon.
Kate et Simon.
Kate et cet enfoiré de Simon !

C'était plus que je n'en pouvais supporter. Impossible de seulement commencer à évaluer les dégâts que venait de provoquer en moi la révélation de Simon. Je ne pouvais tout simplement pas envisager la chose. Je ne l'envisageai donc pas. J'enfermai « Kate et cet enfoiré de Simon » dans une boîte marquée *Ne pas ouvrir, ou bien...*, boîte que je jetai dans le repli le plus obscur de mon cerveau, me jurant, sous peine de mort, de ne jamais aller la rechercher. Certains diront que c'était refuser la réalité, mais pour moi, il s'agissait de survie.

Il me fallait une diversion, et vite. Je branchai la radio. Le *Barbara White Show* venait juste de commencer. Elle disait à ses auditeurs (« vous qui êtes si merveilleux ») qu'ils étaient l'élément essentiel de son émission : « Vous pouvez avoir les meilleurs experts du monde, susurrait-elle d'une voix chaude, la meilleure conseillère du monde, sans vous et vos problèmes, nous n'existerions pas. »

« ... et merci, Patricia. J'espère que tout se passera bien pour vous et vos enfants. Très bien, nous avons maintenant un appel de Will, d'Archway à Londres. Salut, Will, ou bien dois-je dire William ? Vous êtes sur l'antenne du *Barbara White Show*. En quoi puis-je vous aider ?

– Salut », dis-je nerveusement. Je regardai autour de moi dans la pièce. J'aurais bien aimé avoir quelque chose à boire. Il y avait un reste de tequila dans le pichet de plastique que j'avais laissé traîner la veille. J'en pris une gorgée. « Vous pouvez m'appeler Will, Barbara.

– Vous vous sentez nerveux, Will, c'est normal. Moi aussi, je me sens nerveuse. Racontez-nous votre histoire à votre manière. »

C'était une pensée d'une inanité absolue, mais je me dis

qu'elle était exactement comme à la radio. Je pris une autre gorgée de tequila, toussai et me demandai l'impression que je devais produire sur ses milliers de « merveilleux auditeurs ». Quand j'étais gosse, je me mettais les mains en coupe derrière les oreilles et essayais d'imaginer comment les autres entendaient ma voix. Je n'y étais évidemment jamais parvenu, ou alors, j'avais un timbre creux avec effet d'écho.

Barbara assaisonna machinalement mon récit des petits bruits rassurants et des « oui-oui » marmonnés dont elle gratifiait tous ses correspondants, mais, dès que j'eus prononcé le mot de mariage, elle abandonna le mode conduite automatique.

« Permettez-moi de vous interrompre, Will. Je crois indispensable de récapituler ! » Elle laissa échapper un soupir d'exaspération (feinte). « Si j'ai bien compris, vous avez reçu un coup de téléphone de la jeune femme qui occupait votre appartement avant vous et, au bout de quelques heures de conversation, vous avez décidé de l'épouser ?

– C'est exact, dis-je, ravi d'avoir retenu son attention.

– Permettez-moi de vous le dire, Will, c'est une histoire merveilleuse ! » Elle frappa dans ses mains et laissa échapper un petit cri de joie comme seules les Américaines sont capables d'en émettre. « Laissez-moi deviner... vous vous demandez si c'est bien la bonne décision, n'est-ce pas ?

– Ouais, c'est ça. » J'avais répondu d'un ton beaucoup moins content de moi qu'auparavant. Tout d'un coup, je me sentais idiot et aussi exposé qu'un mannequin dans une vitrine.

« Puis-je vous demander à quel moment vous avez pris conscience que cette fille vous plaisait ? »

Je réfléchis à la question. J'avais du mal à croire que tout cela ne datait que de quelques heures. *J'étais moi ce matin, et je suis maintenant quelqu'un d'autre... À moins que je n'aie été quelqu'un d'autre ce matin et que maintenant je sois moi ?*

« Au cours de l'après-midi, répondis-je en parcourant la pièce des yeux, jusqu'à ce que j'aie repéré ce que je cherchais. Mais pas à cause d'une chose précise qu'elle aurait dite. » Je scotchai la photo de Kate au-dessus de mon lit. « Il y a eu comme un déclic, et j'ai compris que c'était elle. » La Kate de la photo m'adressait un sourire radieux.

« Puis-je vous demander votre âge ? » me demanda Barbara.

La pourvoyeuse de conseils radiophoniques se mit soudain à m'exaspérer. Sa courtoisie de circonstance, son accent, ses questions insidieuses, tout me prenait sérieusement à rebrousse-poil. « Ouais, crachai-je, vingt-six ans. C'est mon anniversaire aujourd'hui.

– Alors, tous mes vœux ! lança Barbara sans prendre garde à ma mauvaise humeur. Avez-vous eu une relation durable avec quelqu'un, avant ? »

Ma colère s'éteignit. « Je suis sorti trois ans avec la même fille, entre l'âge de vingt et vingt-trois ans, à peu près. » J'espérais qu'elle ne me demanderait pas son nom.

« Était-ce une rupture par consentement mutuel ? »

J'avais envie de mentir. J'avais besoin de mentir.

« Non, dis-je. C'est elle qui a rompu. Je crois qu'elle voulait davantage de liberté. Je commençais peut-être à l'ennuyer, je ne sais pas. Je l'aimais à la folie. Je croyais que c'était la femme de ma vie, mais je n'ai jamais pu l'obliger à penser le long terme. Elle m'a largué d'un seul coup, comme ça, ce qui m'a fait très mal. La vie a continué pour elle comme si je n'avais été qu'un incident mineur. »

Je suis content d'avoir dit la vérité. Encore un signe qui montre que j'ai changé. L'ancien homme est mort. Longue vie au nouveau !

« Y a-t-il autre chose que je devrais savoir ? » demanda Barbara.

Je marquai une pause, perplexe. Quels détails voulait-elle ? La boîte Simon/Kate se mit à émettre un bruit de grelot dans sa planque secrète. Je l'ignorai.

« Elle est sortie avec mon meilleur copain pendant que nous étions ensemble », avouai-je, me représentant Simon et Aggi enlacés. Je me demandai si je devais être plus précis, puis décidai que non. « Mais je ne l'ai appris qu'hier... oh, j'ai oublié de dire que c'est il y a trois ans, jour pour jour, qu'elle m'a largué.

– Elle vous a fait ça le jour de votre anniversaire ? Ç'a dû être terrible, compatit Barbara.

– Terrible, oui.

– Êtes-vous sorti avec d'autres filles depuis ?

– Je suis resté un an sans voir personne, avouai-je. Je n'étais même pas capable de penser à une autre fille. Au cours des deux dernières années, je suis sorti avec quelques-unes, dont deux ou trois qui me plaisaient beaucoup.

– Puis-je vous demander ce qui n'a pas marché avec elles ?

– Je ne sais pas. » Des visages défilèrent dans un montage rapide. Quelle question ! J'aurais eu moins de mal à expliquer le sens de la vie que les raisons pour lesquelles ces liaisons avaient tourné court. Je savais que le problème venait de moi, mais de quoi, en moi ? Aucune idée. « Ce sont des relations qui ne menaient à rien... ou les filles devaient déménager..., dis-je tout en essayant de trouver une meilleure réponse. Un moment, j'ai bien cru que j'étais maudit. » Ça y était, je tenais une raison. « Je crois que ça ne marchait pas parce que, au fond de moi, je me disais constamment :

qu'est-ce que je ferais si jamais la fille que j'ai tant aimée revenait alors que je sors avec une autre ? C'est sans doute pour cette raison que ça ne pouvait pas aller bien loin.

– Puis-je vous arrêter un instant, Will ? Nous devons faire passer quelques annonces. Restez en ligne, nous reprendrons notre conversation aussitôt après. »

Je fus obligé d'écouter quatre pubs : pour le double vitrage, pour une marque de literie, pour une crème contre le pied d'athlète et pour une agence qui se chargeait de payer les factures à votre place. C'était l'enfer. J'étais en enfer. J'étais descendu très bas. J'avais envie de raccrocher, sans pouvoir le faire. C'était la première fois que je racontais toute cette histoire à quelqu'un. Les rushs jetés au panier par le metteur en scène, les rushs du film *Ma vie* avec toutes les scènes qui ne regardaient pas mes parents, les scènes que mes amis ne comprendraient jamais.

« Avant cette page de publicité, reprit Barbara, nous parlions avec Will, de Londres. Will a demandé en mariage une jeune fille qu'il n'a jamais vue, seulement après lui avoir parlé au téléphone depuis vendredi. Pouvez-vous continuer à nous raconter votre histoire, Will ?

– Que voulez-vous savoir d'autre ?

– Pourquoi pensez-vous que cette relation va marcher, alors que toutes les autres ont échoué à cause de ce que vous éprouvez encore pour votre ex ?

– Justement, je n'en suis plus si sûr. C'est la raison pour laquelle je l'ai appelée cet après-midi. »

Barbara avait du mal à contenir son excitation. « Vous avez appelé votre ex ? Qu'est-ce que vous lui avez dit ? Que vous alliez vous marier ?

– Non. Je l'ai appelée... » Je m'arrêtai, cherchant la bonne manière de m'exprimer. « Je l'ai appelée pour lui donner une dernière chance. Je ne lui ai pas dit, mais c'était la véritable raison de mon coup de téléphone.

– Comment a-t-elle réagi ?

– Eh bien... cela faisait trois ans que je ne lui avais pas parlé. Elle vit à Londres avec un type... elle a été surprise de m'entendre.

– Mais comment a-t-elle réagi ? » demanda Barbara, de plus en plus excitée.

Je regardai sans le voir le fond du pichet en plastique que je tenais toujours à la main. « À vrai dire, je ne sais pas. Je crois que j'ai réussi à la mettre en rogne. J'étais écœuré à l'idée que notre relation qui avait duré trois ans ne signifiait plus rien pour elle. J'ai fini par me montrer un peu sarcastique, j'en ai peur.

– Et elle ne l'a pas supporté ? Comment vous sentiez-vous, après ce coup de fil ?

– Anéanti. Dire que pendant toutes ces années, j'avais cru qu'il restait une chance que nous nous remettions ensemble... »

Barbara m'interrompit : « Qu'est-ce qui vous le faisait penser ? Vous l'avait-elle dit ?

– Eh bien... non, pas vraiment. Elle m'avait dit que c'était terminé et qu'il n'y avait aucune chance pour qu'elle revienne. Aucune », dis-je, un peu déconcerté en me rendant compte combien tout cela devait paraître stupide.

– Dans ce cas, comment avez-vous pu imaginer que vous vous remettriez ensemble ? »

À sa manière « subtile », Barbara sous-entendait que j'avais été idiot de vivre avec cette illusion, et elle avait raison. J'abondai dans son sens :

« Je ne sais pas. Je suis stupide. Ou peut-être trop optimiste. Je ne sais vraiment pas. Cela fait aujourd'hui trois ans que nous avons rompu. Je suppose qu'elle m'obsédait encore.

– Et la jeune fille que vous voulez épouser, Will, est-ce qu'elle est au courant de tout cela ?

– Oui, elle connaît l'existence de mon ex, mais elle ne sait pas que je lui ai téléphoné aujourd'hui.

– Pourquoi ne pas lui avoir dit ?

– Parce que... parce que... parce que... » Je me tus et examinai de nouveau le pichet de plastique. « Je... euh... je sais pas... si... je sais. » Je renonçai. « Je ne lui ai pas dit, car elle aurait pu penser que je la demandais en mariage parce que mon ex ne voulait pas de moi.

– Et ce ne serait pas le cas, par hasard ? » objecta Barbara d'un ton accusateur. On aurait vraiment dit un avocat triomphant d'un témoin récalcitrant devant un tribunal.

« Non, bégayai-je. Euh... si. Mais ce n'est pas aussi simple. Je devais savoir ce qu'il en était avec mon ex pour pouvoir repartir du bon pied. Je devais penser inconsciemment à celle que je voulais épouser ; je savais que ça ne marcherait pas s'il y avait une chance que je puisse retourner avec mon ancienne copine. Il me fallait savoir que mon ex ne voulait pas de moi, pour que je puisse repartir de l'avant, sans quoi j'aurais continué à penser à elle.

– Et à tourner en rond, ajouta Barbara d'un ton fatigué. Comme les petits manèges d'enfants, sur les aires de jeux. Et qu'est-ce qui serait arrivé, si jamais votre ex vous avait dit qu'elle revenait ?

– J'aurais probablement accepté, avouai-je, découragé.

– Et la fille que vous voulez épouser pour le meilleur et pour le pire, renonçant à toutes les autres jusqu'à ce que la mort vous sépare ?

– Je suppose que je ne l'aurais pas épousée.

– Comment pouvez-vous envisager d'épouser quelqu'un,

si le fantôme d'une autre occupe autant de place dans votre passé, Will ? »

Elle avait tapé dans le mille. Je sortis du lit et allai regarder par la fenêtre ; la pièce me donnait l'impression de rétrécir. J'avais les jambes en coton, si bien que je trouvai plus prudent de me laisser choir de moi-même sur le plancher avant que la gravité ne m'impose sa loi.

« Après tout le temps passé dans le culte de cette femme, dis-je à Barbara, est-ce que je ne me devais pas au moins d'essayer ? Je suis content qu'elle ne veuille pas de moi. Je veux avancer dans la vie. Et maintenant, je peux.

– Vous savez ce que je pense, Will ? Que votre ex vous a mis dans un tel état de confusion que vous ne savez plus où vous en êtes. Parfois, quand on est celui qui a été abandonné, on a du mal à continuer à vivre. On ne cesse de se demander : *Pourquoi l'autre ne souffre-t-il pas autant que moi ?* Il n'est pas rare que les gens qui sont dans cette situation gardent encore un espoir alors qu'il n'en reste aucun. C'est d'ailleurs ce qui m'est arrivé avec mon ex-mari. Après notre divorce, j'avais l'impression que si je restais disponible pour lui, il finirait un jour par se rendre compte qu'il avait besoin de moi comme j'avais besoin de lui. Et vous savez ce qui s'est passé ? Il a épousé une fille qui avait la moitié de mon âge et m'a invité à son mariage parce qu'il pensait que la question était réglée pour moi ! Manquait pas d'air, hein ? Je comprends ce que vous ressentez plus que vous ne le croyez, Will. Mais il faut vous poser la question : Pourquoi je tiens tant à épouser cette fille ? »

Je parcourus des yeux mon logement minuscule. Je tenais ma réponse : « Parce qu'elle m'a fait comprendre que je peux à nouveau aller de l'avant. Je peux enfin vivre ma vie et penser à l'avenir.

– Le mariage est une étape fondamentale, dit Barbara.

Cette jeune femme donne l'impression, à vous entendre, d'être la réponse à vos problèmes ; il est d'ailleurs tout à fait possible qu'elle le soit. Je crois cependant qu'il faut vous demander pourquoi une personne que vous n'avez jamais vue est devenue soudain aussi importante pour vous. Ce genre de choses se produit tout le temps, Will. Une correspondante, la semaine dernière, m'a raconté qu'elle était tombée amoureuse de l'homme auquel elle commande son matériel de bureau. Au téléphone, on peut être quelqu'un de différent. On peut flirter et s'amuser, bien protégé par l'idée qu'on n'a pas affaire à un interlocuteur en chair et en os, qu'on n'est pas obligé de le rencontrer.

– Ce n'est pas comme ça, protestai-je.

– Je n'ai pas dit que ça l'est, Will. Mais vous devez vérifier que ça ne l'est pas. Vous me permettez un conseil ? Essayez donc de déterminer si c'était bien *vous*, pendant ces communications téléphoniques, ou bien le *vous* que vous rêvez d'être. La jeune femme, à l'autre bout du téléphone, est tombée amoureuse de l'homme à qui elle a parlé. Sera-t-elle amoureuse de vous ? »

Poussé par une rafale de vent, un lourd rideau de pluie vint s'abattre sur la fenêtre. Kate et Simon faisaient une nouvelle tentative pour s'échapper de leur boîte. Je frissonnai. Je posai le téléphone au sol et me pris la tête entre les mains. En moins d'une demi-heure, Barbara avait réussi à pulvériser le roc solide de ma foi.

« Bon, notre temps d'antenne est épuisé, Will, dit une voix minuscule montant du plancher. Merci d'avoir appelé. Je vous en prie, rappelez-moi, rappelez Barbara au *Barbara White Show* d'ici une ou deux semaines, et racontez-nous, à moi et à nos auditeurs, ce qui s'est passé. Nous avons trouvé votre histoire passionnante. »

01.13

La sonnerie de la porte me réveilla d'un cauchemar dans lequel j'étais un soldat américain retenu prisonnier dans une hutte en bambou par un Vietcong qui était aussi Aggi. Je supposai, du moins, que c'était bien la sonnerie de la porte. Comme personne ne l'avait fait fonctionner depuis une semaine que j'habitais ici, j'ignorais quel genre de bruit elle émettait. Je décidai de l'ignorer, me disant que j'avais affaire à l'un des sans-abri alcooliques d'Archway en mal de plaisanteries ; j'espérais qu'il se lasserait avant que je sois obligé de lui balancer un seau d'eau sur la tête. Mais il insista, gardant son doigt sur la sonnette pendant plus d'une minute à chaque fois. Un bruit strident et rageur. Je regardai ma télé, me demandant si les types des impôts avaient le moyen de savoir que j'avais un récepteur même quand il ne fonctionnait pas. Qu'est-ce que je pourrais raconter ? Il était plus d'une heure du matin et je n'avais pas les idées très claires. Je me tournai et tirai la couette sur ma tête. Les mecs des impôts n'avaient qu'à aller se faire voir ailleurs.

Je commençais à perdre de nouveau conscience et à oublier parallèlement toutes les inquiétudes de la journée, quand on frappa à la porte. Je consultai de nouveau ma montre. Une heure vingt-trois. Ou bien quelqu'un avait fait entrer le sans-abri alcoolique, ou bien j'allais devoir payer six cents livres d'amende parce que j'avais une télé non déclarée chez moi. Je tirai encore plus haut ma couette, bien déterminé à me couper de la réalité avant que le vase ne déborde.

Cette fois, la pluie de coups qui s'abattit sur la porte menaça de la faire sauter de ses gonds. Je rampai hors du lit sans prendre la peine de m'habiller convenablement, entrouvris la porte et regardai par la fente. La femme du rez-de-chaussée (celle aux pantoufles Garfield) me rendit mon regard. Furibarde, la dame. Elle ne portait pas sa robe de chambre habituelle en tissu-éponge, mais un de ces pyjamas duveteux bleu ciel avec élastique aux chevilles qui la faisait ressembler à un bébé géant. Le visage rouge, congestionné de rage, elle avait les cheveux dressés sur la tête dans tous les sens. Il aurait été impossible à quiconque, y compris à Mister Colère de Colèr'land, d'avoir l'air plus furax.

Assaisonnant la question normalement laconique « Savez-vous l'heure qu'il est ? » d'un nombre de jurons qui confinait au catalogue, la mère Garfield entreprit de me mettre plus bas que terre. J'avais beau être encore désorienté, après ce réveil brutal en pleine nuit, je ne pus résister au plaisir de répliquer par une provocation de voisin malveillant : « Hé ! Vous défoncez ma porte parce que vous n'avez pas de montre, espèce de cinglée ? Tirez-vous avant que j'appelle la police ! »

Ce qui ne la fit pas rire. Je suis même convaincu que si la porte avait été plus largement ouverte, j'aurais eu droit à un bon coup de Garfield dans l'entrejambe.

« Non seulement monsieur ne va jamais débrancher l'alarme incendie, mais il se sert de ses voisins comme domestiques ! La prochaine fois, ouvrez vous-même la porte quand on sonne chez vous ! »

Je tentai d'afficher une expression offensée, mais je dus sans doute avoir simplement l'air intrigué. « Hé ! Figurez-vous que ça m'est arrivé de débrancher la maudite alarme ! Si c'est pour ça que vous venez gueuler, vous feriez mieux de demander au mec du dessus ! dis-je en pointant le doigt vers le plafond. Cet abruti n'a jamais bougé. » Son visage devint encore plus apoplectique, si c'était possible. Je décidai d'essayer de la calmer : « Écoutez, je ne sais pas ce qui vous arrive, OK ? Moi aussi, y a un cinglé qui a sonné chez moi, mais comme je ne connais aucun cinglé, je me suis dit que ça n'était pas pour moi.

– Je crois que je peux expliquer ce qui s'est passé, fit une voix de femme venant de la droite de la mère Garfield. J'ai cru que j'avais le mauvais numéro. Comme tu ne répondais pas, j'ai sonné par accident chez cette dame. »

J'ouvris un peu plus la porte pour voir qui était cette mystérieuse visiteuse.

Et vis Aggi.

Je la regardai de la tête aux pieds, n'en croyant pas mes yeux. Elle portait des bottes noires et une sorte de robe mauve. Elle avait les cheveux en désordre. En dépit de son expression, aussi avenante que celle de la mère Garfield, elle était toujours aussi belle.

« Je crois qu'il vaut mieux que tu entres », dis-je d'un ton fatigué. J'adressai un regard des moins amènes à la mère Garfield, au cas où elle aurait cru que l'invitation s'adressait aussi à elle.

Aggi entra et referma la porte derrière elle, mais resta debout. De mon côté, je m'assis sur le lit, me sentant horriblement mal à l'aise. Non seulement je ne portais que mon boxer-short et des chaussettes dépareillées, mais mon boxer-short était vert avec des motifs de joueurs de golf dessus – cadeau de ma mère quand j'avais quitté le domicile familial. Qui plus est, pas moyen de cacher quelque part le début de pneu qui me ceinturait la taille. Si bien que je restai là, abattu, attendant que me soit délivré le Message. Telle était la vision que j'offrais à l'amour de ma vie : un baquet de lard en sous-vêtements ringards. Pendant que j'enfilais mon t-shirt, Aggi détourna les yeux et en profita pour examiner la pièce et admirer la décoration. Elle ne fit aucun commentaire, à ceci près qu'elle affichait l'expression « C'est pas possible ! ».

Je finis de m'habiller, la regardai et souris. « Salut. »

Une grimace de colère déforma soudain son visage, comme si elle venait de tourner le bouton banshee hurlante sortie tout droit des Enfers[1]. J'avais peur. Une femme capable de se mettre en colère contre un pauvre crétin un peu enveloppé en boxer-short était le genre de femme qui s'en tirerait avec six mois avec sursis, pourvu qu'elle plaide la folie passagère.

« Je suis dans une colère noire ! » hurla-t-elle.

Je grimaçai, supposant qu'elle avait encore le souvenir cuisant de mes commentaires peu flatteurs sur sa popularité auprès des sportifs. J'envisageai de lui rappeler que je portais mes lunettes, mais préférai m'abstenir.

« Toby voulait te tuer ! Te casser la figure au point que ta propre mère ne t'aurait pas reconnu ! Il sait que tu es un vrai barjot. Il m'attend dehors, dans la voiture, alors ne te raconte pas d'histoires dans ton petit cerveau tordu !

– Il n'est pas avocat ?

– Si.

– Il ne joue pas au rugby ?

– Si. Tous les week-ends.

---

1. Personnages féminins légendaires irlandais qui passaient pour se déchaîner pendant les tempêtes et emporter les marins.

– Ah. »

Je me sentais petit, tout petit. Un peu plus petit qu'une couille de moustique. J'avais l'impression de me faire remonter les bretelles par ma mère, à ceci près que je n'avais pas de bretelles, puisque je n'avais pas de pantalon. Sans compter que ma mère ne m'aurait jamais menacé de me faire corriger par son petit copain, même si elle en avait eu un. La seule bonne chose, pour autant que je pouvais en juger, était que le gorille d'Aggi avait dû censurer une bonne partie de mes propos, tout en lui donnant, c'était évident, l'idée générale. J'étais mort de honte. Les attaques d'Aggi se succédaient, impitoyables, tandis qu'elle allait et venait dans la pièce. Les accusations féroces et vénéneuses dont elle me bombardait étaient malheureusement toutes justifiées. Chacune de ses phrases commençait par un « Comme peux-tu oser... ».

Je n'avais rien à lui opposer pour ma défense. Je lui avais téléphoné, comme ça, sans crier gare, trois ans après en avoir perdu le droit, pour dire pis que pendre d'elle à son copain, lequel était de plus en mesure de me réduire en bouillie les deux mains liées dans le dos. C'était ridicule. Je restai assis, tête baissée, et encaissai tout ça, sinon comme un homme, du moins comme la chose la plus approchante que je pus bricoler : une créature moitié ado, moitié mouton.

Je relevai la tête quand je crus qu'elle en avait terminé. Ma déception fut grande de constater qu'il n'en était rien. « Si jamais tu tentes encore une fois de me contacter par téléphone, par lettre, ou même en essayant de m'envoyer tes mauvaises vibrations, j'irai porter plainte, espèce de salopard ! Et ce n'est pas une menace en l'air ! »

Elle se tourna et ouvrit la porte sans même me jeter un dernier regard. *Ça y est, c'est son bonjour-adieu. Je mérite mieux tout de même, non ?* Je préférais encore l'entendre me hurler dessus dans l'appart que de vivre avec l'idée que, dès l'instant où elle aurait franchi le seuil, elle aurait balayé tout souvenir de moi – fait un lot du tout pour le jeter à la poubelle. Les bons souvenirs comme les mauvais. D'autant plus effrayant à supporter que si je n'existais pas dans sa tête, c'est que je n'existais pas du tout.

« Et ce qui s'est passé entre toi et Simon ? » dis-je sur un ton qui hésitait entre bredouillis et marmonnement.

Elle se tourna, la main encore sur la poignée, une expression intriguée sur le visage. « Quoi ? »

Je toussai et étudiai mes pieds. J'avais, sur le talon, une verrue de la taille d'une petite pièce que je n'avais encore jamais remarquée. Sans relever la tête, je lui reposai ma question : « Je t'ai demandé ce qui s'était passé entre Simon et toi. »

Lentement, elle revint dans la pièce, refermant soigneusement la porte à deux mains, puis vint s'asseoir à côté de moi sur le lit.

« Il te l'a dit, alors ? »

J'acquiesçai.

« Quand ça ?

– Hier.

– Et pourquoi ?

– Parce qu'il est amoureux. »

Malgré elle, les yeux d'Aggi se remplirent de larmes. Je les suivis qui roulaient le long de son nez parfait, longeaient sa lèvre supérieure parfaite, coulaient sur son menton parfait. Je ne voulais pas la voir pleurer. Décidément, tout le monde pleurait, ce week-end.

« Je n'ai jamais voulu te faire de mal, Will.

– Tu m'en as fait tout de même.

– C'est arrivé comme ça. J'étais furieuse que tu ne sois pas là ».

Je déglutis avec peine. « Alors comme ça, tu t'es envoyée en l'air avec mon meilleur copain...

– C'était juste du sexe. Je ne l'aimais pas. Ça ne s'est jamais reproduit.

– Et tu crois que ça change quelque chose ? »

C'était elle qui se tenait tête baissée, à présent, mais elle croisa un instant mon regard. « Non. Pas pour toi, du moins. »

Je m'écartai d'elle et commençai à trembler, comme si sa trop grande proximité était dangereuse pour moi. Voilà qu'elle était ici, dans cette pièce, me rappelant une trahison qui, même si elle avait eu lieu trois ans auparavant, était aussi récente dans mon esprit que si elle s'était produite la veille – ce qui, d'une certaine manière, était le cas. « J'ai été en adoration devant toi depuis le premier jour où nous nous sommes rencontrés. Oui, en adoration. Tu étais tout ce que je désirais. Qu'est-ce qui n'a pas marché ? »

Elle se remit à pleurer et je la pris dans mes bras. La sensation était toujours exactement la même. Rien n'avait changé. J'avais l'impression de vivre un voyage dans le passé ; c'en était irréel. Je voulus chasser ses larmes, mais elle se mit à pleurer encore plus fort dans mon cou, mouillant le col de mon T-shirt. Elle releva la tête et me regarda dans les yeux.

« Je suis désolée, Will. Tellement désolée... »

Je ne répondis rien. Je ne jouais pas au martyr : je n'avais simplement rien à dire. Elle paraissait tellement pitoyable, avec ses yeux rougis et gonflés. Je n'avais qu'une envie : arranger les choses.

« Tu me connais. Je n'ai jamais rien regretté, reprit-elle, et ne va surtout pas croire que je regrette d'avoir mis fin à notre relation. Pas du tout. On était morts. On n'allait nulle part. Mais si c'était à recommencer, je ne te referais jamais ça. Tu n'as pas besoin de me dire que tu m'aimais. Je l'ai toujours su. Tu as été mon meilleur ami pendant toutes ces années, Will. Je ne pourrais jamais compenser toutes les choses merveilleuses que tu as faites pour moi. Je ne sais pas... »

Sa voix mourut sur ses lèvres, et elle enfouit son visage contre mon épaule. Je contemplais le sommet de son crâne, ému et triste. L'idée perverse me vint que, d'une certaine manière, c'était grâce au fait qu'elle avait couché avec Simon que j'apprenais, après tout ce temps, qu'elle n'avait rien oublié, même si les souvenirs qu'elle gardait avaient quelque chose d'abstrait. Non, elle n'avait pas oublié ; une petite part d'elle-même se souciait assez de moi pour que le concept de regret ait un sens pour elle. J'étais enfermé quelque part au fond de sa tête. Magnifique. C'était plus que tout ce que j'avais jamais espéré.

Elle leva lentement les yeux jusqu'à ce que son regard plonge dans le mien ; ses lèvres s'écartèrent, son nez était à moins de trois centimètres du mien et elle tenait la tête inclinée de cette manière magique qui ne peut vouloir dire qu'une chose. Je jetai un coup d'œil vers la porte (je ne pus m'en empêcher), car en pensée je m'étais transporté dehors, devant la maison, où cent kilos de muscles rugbymanesques n'attendaient qu'un signal pour me tomber dessus et me réduire en bouillie. Aggi, voyant ma détresse, posa son index sur mes lèvres. « J'ai menti, avoua-t-elle. Je ne voulais pas que tu te fasses des idées, c'est tout. »

Et elle m'embrassa.

L'univers, tout d'un coup, parut prendre tout son sens. Le poids du monde ne pesait plus sur mes épaules. C'était le sentiment auquel j'avais aspiré pendant tout ce temps ; oh oui, ça avait valu la peine d'attendre. Je ne pouvais l'embrasser aussi vite que j'en avais envie. Je déposai des baisers sur son visage, sur ses mains, sur son cou, sur toutes les surfaces de peau visibles ; mais, au bout de quelques secondes, je fus submergé par des sentiments deux fois plus puissants, deux fois plus destructeurs et deux fois plus douloureux que ceux que je venais d'éprouver à l'instant.

Je m'écartai d'elle, sous le choc. « Je ne peux pas faire ça.

– Je te l'ai dit, Toby n'est pas ici. »

Je secouai la tête. « Ça n'a rien à voir avec lui. Mais avec moi. Je ne peux pas faire ça. Je ne peux pas tromper Kate. »

Le visage d'Aggi se transforma sur-le-champ. Toute tristesse en disparut, remplacée par une expression de défi tranquille. « C'est ta petite amie, cette Kate ? me demanda-t-elle, la touche de sarcasme évidente dans son ton.

– Non, ma fiancée. »

Je lui expliquai toute l'histoire, alors même qu'elle avait perdu presque tout son sens pour moi. Elle hochait la tête là où il fallait, elle rit deux ou trois fois quand il ne fallait pas. Lorsque j'eus terminé, je me rendis compte qu'elle ne me croyait pas. *Il y a une semaine, moi non plus je ne l'aurais pas cru.* J'évaluai la situation :

AGGI	KATE
Aggi était ici, dans ma piaule.	Kate était à Brighton
Je connaissais Aggi depuis six ans.	Je connaissais Kate depuis deux jours.
Je connaissais le corps d'Aggi dans le moindre détail.	Je connaissais tous les détails de la photo de Kate.
J'aimais Aggi.	Mais j'aimais Kate encore plus.

Il n'y avait aucune explication, rationnelle ou pas ; je pouvais simplement dire que ce n'était pas la culpabilité qui parlait, mais moi. Ce n'était pas que c'était terminé avec Aggi – trois années d'obsession niveau maximum ne disparaissent pas en un instant –, mais voici comment se présentaient les choses : j'avais cru qu'Aggi était le septième ciel de l'amour pour moi, mais Kate m'avait montré qu'il y en avait un huitième. Excessif ? Oui. Mélodramatique ? Si vous voulez. Les termes brouillés choisis par une âme troublée amoureuse de l'amour lui-même ? Non.

« Alors, c'est comme ça », dis-je au bout d'un silence qui me mettait de plus en plus mal à l'aise.

Aggi se mit à rire. « Je n'arrive pas à y croire, Will. Je n'arrive vraiment pas à y croire. Mais n'insulte pas mon intelligence avec tes petites histoires pathétiques. Je savais que tu étais amer, mais je ne m'étais pas douté que c'était à ce point. » Elle se leva, réajusta le haut de sa robe et essuya les traces du rimmel qui avait coulé sur ses joues. « C'est ce que je mérite, je suppose. Eh bien, nous sommes quittes, à présent. Je n'aurai plus besoin de me sentir coupable d'avoir couché avec Simon, et toi, tu as ta copine imaginaire. »

Je la regardai depuis le lit, plus abattu que jamais. « Ouais, comme tu voudras. »

LUNDI

05.45

Pendant quelques secondes, la fin du monde ne fut plus seulement proche : elle s'était produite. Comme je m'y étais attendu, je me retrouvais en enfer, mais, outre que je n'y crevais pas autant de chaud que je l'aurais cru, la chose la plus remarquable était le tapage qui régnait chez Hadès – et sa ressemblance avec mon appartement. Je consultai ma montre. Six heures moins le quart, lundi matin. Grâce au détecteur de fumée à la sensibilité exacerbée de M.F. Jamal, le Reste de ma Vie venait de commencer avec une heure d'avance. Dans moins de cinq heures, je serais à Brighton avec Kate, et le détecteur de fumée, l'appartement, Archway, le bahut, la marchande de journaux italienne, Simon, Aggi et tout ce qui cherchait à me noyer sous des trombes d'eau ne seraient plus qu'un mauvais rêve.

L'alarme du détecteur s'arrêta.

La porte palière de l'un de mes voisins du rez-de-chaussée claqua tellement fort que mes vitres en tremblèrent. La paix fut rétablie. Je baignais dans le silence.

Je vais vivre aujourd'hui l'aventure de ma vie.

J'étais dans le genre d'état d'excitation que je recherchais depuis toujours, au début d'un livre dont il était impossible de deviner la fin, un scénario à la Rolf Harris que l'on ne pouvait anticiper tant qu'il n'en avait pas écrit les ultimes rebondissements dans les grincements de son marker.

La semaine dernière, j'aurais pu prévoir chacun de mes gestes, jusqu'au moindre détail, des jours et des jours à l'avance. Dix heures du matin, mardi : anglais avec mes troisièmes. Huit heures et quart mercredi : course contre la montre jusqu'au portail du bahut tout en essayant de terminer ma première cigarette de la journée. Vendredi onze heures du soir : au dodo, rêvant de mon ex-copine. Maintenant, grâce à Kate, je n'ai pas la moindre idée de ce qui va m'arriver, mais au moins je sais avec qui ça va m'arriver. Sécurité et aventure, le meilleur des deux mondes.

La couette avait glissé du lit pendant la nuit et gisait dangereusement près de la tache indélébile laissée par la crème glacée sur la moquette. Je la repris sur le lit et me la calai sous les fesses pour créer un cocon approximatif dont ne dépassait que ma tête. Les filets de courant d'air qui se coulaient par les fentes de la fenêtre et que les rideaux ne semblaient pas arrêter me faisaient savoir que le jour de ma libération allait être froid. Je fis un gros effort de concentration visant à capter d'autres informations météorologiques : pas d'erreur, c'était bien le crépitement léger mais impitoyable de la pluie contre le vitrage que j'entendais.

Je pensai par automatisme au petit déjeuner, mais l'excitante perspective des événements à venir transformait mon estomac en une boule de muscles contractés – ni des céréales, ni du pain surgelé ou grillé (sans margarine) ne pourraient transiter jusque-là.

La main en l'air, le long porte-cigarettes tenu avec une élégante nonchalance entre les doigts, Audrey Hepburn m'accueillit dans la salle de bains avec son sourire nostalgique. Je refermai la porte derrière moi et allumai, ce qui ne manqua pas d'encourager le maudit ventilateur à faire son raffut habituel. Une fois sous la douche, mes pensées se tournèrent vers la Kate de la photo, que j'essayai d'imaginer en trois dimensions. Après m'être séché plus ou moins bien avec *la* serviette, j'allai la jeter dans la poubelle de la cuisine. Il y a des cas où toute rédemption est exclue.

Tout nu et glacé, je me mis sur le lit pour empêcher la poussière, la crasse et les fibres de la moquette de s'accrocher à mes pieds encore humides et me demandai comment j'allais m'habiller. La première impression, pensais-je, serait terriblement importante, en dépit de tout ce que m'avait dit Kate. Je voulais qu'elle soit attirée par moi dès l'instant où elle me verrait afin qu'elle soit tout de suite sûre, sans l'ombre d'un doute, qu'elle avait fait le bon choix. Après m'être changé plusieurs fois, je me décidai pour un pantalon bleu marine acheté pendant les soldes d'été de Jigsaw (coup de canif mineur dans ma politique de tout acheter d'occasion) et une chemise bleu clair aux revers de col énormes, plus toute neuve, de chez Marks et Spencer, qui venait de la boutique Oxfam tenue par Aggi. J'examinai le résultat dans le débris le plus gros du miroir Elvis cassé. Je me trouvai à croquer, pas moins.

Après avoir vérifié l'heure, je me mis à remplir en vitesse mon sac à dos. J'y jetai ce qui me restait de sous-vêtements propres, soit en gros trois boxer-shorts. Je dis en gros, parce que j'y avais ajouté le noir que ma mère m'avait acheté alors que j'étais plus jeune que certains de mes élèves actuels. J'avais eu l'intention d'aller à la laverie pendant le week-end (cela figurait sur la liste des *choses urgentes*), ce que je n'avais pas fait – je n'y avais même pas pensé. J'y joignis un assortiment de T-shirts et de pulls, accablai de malédictions mon manque de chaussettes propres et ajoutai donc deux paires qui ne l'étaient pas, puis les paquets de cigarettes d'Alice et la photo de l'âne Sandy. Je parcourus la pièce des yeux, à la recherche de ce que j'aurais pu y laisser, tout en établissant mentalement la liste des objets que j'oubliais habituellement : brosse à dents, savon, shampoing – mais c'était des trucs que Kate aurait certainement chez elle. Cette façon de penser à elle me rappela son chèque, que je glissai dans la poche latérale du sac à dos.

Assis sur le lit, contemplant le plafond, j'essayai de me préparer psychologiquement. Un radio-réveil se déclencha dans l'appartement voisin sur le thème de *Waiting For An Alibi* de Thin Lizzy et détruisit ma concentration. Une pensée insolite me vint à l'esprit : ne devais-je pas apporter un cadeau à Kate ? En cinq minutes, cette question prit le pas sur tout le reste pour se transformer en problème d'urgence nationale. Je me mis à explorer frénétiquement les lieux des yeux, à la recherche de quelque chose qui puisse constituer un cadeau. Ils tombèrent sur la cassette de *La Guerre des étoiles*. Si elle aimait *Gregory's Girl*, me dis-je (mes capacités de raisonner étaient à peu près réduites à néant), *La Guerre des étoiles* ne pouvait pas ne pas lui plaire. Incapable de penser à autre chose en guise de cadeau, je jetai la cassette dans le sac à dos et pris mentalement note de chercher un fleuriste, une fois à la gare de Victoria.

Prêt à braver les éléments, l'essentiel de mon patrimoine arrimé sur mes épaules, je jetai un dernier regard à ce que je laissais derrière moi. Cet appartement, mon pire ennemi depuis plus d'une semaine, me donnait à présent l'impression d'être un ami intime. Nous avions partagé de bons moments, de mauvais moments, des moments délirants. D'une certaine manière, je lui en étais reconnaissant.

J'avais déjà descendu la moitié de l'escalier lorsque j'eus l'impression d'avoir oublié quelque chose d'important. J'essayai de ne pas y céder, pensant à la femme de Loth transformée en statue de sel, mais l'impression ne voulait pas disparaître. Je retournai à l'appartement. J'avais éteint les lumières. Les plaques chauffantes aussi. Le grille-pain était-il débranché ? Non. Je ris intérieurement en retirant la fiche de la prise. J'étais en fin de compte devenu ma mère. Aussi loin que remontaient mes souvenirs, le jour du départ en vacances commençait toujours par le même rituel : ma mère courait partout dans la maison, frénétique, pour vérifier que tous les appareils électriques étaient bien débranchés. « Si jamais la foudre tombe sur notre toit, disait-elle, tout ce qui est branché prendra feu et c'est toute la maison qui brûlera. »

Avant de refermer la porte, je regardai le téléphone. Le répondeur n'était pas branché. Après avoir rectifié la situation, je refermai la porte, quittai l'appartement et m'avançai vers ce jour tout neuf.

13.48

« Eh bien, dis-je à mes troisièmes qui entraient dans la classe comme un troupeau d'éléphants, renversant les chaises, heurtant les tables et tout ce qui se trouvait sur leur chemin, prenez chacun votre exemplaire des *Hauts de Hurlevent*, s'il vous plaît, et ouvrez-le à la page où nous en étions vendredi dernier. » Cette requête pourtant simple déclencha une activité aussi fébrile que vaine : Kitty Wyatt, une gamine minuscule aux cheveux d'une couleur indéterminée qui, avec ses joues perpétuellement empourprées, avait tout d'un nain de jardin, se précipita hors de la classe en pleurant, avec dans son sillage son amie Roxanne Bright-Thomas ; celle-ci m'expliqua au passage que Kitty avait des problèmes « féminins ». Colin Christie, graine de voyou dont la réputation avait déjà gagné la salle des profs, et responsable le plus probable du crachat que j'avais reçu dans le dos, avait oublié son livre et se battait avec Liam Fennel qui, à juste titre, refusait de se faire prendre le sien de force. Je les ignorai tous.

« Lawrence, dis-je, m'adressant à un gros garçon effondré près du radiateur, sous la fenêtre. Je crois que c'est à ton tour de lire, aujourd'hui.

– Mais, monsieur, protesta-t-il, j'ai déjà lu la semaine dernière !

– Et tellement bien que tu vas devoir recommencer », répondis-je avec sévérité.

Il avait raison : il avait lu la semaine dernière, mais, étant donné l'humeur dans laquelle j'étais depuis mon retour de la gare Victoria, je me fichais complètement d'être juste, et j'étais en passe de m'en ficher longtemps.

Tandis que Lawrence commençait à lire et qu'un semblant de paix s'installait dans la classe, je m'assis à mon bureau et en profitai pour regarder par la fenêtre et étudier le ciel de l'après-midi. Le temps déprimant de la matinée avait laissé place à un beau soleil : il brillait à travers les branches des chênes, des frênes et des bouleaux argentés qui bordaient les terrains de jeux, des nuages cotonneux étaient éparpillés dans l'azur, et même les oasis d'herbes qui résistaient encore au milieu de la mer de boue qu'était le terrain de foot se paraient d'un lustre nouveau. J'allai ouvrir la fenêtre pour laisser entrer un peu d'air. *Aujourd'hui*, me dis-je, tandis que les nuages noirs de la dépression desserraient un peu leur étreinte, *est une journée qui vaut la peine d'être vécue*.

J'étais monté dans mon train. Le train de la liberté. Le sac à dos dans le filet à bagages, au-dessus de ma tête, tenant le dernier numéro du *New Statesman* d'une main et une Marlboro light dans l'autre, les pieds posés sur le siège d'en face, j'étais prêt à partir. C'était arrivé exactement cinq minutes avant que le train ne quitte la gare Victoria, cinquante-cinq avant que je ne devienne l'homme le plus heureux du monde. Quelque chose n'allait pas. N'allait pas du tout.

J'essayai de ne pas y penser. Je regardai par la fenêtre, parcourus à toute vitesse un article sur le fédéralisme européen, recomptai la monnaie que j'avais dans la poche – mais rien ne pouvait chasser cette impression. Et finalement je me retrouvai sur le quai, regardant le wagon de queue du train de 8 h 55 pour Brighton disparaître dans un lointain brumeux.

J'appelai Kate. Composer son numéro me paraissait aussi naturel et nécessaire que respirer. J'en oubliai presque la raison de mon appel ; je voulais simplement entendre sa voix. Elle ne décrocha pas tout de suite. Elle était sur le point de partir pour la gare, trop excitée pour attendre plus longtemps, et elle avait entendu le téléphone au moment où elle refermait la porte. Elle était revenue en courant, imaginant déjà le pire : j'avais eu un accident et l'appelais de l'hôpital ou, pis encore, la police avait retrouvé son numéro de téléphone sur un corps non identifié retiré de la Tamise. Je fus désolé de la décevoir.

Aller droit au but était ce qu'exigeait la situation et toute manœuvre dilatoire ne ferait que rendre, à terme, les choses encore plus douloureuses. Je pris une longue et profonde inspiration tout en tapotant mes poches, à la recherche de cigarettes. « Kate..., écoute-moi, Kate. Tu sais que je t'aime, n'est-ce pas ? Je t'aime plus que tout, mais il y a une question que je dois te poser. Voici ce que je veux savoir : si jamais ton copain te disait qu'il voulait revenir avec toi, iraistu avec lui ou avec moi ? »

Elle eut l'honnêteté de réfléchir à la question, ce que bien peu de gens, moi pas plus que les autres, auraient osé faire. C'était étonnant, mais elle s'était déjà tellement habituée aux bizarreries de ma personnalité que la question, toute brutale qu'elle était, ne la déstabilisa pas une seconde. J'étais un type étrange, mais elle m'aimait comme ça. J'étais limite délirant, et elle s'en moquait.

Elle prit donc son temps, ce qui était remarquable de sa

part. Elle évaluait sa réponse, en dépit du fait que j'étais de toute évidence l'option deuxième catégorie. Elle avait aimé Simon avec tant de ferveur qu'il lui aurait été impossible de mentir sans que je m'en rende compte. Son amour pour lui ne s'était traduit par aucune amertume ; elle n'avait d'ailleurs pas arrêté de l'aimer. Elle avait simplement rangé ses sentiments dans une boîte semblable à celle où je l'avais mise avec Simon, boîte qui était maintenant ouverte sans qu'on puisse plus rien y faire.

« Je ne comprends pas pourquoi tu t'imposes un truc pareil, Will. Je t'aime. Rien n'a changé depuis hier. Mon ex ne reviendra jamais. Je ne sais même pas où il est. Il pourrait se trouver n'importe où. Et il n'a aucun moyen de me contacter. C'est une discussion inutile, Will, tu comprends ? On nous a tous les deux laissés tomber, mais finalement nous avons trouvé quelqu'un en qui avoir confiance. Je t'ai, tu m'as. »

Je gardai le silence. J'avais raison. J'allumai une cigarette et glissai une nouvelle pièce de cinquante pence dans le taxiphone. La voix nasale d'un employé de British Railways monta de la sono : « Nous vous rappelons que la gare Victoria est un espace non fumeur. » Je revins aux raisons de mon appel. Je ne trouvai rien à dire.

« Will ? Ce n'est pas le moment de te poser ce genre de question. On y est presque. Tu vas prendre le train suivant. Je te retrouverai à la gare et tout ira très bien. »

Je ne demandais qu'à la croire. « Tout ira très bien ?

– Très bien. »

Je consultai la feuille des horaires que j'avais avec moi. Le prochain départ pour Brighton était à 9 h 35. Je remis la feuille dans ma poche, puis la ressortis, en fis une boule et la jetai au sol. Je n'allais prendre ni le 9 h 35, ni aucun autre train.

« Non, je ne crois pas, dis-je, réagissant à ses efforts pour me rassurer. Tout n'ira pas très bien. Ça ne va pas arriver, Kate. C'est terminé.

– Ne fais pas ça, Will. » Elle s'efforçait de ne pas pleurer. « Ne fais pas ça. C'est pas juste. Si Aggi te disait qu'elle veut revivre avec toi, tu partirais tout de suite, pas vrai ? Tu ne peux pas le nier !

– Non, je ne peux pas. Et toi non plus. Mais au moins, tu as un espoir. »

Elle ne comprenait pas. « Qu'est-ce que tu racontes, Will ? »

Appuyé contre la cabine téléphonique, je glissai lentement au sol, ayant perdu toute énergie. L'homme d'âge moyen et chauve qui occupait la cabine voisine tourna vers moi, l'air intrigué, son visage pathétique et triste de vieil enfant. Mon regard croisa le sien, ni passif, ni défiant. Il était simplement tombé sur lui. L'homme détourna aussitôt les yeux, me montra son dos et reprit sa conversation.

« Ton ex-copain, dis-je d'un ton morne, Simon Ashmore, guitariste du groupe Left Bank, a longtemps été mon meilleur ami. Il n'est l'est plus aujourd'hui. Il voudrait que tu reviennes. Il dit qu'il regrette. Il dit qu'il t'aime. »

Kate se mit à pleurer. Je me relevai. J'avais envie de courir après le train pour la rejoindre là-bas et tout arranger.

« Mais il a dit qu'il me détestait ! qu'il ne voulait jamais plus me revoir ! Pourquoi venir faire intrusion à nouveau dans ma vie ?

– Parce qu'il t'aime.

– Mais je t'aime, toi.

– Moi aussi, et je t'aimerai toujours. Mais cela n'ira jamais plus loin entre nous. Ce n'est pas seulement une question d'amour. Tu as dit toi-même que l'amour était le fruit du hasard. C'est vrai, cela peut arriver n'importe quand, avec n'importe qui. Mais ici, il s'agit d'être amoureux de la bonne personne, et la bonne personne, on ne la rencontre pas deux fois dans sa vie. Tu as trouvé la tienne, c'est Simon. Et ça me rend heureux. »

Elle se mit à sangloter sans retenue. Je voulus lui donner le numéro de Simon, mais elle n'était pas en état d'écouter. Quand elle se fut un peu calmée, j'attendis, le bruit de fond du téléphone dans une oreille et celui des gens dans la gare dans l'autre, qu'elle ait trouvé un crayon. Je répétai le numéro. Elle pleura encore un peu. J'étais bien déterminé à ce qu'il n'y ait pas de scène, je refusais à la fois d'éprouver la moindre culpabilité et de minimiser l'altruisme de mon geste. Si bien que je retins mes larmes autant que je le pus, c'est-à-dire jusqu'au moment où elle dit : « Tu me manqueras toujours. »

Là, ce fut trop.

Le chauve, intrigué par mes sanglots, se permit de jeter un nouveau coup d'œil dans ma direction. Nos regards se croisèrent encore, mais cette fois je vis à travers lui, à travers la cabine téléphonique, à travers la gare Victoria, à travers Londres, je vis le monde et les activités quotidiennes qui constituent la vie des hommes. C'était la fin. À travers mes larmes et mes sanglots, j'entendis les bip-bip annonçant la fin de la communication. Je fouillai furieusement mes poches, à la recherche d'une dernière pièce, et n'en trouvai aucune. Je me résignai donc à lui faire mes adieux dans les sept secondes qui suivaient.

« Monsieur ? J'ai fini le chapitre. Est-ce que je continue ?

Six...
Cinq...

« Heu... Monsieur Kelly ? »

Quatre...

« Monsieur ! Monsieur Kelly ! »

Trois...
Deux...
Un...

« Monsieur Kelly ! J'ai fini ! »

Fin de l'appel.

« Monsieur ! Monsieur ! Monsieur Kelly ! »

Lawrence avait terminé son chapitre et essayait d'attirer mon attention avec de grands gestes.

« Qu'est-ce que tu veux ? aboyai-je, furieux d'être dérangé dans mes pensées.

– J'ai fini le chapitre, monsieur... Est-ce que... est-ce que je dois continuer ? »

Je me levai et m'approchai du tableau noir. Un courant d'air souleva la feuille sur laquelle j'avais rédigé ma lettre de démission et l'expédia au sol. Je la remis précipitamment sur le bureau et sollicitai l'attention de mes élèves.

« Vous venez d'entendre Lawrence vous lire l'un des passages les plus célèbres de la littérature de langue anglaise sur le thème de l'amour. » J'examinai attentivement leurs expressions pour voir si Emily Brontë avait réussi à toucher ces cœurs de pierre. « Catherine Earnshaw vient d'expliquer à sa domestique, Nelly, la différence entre son amour pour Linton et son amour pour Heathcliff. Est-ce que cela vous inspire quelques réflexions ? »

Un mur constitué de trente-deux paires d'yeux me retourna mon regard. J'étais seul, sur ce coup-ci.

« Très bien. Je vous en demande probablement un peu trop, dis-je, surpris que mon sens de l'humour soit encore en état de marche. Cathy nous parle de deux façons d'aimer. Dans la première, l'amour qu'elle éprouve pour Linton, elle le compare au feuillage dans les bois, que le temps changera. Elle en a conscience. "Comme l'hiver change les arbres", dit-elle. » Je marquai un temps, étudiant les activités de mes élèves. Kevin se grattait une oreille avec le capuchon de son stylo à bille, Sonya Pritchard et Emma Anderson (redevenues des gamines ordinaires, dans leur tenue de classe) se passaient un mot, et Colin Christie s'efforçait d'aspirer un filet de salive, confectionné avec le plus grand soin, de son menton jusqu'à ses lèvres. « Cependant, continuai-je sans enthousiasme, son amour pour Heathcliff est, pour reprendre son image, comme la roche éternelle, en dessous. Source de peu de délices, mais essentielle. Le meilleur moment est quand elle dit à Nelly qu'elle est Heathcliff. Et maintenant, voici la question que je vous pose : quel genre d'amour préféreriez-vous ? »

Si, dans mon esprit, la question n'était pas rhétorique, je ne m'étais pas attendu à ce qu'il y en ait un ou une qui réponde. En fait, j'étais même sur le point d'écrire quelques suggestions sur le tableau, lorsqu'un bras solitaire s'agita timidement en l'air. Il appartenait à Julie Whitcomb, la fille qui avait été victime d'une mauvaise plaisanterie de la part de Clive O'Rourke, le vendredi précédent. Ses camarades de classe tournèrent bruyamment leur chaise pour contempler, stupéfaits, ce miracle. Je lui souris et, d'un signe de tête, l'invitai à s'exprimer.

« J'aimerais mieux le genre d'amour qui dure, monsieur, dit-elle, fuyant mon regard. J'aimerais mieux un amour qui dure éternellement. Ça ne fait rien s'il est ordinaire, ça ne fait rien s'il est laid. Il a juste à exister. » Elle s'arrêta et fixa les yeux sur le roman posé devant elle, plus écarlate que Kitty Wyatt par temps froid. « Je préférerais toujours l'amour de Heathcliff à celui de Linton, monsieur. »

Je remerciai Julie pour sa participation. « Excellente observation. Mais j'ai une autre question à vous poser : et Heathcliff, dans tout ça ? Je ne veux pas gâcher votre plaisir en vous racontant la fin du livre, mais laissez-moi au moins vous dire ceci : quand on est une espèce de grand bohémien mélancolique racheté, ce n'est pas un amour heureux. Ce que je voudrais vous demander – et j'admets que je ne connais pas moi-même la réponse –, c'est ceci : avait-il le droit de l'aimer tellement, alors qu'il savait qu'elle ne l'aimerait jamais comme elle aimait Linton ?

– Qu'est-ce que vous voulez dire, monsieur ? demanda Julie.

– Que c'est bel et bon que Cathy aime Heathcliff comme les rocs éternels, mais est-ce qu'il n'y a pas un petit quelque chose de naïf à s'imaginer que la nature plus élevée de l'amour qu'ils partagent n'est pas un pis-aller, puisqu'il ne peut la prendre dans ses bras ? Heathcliff la laisse épouser l'homme qui l'a brutalisé, lui ! »

Julie Whitcomb leva une fois de plus la main, criant : « M'sieur ! M'sieur ! M'sieur ! »

Je parcourus la salle des yeux, mais je n'y décelai aucun autre signe de vie.

« La vérité, m'sieur, dit Julie, parlant de toute évidence avec la plus grande conviction, c'est que l'amour est plus compliqué qu'on le croit. Il arrive qu'on tombe amoureux d'une personne qui n'est pas bonne pour nous. Ce n'est pas de notre faute, ce n'est pas de la faute de l'autre non plus, c'est juste comme ça. Et j'ai l'impression que c'est ce qui est arrivé ici. Heathcliff est tombé amoureux de celle qu'il ne fallait pas. Je... » Elle baissa la tête. « Désolé, m'sieur, mais j'ai fini le livre pendant le week-end. Une fois que je l'ai eu commencé, je n'ai pas pu m'arrêter. » Je lui adressai un sourire d'encouragement. « Bref, j'aime l'idée que Heathcliff aurait trouvé la bonne personne, si seulement il avait regardé autour de lui. Je crois qu'elle existe pour tout le monde, mais on ne peut la voir que si on veut la voir. Le truc, c'est que Heathcliff ne voyait personne à part Cathy. »

Elle se cacha, gênée, le nez dans son livre. La plupart de ses camarades restaient confondus de la profondeur de son analyse, même si, du coin de l'œil, je pus voir Kevin Rossiter suçoter le capuchon de stylo avec lequel il s'était gratté l'oreille, Colin Christie se goinfrer de biscuits et Susie McDonnel et Zelah Wilson, inclinées l'une vers l'autre, en train de se raconter quelque chose – probablement quel crétin j'étais.

Je regardai Julie Whitcomb, si petite, si faible, et cependant tellement en avance sur son âge, et me sentis ému. J'avais là une jeune personne qui voulait apprendre ; qui, lorsqu'elle lisait un texte, ne restait pas indifférente. C'était pour ça que j'étais devenu professeur. Je ressentis une bouffée d'orgueil et me demandai dans quelle mesure j'avais inspiré cette attitude, dans quelle mesure ce n'était qu'une anomalie de la nature.

J'étais d'accord avec tout ce qu'elle avait dit. La question n'était pas seulement d'être amoureux, mais de qui on était amoureux.

« ... de la bonne personne ! m'exclamai-je à voix haute, repensant à ma conversation avec Kate. Tu as raison, Julie. La question n'est pas seulement d'être amoureux, mais d'être amoureux de la bonne personne ! La bonne personne était là tout le temps ! Tout le temps ! »

Toute la classe pensa que je venais de faire sauter mes derniers plombs ; mais, comme cela signifiait aussi qu'ils n'étaient plus obligés de m'écouter divaguer sur un texte qui avait autant de rapport avec leur vie que les horaires des bus en Lituanie, ils s'en fichaient. Adressant un sourire enthousiaste à Julie tout en gagnant la porte de la classe, je criai : « Continuez de lire ! » et courus dans le corridor, à la recherche du téléphone le plus proche.

« J'ai besoin de téléphoner, dis-je, c'est une urgence. »

Margaret, secrétaire au lycée depuis des temps immémoriaux, me regarda avec une expression de désintérêt étudiée. Lorsqu'on m'avait présenté à elle au début du trimestre, la première chose qu'elle m'avait dite, après m'avoir examiné des pieds à la tête d'un air désapprobateur, avait été : « Ne croyez pas que vous allez pouvoir utiliser la photocopieuse à volonté, jeune homme. » Quelques jours plus tard, elle me déclarait à brûle-pourpoint qu'il n'était pas question que j'aie accès à l'armoire contenant les fournitures de bureau hors de sa présence ; le jeudi, elle m'avait fait des remontrances parce que je me « tenais mal » (appuyé au mur, autrement dit) dans le corridor. C'était le diable incarné en tailleur de tweed. Pas question pour elle de me laisser utiliser le téléphone pour une communication personnelle, même si celle-ci devait changer le cours de ma vie.

« Cela concerne-t-il le lycée ? gronda-t-elle. Vous savez que le directeur n'autorise pas les appels personnels.

– C'est une question de vie ou de mort, répondis-je.

– Pour qui ? » demanda-t-elle sans se démonter.

J'étudiai son visage ; une épaisse chevelure grise retenue en un chignon serré ; des yeux méchants, venimeux ; des joues olivâtres, des lèvres minces et serrées, un cou à fanon parsemé de taches de vieillesse. Elle aurait eu l'air plus compatissant, taillée dans le marbre. Ne me sentant pas assez d'énergie pour la faire changer d'avis, je sortis en courant du bahut, traversai les terrains de jeux et franchis le portail. Je dus galoper pendant cinq minutes dans Wood Green High Street avant de trouver un taxiphone n'ayant pas subi l'assaut des vandales venus de la boîte où j'enseignais.

Je consultai ma montre : 14 h 24. Je composai le numéro et attendis. Il y eut trois sonneries, et le répondeur prit le relais :

Bonjour, vous êtes bien chez Bruce et Alice...

Je consultai de nouveau ma montre. Son vol ne partait qu'à 16 heures. J'avais encore une chance. Je me bagarrai avec mon carnet d'adresses pour retrouver le numéro de son portable. Il sonna six fois avant de me proposer, lui aussi, de laisser un message.

Il était trop tard.

Il ne me restait plus de larmes pour pleurer. Je m'étais finalement immunisé contre la vie, et j'étais réconforté par ce manque d'émotion. Non pas que cela ne m'affectait pas ; simplement, j'avais cessé d'espérer là où il n'y avait pas de raison d'espérer. Une leçon que j'apprenais avec trois ans de retard, mais une leçon bien utile tout de même. Tandis que je revenais vers le lycée et escaladais les marches conduisant à ma classe, je me promis de ne jamais laisser cela se reproduire. Jamais.

Alors que je posais la main sur la poignée de la porte, avec l'intention d'entrer dans ma salle de cours, je me rendis compte qu'il y régnait un silence tout à fait étrange. Jamais les troisièmes n'auraient été d'eux-mêmes aussi calmes. On ne pouvait en tirer que deux conclusions : soit ils étaient morts, soit le directeur montait la garde. Pour mon bien, j'espérais qu'ils étaient morts. Sinon, cela signifiait que la secrétaire avait dit au patron que j'étais devenu cinglé et avais abandonné ma classe. Ce qui était pour moi la fin de ma carrière dans l'enseignement ; j'allais être viré avec pertes et fracas, chose qui me terrifiait, alors que le brouillon de ma lettre de démission traînait encore sur mon bureau. Je fus tenté, un instant, de poursuivre mon chemin dans le couloir et de rentrer chez moi. Mais la couardise, me dis-je, n'était qu'une autre façon de refuser la réalité, et j'en avais largement ma claque de m'obstiner à ne pas regarder les choses en face.

J'ouvris la porte. Debout devant mon bureau, il y avait Alice.

Elle portait un jean noir et un blouson bleu foncé doublé. Elle était un peu échevelée, comme si elle avait couru, et son éternel bronzage ne parvenait pas à dissimuler la rougeur de ses joues. De la main droite, elle retenait un sac à dos accroché à son épaule gauche. Elle lâcha prise, et le sac alla atterrir sur le sol. Elle ne le regarda pas, se contentant de me fixer des yeux.

Dès le premier pas que je fis vers elle, ma respiration se mit à devenir plus profonde. Je regardai mes mains : elles tremblaient. Elle avança d'un pas vers moi, lèvres serrées ; porta la main à sa bouche, fit un autre pas. Chacune des secondes qu'il nous fallut pour nous retrouver l'un devant l'autre, assez près pour nous toucher, parut trop longue. Ce fut un moment magique qui, pour une fois, n'était pas un simple produit de mon imagination.

Elle me prit dans ses bras. Et lentement, très lentement, tout ce qui, enfermé en moi, était douleur et inquiétude, se dissipa et s'évanouit. J'étais submergé par son parfum, par la présence de son corps. Nous nous emboîtions à la perfection. Elle enfouit son visage dans ma chemise, juste à côté de la tache de ketchup que je m'étais faite au déjeuner et dont elle ne parut pas, grâce au ciel, remarquer la présence.

Je lui pris les mains et les serrai doucement. Je n'arrivais toujours pas à contrôler le tremblement des miennes. J'étais terrifié. Terrifié au dernier degré. Et elle paraissait aussi terrifiée. Nous nous tenions là, immobiles, nous regardant dans les yeux, espérant sans y croire encore tout à fait que ce qui se passait était aussi réel que ce que nous éprouvions.

« Qu'est-ce que tu fais ici ? demandai-je comme un idiot.

– Je suis venu te sauver.

– Me sauver ? De Kate ?

– Du cancer du poumon, de l'habitude de manger des biscuits au lit, d'un avenir où tu deviendrais gros, vieux et solitaire sans moi. »

On éclata de rire.

« Ce serait trop long à raconter maintenant, mais Kate, c'est de l'histoire ancienne, dis-je, non sans ressentir une certaine culpabilité. De l'histoire ancienne, mais elle est heureuse.

– Et Aggi ? » Le visage souriant d'Alice devint tout d'un coup d'un sérieux de marbre.

« Aggi ? répétai-je, comme si je n'étais pas tout à fait sûr de qui elle voulait parler.

– Oui, Aggi.

– Elle, c'est carrément de la préhistoire. »

Alice ne rit pas, ne me rendit même pas mon sourire.

« Comment peux-tu en être aussi sûr ? Je t'ai entendu dire mille fois que c'était pour toi la femme parfaite. Tu as toujours placé la barre très haut, en matière d'amour. Il n'y a pas encore une semaine, tu me racontais que la femme idéale devait être comme ci et comme ça. Juste une autre manière de dire que ce ne pouvait être qu'Aggi.

– Il arrive parfois que tu perdes ton bon sens autant que moi, dis-je, feignant de la réprimander. Tu as tout faux. C'est toi, la norme, le modèle idéal. Avant Aggi, il y a eu toi. C'était elle qui aurait dû correspondre à tes normes à toi. Je sais que j'ai longtemps cru qu'Aggi était l'unique, mais je me trompais. C'était toi, le modèle original. Elle n'était qu'une pâle copie. Et maintenant, tu es là.

– Et maintenant, je suis là, répéta-t-elle, plus détendue.

– Mais tu sais que ça ne marchera jamais, dis-je doucement.

– C'est voué à l'échec dès le départ », répondit-elle en riant, tandis que des larmes roulaient sur ses joues.

Je haussai les épaules. « On pourrait aussi bien arrêter tout de suite.

– On serait fous de ne pas le faire. »

J'essuyai une larme et l'embrassai sur l'œil. « Des amis ne devraient jamais devenir amants. »

Se mettant sur la pointe des pieds, elle effleura mon oreille de ses lèvres. « Ou les amants des amis. »

Colin Christie émit des éructations, comme s'il vomissait. Sonya Pritchard et Emma Anderson crièrent : « Embrassez-la, m'sieur, embrassez-la ! » Kevin Rossiter m'expédia le capuchon de stylo avec lequel il s'était curé l'oreille et Julie Whitcomb, la star du jour, se leva et déclencha les applaudissements.

ÉPILOGUE

Dans un monde où se perpétue encore la sagesse cumulée de dizaines de siècles, de Socrate à Stephen Hawking en passant par saint Paul et Freud, il pourrait sembler assez nul de citer Oprah Winfrey[1] pour expliquer en quoi je m'étais constamment trompé tout ce temps ; mais telle est la loi du sens commun, lequel manifeste sa présence dans les endroits les plus inattendus.

Je suis tombé sur cette pépite de sagesse un après-midi, il y a environ deux ans, alors que je vivais des allocations chômage et habitais chez ma mère. Je venais tout juste de regarder, pour la troisième fois de la semaine, un enregistrement vidéo de *La Planète des singes*, lorsque je tombai sur une émission d'Oprah. Ayant la flemme de changer de chaîne et, disons-le, intrigué par le titre de l'épisode, *Les hommes qui aiment trop, les femmes qui n'aiment pas assez*, j'ouvris un paquet de Hobnobs au chocolat au lait afin de les partager avec mon fidèle clébard, Beveridge, et m'installai pour regarder ce programme. Je grignotai un de mes biscuits lorsque Oprah dit quelque chose de si profond qu'un gros fragment fit fausse route dans ma gorge, déclen-

1. Animatrice d'un des plus célèbres talk-shows de la télévision américaine.

chant une quinte de toux tellement violente que je faillis vomir sur le pauvre Beveridge.

« En principe, l'amour ne devrait pas nous faire nous sentir mal. »

Bien entendu, comme la plupart des grandes déclarations (y compris les aphorismes bibliques comme « Aimez-vous les uns les autres, » ou encore « Le médium est le message » de Marshall McLuhan, sans compter l'inoubliable « Encore un peu de thé, Ern ? » de nos deux humoristes nationaux, Morecambe et Wise), elle eut un impact sur ma vie qui dura trois secondes avant de passer dans les poubelles de l'histoire. Jusqu'à aujourd'hui.

Voyez-vous, il m'arrive de surprendre Alice qui m'observe pendant que je regarde la télé ; elle arbore un grand sourire débile qui ne lui rend vraiment pas justice. Je lui demande alors ce qu'elle fabrique, et elle prend son temps, ne répondant à ma question que par un silence. Puis elle me demande si je l'aime. C'est à mon tour de faire semblant de prendre mon temps pour réfléchir, sur quoi elle me lance un coussin. Dans ce scénario, ma réplique est alors de lui dire que je l'aime de tout mon cœur (ce qui est vrai), à quoi elle répond en disant qu'elle m'aime plus que tout (ce qui est vrai aussi). Puis c'est à mon tour de plaisanter ; je lui dis que comme nous sommes à la fois amis et plus qu'amis, elle est ma meilleure petite amie. Sur quoi elle rit, me regarde dans les yeux d'une telle manière que j'en ai les jambes en coton et dit : « Non, je suis ta petite amie d'enfer. » À chaque fois qu'elle fait cette déclaration, j'acquiesce et souris, pour signifier que je suis bien d'accord avec elle, mais en réalité je n'en suis pas si sûr. La seule chose dont je sois sûr, c'est que notre amour me fait me sentir bien, et non mal.

Et c'est tout ce qui compte.

REMERCIEMENTS

J'aimerais remercier : pour leur aide, Philippa Pride et tous ceux de la maison d'édition Hodder, Jane Bradish Ellames et Emlyn Rees, ainsi que tous ceux de Curtis Brown ; pour leurs encouragements, Joe et Evelyn Gayle, Andy Gayle, Phil Gayle, Jackie Behan, le clan des Richard, Cath McDonnell, Charlotte et John, Liane Hentscher, Emma et Darren, Lisa Howe, John O'Reilly, Pip, Ben, Rodney Beckford, Nikki Bayley et les habitués du Four Winds ; et, en tant que sources d'inspiration, Mr T, Dave Gedge, Kevin Smith, Mark Salzman, Xena, Richard Roundtree, Clive James, l'Oxfam et tous ceux qui m'ont demandé un jour quelque chose.

DU MÊME AUTEUR

Aux Éditions Albin Michel

MR COMMITMENT, MARIÉ, MOI, JAMAIS, 2000.
TRENTE ANS DÉJÀ, 2001.
DÎNER POUR DEUX, 2003.

Composition Nord Compo
et impression Imprimerie Floch sur Roto-Page
en janvier 2004.

N° d'impression : 59017.
N° d'édition : 22199.
Dépôt légal : février 2004.
Imprimé en France.